JA

ダイナミックフィギュア

〔上〕

三島浩司

早川書房

7181

上巻目次

下巻目次

ダイナミックフィギュア
〔上〕

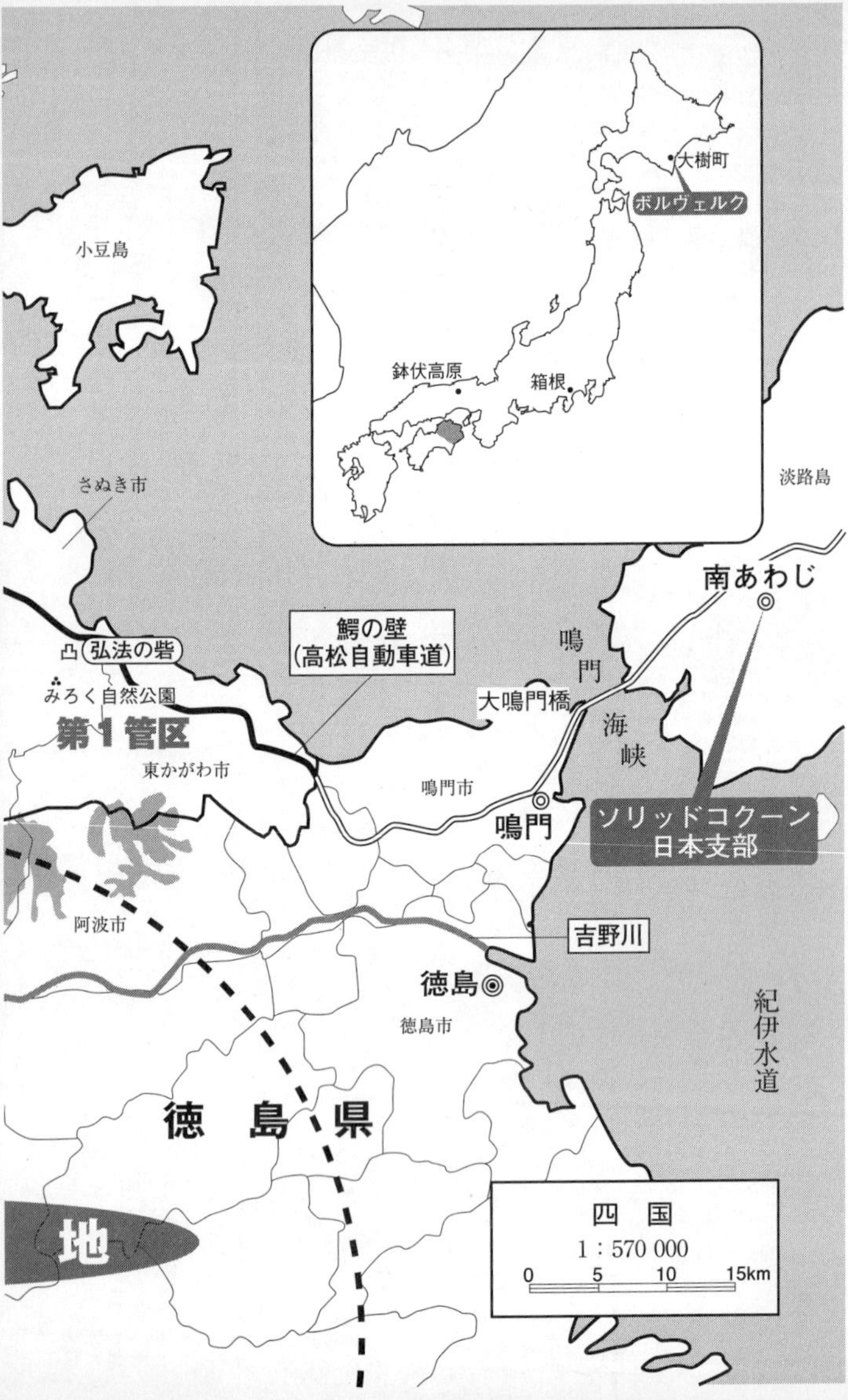
大樹町
ボルヴェルク
鉢伏高原
箱根
小豆島
淡路島
さぬき市
南あわじ
鳴
門
海
峡
鰐の壁
(高松自動車道)
弘法の砦
みろく自然公園
大鳴門橋
第1管区
東かがわ市
鳴門市
鳴門
ソリッドコクーン
日本支部
阿波市
吉野川
徳島
徳島市
紀
伊
水
道
徳　島　県
地
四　国
1：570 000
0
5
10
15km

対キッカイ要撃戦場地図

登場人物

栂《とが》　遊星《ゆうせい》（19）———ダイナミックフィギュアの従系オペレーター
藤村《ふじむら》　十《とお》（22）———ダイナミックフィギュアの主系パイロット
鳴滝《なるたき》　調《しらべ》（22）———ダイナミックフィギュアの主系パイロット

公文土筆《くもんつくし》（19）———栂遊星のガールフレンド

是沢銀路《これさわぎんじ》（48）———パノプティコン船長。限定的に要撃部隊全権司令官となる
太刀川静佳《たちかわしずか》（30）——パノプティコンの主任オペレーター／クルー
香月純江《こうづきすみえ》（29）———パノプティコンのオペレーター／クルー
倉又安由美《くらまたあゆみ》（26）——パノプティコンのオペレーター／クルー
保科敏克《ほしなとしかつ》（38）———パノプティコンの補助クルー
錦戸康介《にしきどこうすけ》（32）———パノプティコンの補助クルー

七戸《しちのへ》　譲《ゆずる》（39）———フタナワーフ調査部隊「白き蟬」小隊長
佐々史也《ささふみや》（26）———フタナワーフ調査部隊「白き蟬」隊員
久保園那希《くぼぞのなき》（25）——フタナワーフ調査部隊「白き蟬」隊員
卜部《うらべ》 龍馬《りようま》（59）——ボルヴェルクの総括責任者
壱枝雅志《いちえだまさし》（51）———ボルヴェルク中央区主席拠点研究員
栂《とが》　大地《だいち》（48）———ボルヴェルク西区主席拠点研究員
安並風歌《やすなみふうか》（30）———ボルヴェルクからフタナワーフに転属した生物学者
続《つづき》　初《うい》（13）————ボルヴェルク西区特別研究員

鳴滝晋平《なるたきしんぺい》（54）———クリティカルルーム対中外交担当主席代表
蜂巣賀薫《はちすがかおる》（53）———防衛大臣政務官。政治グループ「セグエンテ」リーダー

1　要撃準備進行

桜吹雪と朧月夜

栂遊星《とがゆうせい》はフロアボタンに手を伸ばしかけて戸惑った。ラウンジは四階と聞いていたのに三階までしかなかった。待ちかねたエレベーターが扉を閉めようとする。

そこへ女の体が滑り込んできた。艶《つや》やかな黒髪とその上にかかった雪が印象的だった。外は雪が降っているようだ。地下通路を通ってきたので知らなかった。

「三階をお願い。キミは？」

「ボクは四階に行きたいんですけど、なくって」

「じゃあ三階ね。私と一緒」

その意味を深くは考えず、ひとまず三階のボタンを押した。エレベーターはただちに上昇を始めた。女は澄まし顔をしている。

控えめなメイクだ。リップも潤いをのせた程度。年の頃は三〇前後だろうか。ニットの胸には認識用プレートがあった。名前はないが「W特研」と刻まれてある。ボルヴェルク西区の特別研究員だ。西区は父・大地《だいち》の職場。つまり彼女は大地の部下ということになる。

やがてエレベーターはとまり、扉が開いた。女は先に降りたが、わずかに置き去りにした左手が招いているように見えた。まるで「ついていらっしゃい」といっているかのように。

南区の研究施設を訪れるのは初めてだ。ここでは確か、「STPF」の構成材料の探究が行われているはずだ。だから自分に与えられている仕事とは関連がない。それは大地も同じであり、ほのかな香りで牽引する女にも当てはまることだった。

セキュリティのガラス扉を一つ通った。栂遊星には即座に許可が下りたが、足止めを受けたのはむしろ女の方だった。どこかに内線をかけて許可を求めている。ガラスを隔ててしばしの時間が流れた。

「お待たせ。そこからエスカレーターで上がるの。行きましょ」

「どうも。助かります」

なれなれしく女の隣に並ぶ。もはやここまでくれば彼女とは目的が同じのような気がしていた。下りのエスカレーターには背広組が六人。ほぼ中央で行き交う。ボルヴェルクにきてから半年以上が過ぎたが、毎日のように知らない顔を目にする。今日もこれで七人。

「キミ、プレートがないわね」

「ボクは、研究員ではありませんから。もちろん背広組でもありません」

「ということは、主系パイロット」

「いえ、従系オペレーターです」

「ということは、遊星くんね」

「はい」

女は目尻にしわを作り、先んじてエスカレーターを降りるとやはり左手で招いた。

どうということはない。そのフロアにはラウンジしかなかった。管理職の面々は夜な夜な管区を離れてここで上等な酒でも飲んでいるのだろう。

贅沢にとられた空間にはまばらな人影。照明が控えめに落とされている。毛足の長いカーペットに奇妙な違和感を覚えた。女は迷わずに光の差し込む方へと歩いて行く。窓際のテーブルに大地の姿はあった。

こちらに気づいて軽く手を挙げたのは、自分に向けられた再会のサインだろうか。ボルヴェルクという同じ施設群にいながら夏に顔を合わせて以来だ。特に仲が悪いわけではない。あまりベタベタしないのが栂家の特徴でもある。そして大地は自分の研究に没頭しており、栂遊星も与えられたカリキュラムをこなしてゆくことで精一杯だった。

「主席、どういうわけですか？　お昼から全課休業にするなど」

女がいい寄ると、大地はなだめるようにして離れたテーブルに彼女を連れて行った。栂遊星はしばらく痴話げんかのような二人の様子を眺めていたが、長引きそうな事情をくみとってソファーに腰を下ろした。

ここからはほぼすべての管区が見渡せる。正面に中央区、越えて北区、左手に西区、そして右手に東区。たかだか四階建てとはいえ、この五㎞四方では二番目に高い建造物だ。広大な土地。それこそ四年前までは白一色の雪原だったに違いない。ボルヴェルク、人類の未来の舵をとる科学の拠点。

「待たせたな」

「もういいの？　あの人は？」

「宿題を与えたら喜んで帰ってくれたよ」

「ボクさぁ、悪いんだけどほとんど時間ないよ。一三時から試験のサポートしなくちゃならないから」

「それなら心配ない。父さんの方から壱枝《いちえだ》さんに話してある。半ドンにしてもらった」

にわかには信じられない話だった。壱枝雅志《まさし》は中央区の主席拠点研究員で、桐遊星の管理責任者でもあった。厳しい鞭ばかり振るう男で、飴をくれたことなど一度もなかった。

「それで、今日はなんの用？」

「二つ見せたいものがある。まぁビールでも飲みながらゆっくりやろう。北海道も本場だからな、うまいぞ。遊星も飲め」

「ボク、まだ一九だけど」

「高校で四捨五入くらい習ったろ」

桐遊星は中央区のドームを眺めた。今から二〇分も経てばあの底でリグ試験が始まる。自分がいなくても大丈夫だろうか。たとえ事なきを得ても、アルコールの回った赤ら顔で皆のもとに戻るのは気が引ける。いつしか雪はやんでいた。そう、降っていたはずだった。

「どこを見てる。東区だ。飛ぶぞ。遊星に見せたかった一つ目だ」

いわれて右手の方向に目を移す。東区の敷地はそのほとんどがエプロン。そこには数多《あまた》の飛行船が係留されている。グランドクルーによって舫索《もやいさく》が外された一番船が離陸を始めた。

「マストオフされた……。なにが始まるの？」

「始まる？　それは違う。高所監視船《プリズンガード》は今日でお別れだ。これから善通寺《ぜんつうじ》に向かう」

「そんなの聞いてないよ」

「父さんはこっそりと聞いた。だからせめて眺めのいいここに遊星を呼んだんだ」

大地はこっそりと聞いたというが、もはやこの光景は内密ではない。プリズンガードは一番船から三二番船まである。ここ北海道は大樹《たいき》町から、香川県の善通寺市まで派手な上空パレードを行おうとしている。

「まさか日高《ひだか》山脈を越えるつもりかな」

「さぁな」

「高所司令船《パノプティコン》は？」

「パノプティコンの日取りはもう少し先だ。いずれ遊星にも辞令が出るだろう」

二番船から三番船、そして四番船と、涙滴型《アルバコーア》の飛行船がエプロンを離れる。突風に煽《あお》られて衝突などしないだろうか。その間隔の短さはただただスリリングな印象を与えた。二人はしばし親子の関係を忘れ、童心に戻ったかのようにプリズンガードが形成しゆく隊列に一喜一憂した。

「あれで上空から『キッカイ』を監視するんだね」

「随分と高性能のサーモグラフィを搭載させたらしいぞ」

「キッカイに、勝てるのかな。もう徳島では実働隊員が二二人も死んだって聞いたよ」

答えは返ってこなかった。

大地は西区でキッカイと呼ばれる生命体について研究している。主席として、誰よりもその潜在能力を把握しているからこそ、楽観的な展望を語ることができないのだ。

桐遊星は初めてビールというものを口にした。想像していたほどの抵抗はなかった。

また一隻《せき》が離陸した。ヘリウムが込められたエンベロープ。そこにペイントされた日の丸。どこにも国際連合のシンボルはない。国連軍の介入を拒《こば》み、日本の威信を示そうとする断固たる意思の表れ。

「遊星、キッカイは恐ろしい生命体だよ。将来、人類はキッカイに滅ぼされるかもしれない。ボルヴェルクの総括には強気の見解ばかり伝えているがな、父さん、内心ではそう思っている」

「…………」

「だがな、遊星。お前が死ぬのは最後の方でいいんだぞ。それまでお前は、好きな操縦を楽しめ。遊星は、小さい頃から重機を操るのが好きだったな」

否定も肯定もすることなくビールのグラスを傾ける。

一三番船までが揚がった。もはや一番船の影は見えない。灰色の空にすっかり溶けてしまった。天空へと運ぶエスカレーターのように隊列がスライドして行く。

ラウンジに一団が入ってきたようだ。体格のいい男ばかりで、横目でもすぐにそれと感じられた。外国の言葉で会話をしている。ディスプレイ用の古伊万里《こいまり》の壺を指さしてぞろぞろとそちらに向かう。その一団から思わぬ人物がこぼれて現れた。

「母さん……。母さんじゃないか！」

栂遊星は腰を上げ、歩み寄った。

「遠路はるばる参上。変わりない？　元気だった？」

「そりゃ、元気だよ。つい二、三日前にも電話で話したところじゃないか」

「よろしい。で、そちらのあなたは？」

「私も見ての通りさ」

驚かせるために内緒のままで東京からやってきたのだ。

母のルミは自分の仕事を持っている。春先にはグラフィックデザインの事務所を開いて独立したところだ。日本でもようやく芸術や文化的な活動が再開されつつある。栂遊星も高校を卒業したらルミのもとで働く予定だった。そこをボルヴェルクに採用されるとは。

「まさか見せたいものって母さんのこ……」

まるで聞いていない。感動の再会はすでに済んでいる。二人とも窓から見えるプリズンガードの隊列を指さしている。大地がそうだが、目新しいものに強い好奇心を抱くのは昔からルミも同じだった。そしてその性質は、人類の敵であるキッカイもまた同じなのだ。

「あの飛行船、ひと回り大きいわね。大人と中学生くらいかしら」

「あれがパノプティコンだよ。ボクが乗ることになってる船だ。まだ、実際に乗ったことはないけど……」

「そう。遊星は立派だわ。誇りに思う。母さん、人に会うたびに自慢してるもの」

「誇りだなんて大げさだよ」

「母さん、あの船にも画を描いてあげたい」

ルミは思い出したかのようにカバンを開き、中からクリアファイルを取り出した。それをテーブルの上に置き、指先でこちらに滑らせてきた。ひと目見て桜木の画だと分かった。グラデーションのある色遣いが美しい。

「見覚えがあるよ。ひょっとして、善福寺《ぜんぷくじ》川の桜並木？」

「そうよ。これを遊星に真っ先に見せたくて、やってきたわけ」

クリアファイルの中身には二枚目があった。風に吹かれた桜並木に対して、闇夜にひっそりと浮かぶ朧月《おぼろづき》。馬子《まご》にも衣装と大地は笑う。日本の春。これらがボルヴェルクの開発製造する肉薄戦闘兵器、ダイナミックフィギュアの機体にペイントされる。

*

「七戸《しちのへ》さん、オレはここで限界です」

佐々《さ さ》史也《ふみや》は足をとめると七戸譲《ゆずる》に伝えた。お互いに限界を迎えているからこそ、その状況はすでに通じ合っていた。

「ここまで南に下ったのは初めてだな。よし、県道まで降りて仲間と合流しよう。無線で連絡をとってくれ」

「分かりまし……」

佐々史也は嘔気をもよおし、純白の戦闘服の袖を口にあてがった。ごく浅い呼吸を繰り返しながら七戸譲の背中に従う。

無線で応答を求めたが、電波のコンディションが悪く、満足に聞き取れる声はなかなか返ってこなかった。

林道まで降りたときにようやく鮮明な応答があった。もっとも遠くで待機している軽装甲機動車からだった。佐々史也は調査終了の旨を伝え、全班への伝達の役目を託した。そして無線機を通じてしばしの雑談。今夜は普通科要撃部隊のキャンプ地に泊まる。他の調査部隊の情報を尋ね、第四小隊も加わるはずだと聞いて口もとをゆるませた。

「白き蟬《せみ》」、それが佐々史也の属する調査部隊第三小隊の名前。二人の殉職者が出て現在の成員数は三八。小隊長の七戸譲を筆頭に、志願制応募と適性検査を経て選ばれたある種のエリート集団。通常の人間ではとてもこの任務には就けない。徳島県の最高峰、剣山《つるぎさん》を中心とした半径三五㎞のサークル、「化外《かがい》の地」と呼ばれるこのエリアには特殊な体質を持った人間にしか足を踏み入れることができないのだ。

化外の地にはおぞましきキッカイも棲む。それ以外に目に見えて動く生物は存在しない。

生存の望みのない行方不明者を合わせて約四万八千人の地元住人が死んだ。家畜も死んだ。野生動物も。両生類も八虫類も魚類も昆虫も。このエリアで生きられる人間を超エリートと呼ぶのならば、恐らく超エリートはこの世には存在しない。

にわかに七戸譲が立ち止まり、アサルトライフルを構えなおした。佐々史也も今さら警報音に気づき、慌ててサブマシンガンを肩から外した。

「佐々はいい。URA《ユラ》ファイルを照会してくれ」

周辺にキッカイがいる。警報音が鳴るのは、そのキッカイが電波を発信しているためだ。過去に調査部隊がなんらかの手段で小型の発信器を取りつけたのだ。モバイルを取り出し、アナログ用のアンテナを伸ばして信号をキャッチする。簡単なタッチ操作でURAファイルの検索が始まった。

「クモ型ですね。六本足の中にもまだ生きてるヤツが残ってたのか……」

キッカイにはその他に四本足と二足歩行がいる。六本足はもっとも原始的なタイプだ。

「牡《おす》か牝《めす》か」

「牡種《ぼしゅ》です」

「『走馬燈《そうまとう》』は?」

「未除去です。去勢されていません」

「剪定《せんてい》部隊を呼ぼう。吉野《よしの》川を越えられるとマズイ」

佐々史也は再び無線機を手にした。しかしダイヤルを操作しようとしたところで七戸譲の手が制してきた。

「もう派遣されていたようだ。今、単車の影が過《よぎ》った」

　二人は林道の出口へと走った。県道の脇《わき》には単車がとまっており、黒の戦闘服を着た剪定部隊の男二人が立っていた。双眼鏡を構え、川の様子を調べている。指をさして確認し合い、不謹慎な笑みを浮かべてジャンケンなどを始めた。

　川縁《かわべり》にいる。体自体はさほど大きくはないが、足を含めるとゆうに三メートルはある。ミイラのような体表の色と質感。これはほとんどのキッカイに共通している。まだ我ら人間の気配には気づいていない。気づいていれば人懐っこく近寄ってくるはずだった。したがって海外では「ディアフレンド」などと呼ばれている。日本では最初はユラ。その後は喜捨《きしゃ》を求めてくる乞食《こつじき》。最近では乞匃《キッカイ》という呼び名が定着した。

「戻るぞ」

「はい」

　今から剪定部隊の二人がキッカイを駆除するだろう。しかしその現場を目撃しないことが一つのエチケットになっていた。彼らはキッカイを相手にするとき、人間としての理性や節度を捨て去る。狂戦士と化して立ち向かわなくては、キッカイを〝二度〟殺すことはできないのだ。

　剪定部隊は今日までよく貢献してきた。実働部隊の中でももっとも多くの殉職者を出してきたのも彼らだ。しかし、その役目も終わりに近づこうとしている。キッカイの生体進化にはかねてから巨体化の兆候が認められており、生身の人間では対抗できなくなってきたのだ。したがって今後は、陸戦兵器による要撃に行動形態の主体を移し、化外の地の外側でキッカイの越境を待ち伏せすることになる。讃岐《さぬき》山脈以北、主に香川県が戦場になるだろう。

「九〇式戦車、改造されるそうですね」

「あぁ。技本《ぎほん》からライフルの砲身が届いたらしいな」

「やっぱり滑腔《かっこう》砲はタブーなんでしょうか。亜音速で飛んでくる砲弾の姿がキッカイの目に映るとは思えませんが」

「細心の配慮というヤツだ。キッカイが一体でも四国の外に出たら、安保理は問答無用で核の使用に踏み切るだろう」

佐々史也は背筋に寒気を覚えた。剣山から遠ざかったせいで慢性的な不快感の方は和らいでいた。

すでにインドネシア領であるニューギニア島では一度核が使用されている。あの生物種豊かな森林を蒸発焦土させた。それでもわずかなキッカイが生き残り、再び増殖と進化を始めようとしている。木目《きめ》の粗いやり方をする国連軍。この受け入れを拒否した日本政府の判断に関しては正しかったと思いたい。日本人には地道な作業に耐える資質がある。

「特別攻撃機については、どう思いますか？」

「特別攻撃機か……。さぁな。これについては分からんことが多い。なぜ内燃機関の原理を公表しない。わざわざ原子力の可能性を匂わせてどうするというんだ」

「熱源が原子力だと、肉薄戦闘兵器は核兵器に分類されますからね。日本は持てないはずです。柔軟な憲法解釈を他国は認めませんよ」

折から無線の声が飛び込んできた。先ほど調査終了の連絡をとった軽装甲機動車からだった。悲痛な叫び声を交えて全班に救援を求めている。

「久保園《くぼぞの》たちが襲われているようです！　新たなキッカイが出ました！」

七戸譲は目に強い光を宿してうなずいた。そしてアサルトライフルの銃口を空に向けて二連射した。合図の銃声が山間《やまあい》にこだまする。県道をあと五〇〇メートルほど下れば、三時間ほど前に別れた仲間の隊員がまだ帰りの合流を待っているはずだった。

走り始めた七戸譲に遅れまいとあとを追う。

「待たせずに先に向かわせた方がよかったんじゃないですか？」

「実はオレもそう思っていたところだ。とにかく急ごう」

斜面を登らせても舗装された道を走らせても七戸譲の足は速い。過去に陸上自衛隊に属していた時期があり、基本的な体力を備えていることはもちろん、くじける限界がかなり高いレベルにある。その点において佐々史也は圧倒的に劣っていた。

ただし、そのような七戸譲でも限界を高められない苦痛がある。それが剣山への接近だった。いまだに解明されていないこの現象を克服した者はいない。

「アイツら珍しく機転を利かせたたな」

すでに仲間の影はなかった。しかし単車が一台、エンジンをかけた状態で残されていた。

二人は速やかにまたがると、軽装甲機動車が襲撃されている地点へと急行した。

やはりキッカイには北上する傾向が顕著に認められる。対照的に剣山よりも南、高知県側で発見されたという情報は滅多に聞かない。波は確実に北に向かっている。目安となる吉野川に第一の警戒ラインを置き、讃岐山脈の北麓で要撃しようとする作戦は的を射ている。

キッカイには分かっているのだ。北上すればさらに広い本州があり、海をはさんだ向こう側には大陸があることを。

極東の国々は危惧している。そして日本に圧力をかけてくる。キッカイのアジアへの拡散はすべて日本の責任になると。安全保障理事会の決議を受諾し、キッカイの掃討作戦を国連軍に委《ゆだ》ねていれば、少なくともこの責任からは免《まぬが》れることができていたはず。免責をとって四国を明け渡すか、責任のもとに主権を維持するのかは究極的選択だった。

最後のコーナーを曲がると視界が広がり、驚くべき光景に佐々史也は思わず目を見開いた。軽装甲機動車よりも大きなキッカイが、車体のルーフに据えつけた無人機銃座をつかんで揺さぶっている。二足歩行の人型で、関節の肉が盛り上がっているタイプだ。体表の質感から判断してまだ若そうな個体だった。

今、防弾ガラス越しに頭の影が見えた。中に二人が乗ったままだ。周りの隊員仲間は各々《おのおの》の小銃を構えるものの、安易に発砲できない状況にひどく取り乱していた。

佐々史也は停車を待たずにいち早くリアシートから飛び降りた。七戸譲も単車を惜しげもなく捨てると隊員に向かって叫んだ。

「URAファイルを検索したか！」

「未登録《ヴァージン》です！」

「ヤツの脚を飛ばせ！　オレがやる！　全員退避！」

佐々史也もそれ以上に近づくのをやめた。七戸譲はじつに無駄のない動きで射撃姿勢をとった。周囲の状況を確認してからセミオートで一発二発。これがあいにくどちらもきれいに貫通。かえってダメージがない。そして三発四発との連射から六発目で右脚の膝下を飛ばした。キッカイが支えを失って車体に抱きつく。すると反対側の扉から仲間の隊員が一人ずつ逃げ出てきた。

ここからが問題だった。URAファイルに登録のないキッカイはおいそれとは仕留められないのだ。仕留めるためには手順を守らなくてはならない。牡種の場合ならば去勢処置である走馬燈の除去が必要だった。

「誰かイメージセンサーを持ってきてくれ！　走馬燈の位置を確認する」

「七戸さん、危険です。片脚だけでも飛びかかってきますよ」

佐々史也は忠告した。七戸譲は無言で歩を進め、角度を変えて今度はキッカイの左脚を射撃した。両脚の支えを失って車体から崩れ落ちる。しかしうめき声というものをまったく上げない。これはいつものことだった。

そのとき、背後から排気音が迫ってきた。振り返ろうとしたのが先か、すぐ横を風とともに黒い影が通り過ぎた。上流で六本足の駆除に取りかかっていた剪定部隊員、そのうちの一人だ。単車を降りると腰に携帯したアーミーナイフに手をかけた。そしてためらいもなくキッカイに歩み寄って行った。

「こりゃ牡だな。白き蟬の諸君、あとはお任せを」

「なぜ分かる」

七戸譲がそばに寄って尋ねる。

「どうせ近寄ってきたんだろ？　だったら牡だ。あとは勘だよ。今日まで何体も殺してきたんだ。間違いねぇ」

「勘で処理するつもりか」

「シャンシャン鳴くんじゃねぇよ。〝蟬〟は木にでもしがみついて見てろ」

剪定部隊員の男は気取ったステップを踏みながら下品なナイフさばきを披露した。奇声を上げたのはさらに自らを高揚させるためか。一転して周りに静粛をうながし、目をつむって陶酔している。もはやどこまで正気が保たれているのかが分からない。これから始まる彼の行為を目撃するべきか否か、仲間の隊員たちは微妙な高さで目を泳がせている。

キッカイが両腕で上体を仰《の》け反らせた。そこを素早く背後に回って男は馬乗りになった。次なる動作はほぼ一連だった。鋭利なナイフが背中に突き立てられ、スライドした。飛び散った体液が黒の戦闘服にかかる。男は明らかに笑みを浮かべ、なんと切り裂いた背中の部分にためらいもなく手を突っ込んだ。奥へ奥へと入って行くのが分かる。そして手応えをつかんだかのように目の色を変化させた。

やがて腕は引き抜かれた。その手には濃緑の肉塊が握られていた。走馬燈だ。断片ならば見たことはあるが、あれほど原形をとどめた塊を見るのは佐々史也も初めてだった。

男は立ち上がると即座にキッカイから距離をとった。そして自慢げな表情で手の内を周りに披露した。

「ほらな？　牡だったろ？」

キッカイの方はまだ生きている。その生命力は強く、両腕で大きな体を引きずってこちらに向かってくる。まるで「走馬燈を返せ」といっているかのように。

七戸譲の合図を受けて佐々史也はサブマシンガンを構えた。去勢処置は行われたので、殺すのはさほど難しくはなかった。ありったけの銃弾を連射して蜂の巣にすればいいのだ。

孤介時間

ボルヴェルク中央区、センタードーム内。ここは地上から見える外観とは異なり、実体は地下深く掘られた巨大空間として存在している。そこではダイナミックフィギュアの開発が行われており、今年の春からは二四時間態勢がとられるようになっていた。

ダイナミックフィギュアは人型のロボット。機体の全高は二〇メートルを超えると聞いている。化外の地の外側で、キッカイを要撃するために投入される。既存の陸戦兵器による防衛網を突破されたときの切り札として。

今日は技術実証試験に向けた動作確認が朝の七時半から行われていた。一／八スケールの試験機を用い、機能要求と運用要求を満たすべく最終調整が続いている。終了時刻は設定されていない。終わるまでやる、それが中央区主席拠点研究員・壱枝雅志《いちえだまさし》の宣告だった。

ドーム内の一角に敷設《ふせつ》されたテストサーキットで試験機はアドリブ運行に移っていた。基本的な障害物は設置されているが、シナリオはコンピューターで創作されるので発生する事象は誰にも予測できない。ときに3Dプロジェクターがキッカイのイメージを出現させ、専用拳銃を用いた射撃シミュレーションも展開される。

試験機は等身大ではないとはいえ、その全高は三メートル近くあり、機体が発揮する出力はすでに人間の比ではない。しかし総体的な自律システムを備えておらず、たとえ動力源を作動させてもただの材料の塊でしかない。これはエンジンをかけた自動車と同じで特殊なことではないが。

マリオネットのごとく命を吹き込むのはあくまでも人間ということだ。その仕事をする男女二人の主系パイロット候補、藤村十《ふじむらとお》と鳴滝調《なるたきしらべ》が操縦訓練もかねて過酷な試験フェーズに臨んでいた。

クリアしなくてはならない要求項目は三〇〇近くにも上る。人間の運動能力を九一二項目まで細分化し、その実演を目指した数字だ。比率は三三％にも満たないが、それだけ人間の動作は優れているということであり、足りない値を桁違いの出力ではるかに超越しようとする考え方だ。現在、バインドルームのワイドスクリーンにはクリア項目が二〇五まで点灯していた。

栂遊星《とがゆうせい》は疑似コックピットの後方に立ち、交代で試験機を遠隔操縦する二人の様子を見守っていた。栂遊星も従系オペレーターとしてダイナミックフィギュアを操縦することになるが、今日に限っては出番はないと告げられていた。しかしそうかといって自由時間を与えられるともいわれていなかった。このあたりは壱枝雅志の厳しさともいえ、人材起用における不器用な面ともいえた。

「よし、藤村と交代。鳴滝は一九時まで待機」

待機ではなく休憩といえばいいのに、と栂遊星は思うのだった。

鳴滝調が疑似コックピットからゆらりと立ち上がる。ヘアバンドを外して頭上に束ねていた髪を肩に垂らす。その横顔は憔悴《しょうすい》手前の色をしていた。

彼女は三つ年上の二二だが、その面立ちは年齢よりも若く見せる。初めて顔合わせをしたときには成人だと聞かされて驚いたものだった。反面、言動がしっかりとしており、根拠に裏打ちされた見解や指摘にはときに緊張を強いられることがある。砕けた一面も等しく持っているので近寄りがたい娘というわけではない。

「私、老けたでしょ。長生きできないわ、この仕事」

鳴滝調がひたいを押さえながら横を通り過ぎる。

「ひとまずお疲れ」

栂遊星はそういって彼女がバインドルームを出て行くまで後ろ姿を見届けた。そして足をしのばせて疑似コックピットのかたわらへと歩を進めた。

藤村十の横顔もまた、血色が芳《かんば》しくなかった。ダイナミックフィギュアの操縦はマニュアル操作が多く、大変なのだ。両手は小指以外の八指を使い、両足を使い、主系操縦の場合はさらに両目を使う。グラスコックピットのヘッドアップディスプレイには特殊なセンサーが内蔵されており、パイロットの意図的な瞬き《ウィンク》を感知してコマンドを実行する。このウィンクタッチアクションが藤村十と鳴滝調の神経を疲労させている最たる原因だった。

いざ実戦になれば、さらに心理的にも苦しめられるだろう。他ならぬ死に対する恐怖だ。それが平常心を損なわせ、満足に実力が発揮できなくなれば命取りになる。栂遊星には父の大地がいった言葉が思い出されるのだった。この自分が死ぬのは最後の方でいいと。彼ら二人は恐らく先に命を落とす。キッカイとの肉薄戦闘によって。

バインドルームがにわかに騒然とした。試験機が走行中にバランスを崩し、機体防御の体勢をとらずに転倒したようだ。シナリオがランダムトラップを作動させて足下の安定を奪ったのだろう。その偶発性に対応できなかった結果だ。

機体は軽量化されているので、ドーム内に物々しいほどの音は響かなかった。疑似コックピットから数メートル離れた場所、バルコニーのホットスポットから直接現場を目撃していた壱枝雅志が振り返る。いぶかしげな表情の中にも憤りが入り混じっている。強い声が飛んでくる前に解析班が慌ててキーボードを叩き始めた。

「マニュアルとオート、今のはどっちのタスクだ！　リアクションタイム出るか！」

「あんなの無理だぜ」と藤村十が吐き捨てるようにいった。システムは異常を検知して瞬時にアラームを出していたが、その時間は人間がマニュアル操作で対処できるほど長くはない。

「オート処理、働きませんでした。システムの問題です。パイロット、悪くありません」

バインドルームの解析班に限らず、中央区の拠点研究員は藤村十と鳴滝調をかばうことが多い。それはパイロットに課された重責を理解しているからだ。加えて、機嫌を損ねては様々な面で都合の悪い人間であると考えているような節もある。その点において性格的に棘《とげ》を持たない栂遊星には庇護者が少なかった。世の中はごね得だと思う。

藤村十が転倒した試験機を起立させる。遠隔操縦だからよかったものの、ダイナミックフィギュアが全速力の状態から転倒すると、それだけで搭乗しているパイロットの命は危うい。走行中の新幹線が突然に脱線した状況と同じ、というたとえを聞いたことがある。

解析班のメンバーが一つの端末の周りに集まっている。栂遊星は今日までの経験から判断し、システムプログラムの修正にはかなり時間がかかるだろうと思った。

藤村十が操縦桿から指を抜いて背伸びをしている。リラックスさせる言葉も思い浮かばないので話しかけるのはやめた。そして壱枝雅志の目を盗んでバインドルームをこっそりと抜け出した。

廊下には共用外線の受話器を握る鳴滝調の姿があった。栂遊星はその背後を素通りした。彼女が日頃からしょっちゅう父親と連絡をとっていることは知っている。父親は外交官で、過去に中国は瀋陽《しんよう》で総領事を務めた経歴を持っている。ちなみに祖父は外務大臣まで登り詰めた大物政治家で、彼女は外務公職の血を受け継いだサラブレッドといえた。

（あと三九分か……）

掛け時計の横ではそれよりも大きなタイマーがカウントダウンをしている。栂遊星は残り時間を今一度確認しながら食堂に入った。

「天ぷらうどんください」

「は～い。すぐできるわよ」

「今日はエビ天ですよね」

「そうよ」

七年前、世界の時計は一つ増えた。標準時を示すものに加え、一日に二度やってくる「孤《こ》介時間《かいじかん》」を告げるものだ。

「お椀《わん》が熱いからね」

天災の前に野生動物が異常行動を示すように、人類は地球侵略の危機を予感していたのだ。渡来体出現の一年以上前から情緒は不安定になっていた。その中で唯一安定していたのが攻撃性の高まりだった。それは地球の霊長生物として、地球の代表として、近い将来に迎え撃たなくてはならない敵に対する準備行動だったのだと今になって解釈されている。

世界の各地で民族・宗教・政治的な紛争がいっせいに熱を帯び、いずれも戦争の方向へと事態は日々悪化していた。人類は誤った矛先に気づかず、隣国を攻撃し、交戦することに無性に駆り立てられた。やがて乱戦の舞台はエルサレムにも現れ、地中海を中心とした一神教戦争を迎えるにいたる。これら一連の流れは「世界大戦前夜」と呼ばれている。

そのまさに前夜、全世界には真の凶報がもたらされた。地球に大質量が接近していることが確認されたのだ。それは太陽系に存在する漂流物などではなく、明らかに人工的な材質と構造を持った物体群だった。この地球になんらかの文明的産物が送り届けられようとしていた。

「あれ？　やっぱり遊星くんだ。さっき、チラッと後ろ姿が見えたから。バインドルーム、抜け出してきたの？」

鳴滝調が食堂に入ってきた。

「ちょっと腹ごしらえ。今日は長引きそうだからね。まだ一〇〇個近く要求項目が残ってたろ？ ペースから考えて、あと六時間はかかるんじゃないかな」

「六時間……、いい数字ね。あり得るわ。私もなにか食べようっと」

鳴滝調が張りきってカウンターに向かう。彼女の注文は限りなくオーダーメイドに近いので厨房の係はいつも身構える。

物体群は衝突こそ免れたものの、衛星のごとく地球の周回軌道に乗ってしまった。これは物体自体が制御可能な推進力を持っていたことを意味している。レーダー観測により、その概算質量として三〇兆トンという桁違いの数値が弾《はじ》き出された。さらには慣性運動からいちじるしく外れた、つまり自由に動き回る存在が確認され、ここから先の展開が実に早かった。未知の装甲ロボット、あるいは装甲化した生命体が地球の大気圏内で高度な作業を始めたのだ。金属材料の楕円柱体を直列につなぎ合わせ、なんとわずか一六日間で地球の周りにリング状の構造体を建造したのだった。

まるで奇襲を仕掛けられたかのように、人類は為す術《すべ》もなく異質の時代へと招かれた。リングはなんらかの目的を実現するための構造物のように思われた。この地球は渡来体によって侵略されるのかもしれない。それは決してネガティブな憶測ではなかった。なにしろ渡来体は一方的に地球の環境に手を加えてきたのだから。そこに人類への対話的コンタクトはいっさいなかった。

人類は一年前から乱れていた情緒の原因をこのときになってようやく突きとめた。そして他国との戦争だと思っていた行為が実は愚かな内戦だったことに気づいた。世界大戦前夜とは比べものにならない不安に駆られ、いつ攻めてくるとも知れない渡来体に恐怖した。耐え難い緊張を強いられる時間が続き、その度合いは第二弾となる建造の動きが認められたときに極限を超えた。

「私もエビ天にしちゃった。ここで食べるのは初めてよ。何年ぶりかしら。高校のときに食あたりしてからずっと避けてたの」

「調《しらべ》さんが高校のときって、世界大戦前夜から渡来体が現れた時期だよね」

「そうよ。空にSTPFが造られて、一年の半分はお休みになったんじゃないかしら。あの頃は授業どころじゃなかったものね」

「ボクが中一のときもそうだった」

二つ目のリングは形成されなかった。新たな渡来体が出現し、この建造を真っ向から阻《はば》んだのだ。そして二種類の渡来体同士、宇宙空間で激しい戦闘を繰り広げ始めた。人類にとっては、STPFをなおも建造しようとする悪玉の「カラス」とそれを阻もうとする善玉の「クラマ」が。

カラスは装甲の内側に隆々たる黒色の肉体と翼のようなものを持っていた。それに対してクラマはまな板の形を基本として柔軟に姿を変えた。攻防は終始一方的な構図だった。カラスにとってクラマは天敵だったのかもしれない。カラスは次々と駆逐され、地球の周辺から残らず消されていった。人類は突然襲われ、突然救われたのだ。

しかしクラマもまた渡来体だ。はたして彼らは友好的な存在なのだろうか。世界中が固唾《かたず》を呑んでコンタクトのときを待った。ところがその機会はいっこうに訪れなかった。クラマはカラスが残した大半の大質量とともに地球の周回軌道をただ回り続けているだけだった。

さて、リングの形成から宇宙戦争の間に、地上では三つの深刻な被害を受けている。一つ目はリングの存在そのものだが、これは軌道傾斜角八九・二度から九〇度のわずかな範囲で極軌道を周回している。南極から北極、北極から南極へと縦方向に絶えず回転し続けているわけだ。赤道上の任意の場所を例にとれば、約四三㎞上空を一日に二度通過する。これは地球が自転しているためだ。一方、南極と北極地点では約六四㎞上空に常に存在している。日本の場合は約五二㎞上空を一日に二度通過する。肉眼ではなかなか認めることはできないが、夜明けもしくは夕暮れ時には金糸のごとく光って見えることがある。

このリングを今ではSTPFと呼んでいる。「成層圏に建造された人知超越的なプラットフォーム」という意味だ。実際には成層圏ではなく中間圏に存在している。ボルヴェルクではラウンジのある南区で構成材料の探究が進められている。このSTPF、どうやら鉄でできているらしいのだが、人類の科学力では作ることのできない鉄なのだという。そしてこの特殊な鉄は特殊なフィールドを発生させていた。

通常の人間はSTPFに接近することができない。実際にSCRAMジェット機で何度も偵察が試みられたが、上空でパイロットが拒否していずれも実現しなかった。その理由は「近づく気になれなかった」からだそうだ。この不可解な心理状況に対しては「究極的忌避感」という説明しか現段階ではできていない。

こちらから近づく気になれない物体に、地球が自転しているがために一日に二度も近づかなくてはならない。ＳＴＰＦが天頂を通過して行くときだ。ＳＴＰＦの影響範囲は約一六〇㎞といわれており、日本の場合は一三分の間、究極的忌避感に堪え忍ばなくてはならない。

この一三分間こそがもう一つの時計を意味する「孤介時間」だ。日本人は一人ひとりが孤独な空間に閉じこもってときが経つのを待つ。その間はひたすら無心になるように努めるのだ。なぜかというと、この孤介時間帯は遠隔感応が発揮されてしまうからだった。超能力のテレパシーだ。ＳＴＰＦが発生させる特殊なフィールドに思考が伝播すると考えられている。

ＳＴＰＦが建造された当初、苦痛をともなう究極的忌避感の中にもテレパシーの発現は恩恵に値するという考え方もあった。言葉を交わさなくとも思考が伝わり合うからだ。しかしやがて都合の悪い面の方が多いことに気づき始めた。人間はポジティブな感情とネガティブな感情を持っている。そしてネガティブな感情は言葉になって表に出ないことが多い。テレパシーはこの本音の一面までをも伝えてしまうのだ。したがって人間関係を良好に保つためには、孤独な空間にこもって無心になるのがベターと考えられるようになっていった。

被害の二つ目は化外の地だ。宇宙戦争のさなか、ＳＴＰＦと同じ材料が地球上の七箇所に落下したことが分かっている。陸地では四国とニューギニア島に、あとの五つは太平洋の海上に。ＳＴＰＦと同じ効果をもたらすので、落下地点である徳島県の剣山、ここを中心とした半径三五㎞の範囲内に人間は立ち入ることができない。「ダルタイプ」と呼ばれる鈍感な人間を除いて。

そして三つ目がキッカイの出現だった。落下物の中に渡来体が侵略用に準備していた卵体が含まれていたと思われる。特殊な遺伝原理を持った生命体で急速に進化してゆく。四国のキッカイとニューギニア島に出現しているキッカイは多少異なっている。世界では今、このキッカイを大陸に拡散させないことを大原則としている。四国とニューギニア島に閉じ込めておかなくてはならないのだ。

「やっぱりこの天ぷら食べて。試験中にお腹の調子が悪くなったら困るもの」

「いいよ。エビで食あたりになるなら本望だ」

「実際に経験したら食べるのが恐くなるってば」

梱遊星はエビ天を口に運びながら掛け時計に目をやった。

「かれこれ半日かぁ……。もっと要領よくできないものかな」

「それじゃあ実戦を想定した試験にはならないわ。コンピューターは乱数でシナリオを創ってるから、項目が何度もダブることもあるし、いつまで経っても該当する項目が発生しないこともあるわ。半分ビンゴゲームよ」

「おまけにシステムのプログラムにバグだ。さっき試験機が受け身もとらずに転んだ」

「受け身をとらなかった？　それだったら単にライブラリーの先祖返りじゃないかしら。二日前にも起きたわ。今頃コンペアしてるはずだから、解決は時間の問題だと思うけど」

「そうだといいな。調さんは一九時までまだ時間があるよ。横になって休んでた方がいいんじゃない？　どうせもうじき、いったん解散だし」

「孤介時間ね。私は平気よ。本音で生きてるつもりだから」

鳴滝調も藤村十も日頃から本音を口にする傾向がある。だから孤介時間は彼らにとって都合の悪いイベントではない。しかし桐遊星の場合は違った。多くの人間がそうだ。ネガティブな感情を隠しておきたいと思っている。それを人間の美徳などとはいわないが、多くの諍《いさか》いを未然に防げることを知っているつもりだ。

やがて館内放送が予告の音楽を流し始めた。クラシックの「カノン」だ。孤介時間到来の一〇分前を告げている。地上ではどこの町でもサイレンが鳴らされるのが一般的だ。

「ボク、居室に戻るよ」

桐遊星はテーブルを離れようとした。すると鳴滝調に背後から腕を取られた。

「私は平気よ。遊星くん、優しいから好きだわ」

「あ……、ありがとう」

そのような言葉を簡単に口にできる人間をうらやましく思う。それが平和につながるにせよ、戦争につながるにせよ、結果を早く手に入れることができる。歴史を早く築いてゆくことは可能だ。

「ボク、やっぱり行くよ」

「だからあそこよ」

「だからどこ。具体的にいえよ」

「杉の人工林と原始林の境界、少し右手の方」

佐々《ささ》史也《ふみや》は双眼鏡を構えて覗《のぞ》いた。その先端を久保園《くぼその》那希《なき》が横から指で突いて導いた。

確かに照葉樹の喬木《きょうぼく》がざわめいている。あの場所に局所的な風でも吹いていない限り、キッカイがそこにいるのだ。化外の地では他の生物の存在はあり得ない。

「那希って、視力だけはいいよな」

佐々史也は双眼鏡を久保園那希に押しつけ、代わりに地図を奪った。

「木が揺れるってことは、相当デカいってことだよな。川沿いに登って近くまで行ってみるか」

「あの場所まで優に一時間はかかるわ。その間に向こうだって移動するでしょうし」

「こっちに近づいてくるかもしれねぇだろ？　ヤツらはそういう生き物だ」

「よしましょ。東《ひがし》みよし町は『見返り美人』の管区よ。私たちの出る幕じゃないわ。彼女たちに任せておけばいいのよ」

佐々史也は舌打ちをして地図を折りたたんだ。そしてやはり久保園那希に押しつけた。見返り美人とは調査部隊第四小隊の名前。女性隊員の割合が非常に高く、実際に美人も多く、赤を基調とした極彩色の戦闘服が派手でひときわ目をひく存在だ。男性隊員にとっても女性隊員にとっても憧れの対象であり、そこに配属されなかった久保園那希はかねてからコンプレックスを感じている節があった。

他の調査部隊としては第一小隊の「酒王《さけおう》」と第二小隊の「はぐれ鶴《づる》」などがある。酒王の隊員は勇敢というべきか無謀な行動をとる者が多いようで、キッカイを駆除する剪定部隊でもないのに四人の殉職者を出して小隊長が二度も解任されている。対照的にはぐれ鶴からは一名も出しておらず、そうかといって実績をあげていないわけでもなく、つまりは統率者の質によるところが大きいといえるのかもしれない。

その中にあって白き蟬には他の部隊から蔑視《べっし》される傾向があった。今日までにいくつかの失態を演じてきたからだ。キッカイが物を投げることを覚えたのは白き蟬のせいだとされている。木に登ることを覚えたのも同じだ。キッカイには知恵を与えてはいけないのだ。

ボルヴェルクの研究報告によると、キッカイには「概念を学ぶ者」という定義づけがなされている。キッカイが短時間で進化してきたのは、様々な概念を吸収し、その獲得した情報や形質を次代に遺伝させてきたからだ。地球上の生物には認められない現象だ。

もともとキッカイは六本足だった。それが二足歩行のタイプが出現し、今では大半を占めるまでにいたっている。人間と遭遇することによって人型という概念を吸収したのだ。人間が物を投げるところを見せれば物を投げるタイプが生まれてしまう。

学んだ概念はいったん体内に蓄積される。その場所こそが走馬燈と呼ばれる臓器だ。キッカイは死を迎えるとき、この走馬燈に蓄積された概念を初めて情報として流出させる。〝人生を回想〟しているのか否かは定かではないが。情報を牝種《ひんしゅ》が受け取ると、これを反映して進化した個体を生み出す。だからキッカイを安易に殺すことはできないのだ。まずは概念の詰まった走馬燈を除去する必要があった。これを去勢処置という。

ちなみにキッカイには性別がない。有性生殖ではなく、単為発生で子を産むタイプがおり、これを便宜的に牝種と呼んでいる。走馬燈を体内に持っているのは男にあたる牡種だけだ。

海外ではディアフレンドと呼ばれているように、キッカイの、特に牡種は人間を見ると人懐っこく近寄ってくる。その行動には二つの原理がある。キッカイは人間がもっとも概念を与えてくれる豊かな教材であることを知っている。同時に、唯一〝殺してくれる〟存在であることも知っている。そこで肉薄したとたんに交戦を求めてくる。死を迎えなくては次代を進化させることができないからだ。キッカイはまだ自殺という概念を持っていない。

「一度、七戸さんと連絡とるか。そろそろ本部から引き揚げてる頃だろ。定例の指揮所訓練だよな」

「あら、違うわよ。朝礼でいってたのに、聞いてないんだから。今日は人事の件で呼ばれてるのよ」

「なんの人事だよ」

「プリズンガードのよ。調査部隊から何人か引き抜かれるらしいわ」

「飛行船に乗せるのか。この前、善通寺にやってきた」

「三二隻の内の八隻を、私たちのようなダルタイプで固めるんですって。プリズンガードを化外の地の上空まで入れて、高所から監視するの」

「みんな乗りたがるだろうな。少なくとも空に浮かんでいる限りは死ななくて済む。キッカイは飛べねぇんだからな」

「そうね」

「那希は選ばれるんじゃねぇか？　視力いいし」

「どうかしら。まさか肉眼で監視するわけじゃないと思うけど」

佐々史也はサブマシンガンを肩から下ろし、またしても久保園那希に押しつけた。そして自分だけ斜面に座り込み、リュックサックの中からコンバット・レーションを取り出した。

「飯食うから見張っとけよ。昼飯がおやつ時とは、悲しい任務だな」

「私まだ、現場で実弾撃ったことない」

「ていうかさ、ちょっとくらい跳ね返してこいよな。つまんねぇヤツ。汚れものばかり引き受けるの、那希の性格か？　世の中ごね得だぞ」

「…………」

レトルトパックの端を裂き、鶏肉の野菜煮を直接口に運ぶ。冷えているのであまり味がしない。

本格的に要撃行動が始まれば、調査部隊の人事はどうなるのだろう。一部では陸上部隊に編入させられるという噂も聞いたことがある。ダルタイプの特性を活かすのならば後方支援に充《あ》てられるとは考えにくい。化外の地との境界、最前線に配置されるのではないだろうか。前方からはキッカイ、後方からは砲弾。想像するだけで生きた心地がしない。プリズンガードに乗れる人間がうらやましい。

国際連合はキッカイに対する不拡散執行機関を設立している。「ソリッドコクーン」という国際組織だ。本部をニューヨークに、つまりは国連本部に置いている。そして支部を三つ。フィリピンはミンダナオ島ビスリグに、インドネシアはパプア州オカバに、日本は兵庫県南あわじ市に拠点を構えている。支部の拠点はいずれも化外の地の近郊だ。化外の地は太平洋の海上にも存在している。

各支部ごとに地域的軍事参謀委員会が設置されているが、日本だけは事情が特殊だ。参謀総長に防衛大臣を就任させている。フィリピンとインドネシアの場合は安全保障理事会の常任理事国から受け入れている。日本は指揮官とそして兵隊、この両方を頑として本土に立ち入らせなかった。

ソリッドコクーン日本支部の隷下《れいか》には、実働部隊とその司令本部、「フタナワーフ」がある。白き蟬もその一部隊だ。隷下とはいっても実質的な幕僚活動の主体はむしろこちらにある。陸上幕僚長が指揮を執《と》っており、善通寺駐屯地に駐在している。佐々史也も実働演習の折に何度か顔を見かけたことがあった。

「交代だ。オレが見張りをするから、今度は那希……、お前食ってんじゃねぇよ！」

久保園那希がレトルトパックをポケットに隠し、人差し指を立てて静粛をうながした。

「いるわ、近くに。足音、聞こえない？」

「警報が鳴ってないってことは、ヴァージンだな。よし、登録して点数稼ぐぞ。白き蟬がナメられないようにな」

佐々史也はＵＲＡファイル用のモバイルを取り出し、久保園那希にサブマシンガンと交換させた。

「発信器へのアップロード、当然分かるよな」

「うん」

「双眼鏡よこせ。荷物は置いて行くぞ。こっちだ。ついてこい」

緩斜面のはるか向こう側に一瞬だけキッカイの影が覗いた。佐々史也は身を屈《かが》め、足音が立たぬように慎重に接近を試み始めた。いったん岩場の陰に隠れ、双眼鏡を構える。そして内蔵カメラのシャッターを切った。

「デカいな。でもあのタイプ、以前に見たことがある。読むぞ」

「ＯＫ」

「二足……、種は不明……、身長は七メートル弱、成熟しているけど齢《よう》は不明、色は朽葉鼠《オターグレイ》……、両腕両脚パーツ型、両肘《ひじ》に逆爪あり……、でん部に左右えくぼ様陥没あり、尻尾はなし。ここまでで一度検索できるか？」

「……引っかかった！　牡種よ」

「走馬燈の位置は？」

「右の脇腹から胸部にかけて直上」

「よし、じゃあ一気に仕留められるな」

「待って！　備考欄に『全身に複数縄文あり』ってなってる」

「……そうか。確かにオレが見たヤツにも縄文があったな。ってことは微妙に違うタイプか。似ていても走馬燈の位置が同じとは限らねぇからな」

「どうする？　イメージセンサー届けてもらう？　それとも剪定部隊呼ぶ？」

「それはあとだ。とりあえず発信器だけでもつけよう。今のデータ、アップロードして」

発信器は尖形《せんけい》のプラスティック弾で、専用のエアライフルで発射する。調査部隊の基本任務は遭遇したキッカイに発信器を取りつけ、外見情報をURAファイルに登録して充実させてゆくことだ。交戦はやむを得ないときに限られ、積極的な駆除にいたってはよほどの条件がそろっていない限りは許されていない。駆除の専門はあくまでも剪定部隊だ。

「那希は撃ったことないんだよな」

「あるわ。実弾を撃ったことがないだけ」

「じゃあやって見せろよ」

久保園那希がその顔に動揺の色を浮かべたように見えた。佐々史也は一抹の不安を覚えながらエアライフルの準備をした。それを手渡すともう一度顔色を確かめる。

「できるな」

「背中でいい？」

「理想は腰の左右だけどな」

久保園那希はコクリとうなずき、ぎこちない挙動で早くも射撃姿勢をとった。

「おいおい、まさかここから撃つ気か？　お前、名うてのヒットマンかよ。無理に決まってんだろ」

佐々史也は岩場を離れてキッカイの行く手を追った。あとに従う久保園那希の気配だけを確認して。

距離はおよそ二五メートル。キッカイは立ち止まり、心なしか身震いをしているように見えた。こちらから冷たい風が吹き抜けて行ったが、恐らくそのせいではないだろう。もう一度カメラで撮影を行い、腕時計の時刻を確認する。一六時二分。そろそろ引き返さなくてはならない。日が沈むし、化外の地で孤介時間を迎えるわけにはゆかない。いくらダルタイプといえども、究極的忌避感が二つ重なるとさすがに気がおかしくなる。

「いつでもいいぞ」

「うん」

佐々史也は双眼鏡を、久保園那希はエアライフルを構えた。一陣の風をやり過ごしてから発信器のプラスティック弾は射出された。

「当たったか!?」

「……外した」

「ふざけんなよ。この距離だぞ。発信器捜さないといけねぇじゃねぇか」

「大丈夫、木に刺さったから。ちゃんと見えるわ」

「遠目が利くのはもう分かったよ」

キッカイが再び移動を始めた。もう時間がないので、悔しいが見逃さなくてはならない。

結局、今日は実績をあげられなかった。七戸《しちのへ》譲《ゆずる》と組んでいるときはこのようなことは一度もなかったのに。

しばらくしてから二人は発信器を回収しに向かった。久保園那希がいう通り、確かに木に刺さっている。それもかなり高い位置に。佐々史也は肩車の土台になろうとして、思いとどまった。一度周囲をくまなく確認する。キッカイが肩車の概念を獲得したら、どのような不都合が生じるのだろう。安全策をとって木に登って取る方がよさそうだ。そこでふと思った。

「那希さぁ、前にもエアライフルで的外したことあるだろ」

「なんで、知ってるの？」

「そのときも木に刺さったんじゃないか？」

「…………」

「そしてよじ登って取った。那希だったのかよ、キッカイに木登り教えたの。お前のせいで白き蝉はいつもバカにされるんだぞ。物を投げるのを教えたのもそうじゃないだろうな」

「…………」

久保園那希が無言になるのは認めていることを意味している。二年近くも同じ部隊にいるので分かる。ダルタイプは総じて無神経で鈍感といわれるが、自分がそうだし、彼女も精神的に打たれ強いわけではない。あまり責められると人並みに落ち込んでしまう。確かに立ち直りが早い傾向はあるが。

佐々史也はひと思いに木によじ登った。この姿をキッカイに見られるのは構わない。少なくともキッカイは笑わないからだ。他の調査部隊の連中は木にとまった蝉だといって笑う。

「よーし、帰るぞ」

「ごめんね、佐々くん」

「黙っといてやるよ。今日は遭遇しなかったって報告する。でも収穫がなにもなかったってのはいかにもマズイよな」

「さっきさぁ、見た？」

「あ？　なにを？」

「キッカイが体から淡い色のガスを吐いていたわ。ブルブルしてたでしょ？」

「そうか？　確かに震えてたけど、オレには見えなかったな。でも那希がいうなら間違いねぇだろ」

「あれ、きっと塩素よ。黄緑色のガスは塩素ってお父さんから聞いたことがある」

「それがどうした。塩酸の塩素ならオレだって知ってるぜ」

「塩素って有毒ガスよ。第一次世界大戦にもドイツ軍によって使われたって。双眼鏡のカメラに写ってるんじゃないかしら」

佐々史也は双眼鏡を覗いて画像を再生してみた。はっきりとは分からないが、淡い黄緑色に覆《おお》われているようにも見える。拠点に帰って大きなモニターで拡大してみれば分かるだろう。

今日は思いもよらぬ報告をすることになりそうだ。キッカイが有毒ガスを放出する事例は耳にしたことがない。URAファイルにもなかったはずだ。厄介な能力を身につけられてしまったものだ。一体、誰がこの概念を与えたのだろう。掃討作戦に有毒ガスが使われたという報告もまた耳にしたことがないのだ。

交流を重ねるほどに脅威の個体が生まれてくる。それに対抗するために実働部隊はまた新たな科学・文明・概念を手の内から披露しなくてはならない。この繰り返しに終わりが訪れるのかと疑問に思えてくる。

化外の地で初めてキッカイを発見したとき、恐らくその個体を殺したのだろう。辛抱強く放置しておけば、意外にも今頃は全滅していたのかもしれない。

県道では七戸譲が軽装甲機動車で迎えにきてくれていた。さっそく報告しようと思ったが、彼はいつになく重苦しい雰囲気を漂わせており、キャンプ地までの移動はしばらく無言の時間が流れた。フタナワーフ本部で面白くないことでもあったのだろうか。プリズンガードの人事の件で。

沈黙を破ったのは久保園那希だった。七戸譲の心理を推し量れないのか、彼女は後部座席から身を乗り出し、遠方に浮かぶプリズンガードの機影を指さした。三隻が距離を隔てて定点滞空している。いや、わずかながら移動している。水平尾翼の代わりにティルト機構のプロペラを備えた特殊な船体だ。プリズンガードは三二隻とも同じ仕様で統一されている。

佐々史也は思い切って口を開いた。

「七戸さん、今日はフタナワーフの本部に？」

「あぁ」

「プリズンガードの件で？」

「あぁ。一応、隊員全員を推薦しておいた」

「幕僚監部と、なにかもめたんですか？」

「なぜだ？」

「いえ……、いつもと雰囲気が違うので」

「三時間ほど前にな、大変なことが起きた。日本中が大騒ぎになってる。関空《かんくう》行きの旅客機がハイジャックされて、F－2戦闘機が高知の沖合上空で撃墜した」

「本当ですか⁉」

「乗客と乗員、一四〇人以上が乗っていたそうだ」

戦闘機がその空域で旅客機を撃墜する、これは致し方のないことだ。問題は旅客機が侵入したことなのだから。

四国にしろニューギニア島にしろ、現在キッカイの掃討作戦に飛行機とヘリコプターはいっさい投入されていない。キッカイに翼の類《たぐい》を見せてはいけないからだ。翼の概念を与えるとキッカイはいずれ飛ぶようになる。そうなると世界中に拡散してしまう。実際にニューギニア島でこの進化を遂げた個体が過去に現れ、慌てて核の使用に踏み切った経緯がある。

高所監視に飛行船が用いられることになったのもそのためだ。プリズンガードからは水平尾翼が除かれ、諸元としてティルト機構のプロペラが採用された。要撃用としては九〇式戦車が改造され、滑腔砲の代わりにライフル砲が搭載された。滑腔砲の砲弾は翼を持っているため、たとえ亜音速で飛ぶものでも細心の配慮がなされた結果だ。同じく有翼の誘導ミサイルも使えない。したがって遠距離からの攻撃はライフル式の砲熕《ほうこう》兵器に限定される。

キッカイ不拡散の大原則は、「匿翼《とくよく》の大原則」といい換えることもできる。これを守るためには非常に神経を遣う。絶対的タブーなのだ。せめてもの救いは、化外の地から鳥や虫が消えてくれたことだ。人間よりもＳＴＰＦの影響を受ける動物はこの四国にすら近づこうとしない。

それも時間の問題なのだろうか。先ほど、塩素を放出するキッカイと遭遇してきたばかりだ。概念を学ぶ者は、そう遠くはない将来に翼を備え、羽ばたくことを覚えるだろう。

七戸譲の隣で佐々史也も次第に無口になっていった。後部座席では久保園那希が呑気にレトルトパックを口にしている。

主系／従系

その日は市街戦を想定した射撃練習が行われていた。従系オペレーターの栂遊星《とがゆうせい》と二人の主系パイロット候補は三台の戦闘シミュレーターに並んで入り、気の遠くなりそうなノルマを一つずつ消化していた。

画面にはキッカイのイメージが現れ、とりもなおさずこれがターゲットになる。しかし単純に射撃するのではなく、実戦通りにイメージセンサーの判断をあおぎ、牝種ならば即座に急所を、牡種ならば走馬燈から急所への順序を踏まなくてはならない。センサーの応答時間はまちまちなので、いつまでもリズムに乗れないという状況に置かれていた。それでも栂遊星の感覚ではシューティングゲームとなんら変わりはなかった。

ウィンクタッチアクションこそないものの操作はマニュアルで行われる。四半日も続けると翌日は体のどこかが必ず痛くなる。腕が顕著だ。ある程度は体力も要求される。ダイナミックフィギュアに搭乗するパイロットはなおさらのこと。藤村十《ふじむらとお》と鳴滝調《なるたきしらべ》のカリキュラムには体力作りの時間がちゃんととられている。その点も主系パイロットと従系オペレーターの間にある違いの一つだった。

栂遊星の体にはすでに連動系が備わっていた。自分で拳銃を撃つ一連の動作とロボットに撃たせる一連の動作は大きく異なる。実際の動作イメージが強く支配しているとうまく操縦できない。したがってロボットのために独立した連動系を身につけなくてはならない。鳴滝調がよくアドバイスを求めにくるが、いつも返答に困っている。次のアクションを頭で考えているわけではない。そろばんやピアノやキーボードと同じで、自然に指が動いている感覚なのだ。

両隣で二人は今日も四苦八苦している。フラストレーションを発散させる声がうるさい。特に藤村十がひどい。先日は試験機を無難に操っていたが、彼には調子の波がある。焦らずに時間をかけて安定させてゆけばいいのだ。まだ二人にはたっぷりと猶予が残されている。

ダイナミックフィギュアの従系オペレーターは志願制で一般公募された。このときに父の大地はすでに東京の家を離れ、ボルヴェルクの西区に主席拠点研究員として在籍していた。その大地から応募してみてはどうかと勧められた。桝遊星には大地に対するかねてからのとある印象と、そしてガールフレンドの存在、この二つの理由で抵抗感があったが、一度ボルヴェルクという施設を見ておきたかったので、実はそちらの目的で受けてみる気になった。

当時、ボルヴェルクは日本のブレインパワーを集中させた施設として有名だったのだ。書類選考と適性試験を経て、シミュレーション試験になって初めてボルヴェルクに招かれた。このシミュレーションが人型のロボット操縦としては本格的で、非常にやりがいがあって面白かった。操縦は子供の頃から重機と慣れ親しんでいたのですんなり入り込めた。結果、桝遊星は「抜群」の評価を受けて採用にいたった。

「栂、お前はもう完璧だ。電気がもったいない。藤村と鳴滝は昼まで続けろ。栂、私についてこい」

操縦桿から指を抜き、電源を落としてシミュレーターを離れた。壱枝雅志《いちえだまさし》はすでに部屋を出ていた。見失ってはいけないので走って追いかける。

「どこへ行くんですか？」

「総括のところだ」

ボルヴェルクの総括責任者、卜部龍馬《うらべりょうま》。和製アインシュタインという異名を持つ男。しかし彼の才能が及ぶ範囲は大変広く、レオナルド＝ダ＝ビンチと評した方が適当かもしれない。ダイナミックフィギュアの開発も、キッカイの生体研究も、ＳＴＰＦの材料探究も、飛行船の実用プロジェクトもすべて彼が陣頭指揮を執って軌道に乗せた。そして北区で極秘に行われているという研究にいたっては、自らが主席の位置に下りて現場に入っているらしい。

地下一三階から地上二階までエレベーターで一気に昇る。そこには卜部龍馬の部屋があり、扉の前には二人の拠点研究員と四人の背広組が列をなしていた。壱枝雅志はその列を無視して扉を叩き、返事を待ってから向こう側に押し開けた。栂遊星は肩をすぼませながら男たちの横を通り過ぎた。

「連れて参りました」

「きたかい。ふむ、その子か。好きなところに座って」

正面のソファーに浅く腰をかけているのが恐らく卜部龍馬。初老で垂れ目と聞いていたのでまず間違いない。しかしもう一人いる。テーブルをはさんだ位置に男が背中を向けて座っていた。背広組だろうか。黒髪と白髪が交じって銀色の頭をしている。

「私が卜部だ。栂くんの息子さんだったね。お父さんには、日頃からよくやってもらってるよ」

「はじめまして。栂遊星です」

「今日はこっちの彼を紹介しようと思ってね。是沢《これさわ》くんだ。来春からキミの上司になる」

男が立ち上がり、こちらに目線を送って力強くうなずいた。意外に顔は老けていない。頭は若白髪だ。

「是沢銀路《ぎんじ》だ。よろしくな」

「こ、こちらこそよろしくお願いします」

彼が噂に聞くパノプティコンの船長。ダイナミックフィギュアの出動時には、フタナワーフの要撃部隊も含めた全権司令官になるという男。

「私は仕事がありますので、失礼ですがここで」

腰をかけたのも束の間、壱枝雅志が立ち去ろうとする。

「あぁ、壱枝くん」

「はい」

「栂くんの成績はどうかね。この彼だ」

「相変わらず抜群です。代用がいないのが唯一の気がかりですが、遠隔操縦の従系オペレーターですから死ぬことはないでしょうし」

そういって一礼し、壱枝雅志は部屋を出て行ってしまった。栂遊星は少し不安になったが、是沢銀路が近い将来の上司だと思えばすぐに気持ちは落ち着いた。ついでにあまり厳しくない男ならいいのだが。

卜部龍馬がおもむろにキングファイルを開く。

「ダイナミックフィギュアはとりあえず二機製造されている。壱枝くんから聞いているね？」

「はい」

「四季彩《シキサイ》と神柄《カムカラ》、栂くんに当面操縦してもらうのはシキサイだ。これは内示と受け取ってくれたらいいよ。いずれこっちから正式な辞令を出すからね」

「はい。分かりました」

「それにしても、栂くんの家庭はなにかと才能が豊かだね。お母さんのイラストを見せてもらったよ。私も昔から好きで水墨画をたしなむがね、あの先鋭の画法は琴線に触れた」

「善福寺川の桜並木です。ボクはあの場所に訪れる春が一番好きです」

「ふむ、一度花見に行きたいものだ。とまぁ、たまには若い子といろいろ話をしたいところだけど、外でせっかちな大人たちをたくさん待たせているものでね。あとは是沢くんに預けることにするよ」

「分かりました。ではまた春先にお会いできることを」

是沢銀路がすっくと立ち上がる。栂遊星もつられて立ち上がった。このピリッとくる緊張感、壱枝雅志とよく似ている。残念ながら甘い男ではなさそうだ。それは当然だろう。彼は剣山の鬼と戦う側の将軍なのだから。

栂遊星は是沢銀路に従って部屋をあとにした。

「私と一緒にきなさい」

「はい。ちなみにどこにですか？」

「東区だ。これからパノプティコンに乗る。もう格納庫から出ている頃だ。乗ったこと、ないだろ」

「ありません」

「クルーも紹介する。春から栂の同僚になる人間だ。もちろん年上ばかりだがな」

エレベーターに乗り、是沢銀路が一階のボタンを押した。

「あの……」

「なんだ」

「地下通路を使った方が早いですよ。オートスロープがあります」

「そうか。じゃあ案内してくれ」

地下二階で降りる。ここから東西南北、すべての管区と地下通路で結ばれている。冬の間は車でも使わない限り地上を行くのは大変だ。

ゲートにさしかかると人間を感知し、地下通路の照明が八〇〇メートル先まで一度に灯った。同時に落ち着いた音楽が流れ、オートスロープが動き始める。プリズンガードが善通寺に発《た》ってから、ここの往来はめっきり減った。

栂遊星は是沢銀路に続いて斜《はす》の位置に乗った。

「あの……」

「なんだ」

「シキサイって、どこにあるんですか？」

「さてな。栂の方が詳しいんじゃないか？　私がボルヴェルクを訪れるのは今日でまだ二度目だ。ボルヴェルクの人間はここを拠点と呼ぶが、私にとっての拠点は南あわじと善通寺だよ」

「ボクは善通寺に行ったら、自衛隊員の扱いになるんでしょうか」

「なぜそんなことを訊く」

「自衛隊員は、日頃の訓練とか規律が厳しいのかなって思いまして」

「中部方面隊第一四旅団は無期限でフタナワーフになった。ソリッドコクーン日本支部の隷下だ。そして我らがパノプティコンもソリッドコクーンの直下だ。ヒエラルキーでいえばフタナワーフとは同列になる。栂は自衛隊員ではない」

「そうですか」

「しかし、厳しい立場であることに変わりはないぞ。栂は日本の代表だからな。防衛相が正式に委任しているくらいだ」

栂遊星は初めて重圧を感じた。壱枝雅志ですらこの手の重圧をかけてくることは滅多になかった。なぜ、それは平常心を奪うあらゆる要素が、ダイナミックフィギュアの操縦に悪影響を及ぼすからだ。したがって大地にいたっては「操縦を楽しめ」などという。

藤村十と鳴滝調の場合は恐らく違う。ダイナミックフィギュアに直接搭乗し、キッカイと肉薄することに対する恐怖を克服しなくてはならない。壱枝雅志から重圧もかけられて精神面を総合的に鍛えられているはずだった。

それから東区に到着するまでは無言の時間が多かったが、例の事件についての話だけはした。ハイジャックされた旅客機を宮崎県の新田原《にゅうたばる》から発進した戦闘機が撃墜した一件だ。この事件、六日が経った今でも分からないことが多い。犯人は何者なのか。要求はなんだったのか。なぜ犯人自らも化外の地に近づくなどという自虐行為に及んだのか。上空にも〝化外の空間〟は展開されているのだ。

残念ながら生存者は一人もいない。最終的に撃墜命令をいい渡した統合幕僚長は遺族感情を考慮して辞任している。法的にはなんら問題はないのだが。

東区への扉を出たとたんに白い息が出た。

「こっちだ。足下が滑りやすいから注意しろ」

エプロンは通り道の雪が取り除かれていたが、凍っているのか確かに滑りやすかった。飛行船パノプティコンは巨大なので、真後ろからでもすぐにそれと分かった。マスト代わりの係留車が二台。大勢のグランドクルーが放船の準備をしている。ほとんどがラインマンだ。

垂直尾翼の方向舵が右へ左へ動いているのが分かる。

それにしても大きなゴンドラだ。二層になっているので上下階があるのかもしれない。下階と思われる部分は壁面がすべてガラスになっているようだが内側から資材があてがわれている。クルーは何人ほど乗り込むのだろう。内部のキャビンがそのまま司令本部になる。高所監視部隊であるプリズンガード、要撃部隊である陸戦兵器、詳しくは知らないが蘇生部隊もその一つだという。高所からあらゆる部隊を操るマリオネット方式。対キッカイ限定の戦闘システムだ。人間同士の戦争ではもちろん成立しない。恰好の的であるパノプティコンが真っ先に狙われるだろう。

ゴンドラに近づくとステップが降りてきた。栂遊星は是沢銀路に続いて階段を駆け上り、デッキに立った。キャビンは想像していたほど広くはなかった。機材がスペースをとっているのだ。両方の窓側を空けて中央に細長くオペレーションシステムが集められている。コンピューターやらモニター、そして計装の類がほとんどだった。その中にあって、ポッカリと一箇所だけ空間があった。そこにクルーたちが集まって立ち話をしていた。まだ若そうな女が三人、三〇代と思われる男が二人、いずれもりりしい制服を着ている。

「仲間を連れてきた。紹介しよう。栂遊星だ。彼がシキサイを操縦する」

栂遊星は改めて背筋を伸ばし、一礼した。

「栂遊星です。よろしくお願いします」

「じゃあ私から。太刀川静佳《たちかわしずか》よ。パノプティコンの乗船主任オペレーターの。オペレーターはこっちの二人もそう」

「香月純江《こうづきすみえ》です。詳しい自己紹介は、追々《おいおい》」

「私は倉又安由美《くらまたあゆみ》。パノプティコンへようこそ」

栂遊星は顔を引きつらせた。グループに紹介されるのは苦手だ。相手は一人を憶えればいいが、こちらは一度にたくさん憶えなくてはならない。すでに主任オペレーターの名前を忘れてしまっている。

「保科敏克《ほしなとしかつ》だ。オレたち二人は補助クルー。補助っていっても雑用係だとは思わないでくれよ。一応オペレートもできるし、いざというときにはこの船を操縦することだってできる」

「ボクは錦戸康介《にしきどこうすけ》。キミとはたぶん、年がひと回り以上も違うね。大変な任務だけど、お互いにがんばろう」

足下がほんの少し揺れた。窓を探すと、パノプティコンはすでに離陸していた。

「このスペースは会議をする場所ですか？　みんなで作戦を練るとか」

「ここには特別攻撃機の操縦席が入る予定よ。まだ届いてないの」

「つまりここが栂の持ち場だ。しっかりやれよ」

ダイナミックフィギュアは切り替え式で操縦を二系統持っている。主系は機体頭部に搭載されるコックピットにあり、パイロットが搭乗して直接操縦する。そして従系はコックピットを無人にした状態でこのパノプティコンから遠隔操縦する。したがって従系は同じ操縦士でもパイロットではなくオペレーターと呼ばれる。マリオネット方式の最も重要な糸は特別攻撃機・ダイナミックフィギュアと結ばれているのだ。

「ねぇ、さっそくみんなでお昼にしましょうよ」

「賛成。オレ腹ぺこ」

「みなさん、仕事しなくていいんですか？」

「仕事っていってもなぁ……、ここにキッカイが現れるわけでもないし」

「私たち、昨日までにひと通りのリハーサルを済ませているの。今日はクルージングよ」

クルーたちがぞろぞろと移動を始める。彼らは司令システムとコックピットの間にもある階段を降りて行った。最前方にはパノプティコンを操縦するパイロットとコ・パイロットの姿があった。彼らもパノプティコンの一員だが、善通寺に行けば所属が異なると聞いた。是沢銀路が二人の背中越しに話しかけている。

下階から名前を呼ばれ、栂遊星も階段を降りた。そこはほとんどなにも置かれていないスペースで、クルーたちは宙に浮いた形でクッションの上に座っていた。結露もなく床が特殊な強化ガラスになっているようだ。地上の様子が眼下に見えた。

「どうした、オレの横にこいよ」

「ボク、高いところ苦手かもしれません」

クルーたちは笑った。香月純江という女を除いて。

恐る恐る一歩階段を降りる。地上にいるグランドクルーの姿が蟻ほどにも小さい。パノプティコンはさらに高度を上げ、ボルヴェルクの上空を離れて南に進路をとろうとしていた。

その様子を見ながら弁当を食べられる神経が理解できない。全員が鈍感なダルタイプなのだろうか。

「みなさんは、その……、ダルタイプなんですか?」

「まさか。ダルタイプなら化外の地に送られちゃうわ」

「隠してるヤツもいるらしいけどな、世の中には。オレたちは純正の『ナーバス』だ。そういう栂はどうなんだ?」

「ボクも、ナーバスです」

「そりゃそうよ。従系オペレーターですもの」

何気ないその言葉が妙に引っかかった。なぜ自分が従系オペレーターで、藤村十と鳴滝調が主系パイロットなのか。ひょっとしたら、彼ら二人はダルタイプなのだろうか。そのようなことを考えたことは今までに一度もなかった。なにしろ、ダルタイプは二千人に一人ほどしか存在しないといわれているからだ。

無神経にも本音を口にし、孤介時間の到来もあまり気にしない。やはりそうなのかもしれない。ならばダイナミックフィギュアに搭乗したまま化外の地に足を踏み入れることも可能。それが主系と従系の決定的な差ということか。

ガリビエボクシング

坂出《さかいで》にあるガリビエというバーはフタナワーフのために開放されている。午後の六時には表のネオン管が灯り、任務を終えた隊員たちがガス抜きにやってくる。酒はすべてタダで飲める。世界がおごってくれることになっている。

ガリビエにとってはもうじきいい時節がやってくる。今日の孤介時間が午前六時一一分と午後六時九分からのそれぞれ一三分間。地球の自転周期は二四時間より四分ほど短いので、孤介時間の到来も毎日四分ずつ早くなる。したがって、六日後には営業時間と重ならなくなる。

フタナワーフでは調査部隊の第一から第四小隊と剪定部隊の隊員はすべてダルタイプだ。孤介時間に究極的忌避感に見舞われることはない。テレパシーによる声を聞くことはないが、一方的に伝えてしまうことはある。それさえ気にしなければいつでも酒を飲みにくることができる。

七戸譲に率いられた白き蟬の一団が意気揚々とガリビエに到着した。もちろんその中には佐々史也もいた。このところはキャンプ地での宿泊が続いており、全員にガスがたまっていた。

「お前ら、今夜は場外乱闘なしだからな」

「場内乱闘もなしですか?」

「場内乱闘はありだ。佐々、分かり切ったことを訊くな」

 白き蟬では、ガリビエに赴《おもむ》くときは全員参加の決まりになっている。他の小隊や部隊と衝突したとき、最終的には数がものをいうからだ。酒王もはぐれ鶴も同じ決まりを作っているようだった。見返り美人はケンカをしない。戦争ではない女性ならではの外交手段を持っている。

六〇〇人までは座れる広い店内にはすでに先客がいた。中央付近にある五人がけのテーブルをなんと四〇近くも占有している。一見したところ知らない顔ばかりだった。

「七戸さん。誰ですかね、コイツら」

「恐らく高所監視部隊だろう」

「つまりプリズンガード？」

「あぁ」

佐々史也は努めて眉間《みけん》の緊張を解いた。高所監視部隊とはまだもめ事を起こせない。自分もそこに異動する可能性があるからだ。

それにしても数が多い。まさに大所帯だ。制服姿と私服姿、混じり合っているようでそうでもない。しかし一つの塊にはなっている。制服姿がクルーだとすると、私服姿は職員と飛行船の整備員といったところだろうか。離着陸時には多くのスタッフが必要だとも聞いている。

白き蟬はぞろぞろと奥まで進み、雰囲気のいい暖炉の一角を陣取ろうとした。ところがマスターからバーカウンターの近くに移って欲しいと頼まれた。どうやら予約が入っているらしい。無骨な輩《やから》ばかりが集まるガリビエに予約の制度があるなど今までに聞いたことがなかった。

一時間ほどすると補給部隊が小グループでやってきた。今夜はキャンプ地を閉じているので彼らも自由だ。まとまりもなく常時パラパラと入ってくるのは要撃行動陸上部隊の自衛隊員。陸上部隊は普通科と特科と二つの機甲科からなり、人数自体が多く、いずれに属しているのかは判断しにくい。彼らは〝専守防衛〟なのでこちらから仕掛けない限り危害が及ぶことはない。そもそもまともにやり合って勝てる相手ではないのだが。

やがてはぐれ鶴の一団が現れ、白き蟬のテーブルには緊迫したムードが漂った。ざっと数えてみたところ、やはり全員をそろえてきたようだ。こちらに目線を送りながら対角の位置に腰を据えた。

「佐々はまだビールか？　高いのいけよ」

「オレは切り込み隊長ですから、仕事のあとでいいです」

はぐれ鶴は美馬《みま》市の第二管区を調査する小隊で、西隣からは白き蟬、東隣からは酒王にはさまれている。小隊間のいざこざはすべて境界上に現れたキッカイの扱いに端を発しているといっていい。獲物の奪い合いが起こることは滅多になく、警戒網を突破されたときの責任のなすりつけ合いが圧倒的に多い。はぐれ鶴の小隊長は策士なので、白き蝉と酒王を同時に敵に回すような真似はしない。だからこそ酒王がまだ姿を見せない今は危険なのだ。

　四年前の夏、剣山山頂の東にＳＴＰＦと同じ材料が落下した。この落下物を一般的に「剣山セグメント」と呼んでいる。その衝撃は凄まじく、山頂は消滅し、半径約二・五㎞のクレーターができた。剣山セグメントは落下地点から北へ数百メートル跳ねたと思われ、その地点を中心とした半径三五㎞は化外の地になった。

　化外の地には多くの住人が取り残された。ただちに救出活動が始められたが、究極的忌避感に見舞われて誰も近づく気にはなれず、遅々として進まなかった。そこで日本政府は全国にいるダルタイプに協力を求めた。ダルタイプという概念はＳＴＰＦの形成からしばらくして認知されるようになっていた。孤介時間の究極的忌避感に対して鈍感な人種。この人種ならば化外の地に入れるはずだと。

　佐々史也も救出活動に参加した一人だ。救出チームは調査部隊の前身と呼んでもさしつかえない。七戸譲との出会いもここで果たしている。彼は初期段階から参加しており、出会ったときにはすでに絶望していた。救出されて一命を取り留めた住人もいたが、敏感なナーバスはすべて息絶えていた。

　しかし七戸譲にはその惨状よりも強く残った印象があったようだ。木にとまって羽化しようとしていた蝉がそのままの姿で死んでいたことだった。昆虫にまで忌避感を与える剣山セグメントの影響力とは一体……。白き蝉の名前はここに由来している。

酒王と見返り美人には名称の由来としてなかば都市伝説的な話が残っている。剣山セグメントの落下から三週間後、中心部からさほど離れていない那賀《なか》町の男性が自力で脱出した。酒だけを飲んで生き延びていたらしいが、その真偽は定かではない。また、いまだに化外の地で暮らしている人間がいるという噂もある。救出チームが県道を歩く女性を発見したが、呼びかけに応じることもなく剣山の方角へ去って行ったらしい。最後に振り返った横顔が大変に美しかったという。

はぐれ鶴の名称も白き蟬と同じく実話に基づいている。ＳＴＰＦの影響で狂った一羽の鍋鶴が、山口から瀬戸内海を渡って四国の上空を飛んだ。キッカイに翼を見せるわけにはゆかないので、やむなくこれを散弾で撃ち落とした。先日起きたハイジャックも鍋鶴の一件がヒントになっていると思われる。

身なりのいい男たちがやってきたかと思うと、予約されているという暖炉の周りに落ち着いた。外国から招いた要人だろうか。日本の役人がいくつかの言葉で相手をしている。ほぼマンツーマンのような態勢だ。

「ヤツらは何者ですかね」

「さぁな」

「那希、お前あいさつしてこいよ」

「なんで私が？」

「お前、渉外担当だろ？」

久保園那希が渋々席を立ってテーブルを離れた。

まさか本当に行くとは思わなかった。あのあたりは鈍感な人間ならではの行動だ。呼び戻そうとしたがもう遅い。臆面もなく話しかけ、それなりに白人とコミュニケーションをとっている。

「なんていってた？」

「よく分からなかったけど、『二名《ふたな》条約』の関係者じゃないかしら」

二名条約、またの名を「五加一《ごかいち》干渉」ともいう。

キッカイの存在が確認されてから、国際連合の安全保障理事会は円滑な軍事行動を図《はか》るため、四国とニューギニア島の国際化構想をほのめかすようになった。国際化とはつまり、いずれの国の主権も及ばない南極のような領域にすることだ。実現すれば国連軍が自由に出入りするようになり、日本政府はこの動きに対して強い危機感を抱いた。

やがて常任理事国は本格的に国際レジームの起案を作成し、この議決は日本の手の届かない安全保障理事会内で採択されてしまう。日本は履行する義務を持ちつつも、国際連合は国内管轄圏内にある事項に干渉する権限を持たないという原則を指摘し、批准を断固として拒んでいる。

一方でインドネシアは批准の道を選び、ジャカルタ条約によってニューギニア島の国際化を受諾している。フィリピンもまた海洋調査の拠点となるミンダナオ島を提供するにいたった。日本はソリッドコクーンに加盟しつつも本土自衛の体制を勝ち取った。こうして四国の国際化危機は免れたのだ。

ところがその後、日本は特別攻撃機として運用する兵器を開発した。きたるべき要撃行動に投入するためだ。キッカイの行動は予測が困難という理由から、柔軟に対応できる人型ロボットが採用された。この特別攻撃機、内燃機関の原理が公表されていない。非公式ながら七二〇〇時間の連続作戦行動が可能だという。

この非公式の情報に脅威を感じたのは極東の国々とアメリカだった。特別攻撃機は地球内戦における戦略兵器にもなり得ると考えたのだ。日本が覇権国家の実力を備えようとしている。この状況を危惧した五カ国と台湾政府は、国際連合とは独立した政治連盟を築き、ソリッドコクーン日本支部の活動に干渉する権限を求めてきた。これが五加一干渉だ。日本政府はこの求めに応じ、お互いの条件を呑み合って二名条約を結んでいる。

「ついに酒王がお出ましだぞ。佐々、体動かしとけ」

「いえ、まだです」

好戦的な酒王も駆けつけの一杯だけは決して怠《おこた》らない。それに、まだ見返り美人のきれいどころが姿を見せていない。女性は決して戦争をしないが、女性のいない世界では男性も戦争をしない。

(きた)

見返り美人が極彩色の戦闘服で店に入ってきた。佐々史也はテーブルの上にあるストレートグラスを適当に取り、一気にあおった。そして頬杖をつき、孤介時間のごとくしばしの瞑想にふけった。やがて店内に合唱が始まる。酒王が全員で蟬の鳴き真似をするのは挑発している印だ。

「佐々く〜ん、ひょっとしてナメられてるんじゃな〜い？」

「冬でも蟬が鳴くのかしら」

「見返り美人は強い男を応援しま〜す」

佐々史也は椅子を倒して立ち上がった。マスターがカウンターの向こう側からボクシンググローブを投げる。店内は一度に雰囲気が変わり、中央のテーブルがすべて有無をいわさずに取り除かれる。フタナワーフの隊員たちが取り囲み、即席のリングができあがった。事情も分からないままに立ち退かされた高所監視部隊の面々が何事が起きるのかと目を丸くしている。

「佐々！　負けんな！」

「今日こそ酒王伸《の》したれ！」

「佐々くん、明日も仕事なんだからね」

「佐々フタナ一！」

この瞬間が一番好きだった。一つの勝ちを得るために五つの勝ちをくれてやっても構わない。そのような自分に皆が声援を送ってくれるのだと思っている。いつから変わったのだろう。背後に張られたロープまでの距離を常に測っていた過去の自分。ロープなど初めから無用。リングの外は奈落の底。

見返り美人の小隊長がリングアナウンスの役を買って出る。佐々史也はマウスピースを噛ませてもらうと、グローブの拳を胸の前で叩き合わせた。今夜の手始めも酒王の切り込み役。今日まで一勝五敗だがなぜか負ける気がしない。

ガリビエのボクシングにゴングはない。誰からともなくカウントダウンを始める。ボルテージは高まり、ゼロで極まる。世界のどこを探しても存在しないルール。ラウンド最初のコンタクトだけは互いにノーガードのカウンター。

佐々史也は渾身の右ストレートを放った。相手も酒王、最短距離のせこいパンチは打ってこない。アドレナリンが放出され、刹那の時間が何倍にも伸びて意識を可能にさせる。キッカイもまた、死ぬ間際にこうして過去を回想するのだろうか。左の顔面に相手のグローブが先に届いた。それをほお骨で押し返しながら右肘を伸ばした。

相手は隊員たちの築く壁の中に飲み込まれて行った。佐々史也は歯を食いしばり、後方へとよろめく足を必死で踏ん張らせた。久保園那希が受けとめようと構えている。彼女に少しでも背中が触れたら自分も負けだ。

「……っとっと、今夜は勝っちまったみたいだな。走馬燈、抜き忘れたぜ」

懐柔士

朝から所内放送で呼び出しを受けた。栂遊星が総務課を訪ねると制服一式が渡された。ソリッドコクーン日本支部から届いたばかりだという。配色こそ違うがパノプティコンの乗船クルーが着ていたものと同じだ。ひどく急《せ》かされてその場で着替える羽目になった。

総務課をあとにするときには封書を手渡された。裏を見ると是沢銀路の名前があった。栂遊星は廊下を渡りながらさっそく封を切ってみた。

まとまった文面だ。無駄なことがいっさい書かれていない。そうかといって重要なことが書かれているわけでもなかった。春に元気な姿で会おうと強い筆跡で締めくくられていた。電話ならば一分で済むのに、わざわざ手紙をよこしてきた。意外にきめ細かな心配りをする男だ。少しだけ春が待ち遠しく感じられた。

バインドルームには見覚えのある女の姿があった。西区の特別研究員で、ラウンジまで案内してくれた女だ。今日は艶やかな黒髪を束ねている。ひと言あいさつをしたいところだが、壱枝雅志と話をしているので気軽には近づけない。こちらが制服を着ているので女にも分からないようだ。

「なに見てんだよ。あの女の人か？」

藤村十に鋭く見抜かれる。いつの間に現れたのだろうか。

「十くんおはよ……、あれ？　このパイロットスーツ、ひょっとしてフォーマル？　格好いいじゃん。ついにできたんだ」

「いや、実はとっくにできてた。着る機会がなかっただけだ。遊星も今日は着用義務か。オレは断然そっちの方がいいよ。コイツは着てる気がしない」

「水着というかレオタードというか、試作品よりも生地が薄くなったね」

「襦袢《ジバン》て呼ぶんだそうだ。つまりインナーだな。単に床ずれを防止するのが目的だ。本番はジャケットも着るようだけど、そいつはどうも操縦席に固定されてるみたいなんだ。カムカラのギ装リストをこっそり見たら、コックピットの一部に含まれてた。シートベルトと兼ねるんだと思う」

関節部分以外は基本的にボディコンシャスの作りになっている。パイロットは今のところこの世に二人しかいないのでオーダーメイドだろう。肩には堅牢なる繭《ソリッドコクーン》の意匠がプリントされている。二名島波止場《フタナワーフ》のそれはどこにも見当たらない。是沢銀路がいっていた通り、ダイナミックフィギュアはソリッドコクーンの直下ということだ。

「内も外も実戦さながらだね」

「上の階には防衛大臣と新任の統合幕僚長がきてるみたいだからな。こっちはお披露目で、あっちは高みの見物だとさ。間違ってもマズルは上に向けるなよ」

「マズル？　……あぁ銃口ね」

六日にわたる技術実証試験も今日で終わる。スケジュールが順調に進んできたわけではないが、なんとか総仕上げの最終日を確保することができた。

「おっはよう」

栂遊星と藤村十はあらぬ反射速度で振り返った。しかしジバン姿を期待した鳴滝調の体には上からロングジャケットが羽織られていた。

「なによ」

二人はばつの悪い表情で正面に向き直り、どちらからともなく歩き出した。そしてホットスポットであるバルコニーに降り立った。

試験機の周りに群がる技術班の姿が眼下に見える。調整作業を急いでいる様子だ。試験機には両脚と両腕にプロテクターが装着され、今までの骸骨のような様相から肉づきのある「人」に近づいていた。

プロテクターといっても強化プラスティックの材料が用いられている。これは軽量化の意味もあるが、もっと重要な理由がある。ダイナミックフィギュアは対キッカイ限定の兵器で、それ以外の用途に及んではならない。いつでも既存兵器で破壊できる状態に保っておかなくてはならないのだ。これは戦略兵器になることを恐れる五加一干渉の絶対条件といわれている。

「おい、あれって遊星の親父だよな。なんかヘンテコなヤツ連れてないか?」

「ホントだ」

これから現場の下見でもするつもりなのだろうが、宇宙服を着た小柄な人間をともなっている。子供の宇宙飛行士が月面を歩いているようで微笑ましい。

今日は試験機と本物のキッカイを対戦させることになっている。ボルヴェルクの西区では研究のためにキッカイが飼われている。栂遊星も昨日この事実を知らされたばかりで驚いていたところだった。そしてこれから先も極秘だ。四国からキッカイを持ち出したということは不拡散の大原則に抵触している。ここ北海道大樹町に核ミサイルを撃ち込まれても文句はいえない。

背後から鳴滝調の鼻歌が聞こえてくる。ひどく機嫌がいい。ベンチに体を沈め、ヘッドホンをつけてリラックスした表情をしている。パイロットの二人は明日から休みがもらえるので、早くも気分はそちらに向いているのかもしれない。藤村十は実家のさいたま市に戻り、鳴滝調は善通寺に行くといっていた。今は父親がそこにいるらしい。

「ま、長引かないようにせいぜいがんばってくれよな。調とオレはご愛敬だから」

その考え方でいいのだと栂遊星は思った。藤村十と鳴滝調に辞令が出るのはまだ先なのだから。

そこへ強い口調で壱枝雅志の指示が飛んできた。主系パイロットと従系オペレーターはドーム内に集合といっている。鳴滝調の耳には届いていないようなのでジェスチャーで教えてやった。

ドームに降りるとすでに大地の姿はなくなっていた。宇宙服を着ていた人間も見当たらない。目を落とせば足あとだけが残っていた。

ジオラマの横を通って奥へと進んで行く。市街地のセットだが特定のモデルがあるわけではないらしい。精巧にできているので、近づくほどに自分が巨人になったような錯覚に陥る。せっかく作ったのにキッカイとの模擬対戦でかなり破壊することになるはずだ。さぞかし痛快だろうと藤村十は昨日から楽しみにしていた。栂遊星も内心では同意していた。

ここは一日で本当に雰囲気が変わってしまった。ジオラマにしてもそうだし、今日は実弾を使うので周りの壁にはすべて鉄鋼板が張り巡らされた。閉塞感があって息が詰まる思いがする。コンクリートの方がまだましだった。地下水がしみ出している様子が外界とのつながりを感じさせてくれたものだ。

専用拳銃であるユラ・ピストルが試験機に装備されている。もちろんスケールは一／八に縮小されている。武装はこのユラ・ピストルと槍《やり》のユラ・スピアだけだ。槍はキッカイの前進をとめるためと、走馬燈を突き破るためにある。したがって可動式の刃が三脚のように分かれる構造を持っている。最悪でも去勢処置さえ行えばキッカイに最終ラインを突破されても構わないことになっている。

壱枝雅志の指示に従って栂遊星たちは横に整列した。そして約二〇メートル上方を仰いだ。幕僚監部の面々がバルコニーに出ているらしいが、頭の影が揺れている程度にしか見えない。号令と同時に頭を下げて敬礼する。いかにも形式的に思えた。恐らくこの瞬間のために制服を着用させられたのだろう。「どうせ見てないくせにね」と鳴滝調がまさに代弁した。心の中で同じことを思っていても、それを実際に口に出されると心臓に悪い。

その後は試験開始の一〇時までバインドルームで待機となった。珍しく試験終了は一四時と決められていた。理由には触れられなかったが、きっとその時間帯にはなんらかの意味があるのだ。

バインドルームのワイドスクリーンがドーム内の映像に切り替わった。足早に退出する技術班の姿が映っている。ややあって、警報音とともに一角の扉が開かれた。暗がりの中で影がうごめいている。その実体は容易に想像がついたが、いざキッカイが現れると表情は自然とこわばった。

テレビの映像では何度も見たことがある。そして今目にしているものもまた映像だ。ただし同じ空間にいると思うと印象がまったく違う。実際に見た目の印象もかなり異なっていた。グロテスクに見せる棘や、不自然な隆起やくびれがない。ひと言でいえばシンプルに洗練されている。どことなく人型進化への指向性が感じられる。

「おい、見たか遊星。アイツ今、屈伸したよな」

「ボクにもそう見えた」

「URAファイルにそんな情報あったか？」

「なかった、と思う。ここで屈伸の概念を与えたんだよ、きっと」

「与えた？　与えたっていっても、すぐに真似できるもんじゃないだろ。キッカイが真似できるようになるのは次代からのはずだ」

藤村十のいう通りだ。キッカイは決して猿真似というものをしない。目にした概念をいったん走馬燈に蓄積し、死ぬことによって初めて伝え、次代の個体に反映されて生まれてくる。進歩には独特の時間差があるのだ。人間は生まれたときにはなにも持たないが、生涯を通じて成長してゆくことができる。キッカイはすでに多くのものを持って生まれ、その中だけでやりくりしながら生きてゆく。どちらが生物として優れているのかはまだ分からない。「人類はキッカイに滅ぼされるかもしれない」と大地がいっていたので、恐らくは……。

「これはボクの憶測だけど、西区では研究の一環としてキッカイを繁殖させているんじゃないかな」

「飼うこと自体が大罪、あまつさえ繁殖か」

キッカイが歩き始めた。そうかと思えば立ち止まり、地団駄を踏んでいる。横へ跳び、今度は逆へと反復した。そして一五メートルほどのダッシュを見せた。決して目を見張るほどではないがそれなりに速い。この時点でウォーミングアップをしているのだとようやく気づいた。

「あんなに機敏な動きをするのか？　シミュレーターと全然違うぞ。オレたちが相手にしたのは墓場に現れるようなゾンビだったはずだ」

「中に人が入ってるんじゃないかしら」

鳴滝調が横に並び、なかば冗談めいていった。

キッカイの着ぐるみをまとった人間だとはおよそ思えない。恐らく操られているのだ。電気信号などによる命令コマンドに従って。唯一頭部につけられている緊箍《きんこ》のような器具が怪しい。

藤村十と鳴滝調が壱枝雅志を見つけてさっそく詰め寄って行った。二人して抗議をしている。壱枝雅志にとってもキッカイのパフォーマンスは予想外だったらしく、困惑した表情でなだめながら一方では解析班とシステム班の主任を呼び寄せている。

このような場合、是沢銀路ならばどうするのだろう。栂遊星の頭にはなぜか彼の後ろ姿が思い浮かんだ。技術実証試験の最終日は総仕上げ。この状況はハプニングの内には入らないはずだ。実戦では不測の事態が当然として起きる。既存の陸戦兵器では対処しきれない可能性を考慮したからこそダイナミックフィギュアが開発されたのだ。

壱枝雅志が険しい表情で歩み寄ってきた。

「予定変更だ。先発は栂でいく。いいな」

「はい」

「栂も最高のパフォーマンスを見せろ」

「努力します」

「それにしてもしてやられたよ、お前の親父さんには。私は顔に泥を塗られたかもしれんな」

責任として、その名誉回復を息子である自分に行わせるという意味だろうか。

栂遊星は複雑な心境で疑似コックピットに乗り込んだ。

試験機を起動させるためにヘッドアップコンソールを操作する。ところがまるで反応がなかった。見ればウィンクタッチアクションのセンサーが働いていた。操縦が主系の鳴滝モードになっている。急きょ予定が変更されたためにシステム班が対処できていない。日頃の見よう見真似でセンサーに瞬《まばた》きを返してみる。すると試験機が起動した。このあたりが人間とキッカイの違いといえる。

出力計のグラフが緩慢な上昇を見せる。いつもほどの勢いがない。そして二二〇kWでとまってしまった。スロットルを開けてみる。やはりレッドゾーンへの突入値が低い。そこで操縦を従系に切り替えてもらえるようにマイクで告げた。

実はダイナミックフィギュアは主系よりも従系の方が高出力の仕様になっている。実戦におけるパイロットの安全を考慮しているためで、操縦をパノプティコンからの遠隔で行うオペレーターにはその必要がないからだ。

試験機に腰のホルダーからユラ・ピストルを抜かせる。試射用の標的に向かって構え、単射。問題なく的中。今度は動く標的に向かって単射。これもまったく問題はない。再びホルダーに戻させる。

時計を一瞥《いちべつ》し、一〇時を待つ。キッカイは約八〇メートル離れた場所で低い体勢をとっている。そしてついに伏せてしまった。やりにくい。いきなり肉薄戦闘になりそうな予感がする。

「定刻だ。技術実証試験、最終フェーズ、一同よろしく」

壱枝雅志の口から試験の開始が告げられた。まずはイメージセンサーが作動し、走馬燈の探索が始まる。伏せているために正面位置の特定にはいたらないが、牡種とだけ判定された。キッカイは蟹歩きで低層ビルを模した障害物の裏側に隠れようとしている。栂遊星は機体を前進させて距離を詰めた。

ヘッドアップディスプレイに生体反応が示されない。実に不気味だ。視野からも完全に消えてしまっている。同じ場所にとどまっているのかさえも分からない。実戦ではパノプティコンからの鳥瞰情報もあるので、アシストのない試験の方がむしろ不遇だ。埒が明かないので憶測ながら大胆に距離を詰める。主系コックピットに搭乗していたら少なからずためらうだろう。

それにしても従順なキッカイだ。命令に従って息を潜めている。本能がないのか、それとも理性で抑えているのか。特に牡種は人懐っこく近づいてくると聞く。いくら人型とはいえ試験機を人間とは認めていないのかもしれない。試験機の姿も概念の宝庫だと思うのだが。

ようやく障害物の陰から覗くキッカイの左肩《さけん》が見えた。ここは急所ではない。栂遊星は自らの判断で射撃した。命中してかなりの肉片が飛び散ったが左腕が飛んだ様子はない。キッカイが腰を上げたときにそれはごっそりと脱落した。

完全に姿を現し、こちらに向かってくる。イメージセンサーがただちに走馬燈の探索を開始する。解析が済まないうちにバランスの悪いキッカイはジオラマの家屋に足を取られて転倒した。自滅した形だがこれもまた現実では起こり得ること。情けをかける必要はない。一気に接近しながらユラ・スピアを伸張させる。キッカイが立ち上がると走馬燈の位置が特定された。即座に槍のひと突きにする。引き抜いては続けざまに急所を貫いた。断末魔も上げずに崩れ落ちる。

壱枝雅志の指示でいったん最終ラインに機体を戻す。扉からは新手のキッカイが続々と現れた。どれも異なる姿をしており、体格の大小も様々だ。内の一体は制御が利いていないのか、早くもジオラマの外側を猛然と突進してきた。体の正面を向けているのでこちらのタイプの方が相手にしやすい。充分に引きつけ、ユラ・ピストルで走馬燈に三発、そして急所に五発と立て続けに撃ち込んだ。

またしても障害物に身を隠そうとする個体がいる。牝種と判定されたので残りの銃弾すべてで障害物もろとも破壊した。素早くマガジンを交換。四箇所に散らばるキッカイに優先順位をつける。牡種・三、牝種・一。キッカイ不拡散の原則により、基本的に牝種の処理が優先される。距離があるので急所への的中は容易ではない。ターゲットを変更。もっとも進行している個体を狙うことにした。ジオラマの家屋を踏みつけながら正面に回り込む。もう一体、突進を始めた個体が現れたのでひとまずは去勢処置だけにとどめる。ただちに銃口を右手の方向にスライドさせてこれもまた去勢処置。牝種とは肉薄しての格闘となった。

ダイナミックフィギュアの最高出力は六〇〇〇kWといわれるが、機体自体が軽いので瞬間的な衝突では当たり負けをする。当たり負けをするという点では試験機も同じだった。最初のコンタクトで後方に飛ばされ、ジオラマの構造群の中にもんどり打って倒れた。幸い、自己診断に機体損傷の表示はない。そこへなんと牝種が覆い被さろうとしてきた。試験機の上体をわずかに起こし、尖《とが》らせた左腕の手刀で迎える。運良く胸を貫いたが、ゴムメタルのフレームが一度に破断した。出力を最大にまで上げ、牝種と一体となって立ち上がる。隙をついて最終ラインまで到達しかけていた牡種に銃弾を見舞った。左腕を切り離し、牝種を肩で押して鉄塔に激しく打ちつける。倒れたところを馬乗りになり、ユラ・ピストルを捨てて右腕の拳だけで蹂躙《じゅうりん》した。これでまた右腕のフレームが破断した。

「終了だ！　電源落とせ」

壱枝雅志の指示が飛んだ。栂遊星は深い息を吐き、操縦桿から指を抜いた。

試験機はほぼ戦闘不能。計七体のキッカイを相手にこの結果はいかに評価されるのだろう。素晴らしい機動性を披露したともいえるし、機体の、特にフレームの脆弱《ぜいじゃく》さを露呈したともいえる。

「さすがね、遊星くん」

広くはない疑似コックピットの中に鳴滝調が入ってきた。そして大胆にも膝の上に座った。間近にある背中が心なしか小さく見えた。

「私だったら、オールスルーになってたかも……」

「そんなことないよ。確かに波状攻撃みたいな状況で厳しかったけどね」

「アメフトみたいに横をすり抜けてくれたらいいわ。でも、多勢で向かってこられたら、死んでたかな、私」

それもまた本音なのだろう。強がるのではなく不安をそのまま吐露する。

ダイナミックフィギュアのコックピットは、末梢ともいえる機体の先端頭部に搭載される。非常に危険な場所だ。これも同じく五加一干渉の付帯条件。既存兵器で容易に破壊できるようにしておくための仕様だ。キッカイとの戦闘でも最たる弱点になる。事実、今の試験でも機体は体当たりを受けて転倒している。後方へ一度、前方へ一度の衝撃と加速。

「おい遊星、壱枝さんが呼んでるぞ」

「分かった。怒られるの覚悟しとこっと」

「大丈夫。あれでケチをつけられたら私が抗議してやるんだから」

「ありがとう、調さん」

栂遊星は疑似コックピットを離れると急いでバルコニーに駆けつけた。

あの女が壱枝雅志と話をしている。一度姿を消したと思っていたらまた現れた。こちらに気づき、笑みを浮かべた。

「お疲れさま」

「どうも」

「やってくれたわね。ウチのかわいいキッカイを、七体も」

「どういうことでしょうか」

「合格だ、栂。実戦ではあそこまで切迫した状況には陥らないと考えている。たとえ陥っても、こちらには高所司令船や監視船、そして陸戦兵器の支援がある。キッカイには統制などないはずだしな。今日は西区が我々をとっちめるつもりだったらしい」

「とっちめるだなんて、お言葉ですわ。実はソリッドコクーンからお達しがあったんです。あとで耳に入ることになると思いますよ」

「そういうことだそうだ。とにかく私の面目は保たれた」

壱枝雅志がきびすを返してバインドルームの中に入って行く。技術班に試験機の両腕交換を準備させる指示が聞こえた。試験をまだ続けるつもりのようだ。自分はもう合格といわれたので、鳴滝調と藤村十の出番ということだろう。

「あの……」

「安並風歌《やすなみふうか》よ」

「安並さんは、父と同じ西区で特別研究員の待遇なんですよね。拠点研究員ではなく」

「栂教授とは大学院からのつき合いなの。教授とその研究室の副教官という関係。私がボルヴェルクにいるのは教授に引き抜かれたからよ。卜部龍馬が採用したわけじゃないわ」

「そうだったんですか」

「あまり話せないけど、ここでの研究は異常ね。クローン研究がかわいく思えるわ」

安並風歌がバルコニーからドーム内の様子を見下ろす。去勢処置をしただけでまだ生きているキッカイがジオラマの中を這っている。試験機の両腕が取り替えられるのは早くとも二体の収容が済んだあとになるだろう。

そこへ扉が開いた。栂遊星はとある影を認めて目を丸くした。少女が一人、なんとドーム内に入ってきたではないか。ボルヴェルクにあれほど幼い子供がいるなど聞いたことがない。

「危ないぞ!」

「大丈夫よ。見ててごらんなさい」

安並風歌が目を細める。目尻にしわを寄せて笑っているようにも見える。

少女は臆する様子もなくキッカイに歩み寄り、なにか強い口調で叱責した。それを受けたキッカイが立ち上がる。少女は同じようにしてもう一体を立ち上がらせた。去勢処置は致命傷になるわけではないが、体が銃弾を浴びたことに変わりはない。そのような状態のキッカイに命令して従わせるとは。

「ひょっとして、宇宙服を着ていたのはあの子ですか?」

「そうよ。一三歳の中学生。続初《つづきうい》っていう子よ。西区で二人しかいない懐柔士」

「懐柔士?」

「ええ。キッカイを手なずけることができるの」

「どうして宇宙服を?」

「匂いがきついのよね。あの子、お風呂に入らないから。でもそうじゃないとキッカイは懐かないの。宇宙服というのは、たまたまあれがあったから。本物じゃないわ。小道具よ」

試験ではあの続初がキッカイを操《あやつ》っていたということか。どうりで知的ながらも幼稚な面をいくつか見せたわけだ。従系操縦のダイナミックフィギュアと同じく、まるでキッカイを兵器に見立てたマリオネット方式だ。

少女が二体のキッカイを従えて扉の中へと消える。入れ替わるようにしてクレーン車とトラックがドーム内に入ってきた。これからキッカイの屍《しかばね》を回収するのだろう。

「西区では他にもまだたくさん飼ってるんですか？」

かたわらに安並風歌の姿はなかった。彼女はすでにバルコニーをあとにしようとしていた。

「なにかいったかしら」

「いえ、なんでもありません」

西区で行われている研究は異常なものばかりだ。キッカイを飼い、繁殖させ、懐柔して意のままに操る。そこに中学生の少女まで動員させているとは。思えばダイナミックフィギュアの運用にしても同じだ。人型の兵器に人間が乗る。当然のようで常軌を逸している。そしてパイロットの安全は保証されていない。破壊できることを前提に設計されている。

ジオラマの中から手を振っている男がいた。誰かと思えば大地だった。こちらを指さし、力強く親指を立てた。栂遊星はわずかに目線を逸《そ》らしただろうか。異常な研究に没頭している大地から伝わってくる印象は、ＳＴＰＦがもたらす究極的忌避感になんとなく似ていた。そう、幼い頃から折に触れて感じてきたことだ。大地との間には常に見えない空気がはさまれていたように思う。

金刀比羅宮《ことひらぐう》に近づくほどに渋滞がひどくなってゆく。焦りを覚えない佐々史也も純粋な苛立ちは覚えていた。国道三七七号線との交差で交通整理が行われていないのかもしれない。あるいは交通量そのものが多すぎるのだろう。コンテナ車以外の運搬車輌は一様に坂出方面を目指している。

香川県民への疎開勧告は三カ月前に発令していた。しかし強制ではなかったために目立った動きは認められなかった。周りの動向をうかがっていたものと思われる。そしてこの時期になって一度にピークを迎えた。これだから報道の力は侮《あなど》れない。県民は有毒ガスを発するキッカイの存在に敏感な反応を見せた。今は疎開したくともできない人間が多いとも聞いている。

ただ、現実はもっと先を争って四国から脱出すべき状況に置かれている。見返り美人の報告によると、第四管区内で二メートル大の足あとが発見されたとある。ついに身の丈が一五メートルに近いキッカイが出現し始めたのだ。この事実が報道に渡っていないのか、県民は無知であることによってパニックを免れている。

「こりゃ遅刻だな。フタナワーフの幹部は時間に厳しいから、こっぴどく怒られるぜ、きっと。那希はどうせ足遅ぇだろうし。ここからじゃ走っても間に合わねぇ」

「…………」

「江添《えぞえ》さんに連絡してくれ。白き蝉は渋滞に巻き込まれてますって」

江添はフタナワーフの調査部隊長。白き蝉など化外の地内に入る第一から第四小隊と、化外の地外で行動をする第五から第七小隊の指揮責任者だ。

助手席で久保園那希がさっそく携帯通信機を耳に当てた。佐々史也はハンドルをわずかに右に切り、対向車線を走ってくるトラックを認めていさぎよく戻した。

「朗報。他の人たちもみんな遅れてるんですって」

「そいつはなによりだな」

先ほどから雪がちらつき始めた。年が明けてからは初めてだが歓迎すべき天候だ。キッカイは雪が降っている間は積極的な活動を見せない。そのような傾向があった。寒さに弱いという見解もあるが、恐らくそれは違う。雪という概念をうまく消化できないためだ。

「それにしても、まさかオレと那希が選ばれるとはな」

「まだ決まったわけじゃないわ」

「じゃあ、なんのために呼び出されるっていうんだよ。プリズンガードへの人事異動に決まってんじゃねぇか」

「決めつけない方が、いいと思う。違ったらがっかりするよ」

「那希って本当につまんねぇよな。当てが外れたら外れたでいいじゃねぇか。もっと人生に起伏を求めろよ」

久保園那希は徳島県の人間だ。実家は化外の地にあり、剣山セグメントのインパクトの瞬間を目撃したという貴重な体験をしている。家族の中では唯一のダルタイプで、被災時には両親と妹二人と祖父母の六人を連れ出すという離れ業も演じている。彼女もまた後の救出活動に参加した一人だ。

本人の口から直接聞いたわけではないが、どうやら妹の一人は避難後に失ってしまったようだ。そのことで彼女は自分を責めている節がある。

フタナワーフに入隊したダルタイプは様々な動機を持っている。久保園那希のように郷土愛を持っているであろう者。七戸譲のように自衛官出身で国防意識が強い者。佐々史也の場合は職を求めて傭兵を志願した。中にはダルタイプに選民性を感じて手を挙げた者もいる。逆にマイノリティに対する偏見を恐れて群衆に紛れている者もいる。

ダルタイプであることを隠し通すことは簡単ではない。それは孤介時間に〝参加〟できないからだ。佐々史也もそうだった。孤介時間にはほとんどの人間が無心に努めるが、好機と考えて意図的にメッセージを送る一部の人間もいる。最近問題になっているのが「インバネス」と呼ばれる思想家の存在だった。地球を救ったクラマに神を委譲するという構想を広めようとしている。他にも様々な煽動《せんどう》や宣伝がある。ダルタイプはこれらのメッセージを受け取れないので、ナーバスたちの話題を理解できないところから怪しまれる。

「せっかくだから、線路の上を走ったらどうかな。土讃《どさん》線は去年いっぱいで廃線になったはずよ?」

「那希、それだよ。そういうのを起伏っていうんだ」

佐々史也は踏切にさしかかる列からエスケープすると線路上に軽装甲機動車を入れた。足まわりが頑丈なだけにアクセルを踏んだ分だけ進む。しかし乗り心地は悪かった。

「楽しいだろ、那希」

「楽しいですって? 道を踏み外すことが? やっぱり佐々くんて、昔は相当ワルだったんでしょ」

「え?」

「知ってるんだから」

補足するならば汚いワルだった。数知れない悪事を働いてきたが、その手の人間が収容されるべき場所には一度も送られたことがない。足がつかないように注意を払っていたし、罪に対する罰が一覧表のように頭の中に入っていた。すべては打算的。だから「保身の佐々」などと呼ばれて嫌われてもいた。

線路上を走ったおかげで善通寺駐屯地には定刻内に到着することができた。人事部を訪れると一室で調査部隊長の江添が待っていた。今日ここに呼ばれた他の一四人は全員が遅刻になったようだ。

ほどなくして一人の男が部屋に入ってきた。扉を開けた瞬間からすでに顔色が曇っており、あまりの集合状況の悪さにひどく憤慨している。フタナワーフの人事制度課の人間らしい。

男は二人の前に立ってクリップボードに目を落とした。

「代理の私から、フタナワーフ調査部隊第三小隊、佐々史也、並びに久保園那希の両名に今より辞令を下す。あとのヤツらは知らん。両名には三月一日付をもって国連報道員の護衛任務に就いてもらう。詳しいことは江添くんの方から聞いてもらいたい。以上」

男はそれだけを告げると足早に部屋をあとにしようとした。そこを江添が呼びとめ、廊下で立ち話を始めたようだ。佐々史也は怪訝《けげん》な表情で久保園那希の横顔に目をやった。

「おい、プリズンガードはどこ行ったんだよ。『プ』の字も出なかったぞ」

「だからいったじゃない。私は最初から期待なんてしてなかったわ」

「じゃあ誰が乗るっていうんだよ」

「さぁ、そんなこと知らないわ。もう仲間の誰かに辞令が出てるんじゃないかしら。こういうことってべらべらとしゃべらないものよ」

「仲間だったら隠し事っていうんだぞ、それは。まさか七戸さんてことはないだろうな」

背後から江添が咳払いをした。

「なんですか？　護衛任務って」

「国連公認の海外メディアを迎えることになった。キッカイの調査から要撃行動まで、現場撮影に許可を与える。その映像が世界に配信されるわけだ。ソリッドコクーンの活動には全世界から金が出ている。その理解を得ることが目的と、同時に放映権料は日本にとって莫大な収入源になる。お前たちはテレビスタッフの安全を守る盾となり、矛ともなる」

「戦場におけるジャーナリストの命なんて、自己責任じゃないんですか？　普通」

「改めて講習の日を設けるが、彼らを野放しにできない理由がある。撮影を装って諜報活動をされては困るんでな。日本は今、秘密をたくさん持っている。善通寺と大樹町、そして兵庫の鉢伏《はちぶせ》高原は宝の山だ。いざというときにはお前たちにも逮捕権が与えられる」

よく分からないが、少なくとも安全な任務ではなさそうだ。プリズンガードに乗った高みの見物とは大きな隔たりがある。そして、佐々史也は人を守ることがあまり得意ではなかった。

「誰がプリズンガードのクルーに選ばれたっていうんですか？」

そう尋ねると江添は顔をほころばせた。そして思い出し笑いの声を高らかに上げた。

「佐々、お前以外であることに間違いないよ」

「どういう意味ですか？」

「先日もガリビエで派手にやったらしいな。あの場に高所監視部隊のメンバーがいたことは知っているだろう」

「えぇ」

「お前のような突っ込み野郎は要らんとさ。実は有力候補に挙がっていたんだが、まぁ自業自得だ。残念だったな」

久保園那希が笑いをこらえている。しゃくに障ったが、あくまでも彼女に対する些細な感情でしかなかった。江添のいう自業自得は好きだ。よからぬ行いはすべて自分に跳ね返ってきて欲しいとさえ思っている。

そこへ見知らぬ自衛官が部屋を覗いてきた。

「パナール社製の軽装甲機動車、ここまで乗ってきたのはお前たち二人か」

「そうですけど」

「善通寺駅付近の閉鎖中の踏切、突破したか」

「突破しました」

「まさか線路上を走ってはいないだろうな。西側だけの遮断桿《しゃだんかん》を破壊して行ったという通報を受けた。今確認に向かっているから、あとで始末書を書いてもらうぞ。減給、覚悟しとけよ」

「喜んで。……痛っ！」

久保園那希につま先を思い切り踏んづけられた。

＊

テレビ画面の中でシキサイが動いている。一見したところ試験機ではなさそうだ。ときおり同じ画面に研究員らしき人影が映り込むのでそのスケールが分かる。全高は二〇メートル以上ある。そしてこれはまだ従系操縦でしか動かせないシキサイだ。主系操縦用コックピットが搭載される頭部が取りつけられていない。

誰かが遠隔操縦を行っているはずだ。しかし栂遊星にはそれがどうも自分のような気がしてならなかった。ダイナミックフィギュアに基本以外の動作を行わせるとき、少なからず操縦士の癖が現れる。したがって試験機を漠然と眺めているだけで、それが藤村十が操縦しているのか鳴滝調なのかが分かってくるものなのだ。シキサイの動きには自分の癖が随所に現れていた。ここボルヴェルクの中央区からコマンドデータを伝送したのかもしれない。

いつ撮影されたのだろう。画面の片隅に表示はあるがモザイクで処理されている。機体には桜木と月がペイントされていない。そして……。

「どこですか？　ここは」

栂遊星は思い切って尋ねてみた。かねてからの疑問だったのだ。

「その質問には答えられない」

それが壱枝雅志の回答だった。やはりダイナミックフィギュアの製造場所は極秘のようだ。

「卜部総括から内示はもらっているな」

「はい。以前に是沢さんともお会いしたときに」

「正式に辞令が届いた。栂遊星、お前は三月九日付をもって、ボルヴェルクからソリッドコクーン日本支部の指揮管理下に移る。パノプティコンの乗船員及び特別攻撃機従系オペレーターとして」

「はい」

「立たんか」

「すみません」

桐遊星は椅子から立ち上がると姿勢を正し、壱枝雅志の手からうやうやしく辞令の書面を受け取った。

「桐には初日から極秘任務を遂行してもらう」

「また、極秘ですか」

「シキサイの移動だ。釧路《くしろ》港から坂出港まで、海を泳いで行ってもらう」

「はぁ？」

桐遊星は頭のてっぺんから声を発した。

「正確には泳がせてもらう。桐が漁船から操縦してだ。要撃行動においては主系よりも従系がメイン。コックピットがまだ完成していないという事情もある」

「陸上を運べないということでしょうか」

「陸上輸送だと五加一のスパイがどこで手ぐすねを引いているか分からん。これは海上ルートでも同じだ。ボルヴェルクの東区からは同時にパノプティコンも飛ばすことになっている。空を見上げさせているうちに、ダイナミックフィギュアには海を渡らせる。まさか泳いでいるとはゆめゆめ思わんだろうからな」

壱枝雅志がテレビ画面の入力を切り替えた。釧路から坂出まで、シキサイがたどる海上ルートが示されている。ラインを引くのは簡単だろうが、海には道もないし潮の流れもあるはずだ。単純に想像しても渦潮で有名な鳴門《なると》海峡の通過に不安を感じる。それにしてもシキサイの操縦が飛行船ではなく漁船からスタートすることになろうとは。

「よし、ではこれからプールの様子を見に行く。藤村と鳴滝が泳法プログラムのベースを作っているはずだ。気に入らなければ栂、お前がやれ」

栂遊星は壱枝雅志のあとに続いてバッチルームを出た。

藤村十の上げる声は廊下の中程からすでに聞こえていた。彼が泳ぎが達者であることは知っている。国体に出るほどの水泳選手だったらしい。それなのにあの苛立ち。対して栂遊星はあまり泳ぎに自信がなかった。イメージも乏しい。

ダイナミックフィギュアが水に浮くのかというと、仕様の基本データを見た限りでは淡水でも浮く。比重が一を下回っている。これが製造場所を極秘にさせている理由の一つでもある。内燃機関、つまりエンジンのメカニズムが謎なのだ。単に金属の塊で構成されていれば水中ではカナヅチになるはずだった。

「どうした。どんな具合だ」

「試験機が溺れました」

「なんだと!?」

壱枝雅志が部屋を抜けてプールサイドに降りて行く。栂遊星もつられて野次馬になるところだったが、藤村十の気持ちを考慮して自重することにした。

「遊星タッチ。お前やってみろよ」

藤村十が少しふてくされたようにいった。

「無理よ。試験機、パーだもの。だけど十のせいじゃない。浸水したって沈まないはずだわ。

外見は似せてるけど、フィギュアとは根本的に内部構造が違うのよ」

鳴滝調はダイナミックフィギュアに関する情報に詳しい。藤村十も詳しいが、彼の場合は技術班の目を盗んで操縦系統の資料をめくる程度だ。鳴滝調の知識は電子装置や油圧系統に及ぶこともあり、ときに補助動力装置に関する単語が飛び出すこともある。

少なくとも栂遊星に課されたカリキュラムの中ではおよそ得られない知識だった。そして二人のパイロットの間にも差がある。恐らく鳴滝調は父親から情報を得ているのだろう。先日も休みを利用して善通寺で会っている。外交官である彼女の父親は、対キッカイの要撃行動でも重要な立場を担うらしいのだ。

「だいたい、なんだってフィギュアに水泳教えなきゃならないんだよ」

「香川には溜め池が多いからじゃないの？」

二人は知らないようだ。極秘というだけあって情報はごく限られた人間のみで共有されている。

栂遊星は知らない振りをして秘密にするのは得意だった。ナーバスの人間は隠し事に慣れている。では藤村十と鳴滝調はどうなのだろう。しばしの別れの前に、ダルタイプか否かを尋ねておこうかとも思っている。極秘ではない限り、彼らは本当のことを答えるはずだった。

春きたる

三月に入ってフタナワーフに高所監視部隊が加わった。プリズンガードは三二隻あるが、その内の八隻が先行して就役した。化外の地の上空に進入できる特別船だ。クルーはパイロットまで含めて全員がダルタイプ。高所からキッカイの分布を把握し、行動を統合的に監視するシステムがついに稼働し始めた。

彼らにはキッカイに取りつけられた発信器の信号を高感度でキャッチすることができる。さらには高性能のサーモグラフィで未登録の個体まで捕捉できる。第一警戒ラインである吉野川への接近を確認すると優先的に剪定部隊を向かわせる。監獄からの脱走を許すまいとする看守だ。

佐々史也は上空を見上げ、その悠然と飛行する船体をうらやましそうに、ときに恨めしそうに眺めた。プリズンガードはマリオネット方式を採る要撃戦闘システムの中心ではない。中心はパノプティコンだ。しかしもう充分に上空から糸で操られている印象があった。ときおり無線で移動の指示が送られてくる。その場所に行けば〝面白い〟キッカイと出会えるのだ。

国連BC（ブロードキャスティング）は善通寺に八つの撮影班を派遣してきた。現場に赴《おもむ》くのは各班で二人ずつと取り決められた。佐々史也と久保園那希が担当するペアはアメリカ人だった。ディレクターも兼ねたレポーターのミス・ジュリックとカメラマンのアーロン。二人を護衛することが任務で、それ以上に、彼らの行動に制約を与えることが最たる目的になっている。こちらの警告を無視したときには発砲する権限まで与えられている。そのための拳銃も余分に携帯することになった。

護衛とは安全な場所に匿《かくま》って命の保証をすることではない。危険な場所に積極的に赴いてこそそれになる。とはいっても、実務の内容といえばなかば観光案内のようなものだった。彼ら撮影班の中でも競争があるらしく、視聴率を上げられる特ダネを欲しがるのだ。そのリクエストに応えるのが今日までのプリズンガードだった。ご丁寧にも大きくて画になるキッカイを紹介してくれる。

「那希、アイツらの実力、どう思う？」

「ジュリックたちのこと？　私たち以下じゃないかしら。演技をしているようには見えないけど」

ジュリックとアーロンは当然ダルタイプだ。化外の地の中に入っても耐えられる。ただ、どこまで剣山に近づけるのかという実力は未知数だ。彼らにこちらの限界を超えて足を踏み入れられたらもはや管理下にとどめておけなくなる。ジュリックがときおり独り言で忌避感を訴えるのだが、演技なのか否かの判定が難しいのだ。

山間をこだまする銃声が聞こえた。恐らく三〇〇メートルと離れていない。佐々史也は久保園那希に様子を見に行かせた。さっきまで雑談に興じていたジュリックとアーロンだが、早くもレポートをする様子を撮影し始めている。声色に緊張感を帯びさせ、そのあたりの切り替えはさすがにプロだと思いつつも、ひょっとしたら彼女の演技力は相当なものではないかと思えて不安になった。

しばらくすると久保園那希は意外にも斜面の上方に現れた。登ってくるようにいっている。白き蟬の仲間が戦闘を余儀なくされているようだ。佐々史也は二人の背中を押すようにして登った。カメラのレンズが一度こちらに向けられる。それを手で払った。

久保園那希が少し見晴らしのいい場所に誘った。立ち上る煙がそこからは見えた。仲間が発煙筒を焚いたのだ。それは危殆《きたい》に瀕《ひん》しているという合図だった。応援に駆けつけたいところだが、今の立場では難しい。むしろ仲間の窮地を紹介することが任務だ。

「どこだ」

「たぶん、あの傾斜の向こうに隠れたわ。山の地形が南側に入り組んでるの」

久保園那希はやや眼下の一五〇メートル先を指さした。針葉樹が二本、不自然に傾いている一郭がある。キッカイは大きいということだ。白い戦闘服が叫びながら涸れた川を上流に上って行く姿が見えた。発煙筒を焚いておきながらなぜ逃げずに追いかけるのだろう。完全に矛盾した行動だ。佐々史也はひどくいやな予感がした。

ジュリックたちは勝手に判断をしてすでに先を行っている。慌てて走りかけた久保園那希を佐々史也はあえて呼びとめた。

「那希、アイツら二人を頼む。一応ガスマスクの用意だけはさせとけ」

「……分かった」

「最悪のときは、力ずくでカメラをとめさせろ」

「……うん」

佐々史也もいざアサルトライフルを両手にキッカイを追いかけ始めた。斜め上空で滞空しているプリズンガード、恐らくあの下だ。

無線からは七戸譲の声が聞こえていた。厳しい口調で命令が飛んでいる。現場の緊迫感が佐々史也の足を急がせた。過去にも二度同じことがあった。どちらも事実の詳細を伏せられた出来事。

切り株のかたわらでジュリックが片膝を着いてレポートをしている。カメラを水平に構えているアーロンもおよび腰になっていた。キッカイの上半身が見えた。見返り美人によって発見された巨大足あとの主かもしれない。檜《ひのき》ほどではないが、枝葉を広げた傘のあたりまで身の丈がある。そしてどことなく挙動が不自然だ。追っ手から逃げようとしているのだろう。キッカイは人懐っこく、かつ好戦的だが、背を向けて逃げるケースがただ一つだけ報告されている。それは人間を捕食したときだった。

佐々史也は無線を握った。

「こちら佐々、七戸さん応答願います」

〈佐々か、オレだ〉

「現在、西側より約九〇メートル先に巨大キッカイを視認」

〈そうか、お前が一番近い〉

「非常事態に限って認められています。発砲の許可を」

〈分かった。オレを含めて他の隊員も下から接近している。周囲に充分注意して銃口を上に、全弾を脚のつけ根に集めてくれ〉

「了解」

逃げ場を選んでいたキッカイが移動を始めた。初めて全身のシルエットが見えた。一五メートル近い大きさがある。小銃の銃弾でどうにかなる相手ではないと思った。針でチクチクとやるようなものだ。しかしわずかでも動きをとめなくてはならない。まだ仲間が生きている可能性があった。

佐々史也はカメラのアングルを横切って突撃した。その途中で地面にキラリと光るものを認め、走りながらさらうように土ごと手で拾った。金属製の鑑札だ。実働部隊の隊員は全員が身につけている。誰のものかはあえて確認しなかった。

それにしてもなかなか距離が縮まらない。向こうの動きは決して俊敏には見えないし、煩わしそうに針葉樹を避けながら進んでいるのだ。それなのにむしろ離れてゆくのはひとえにスケールの違いだった。足を運ぶ一歩が違う。比較をすれば人間など小人《こびと》同然だ。特別攻撃機はなにをしている。

佐々史也はせめて意識をこちらに向けようとセミオートで単射した。命中したはずだが反応がない。刺激をまったく感じていないのはその部分がパーツ化している証拠だ。色がやや黒ずんでいることからも分かる。キッカイは成長をやめると、両腕と両脚を非生体化させて体の一パーツになり下げる。消費エネルギーを節約するためだと考えられている。治癒や再生はしないが道具として朽ちるまで機能し続ける。

足下のいい森林砂漠を選んでいくらか追走を速めることができた。一度姿が見えなくなったがすぐに視界に捕らえた。キッカイは両腕も駆使して急峻な斜面を登ろうとしていた。佐々史也は最低限の視野を確保すると射撃の姿勢をとった。そして臀部《でんぶ》の下に狙いを定めてフルオートで連射した。

まるで山を撃っているかのような錯覚を覚えた。薬莢だけがむなしく排出される。こちらを見向きもしない。そして銃弾を受けたその脚が力強く動く。撃ち尽くしたボックスマガジンを交換し、七戸譲の指示通りに再び同じ箇所に集めた。確かに肉片の飛沫が見えているのだ。それでもなお登って遠ざかって行く。この火器ではあまりにも貧弱すぎる。

「佐々！　お前はもういい！　自分の任務に戻ってくれ！」

七戸譲が手で制しながら前方を駆け抜けて行った。単独になっているのは彼の健脚に他の隊員がついて行けないからだ。純白の戦闘服、その右肩から肘のあたりまでが血で染まっていた。

実に歯がゆい思いがした。特殊任務を与えられた今でも白き蟬の一員であることに変わりはなかった。それなのに仲間を助けることができない。佐々史也は振り返り、久保園那希のだ。仕方なく迎えに走り、リュックを肩代わりしてやることにした。

影を求めた。ジュリックよりも機材を背負ったアーロンの方が足手まといになっているよう
「逃げられたの？」

「七戸さんが追いかけた。仲間も追っているはずだ」

佐々史也はジュリックに同行してもらえるように頼んだ。護衛の大義名分がなくてはキッカイに接近することはできない。彼女もやぶさかではないという返事をした。

ときおり連射されるけたたましい銃声が響いた。一体何発の銃弾を浴びればあのキッカイは動きをとめるのだろう。しばらくすると頭上に雨が降り注ぐ音がし始めた。湿った空気がさらに遠くからの銃声を運んできた。

七戸譲が包囲網を作るための指示を仲間に送っている。その声は無線で聞こえていたが、聞くに忍びない内容だった。やはり一人が捕食されていたようだ。白き蝉の中では一番最後に入隊してきた若者だった。

「那希、マガジン全部よこせ。面倒だから銃ごとだ」

「私がやる」

久保園那希が珍しく突っぱねた。その目には涙が浮かんでいた。彼女の耳にも無線の内容が入っていたのだろう。

針葉樹がざわめいている。その場所は想像を超えて高い位置にあった。上空からはプリズンガードがスピーカーで直接声を送っている。聞き覚えのある声で、白き蝉から異動した隊

員のものだった。

「佐々くん、あれ」

白と灰と赤、三色の戦闘服はぐれ鶴の隊員。管区の境界を越えて応援にきてくれたようだ。心強いと思う反面、動員される数が増えるほどに人間の非力さを感じてしまう。

「なんだ今の、見たか」

佐々史也の目には山の斜面が揺れたように映った。崩れたのではないかと思った。

「キッカイが落ちたのよ。転がったんだわ」

「仕留めたのか……」

あの巨大なタイプはURAファイルには登録がないはずだ。単に脚部を欠落させたのか、あるいは急所にダメージを与えたのか。死なせては走馬燈から概念が流出する。しかしそれは七戸譲の下した英断だと思いたかった。

化外の地における優先順位は匿翼《とくよく》の大原則が飛び抜けて第一位、人命保護は第二位、走馬燈からの概念の流出阻止が第三位と続く。第四位からは規定されていないが、隊員の遺体保全はその中に位置づけられる。まだキッカイの腹の中で仲間が生きていると七戸譲は自己流に解釈したのだ。

現場にはうつぶせになったキッカイとその周囲に群がる仲間の姿があった。はぐれ鶴の隊員も数人含まれていた。キッカイには両腕と右膝から下がなかった。そして生きていた。七戸譲が一人奮闘し、無謀にも巨体を仰向《あおむ》けにしようとしている。その理由が一瞬だけ垣間見えた。キッカイの口から仲間の腕らしき影が覗いていた。飲み込まれまいとして中から口をつかんでいたようだった。

佐々史也はアーロンを一喝し、ただちに撮影をやめさせた。そして仲間たちにも檄《げき》を飛ばした。しかしショックが大きすぎるのか誰もその場を動けずにいる。仕方なく佐々史也は一人で七戸譲のもとに駆け寄った。

「オレもやります」

「頭を押さえといてくれ。オレが喉をかっ切る」

「つかんで引っ張り出せませんか」

その提案を無視するかのように七戸譲がアーミーナイフを抜いた。鬼気迫る形相に佐々史也は思わず後じさりをした。その拍子にかかとがなにかを踏んだ。さっきキッカイの口から覗いていた腕が、いつの間にか地面に吐き出されていた。

恐らくもう命はない。白き蟬から三人目の殉職者を出してしまった。そしてこの悲惨な事実が公《おおやけ》にされることはないだろう。キッカイに捕食されることはもっとも屈辱的な死として、隊員の名誉のためにその死因が伏せられるのだ。

銃弾を連射する音が響いた。はぐれ鶴の小隊長がキッカイに残った左脚を蜂の巣にしたようだ。七戸譲は一顧だにすることなくナイフの切っ先を忍ばせようとしている。佐々史也は腹をくくり、キッカイの頭の上に馬乗りになった。そのとき、かたわらに人影が立った。見上げれば面識のない女だった。

「そこにいたら危ないぞ」

「気にしないで。私なら大丈夫」

「誰だ？」

「フタナワーフ蘇生部隊に配属された、安並風歌よ」

　蘇生部隊。高所監視部隊とともに要撃行動に加わるとは聞いていた。ただ、蘇生とはいってもその対象が人間ではないことも聞いていた。死にかけたキッカイを蘇生させることが任務になっているはず。走馬燈からの概念を流出させないために。

　七戸譲が喉を裂いた。しかしそこに仲間の体はなかった。

＊

（〇三／〇一）

　栂遊星《とがゆうせい》たちを乗せた漁猟船は紀伊半島沖を進んでいた。釧路港からここまで約一五〇〇㎞。シキサイは三〇から四〇ノットの速さで丸一日泳いできたことになる。いくらロボットとはいえタフだ。人間の方は疲れのピークを少なくとも一度、そして孤介時間を二度迎えている。

　嬉しい誤算といえば漁猟船が想像以上に大型だったことだ。船体は四〇〇トン近くあると聞いている。当初は釣り客を乗せるような小型船を勝手にイメージしていた。それに比べれば乗り心地は格段にいいと思われる。かつお釣漁船をシキサイの移動のために借りたもので、カムフラージュとして大漁旗まで掲げている。

あとは嬉しくない誤算の方が多かった。とにかく退屈だった。シキサイはオートで単調にクロールを続けており、サボろうと思えばシステムがアラーム音を鳴らすまでモニターを眺めている振りをしていればよかった。だからといって私物の本を開くわけにもゆかないのだ。

操縦のサポートには香月純江《こうづきすみえ》だけが同乗した。パノプティコンの乗船オペレーターの一人だ。この女、口数が少なくてつまらない。あまりにも任務とかけ離れたことを尋ねると無視される。栂遊星は職場をともにする仲間のことを知っておきたかったのだが、それすら満足に叶えてもらえなかった。彼女の人間性だけが分かったくらいだ。

「栂遊星、針路が逸《そ》れています。サブモニターの当該ページを確認してください」

そしてフルネームで呼ぶのはやめて欲しかった。

決して差別されているわけではない。漁猟船にはソリッドコクーン日本支部の人間とシキサイの技術員も同乗している。香月純江の排他的な人当たりは階級にかかわらず平等だった。次第に誰も近づかなくなり、シキサイの操縦ブースが仮設された一室は自ずと二人だけの空間になってしまった。

是沢銀路《これさわぎんじ》からは一度だけ連絡をもらっている。主任オペレーターの太刀川静佳《たちかわしずか》からも連絡があったようだが、そのときは受話器を回してもらえなかった。海上から目を逸らすために、パノプティコンも並行するようにほぼ同じ経度を善通寺に向かっているという。向こうは内陸で今頃は京阪神の上空だ。

夜明けを迎える頃になり、船内は徐々に慌ただしさを帯びていった。大鳴門橋《おおなるときょう》の下をくぐるときに、ソリッドコクーン日本支部のセレモニーが行われることになっている。セレモニーとはいっても公表されていない内輪の式典だ。統合幕僚長も橋の上から観閲するというので、乗船員は甲板に整列して敬礼しなくてはならない。栂遊星と香月純江にはその義務は課されていなかったが、制服を正して制帽をかぶっておくようにといわれている。この操縦ブースが外から見えるはずもないのに。

結局、藤村十《ふじむらとお》と鳴滝調《なるたきしらべ》には別れを告げることができなかった。まだ善通寺に発つまで二週間ほどあると思っていた日、壱枝雅志から突然に釧路港入りを命じられたのだ。突然……、極秘任務にしても不自然なほどに突然だった。そして釧路港で今回の任務の危機対策が叩き込まれた。二人はその間にボルヴェルクで泳法プログラムを完成させてくれていた。おかげでシキサイはこうして問題なく泳ぎ続けている。

そう遠くはない日にまた会えるだろう。そのときに彼らは実戦のパイロットとして着任していることになる。すぐにでもキッカイとの戦闘に出動させられるはずだ。だからちょっとした別れの場面でもおろそかにしたくないのだ。どのタイミングが最後に言葉を交わした機会になるのかは分からない。

「栂遊星、艦長より七分間の停止指示が出ました。ただちにシキサイの進行をとめてください。潮の流れがありますから、立ち泳ぎで浮遊ポイントを維持してください」

「了解」

ここまでの行程が七分早まったということだろう。観閲式の準備が整っていないのだ。

「私は、お手洗いに。すぐに戻ります」

「了解」

香月純江は足音も立てずにブースを離れて行った。彼女の座っていた椅子の上には藁《わら》で編まれたムシロのようなものが置かれていた。

栂遊星はため息をつきかけては喉の奥に飲み込んだ。モニターを凝視し、操縦桿を手の腹で微妙に操作しながら定点浮遊を維持する。紀伊水道から播磨《はりま》灘《なだ》への北流が強い。シミュレーションはしてきたが侮れない。鳴門海峡では一〇ノット近くに潮流が成長しているかもしれない。立ち泳ぎでは船から離れて行く一方なのでクロールでいったん戻した。

予定では一一時までには坂出港に到着する。できれば少し早めに着きたいと思っている。遅れると孤介時間と重なってしまう。これはタイムスケジュールの設定ミスだと思うのだが、さて。香月純江に対するポジティブな印象が少ないので、いつもより無心に努めなくてはならない。職場でのつき合いはこの先も長くなる。

しばらくして香月純江は戻ってきた。その制帽姿に倣《なら》って栂遊星も深めにかぶりなおした。安並風歌《やすなみふうか》の黒髪も艶があって美しかったが、香月純江の黒髪も同じでさらに長かった。

「少し同僚の話をしましょうか」

意外な提案だった。

「お願いします」

「主任オペレーターの太刀川静佳は努力家です。与えられた職務を忠実に遂行します。来月けど極めて頭脳明晰、いわゆる切れ者です。倉又安由美《くらまたあゆみ》は私より三つ年下の二六。学歴は高卒ですけど極めて頭脳明晰、いわゆる切れ者です。シナリオライターを目指していた時期もあるみたいですけど、飽きっぽい性格というか多感なんでしょうね。補助クルーの保科敏克《ほしなとしかつ》は俗にいうバツイチ。女性を見る目が少し変わっています。フェチというのでしょうか。三八です。錦戸康介《にしきどこうすけ》は栂遊星とひと回り以上年が違うといってたはずです。ひと回りとは干支《えと》のことです。三二歳。彼は本当はフタナワーフの実働部隊に入りたかったみたいですね。おとなしそうに見えてチャンバラが好きなのようです。モデルガンのマニアだと聞いたことがあります」

停止時間が終わり、シキサイと漁猟船は再び紀伊水道を北上し始めた。

「香月さんはどんな人なんですか？　こんな質問はおかしいでしょうか」

「私は『追々』といったはずです」

確かにいっていた。パノプティコンでの初対面時に。それは思い出した。しかし追々とは今のタイミングが含まれてもいいはずだ。栂遊星は少し自分のことを話そうとも思ったが、香月純江がブリッジと交信し始めたのでやめた。

六時間前に仮眠をとっただけなので睡魔が襲ってきた。眠気覚ましのアンプルを折り、ストローで一気に吸った。予備のモニターをつけ、そこに外部カメラの映像を映してみる。水中は少し明るくなっていたが、泡でほとんど見えなかった。

「栂遊星、艦長より要請がありました」

「なんでしょう」

「シキサイに挙手敬礼をさせることはできますか?」

「一度練習させてください」

「伝えてみます。しばらくそのままで」

この移動計画自体がきてれつだったのだ。少々のことでは驚かないし、なんだってやってみせる。しかしシキサイの胸部より上には首があるだけでまだ頭がない。不気味というかかえって失礼だと思うのだが。

「了解を得ました。三分間でリハーサルしてください」

「船外カメラの映像でモニタリングをお願いします。姿勢は把握できますが、海面との境界を測るセンサーがありません」

「分かりました」

シキサイの出力を上げて漁猟船から充分に距離をとった。そこで再び立ち泳ぎをして姿勢を安定させ、操縦桿に指まで入れてシキサイの右腕を操作した。

「栂遊星、方位角を調整してください。プラス約一五度」

潮流の影響で機体が勝手に回転してゆくのだ。両脚の融通は利かないので、これを左腕だけで制御しなくてはならない。シンクロの泳法よりも高度な技術だ。

「肘が見えません。出力を上げてあと二メートル浮揚できませんか?」

出力ならいくらでも上がる。恐らく鯨よりも高く跳ね上がることができるだろう。ここまで四〇ノット未満の速度でやってきたのも、単に漁猟船に合わせたからに過ぎない。シキサイのポテンシャルはもっと高い。最高出力の六〇〇〇kWという数字はウソだ。ゲージにはそのように表示されていても操縦している感覚で分かる。

「結構です。こちらで動作パターンを記録していますので、本番もこれを使いましょう」

「すみません。忘れてました。ありがとうございます」

船外カメラの映像にうっすらと大鳴門橋が見えてきた。栂遊星はその中にパノプティコンも映り込んではいないかと隅々まで目をやった。

「一海里内に入りました。シキサイをよろしく先行させてください」

「了解」

やはり潮流が速い。瀬戸内海は満潮に向かっている。これが南流だとシキサイを浮揚させたままで橋の下はくぐれなかったはずだ。そう考えると、タイムスケジュールの設定は観閲式を行える潮の流れを基準にしたのだろう。

「プログラム開始します。栂遊星は方位角のみ修正してください」

「了解」

ブラスバンドの音が聞こえてきた。軍隊のマーチかと思えば「さくらさくら」だった。なかなかいい選曲だと思った。

剣山にSTPFのセグメントが落下して以来、四国には春がやってきていない。悠長に花見などできなかったという意味だ。四国の住人が花見をしないのだから、キッカイも花見という概念を知らない。

大鳴門橋に横断幕が張られている。シキサイの就役を祝う文字が並んでいる。紙吹雪まで舞わせて派手にやったものだ。ひょっとしたら極秘の移動計画はここで終了なのかもしれない。あとは小豆島《しょうどしま》を横切れば坂出港まで遠くない。

一時間ほどして操縦ブースには技術員の男がやってきた。朝食を兼ねた差し入れを残し、シキサイの運行データをコピーするとそそくさと出て行った。彼ら技術員には上陸したあとにも仕事が山ほど待っているらしい。今の内に少しでも片づけておきたいのだろう。

「ボクたちに、今日出動ということはあるのでしょうか」

香月純江の口から答えが返ってくるまでに二〇秒ほどかかった。

「ないと思います」

「じゃあ、早くていつでしょう」

再び沈黙が生じる。この時間が実に無駄だ。

「月をまたぐかもしれません。五加一干渉については自分で調べてください。『クリティカルルーム』という存在があります」

クリティカルルーム、初めて耳にする言葉だ。シキサイの要撃行動への参加には制約が加えられることは知っている。クリティカルルームとはそこに関係してくるのだろうか。

ボルヴェルクにおけるカリキュラムがタイトで、ダイナミックフィギュアのことばかりを意識し、今日まで大局的な視野をほとんど持てていなかった。自分はマリオネット方式の一本の糸につながれてから久しいのだろう。頭上から誰に操られているのかすら分からない。

是沢銀路や壱枝雅志《いちえだまさし》、それは正確ではない。この自分を指揮管理する彼らでさえ、さらなる高みから何者かによって操られているのだ。

「あっ……、パノプティコンだ。瀬戸大橋の上に映りましたよね、一瞬だけ」

「栂遊星、シキサイの上陸準備をお願いします」

「りょ〜かい」

時刻は二時一八分。孤介時間までには約二〇分ある。どうやら間に合った。船を降りたとたんに一度散会とは興醒めだが、極秘任務とやらをさっさと終わらせてしまおう。

栂遊星は操縦をマニュアルに切り替えた。港の海底は足が届く深さだったがそのままシキサイを惰性で進ませた。埠頭の岸壁を無造作に両手でつかませ、機体を引き寄せるようにして近接させる。左脚から登らせるのは癖だった。その左脚だけで一気に起立させる。外部カメラの視界が遠方まで広がった。小高い山々の向こう側に見えるのは東西に連なる讃岐山脈。化外の地の北限はその中腹にある。山脈を越えれば吉野川。渡ってさらに南側にキッカイが棲むという。

シキサイが桜吹雪の勇姿を見せつける。この瞬間、四国に春は上陸した。

2　要撃開始

クリティカルルーム

巨大な格納庫内にシキサイの機体はなかった。やはりメンテナンススペースは人目のつかない地下に埋設されているようだ。では目の前の空間がなにかというと、恐らくは「牢獄台」と聞いている場所だ。平時のシキサイはここに待機という名目で拘置される。五カ国と一政府の干渉権限のもとに。

それにしても殺伐とした雰囲気を漂わせているものだ。劣悪な拘置所というべきか、人質が監禁されそうな場所をイメージさせる。オイルの匂いがする。壁が汚れているのもそのためだ。その壁に警報押しボタンが過剰とも思えるほどに短い間隔で並んでいる。警備員がざっと数えたところでは七名。片隅に重機が固められているが、特に整然と並べられているわけでもない。そのかたわらに堆《うずたか》く積み上げられた金属は一つひとつが工具のようだ。空母の錨にでも用いられそうな太く頑丈な鎖が無造作に横たえてある。シキサイはあの鎖でつながれるのかもしれない。いずれ投入されるカムカラのスペースも余裕を持って確保されている。

　この格納庫のある拠点ドックとパノプティコンの係留場施設は東西に一・五kmばかり離れている。栂遊星《とがゆうせい》の拠点はそちらの係留場施設の方になっていた。第一の身分がシキサイの操縦士ではなくパノプティコンのクルーだからだ。そしてシキサイは善通寺《ぜんつうじ》にやってきてもボルヴェルクの所有であることに変わりはない。格納庫の地下空間はボルヴェルクのいわば出張所や分室のようなものといえる。

　ちなみに組織上はボルヴェルクとソリッドコクーン日本支部の間に縦横の関係はない。ボルヴェルクは日本政府が所管する研究機関だ。

「待たせた」

　拠点ドックの所長と話をしに行っていた是沢銀路《これさわぎんじ》が戻ってきた。

「表に車がきているはずだ。行くぞ」

「ボクには地下施設は見せてもらえないのでしょうか」

「それは私とて同じだ。見る機会に恵まれたら、是非とも話を聞かせてくれ」

　是沢銀路は思い出したかのようにスーツの内ポケットを探った。そして名刺大のケースを手渡してきた。ケースの中身はまさに名刺だった。ソリッドコクーンの意匠。そして「国際公務員」「ソリッドコクーン日本支部」「高所司令船乗船員」「栂遊星」の文字があり、実際に取り次いでくれるのかも怪しい代表の電話番号が印刷されていた。

「これからクリティカルルームにあいさつ回りに行く」

栂遊星は率直に怪訝《けげん》な表情をした。営業マンの姿が真っ先に頭に思い浮かんだからだ。ヒーローのイメージばかりを描いていたわけではないが、その淡い部分が消し飛んで行った瞬間だった。

拠点ドックのゲートには改造型の四輪駆動車が停車していた。フタナワーフの車輛で、重機関銃こそ搭載されていないが、ルーフに無人機銃座が備えつけられている。運転席には迷彩色の戦闘服を着た男の影。二人は後部座席に乗り込み、クリティカルルームがあるという坂出《さかいで》の本町に向かうことになった。

ダイナミックフィギュアの出動に唯一許可を与えられる決定機関、それがクリティカルルームとは今朝聞いたばかりだ。ここで許可が下りると、牢獄台につながれたダイナミックフィギュアは鎖の索が解かれるらしい。それまではいっさいの作戦行動に加われないのだ。つまりこれからあいさつ回りに行くというのは、半分は機嫌をとりに行くという意味もあるのかもしれない。

なぜ所在が戦場に近い坂出になっているのかというと、決定機関にキッカイの進行や要撃行動を現実感をともなわせた形で見せられるからだ。そして善通寺ではない理由は、非常時に瀬戸中央自動車道を使って四国からいち早く脱出できるようにしているからだ。

「外国の要人とも会うだろうが、頭を下げる必要はないからな。首と背筋は固定しておけ」

「分かりました」

「あくまでも対等な立場だ」

機嫌をとりに行くという推測は誤りだったことが分かった。

車窓からはフタナワーフの隊員の姿が頻繁に認められた。ときには対向車として八七式偵察警戒車や八九式装甲戦闘車とすれ違うこともあった。善通寺は着実に要撃モードに移行しつつある。ライフル砲に改良されたという九〇式戦車もそのうちに配備されるはずだ。

今日は一五時から停電になるらしい。送電系統が地下ケーブルに切り替えられるからだ。香川県の南部と徳島県の北部からは電線と、加えて信号機や標示板がすべて取り除かれることになっている。ダイナミックフィギュアや陸戦兵器の活動に支障をきたさないためだと聞いた。

クリティカルルームが置かれているビルには二〇分ほどで着いた。六階建てのビルだ。外観としては実に分かりやすく、日本を含めた六カ国の国旗と台湾の旗が掲げられていた。警備とセキュリティチェックはさほど厳しいものではなく、報道関係とおぼしき人間などはなかば顔パスで出入りをしているようだった。

二階から六階までがクリティカルルームにあたるフロアで、六階だけがロシアと中国が同居し、あとのフロアは独自に割り当てられているらしい。栂遊星は是沢銀路に連れられ、まずは二階のフロアを訪ねた。そこは台湾政府の代表団との外交会談場になっていた。

「閑散としてますね」

「ここはまだこんなものだ」

是沢銀路がとある人影を認めて手を挙げた。対台外交担当の主席代表らしい。現役の外交官で、主席代表になる人間は特命全権大使の経験者と決められている。栂遊星はその男にあいさつをして名刺を交換した。思わず頭を下げてしまったが、日本人相手ならば問題はないだろうと思った。

「相変わらず暇そうですね」

是沢銀路が笑みを浮かべながらいった。

「こう見えても予備会談は怠《おこた》っていないよ。局長級の手前で許可が出せそうだ。このフロアには総理はおろか、大臣が出馬することも、恐らくないだろうな」

「あてにさせてもらいます」

「本当にこの子が『ワン・サード』を？　未成年とは聞いていたんだけどね」

是沢銀路が顔をしかめた。「ワン・サード」という言葉は初耳だ。ダイナミックフィギュアやシキサイをさす隠語だろうか。

「操縦に年齢は関係ありません。彼の実力は群を抜いています」

「そうか。まぁがんばってくれたまえ」

そういって男はなれなれしく肩を叩いてきた。そして悠然と去って行った。その背中を最後まで見届け、是沢銀路はため息をついた。

「この建物では平時から二国間問題の協議が行われている。ダイナミックフィギュアの出動をめぐって、本来は関係のないはずの対外交渉が行われるわけだ。日本はいつでも出動させたい。しかし相手国はそのための条件を突きつけてくる」

「竹島《たけしま》や尖閣《せんかく》諸島や、北方領土に関してですか?」

「分かりやすいところではそんな感じだ」

「日本はキッカイとの戦いでなんらかの国益を失うわけですね」

「そうとも限らんさ。外交とは視点の置き方次第で立場が逆転するものだ。たとえば朝鮮半島にキッカイが上陸したらどうなる。今度は韓国や北朝鮮が日本のようにキッカイの不拡散に努力しなくてはならなくなる。努力ができなければ国ごと国際化だ。それは彼らにとっても不都合だろう」

階段の踊り場で折り返す是沢銀路の顔は少し笑っているようにも見えた。

三階はアメリカのフロアになっていた。ここは先ほどとは比べものにならないほど人の密度が高かった。記者クラブの部屋もあるらしく、喫煙場所ではほぼ全員が無線機で話をしていた。

「ダイナミックフィギュアの出動には二つのステップがある。『許可』と『承認』だ。五加《ごか》一《いち》の許可が下りればとりあえず出動ができる。台湾を除いた五カ国の承認が下りれば、要撃行動に関してはその国々が責任を連帯してくれる」

「許可だけでは日本が責任を?」

「そういうことだ。おまけに国連から金も出ない。だから急場では、六人いる主席代表の腕にかかってくる」

それから名刺交換を何度も繰り返し、同じように子供扱いを受けた。むしろ相手国の代表団の方が紳士的な態度で応対してくれたが、やはりそれは心のどこかで侮《あなど》られていたからだろうと感じた。「子供が操縦するダイナミックフィギュアなど脅威に値しない」と。是沢銀路があえてこの自分を連れてきたのは、彼なりの外交戦術だったのかもしれない。

最上階ではその是沢銀路があまりにも意外な名前を呼んだ。

「鳴滝《なるたき》さん、ちょっとお時間を」

ひょっとして鳴滝調《しらべ》の父親だろうか。栂遊星はその男の顔に彼女を重ねようとした。あまり似ていない。足して二で割ることを考えると母親が絶世の美人なのだろう。

「この彼がそうです。特別攻撃機を動かします」

「栂遊星です。よろしくお願いします」

男は名刺を受け取るとひたいにのせていた眼鏡をかけた。

「ほぉ。キミか。ワン・サードに太平洋を泳がせてきたのは。よくやった。任国の面々はおったまげていたよ。見ていて愉快だった。あいにく今名刺を持っていない。私が中国担当の鳴滝晋平《しんぺい》だ」

「調さんの、お父さんですか？」

「そうだ。ボルヴェルクでは元気にやっていただろう。週末にも電話で話をしたところだ。是沢くんには調のことを改めてお願いするよ。箱入り娘というわけではないが、四人の子供の中では一番かわいくてね」

「ご息女は優秀と聞いています。我々も大変期待しています」

「いやいや、お世辞のつもりだろうが、そういう姿勢では困る。くれぐれも死なせることのないようにという意味だ」

「コックピットの安全性に関してはボルヴェルクとかけ合ってください。私は任務の立場上、パイロットに対しては一定の戦力を求めざるを得ないのです」

「その交渉の仲介人にキミがなってくれると思ったんだがね」

「鳴滝氏はむしろ、〝二国間協議〟が得意とうかがっていますが」

「得意ではなく、そもそも日本という国自体が、外交を解く連立方程式を苦手としているのだよ」

「オール承認を期待していますよ。……ちょっと失礼」

面識のある人間を見かけたのか、是沢銀路はとある男の背中を追って事務局と思われる部屋の中に入って行った。

「栂くんだったな」

「はい」

「娘に出番を回すな。キミが全部倒すんだ。いいな」

そういって鳴滝晋平は背を向けた。そして立ち去りかけては振り返った。

「娘に手を出すんじゃないぞ」

意外というべきか否か、高圧的な一面を持った男だ。いわれなくとも自分一人でキッカイを要撃できれば理想だと思っていた。それにパイロットの順番としては恐らく藤村十《ふじむらとお》が先だ。

鳴滝調に近づこうなどとも思っていない。むしろ父親の口から禁止令を得られたことは収穫だった。

梱遊星はしばらく是沢銀路の戻りを待っていた。しかしいつまで経っても部屋から出てきそうな気配がなかった。ふと閃《ひらめ》いて公衆電話へと歩を進める。今年に入ってから公文土筆《くもんつくし》と一度しか連絡をとっていない。東京にいる大切なガールフレンドだ。ちょっとした予感がして急いでダイヤルした。

「あっ、ツクシ？　ボクだよ。今、香川からかけてる」

公文土筆は六年前に喉を患《わずら》って以来、あまり声を発することができなくなった。だから基本的に彼女は電話での会話を嫌う。ボルヴェルクに入ってからは電子メールも使えずに手紙でやり取りをしていた。恐らくこれから先も同じ状況が続くだろう。

「仕事はがんばってる？　春から後輩が入ってくるね」

公文土筆の返事を聞き取ることは難しかった。たとえ声がかすれていても、もう少し力を込めてくれたら分かってやれるのに。小さな頃の彼女はもっと元気で快活な女の子だった。それが病に見舞われてからは、性格までもが変わってしまった。

「またかけるよ。こっちの電話番号も教えとく。さっき名刺をもらったばかりなんだ。会社勤めの人間みたいでおかし……」

そこで突然通話は途絶えた。

機嫌を損ねてしまったのかもしれない。彼女からの電話を求めるなどデリカシーが欠けていた。少しの間を置いて、フロアの明かりが一度に落ちた。

（停電か……）

（〇三／二八）

これまでかもしれない。佐々史也《ささふみや》は思った。化外《かがい》の地で死を意識したのは初めてだった。こめかみから頬へと伝う汗が極めて不快に感じられた。灌木を容易に粉砕するマシンガンの銃弾は、両者にとっての視界をクリアにするだけで、向かってくるキッカイには疑わしいほどに効果がなかった。

冒険をして奥地に入りすぎた。この辺りはすでに標準の兵装では立ち入ることのできない場所になってしまっている。

どこで判断を誤ったのだろう。白き蟬《せみ》と別行動をとったのもそうだが、峠を越えたのがなによりもいけなかった。ジュリックにせがまれたわけだが、剣山《つるぎさん》にどこまで近づけるのか、ダルタイプとしての二人の実力を測っておきたいという思惑が佐々史也にはあった。

「那希《なき》！　ジュリックはどうだ！」

「意識が戻ったわ！　でもまだ動かせない」

逃げ場をふさがれつつある。脚部だけが見える一五メートル超のキッカイ、あれはまだなんとか目をあざむける。逆に大きすぎてこちらの位置を把握できていない。問題はもう二体のキッカイだ。どちらも六メートルほどの体格で、下半身に銃弾を受けているにもかかわらず、とにかくタフで侮れない動きを見せる。一方はＵ《ユ》Ｒ《ラ》Ａファイルに同タイプの登録があり、過去に右の肘《ひじ》関節から下を失っているようだが牝種《ひんしゅ》だと分かっている。頭部に角を思わせる隆起を持ったもう一方の種別は不明だ。鉢合わせになり、とっさに逃げようと背を向けたジュリックに強烈な一撃を与えた。彼女は斜面を数メートル転がり落ちてブナの根に受けとめられた。

白き蟬の救援がこない。救出を要請したはずのプリズンガードもこない。マシンガンの残弾も乏しくなってきた。自ずと引き金を引く指も消極的になる。種別不明のキッカイの方はその心理的変化に興味を示し、新たな概念を手に入れようと近寄ってくる。恐らく牡種《ぼしゅ》だ。しかしときおり保身の一面も見せるのはなぜだろう。非常に珍しいタイプといえる。少なくとも佐々史也の記憶の中に合致するものはなかった。

体表が張りのある質感を持っている。まだ若い個体なのだろう。若い個体がすべてとは限らないが、経験が浅い。ひょっとしたら走馬燈《そうまとう》には概念がほとんど蓄積されていないのかもしれない。それでは次世代の進化に寄与できない。したがって接近を試みてはくるものの、犬死にに対しては人間並みに抵抗を感じている。これはフタナワーフに重要な報告としてあげられそうだが、皮肉にもこちらが命を落としてしまってはそれもまったくの無意味だ。

「とりあえず牝《めす》から片づける！　グレネードランチャーをライフルに！」

「もう固定してあるわ！」

「そこから撃てるか！」

「見えない！」

牝種はいつの間にか佐々史也の視界からも消えていた。こうなると牡種を先におとなしくさせるしかない。走馬燈の中が空っぽだと思っても、一応手順は踏まなくてはならないだろう。胸部の急所からやや上に銃弾を集めるのがセオリーだと安並風歌《やすなみふうか》という女からは聞いた。そこには人間の肺にあたる部分が存在し、うまくゆけば瀕死《ひんし》にさせつつもしばらくは生かしておくことができる。その間に走馬燈を処理すればいい。

「危険だが一度引きつける。那希は背後の警戒を頼む」

佐々史也は発煙筒を焚いた。巨大なキッカイに位置を悟られてしまうかもしれないが、牡種を引きつけるためには興味をうながす必要があった。煙が立ち上る。風に乗って視界がややさえぎられた。

そこへ無線の声が飛び込んできた。七戸《しちのへ》譲《ゆずる》からだった。満足な救援は難しいといってきた。仲間のほとんどが究極的忌避感に見舞われているという。巨大なキッカイは視界に入っているらしいので、一〇分後に手榴弾を使うとも予告をしてきた。

煙の向こう側から牡種が接近してきた。体格が五メートルを超えると本当にスケールの違いを感じる。マシンガンの口径はいつもより二ミリほど大きいものを調達してきたが、はたして風穴を空けることができるか。佐々史也は一歩後じさりし、勇気を出してその一歩を戻した。十数発連射したらボックスマガジンを交換する。そのシミュレーションを頭の中に描いた。

狙いを定めて引き金を引く。急所付近の際どい箇所にも当たってしまったが、ほぼイメージ通りに的中した。残弾はものの一秒で底をついた。手際よくボックスマガジンを交換して再び構え直す。この三〇連射で沈まなければ次の策がない。

ところがその牡種はまたしても背を向けた。そして大股で逃げて行く。佐々史也は寸前で射撃を思いとどまった。拍子抜けから表情がゆるんだ瞬間、なにかが頭上を通過して行った。それはおよそ命中したようには見えなかったが、付近での炸裂の威力が巨体を肉片に変えた。久《く》保《ぼ》園《ぞの》那希がグレネードランチャーで榴弾を発射したらしい。

「使ったのか……」

「ごめん。思わず」

殺してしまったものは仕方がない。迫りくる恐怖に平常心を失ったのだろう。マシンガンの残弾は牝種に浴びせればいい。佐々史也は周囲を警戒しながら一度ジュリックの様子を確認しに行った。

「大丈夫か」

目の焦点ははっきりとしているようだ。撮影役のアーロンと言葉を交わす声にも力があった。一見したところでは大した流血は認められない。骨か内臓を傷めている可能性はあるが。

巨大なキッカイが足早に遠ざかって行く。七戸譲が遠方から挑発してくれたのかもしれない。

「ジュリック、動けるか」

「タブンネ」

ジュリックは上半身を起こした。顔をしかめたが大丈夫だと手で示した。佐々史也はリュックを久保園那希に託し、ジュリックを背負って場所を移動することにした。できればどこかに身を隠したい。もしくは、いっそのこと四方から丸見えになる場所に出てプリズンガードの救出を待ちたい。もう日が陰ってきた。四人そろって今日中に下山することは難しいかもしれない。

「佐々くん、見て」

しばらく姿を消していた牝種は意外にも後方にいた。体を屈《かが》めて地面をあさっている。榴弾でバラバラになった牡種を食べようとしているのか。アーロンがその様子をカメラでとらえ始めた。二年以上も白き蟬で活動してきたが、今日は新たな発見の多い日だ。

「今のうちにここを離れよう」

忘れた頃に炸裂音がとどろいた。七戸譲が手榴弾を使ったらしい。しかしあの巨大なキッカイが転倒したような音はしなかった。

「七戸さん、応答願います」

〈オレだ〉

「状況は」

〈尾藤《びとう》がやられた。これから運搬する。悪いがこれ以上は力を貸せない〉

「撤退してください。こっちなら大丈夫です。一体を仕留めました。もう一体が共食いしています」

〈マスクはあるか。風上に向かえ。でかいヤツは少量だが塩素を出すぞ。まだピンピンしている〉

「分かりました。こっちは本当に問題ありません。生きて帰ります」

アーロンが英語と日本語の入り混じった言葉で抗議をしている。助かりたい気持ちは分かるがうるさい男だ。佐々史也も強がったわけではなかった。七戸譲が不可能を口にするときは本当に不可能なのだ。むしろ逆に助けを求めたかったに違いない。

「那希、プリズンガードはなんでこないんだ」

「それならとっくに連絡があったわ。あと二㎞は北上して欲しいって。パイロットが限界なんだっていってたわ」

「二㎞だと？　山の中を二時間も歩けってか」

とてもではないが間に合わない。もうじき日が沈む。

今夜は野宿をしなくてはならない。佐々史也はジュリックとアーロンに事情を説明した。ジュリックは自分の責任を認めて了解したが、二人分もの反論を主張してきたのはやはりアーロンだった。

佐々史也は人差し指を立てて静粛をうながした。そう離れてはいない場所から新たなキッカイの気配が伝わってくる。今さら警報も鳴り始めて慌てて切った。ＵＲＡファイルに登録のある発信器つきだ。最近では珍しい四本足のタイプだった。久保園那希が遠目を利かせてその影を認めた。大木の根元に身を潜めて辛抱強くやり過ごすことにした。

それから二〇分と経たぬうちに辺りは暗くなった。使われなくなって久しい炭焼き小屋を見つけて中で休むことにした。屋根はなく、足場板が一枚渡されているだけだった。

野宿をするのは三度目だが、その最後はかれこれ一年近く前のことになる。そして化外の地で孤介《こかい》時間を迎えるのは初めてだった。今夜は二一時五〇分あたりからだったはずだ。はたして四人とも耐えられるだろうか。わずか一三分間とはいえ、実際にナーバスが死亡した例もある。

ジュリックは時間が経つに連れて痛みを訴え始めた。右の鎖骨はほぼ折れているようだった。それよりも腹の上をしきりに気にするので肋骨も折れているのかもしれない。アーロンが二人きりにして欲しいというので、佐々史也は久保園那希を連れて外に出た。

「これでオレたちは任務から外されるかもな。撮影班のスタッフを負傷させちまったってことで」

「私はそっちの方がいいわ」

「もちろんオレだってそうさ。酒王と見返り美人の連中なんて、江添《えぞえ》さんをすっ飛ばして人事部に直訴したらしいぜ」

「それ、私も誰かから聞いた」

「命がいくつあっても足りねぇってよ」

「フタナワーフの幹部はご機嫌よ。映像のウケがいいみたいだもの。この前の件だって、さんざんテープを検閲しておいて、結局はモザイクつきで許可したみたい。もちろん海外限定だけど。ネットで流れてたわ」

「日本から遠く離れた場所にいる人間ほど面白いのさ」

二人はそろって身構えた。無視できないほどの地鳴りが足下から伝わってきた。

「相当にでかいな。どっちからだ」

「私はあっちからのような気がする。北かな」

「オレは逆だ。二体いるのか」

「まさか」

実際には三体が近くにいた。一体は向かいの山だが水平距離にして二〇〇メートルと離れていない。巨大なシルエットが朧月《おぼろづき》の光を受けてわずかな間だけ浮かんだ。合流するつもりなのか、西側からもう一つの影が近づこうとしている。細くはない杉が右へ左へとしなっている。あたかも邪魔な雑木のごとく押し分けて進んでいるのだ。

そして佐々史也が感じた気配は上からだった。大小の岩が斜面を転がり落ちてくるので間違いなかった。目をこらして見つめる。不思議と恐怖心はなかった。もはや太刀打ちできる相手ではないし、キッカイの目にもこちらの存在は見えていないはずだ。

アーロンが炭焼き小屋の中から様子を見に出てきた。暗闇から現れた巨大なキッカイはほぼ同じタイミングで彼の頭上をまたいだ。久保園那希のわずか二メートルほど手前に着地し、もう一方の足はいったん巨岩の上に落とされかけた。

佐々史也はそのあとに起きた十数秒の出来事を憶えていない。天地が逆さまになったような感覚はあった。キッカイがバランスを失って派手に転倒したのだ。佐々史也にはっきりと意識が戻ったときには辺りの木々が下までなぎ倒されていた。四つん這いになって下を覗《のぞ》くとそこに巨大な塊はあった。微動だにしない。

「大丈夫か、那希」

「それは佐々くんよ。完全に下敷きになってたわ。潰されちゃったかと思った」

「ジュリックたちは」

「大丈夫みたい。小屋はそのままよ。それより今は自分の心配をして。本当になんともないの？」

背中に痛みはあるが大したことはなかった。最近疲労がとれない肩の方が辛いくらいだ。

新たな動きが始まったようだ。二体のキッカイが様子を見に集まってきている。やはりキッカイはなんらかの変化に対して興味を示す。新たな概念は仲間内でも自家発電的に獲得し合っているということだ。

「どうする？　ここにいては危険なんじゃない？」

「いや、この暗闇だ。ジュリックを背負って移動する方がもっと危ない。恐らく小型と中型のタイプならうようよしているはずだ。明け方までここで乗り切ろう」

佐々史也と久保園那希はしばらくキッカイの様子を眺めていた。転がり落ちて行った一体は相変わらず動く気配を見せなかった。共食いを始めてくれないかとも期待したが、あとの二体はかたわらに立ち尽くしたままだ。まだ気を失っているだけで生きているのだろう。そして生きている仲間を食べることはないのかもしれない。

「いよいよだな。でかくなったキッカイも化外の地を出ようとし始めている」

「フタナワーフは体制をシフト？　化外の地の外側で陸戦兵器による要撃行動に」

「そうなるな、当然。その前にオレたちを救出して欲しいもんだ」

炭焼き小屋の様子を見に行くと、ジュリックとアーロンは寄り添って眠っていた。よくもこの状況で眠れたものだと感心する。朧月もいつしか西の空に傾きつつある。東の空からはSTPFが接近しようとしていた。

「もうすぐ孤介時間だけど、どうやって過ごす？」

「初めてだから分からねぇ」

「初めてじゃないはずよ。今日だって、ときどき佐々くんの心の声、聞こえてた。弱気になってたでしょ？　剣山セグメントのある化外の地はいつだってSTPFの影響下よ。奥地に入れば遠隔感応はダルタイプにも発生するの。佐々くんだって体験したこと、あるでしょ？」

「七戸さんの心の声なら、組んでいるときに何度か聞いたことがある」

「お互い、少し離れていた方がいいのかな」

「那希の好きなようにしろよ。オレの悪口いうんじゃねぇぞ」

「…………」

佐々史也は軽い吐き気をもよおした。時々刻々とSTPFが接近している証拠だ。そしてここは化外の地でも比較的奥まった場所。一三分間はかなり過酷な時間になるだろう。

「訊いておいてもいい？」

「なんだよ。死に際みたいないい方するなよ」

「佐々くんは昔、ワルだったのよね。どうやって更生したの？」

「その話か。今でも害のない人間じゃねぇよ。どうせそう思ってんだろ？」

「味方だと心強いわ。任せてみようとは思えるもの」

「褒めてんのか？」

「本当のことをいってるだけ」

「……まだ十代だったな。見事にオレの人間性をいい当てた女がいたよ。恥ずかしくなって、思わず引っぱたいちまったっけ。とてつもない罪悪感がその後の自分を変えてきたような気がする」

「その女の人がどんな指摘を？」

「オレは盗んだ原付を乗り回してただけだ。だけっていうのもヘンかな。その女は真っ直ぐオレの目を見ていったよ。薄汚れた道を歩むなら、いつでも命と引き換えにする覚悟を持っとけって。たかだか窃盗だぜ？　でもオレはその言葉は正義だと思う。悪事を働く人間ていうのは、常に罪と罰の重さを秤にかけて安易な気持ちでいるのさ。まさか命までは取られないだろうってな。オレはまさに絵に描いたような存在だった」

「それでも極端よ。死をちらつかせて正道を歩ませる考え方なんて乱暴だわ」

「そうか？　人間の行動原理なんて所詮《しょせん》そんなもんだろ？　国同士の外交だって、力関係の根底では相手を滅ぼす武力がものをいっているんだ。だから覇権国家を目指すために核を持つ。現に特別攻撃機を開発した日本を五加一は恐れているじゃねぇか。パワーバランスが変わったんだよ」

久保園那希が口を押さえて離れて行った。木の根もとにしゃがみ込んで吐き下したようだ。佐々史也も額を押さえてその場にうずくまった。これほどひどくはなくとも、似たような感覚をナーバスの人間は一日に二度も体験しているのだ。

やがて心の声が聞こえ始めた。それは耳ではなく直接思考に届いてきた。ささやきほどの大きさだが、怒鳴っているものや、窮状を訴えるもの、陰湿に誹謗中傷するものが無秩序に重なり合っていた。

その中にひときわクリアな《ユウキ》という声を聞いた。しきりに謝っている。それが久保園那希の心の声であることは想像に難くなかった。亡くなった妹の名前だろう。ひどく自分を責めている。飼い犬の行方を捜したことを後悔しているようだ。

これが孤介時間。自分の殻に閉じこもるというべきか、他人に干渉する余裕を失う結果として孤介になる。まるで一人きりでゴンドラに乗せられているかのようだ。成層圏を突き抜けて中間圏に達するほどのとてつもなく大きな観覧車。頭がおかしくなりそうだ。視界が遠くへ及んでゆくとともに聞こえてくる声もうるさくなってきた。インバネスが構想を広める神の委譲。新製品のプロパガンダ。暴露される組織の秘密。繰り広げられる醜い舌戦。誰とも分からない実名が飛び交っている。《死ね》と《キモい》の連呼。ゴンドラはそのもっとも高い場所にいまだに到達しない。

佐々史也は地面に額を押しつけ、爪が剝がれそうになるほど土を掘っては握りしめた。その間に意識は一度ならずも失われかけた。化外の地では四万八千人もの地元住人が死に絶えたが、実際にこうして孤介時間を体験するとその理由がよく分かる。彼らは剣山セグメントの落下時からしばらくの間は生きていた。そして孤介時間を迎えて一度に命を落としたのだろう。ダルタイプでさえこの有様なのだ。ナーバスではとても身がもつまい。

やがて苦痛はピークを迎えた。観覧車のゴンドラは中間圏の入口まで達し、千数百㎞かなたの地平線を見せていた。しかしその間はむしろ言葉はあまり届いてこなかった。うめき声ばかりだ。究極的忌避感に皆の神経もまいっているのだろう。そしてその後も遠隔感応は控えめなものになった。《みなさんお疲れ》《半日後にまた》。その声にどれほど救われたことか。佐々史也はとりあえず生き延びられたのだと思った。

久保園那希は木の根もとからまったく動いていなかった。暗くてほとんど見えないが、憔《しょう》悴《すい》しきっているかのように覇気が伝わってこない。佐々史也は歩み寄り、そっと手を伸ばして肩に触れた。

「大丈夫か。思ってたよりキツかったな」

い。

佐々史也は腋《わき》に手を入れて久保園那希を引っ張り上げてやった。彼女にはその意思がなかったらしく、思いも寄らぬ力を使わされた。泣いているのか、こちらに顔を見せようとしない。

「うん」

「那希さぁ、あんまり自分を責めんなよ。お前のしたことは決して悪事じゃないぜ」

「ひょっとして、妹のことをいってるの？」

「あぁ。悪いけど聞こえちまった」

「妹の一件は象徴的現実よ。ひときわ突出してるだけ。だから懺悔の対象をどうしても妹に向けてしまうの。私が救ったのは家族だけなのよ。車に全員押し込んで運んだ。でも市街に出るまでの間、多くの人たちを見殺しにしたわ。あのときの地獄絵が今でも頭から離れないの」

剣山セグメントの落下。化外の地でその体験をした生存者は多くを語らないという。そこには保身に徹した者だけが生存できたという真実があったのかもしれない。心に言い知れぬやましさを抱えているのだ。

たとえそうでも誰も責めはしない。だからこそ良心を持った者は自分を責める。この状況を作り出した張本人がいれば感情の矛先を向けることはできる。しかし侵略してきた渡来体は、カラスは、この地球に作りかけの構造体だけを残して全滅してしまった。キッカイは決して渡来体の主体ではない。単なる手駒でありマリオネットだ。そして糸の操り手を失っていることにも気づいていない。

「明日は空が白み始める前に出よう」

「……うん」

「北へ二㎞上ればプリズンガードに収容してもらえる。人命がかかっているんだ。彼らも早起きして飛んできてくれるさ」

「佐々くん、横になって少し休んだら？　明日もジュリックをおんぶしなきゃならないでしょ」

「那希が先に休めよ。オレが見張っておくから」

「それにしても、あの大きなキッカイ、さっきから全然動いてないわね。立ったまま眠るのかしら」

「二本足に進化してから、まだ横になる概念を手に入れていないのかもしれねぇな。でも気絶している仲間を見て学んだはずだ」

佐々史也は炭焼き小屋まで久保園那希につき添ってやった。久保園那希はいったん中に入ろうとしたようだが、なぜかすぐに引き返してきた。

「どうした。小便か？」

「外で休むわ。ジュリックたち、抱き合ってなんかいい雰囲気だった」

「あきれたな」

「孤介時間に思いを確かめ合ったのね。彼らって、簡単に愛が成立しちゃうんだから」

佐々史也は確信していた。ダルタイプとしての実力は、どうやらジュリックとアーロンの方が上のようだ。彼らはまだ剣山に近づける。孤介時間もほどよく苦しんだ程度に違いない。

＊

「あと三分待ってもこなかったら出発してくれ」

七戸譲はキャビンの後部からコックピットのパイロットに告げた。

「定員、超過じゃないのか？　救出者を乗せるんだろ？　四名も」

フタナワーフの現役自衛隊員の男が口をはさんだ。

「女一人くらいなんとか乗れるだろ。そんなことをいうんなら……」

七戸譲はキャビンに備えつけてあるウォータークーラーのプラグを引き抜いた。そしてひと思いに抱え上げ、デッキまで運ぶとゴンドラの外に出した。ラインマンのグランドクルーを呼び寄せて運んでおくようにと指示をする。

そこへエプロンを斜めに走ってやってくる女の影が視界に入った。黒髪を振り乱している。七戸譲は大きく手招きしながらもっと急ぐように声をかけた。ろくに着替える暇がなかったのか、安並風歌と思われる女はいかにも寝起きのスウェット姿で駆けつけてくれた。しかしなぜか口にはマスクをはめ、キャップを目深《まぶか》にかぶっていた。

「これに乗ればいいの？」

「そうだ。よし出してくれ！」

プリズンガードはほぼ日の出と同時に離陸した。

昨日はとうとう佐々史也たちは帰ってこなかった。日没まで残り時間がわずかだったので下山の選択肢はなかったのだろう。七戸譲も一度は山に残ることを考えたが、負傷した部下の容態が思わしくなく、困難を覚悟でプリズンガードの救出ポイントを目指した。そしてなんとか収容してもらうことができた。

四人は生きているだろうか。無線の応答は今のところはない。化外の地はキッカイの巣窟。今頃は気温も一〇度を下回っているはずだ。そしてなにより孤介時間をはさんでいる。明るい要素はなに一つとしてなかった。

救出のチャンスは多くて今日と明日。一五メートル級のキッカイが吉野《よしの》川の手前まで上ってきているという報告もあった。早ければ二四時間以内に要撃行動が始まるかもしれない。プリズンガードは高所監視のために正規の上空に配備される。救出に駆り出すことを優先できなくなる。そのことについてはフタナワーフの幕僚監部から強く釘を刺されていた。

いかにも場違いな格好をした安並風歌を自衛隊員たちがじろじろと見ている。本人には特に気にしている様子もなく、おもむろにマスクとキャップを外すと平然とした表情を見せた。彼女はダルタイプのようなので、周囲からの視線に対しては無頓着でいられるのかもしれない。

「すまなかったな。突然呼び出してしまって」

「なにがなんだか分からなかったけど、まぁいいわ」

「キッカイについて詳しかったから、キミの知見が大いに力になると思ってな。指名させてもらった」

安並風歌は配線コードの上に落ちていたインシュロックを拾い、後頭部に手を回して艶《つや》のある黒髪を束ねた。七戸譲はその行為を見ただけでかなりたくましい女だと判断した。

「安並くんは、蘇生部隊に配属されるまではどこにいたんだ？」

「嘘をつくのは上手じゃないの。だから訊かないで」

「いえないってことか」

一見したところ訓練で体を鍛えられた様子はない。細い指も傷がなくてきれいだ。防衛省は内局の出身者といったところだろうか。あるいは大学などの研究機関から引き抜かれた民間人。最近は各方面からエキスパートを採用しているとも聞くので、ソリッドコクーン日本支部の財源は潤っているのだろう。国連からメディアを受け入れたことがものをいっている。

「風邪でもひいているのか？」

「あらどうして？」

「マスクをしていた」

「ちょっとね。顔を見られるとまずい子がいるの。訊かないで」

謎めいた女だ。しかしそのあたりも含めて心強さを与えてくれる。

「こっちにきてくれ。見て欲しいものがある」

七戸譲は安並風歌を連れ、オペレーションシステムが中央配置されているその横を進んだ。

そしてオペレーターに依頼をしてURAファイルを照会させた。画像はすぐに表示された。昨日撮影した巨大なキッカイの写真だ。

「身の丈が一五メートル以上ある。オレは昨日、化外の地で二体見た。先日安並くんも見たはずだが、あれよりもひと回り大きな印象だった。手榴弾を一度ずつ使ったがほとんど効果がなかった。対戦車地雷くらいじゃないとだめか」

「武器や兵器の知識はほとんどないけど、手榴弾の威力なんてたかだか知れてるんでしょ？　上手に使わないと自殺もできないって聞いたことがあるわ。そしてこのキッカイは成人男性の約九倍の身長。九分の一の手榴弾がそこに置かれても、あなたはたぶん死なないでしょう」

「ふむ。安並くんのする考察は正しそうだな。ではだな、本題の質問をしたい。一体は塩素を出さない個体だったんだ。だがコイツは背中から出した。安並くんのような人間なら、URAファイルを見たことがあるだろう」

「面倒だから、あるといっておくわ。常に最新のものに目を通してきたつもりよ」

「前から気になっていたんだが、キッカイはこの毒ガスの概念をどこから手に入れたと思う。フタナワーフは化学兵器の使用をいっさい行ったことがないんだ」

安並風歌は腕を組んで窓の外を見つめた。眉間《みけん》に深いしわが寄っている。返答に困っているようだが、まんざら答えを知らないわけでもなさそうだ。口外してもいいものかと、その一点で迷っている様子だった。

「そうね。どちらのヒントを漏洩《ろうえい》しようかしら。あなたは……」

「七戸だ」

「七戸さんは、ダルタイプなのよね」

「そうだ」

「孤介時間を体感したことは？」

「幸いなことにない」

「でも化外の地に何度も入っていれば、遠隔感応を一度は体感しているはずよ」

「ある」

「それがヒントね」

まったくヒントになっていない。いや、ちんぷんかんぷんでもなかった。安並風歌は実に重要な事実の一端を教えてくれたようだ。

なるほどそういうことだったのか。七戸譲は目から鱗《うろこ》が落ちる思いがした。

牝種のキッカイは走馬燈に蓄積した概念を死に際に放出する。それは牝種に伝わって次世代への進化につながるわけだが、その原理自体が謎だった。というべきか考えたことがなかった。情報が伝播する媒体がどういうものであるのかという点において。

それは剣山セグメントが常時展開しているフィールドのことだ。人間に対しては究極的忌避感を与える見えざる場。見えざる場の中を見えざる心の声が伝わる。つまり化外の地の内側では、遠隔感応という形で走馬燈の情報が牝種のもとまで伝播するのだ。裏返せば、化外の地の外側で牡種を殺しても情報は届かないことになる。

「ということだな？」

「残念ながら最後の部分が違うわ。化外の地というサークルはナーバスが勝手に線引きをしたエリアよ。キッカイ同士では、送受信の範囲はもっと広いと考えられているの」

「では、少なくとも四国における要撃行動では、牡種に対する去勢処置が必要ということか……。やはり面倒だな」

「だから蘇生部隊が編成されたんじゃない。とりあえずは戦車とか大砲が主力になるんでしょ？　だけど誘導ミサイルでも使わない限り、遠距離からピンポイントで走馬燈は撃ち抜けないわ。誤って致命傷を与えてしまったときに、私たちが時間稼ぎとして蘇生させるのよ。そして走馬燈の除去処理も一応兼ねているわ」

蘇生部隊の存在、実に必然的な成り立ちだ。思わずすべてに納得させられたような錯覚に陥りそうになる。しかしキッカイが塩素を発するにいたった経緯の説明にはなっていない。

「もう一つのヒントをくれ」

「……鈍感ね。ダルタイプなんだから」

「そうじゃなくって、オレの場合は頭が悪いんだ。安並くんのようなインテリじゃない」

安並風歌は再び窓を見つめて上空の景色と相談を始めた。そして肩に手を載せてきたかと思うと、勢いよくつま先を立てて耳打ちをしてきた。七戸譲は頬に口づけでもされるのではないかと焦った。

「日本の外から伝わったのよ。これは憶測だけど」

「まさかニューギニア島からか？　そんなに遠くまで伝わるのか？」

「もう！　そうだけどそうじゃなくって、孤介時間よ」

孤介時間、それはSTPFが頭上に君臨する時間帯。リングであるSTPFは極軌道を周回しているので、経度が同じである四国とニューギニア島は孤介時間を同時に迎える。このときに二つの化外の地の間で遠隔感応のフィールドがつながるのだ。

国連軍がニューギニア島で毒ガスを用いたということになる。この事実は公表されていない。国連軍の軽率な作戦が四国のキッカイを進化させたのだ。逆にこちらの軽率な行動がタイミング次第ではニューギニア島に伝わることもあり得る。たとえば木登りや投石など。もしも匿翼《とくよく》の大原則をどちらかが破ればその結果も共有されるのだ。

ＳＴＰＦはたかだか地球を一周するリングだ。しかし渡来体は最低でもあと七周分のリングを建造するつもりだったと考えられている。今でもその材料が地球の周回軌道上に放置されているのだ。つまりこの地球にあまねく遠隔感応のフィールドを展開しようとしていた。遺伝におけるキッカイの情報網は大幅に向上していたに違いない。そしてたかだか一周分のリングといっても、一度キッカイがユーラシア大陸に上陸すれば、遺伝情報は同じ経度上に存在する個体同士で孤介時間に共有される。

「無線の応答がありました」

にわかにオペレーターが告げた。

「佐々か」

「違うようです」

七戸譲は即座にマイクに顔を近づけた。

「七戸だ。今、プリズンガードで救出ポイントに向かっている。そっちの状況を伝えてくれ」

〈久保園です。すでに二㎞近くは北上したつもりです。キッカイを避けたため、かなりルートが逸《そ》れてしまいました。ディレクターのジュリックが昨日《さくじつ》に負傷。佐々が背負って移動中です〉

「具体的な場所が分からない。三分後に発煙筒を焚いてくれ」

〈発煙筒はもうありません。使い切りました〉

「じゃあ適当に山を燃やせ」

「だめよ！　安易に火を教えないで」

安並風歌が背後から腕をつかんだ。そして体を押して自らマイクを握った。

「私は蘇生部隊の安並。キッカイ用の発信器を使いなさい。未使用のものをボイドのＦＦＦに設定。こちらが看守システムで信号を拾うわ」

〈分かりました〉

七戸譲はあ然とした。安並風歌は調査部隊の内情をよく知っている。やはり内局の人間なのだろうと思った。

窓際では自衛隊員たちがなにやら騒ぎ始めていた。

「どうした？」

「あのキッカイ、かなりでかいぞ。国道をひとまたぎした」

「なんだお前たち、実際に見るのは初めてだったのか。ダルタイプのくせに要撃部隊なんかに収まってるからだ」

「向こうの影もそうじゃないか？　七戸、ここにきてみろ」

七戸譲は男が指をさす方角を無視し、窓から眼下の山々を漠然と眺めた。そう、今さら一箇所に視点を置いて大きな個体に驚いても仕方がない。漠然とした視界の中に浮かぶ波こそが重要なのだ。キッカイがベクトルをそろえて吉野川を越えようとしているのか否か。

「どう思う、安並くん」

「えぇ、ついに本格的に動き出したようね。巣立ちだわ」

「オペレーター！　電波はキャッチしたか。座標をコックピットに回してやってくれ」

「ありました！　……でもやばいですよ。近辺に七メートル級の個体が一体います」

あくまでも発信器つきのキッカイが一体だ。むしろ未登録《ヴァージン》の個体の方が圧倒的に多いと考えられている。状況は芳《かんば》しくない。

「地図と照合できるか」

「友内山《ともうちやま》の南東部。第二管区の美馬《みま》市に入っていますね」

「アイツら道を進まなかったのか……。それにしてもなぜだ。あの辺りの勾配はかなり急だぞ。しかし昨日の峠からはだいぶ北に引き返したようだな。……ということはあそこだ！　杉を伐採した一画があった。間違いない。そこを目指しているんだ」

「ちょっといいかしら。少し時間はかかるでしょうけど、離脱を繰り返しながら一人ずつ救出しましょう。それが私からの提案」

「どういうことだ？　一気じゃだめなのか？」

「飛行船からワイヤーかなにかを垂らすんでしょ？　そんな面白い光景、キッカイが見逃してくれるわけがないわ。たくさん集まってくるでしょうね」

「適度に散らせながら進めた方がいいというわけか。いわれてみれば、確かに昨日もそんな感じだったな。最後はかなり近接された。よし、とりあえずウィンチだ」

七戸譲はキャビンの後方に進んで床を開けた。率先してハーネスの準備を始めようとするとその作業を横から奪われた。

「七戸、まさか自分で降りる気か？　ここは現役に任せとけ。お前は何年もやってないんだろ」

「……すまん。じゃあ頼む」

自衛隊から離れていた数年間で機材も少し様変わりをした。昨日などシート様のハーネスで楽々と吊り上げてもらったものだ。ただし佐々史也を含めて下の四人にはレスキューの心得がない。したがって自衛隊員が救助用のザックとともに降下することになる。

「一分でポイントの上空に着くそうです」

「荷物を捨てるように伝えてくれ。銃もカメラも重いものは全部だ。パイロット！　ハッチを開いてくれ！」

ほどなくして足下のハッチは開かれた。朝日を斜めから受けた山の緑が見える。その中で、はぐれたように咲きかけた一本の桜木が妙に印象的だった。

もうこれ以上は部下を失いたくない。葬儀に出ることも許されない別れなどまっぴらだ。ダルタイプは不幸な人間。キッカイと肉薄することを当然のごとく求められる。

戦時とは実に奇妙な状態だ。一部で戦地に送られる人間もいれば、大半の人間は文化的な生活を保ち続けている。そして彼らは口をそろえていうのだ。ダルタイプは孤介時間に苦しまなくてうらやましいと。しかし佐々史也と久保園那希はキッカイに取り囲まれた化外の地でその苦しみを味わった。

「直下のはずです！　サーモグラフィにはとらえられていませんが」

木々の緑ばかりで人影など見えない。ハッチからの視界が狭いというやむを得ない事情もあった。しかし伐採した箇所はまだ三〇〇メートルほど東に離れていると思われる。あそこを目指しているはずなのだ。

「二つの信号、ほぼ重なっています。交戦していませんか」

「銃声が聞こえないな。聞こえるか？」

「……ないな」

恐らく身を潜めてやり過ごそうとしているのだろう。それは正しい判断だ。

そこへ、かたわらにしゃがんだ安並風歌が身を寄せてきた。

「ひょっとして、単に弾がないだけじゃないかしら」

「え？」

「下に降りるんなら、補充してあげたら？　最後の救出者は、この前の彼になるんでしょ？」

「そ、そうだな」

「NATOだな。七戸、どっちを持って行けばいい」

「七・六二ミリを頼む」

七戸譲はそう告げると再びマイクのもとに駆け寄った。

「オレだ。久保園聞こえるか」

応答がない。無線を切っているのか、あるいはボリュームを落としている。交戦できないためにやはり身を潜めて息を殺しているのだ。

「一方通行でもいいから伝えてあげて。船についてるんでしょ？　外部スピーカー。この前は使っていたはずよ」

またもや安並風歌の提案。

「そうだった。切り替えられるか」

「やります」

七戸譲はマイクに向かって語り始めた。

「佐々と久保園に告ぐ。これからキッカイを別の場所に引きつけながら、一人ずつをヒットアンドアウェーで救出する。その場所から東へ三〇〇メートルに、杉の伐採地帯がある。そこを目指してくれ。救出の順番は、ジュリック、アーロンだったか、そして久保園、最後に佐々だ」

七戸譲はそこで一度マイクを切った。

「少し早いが、地上三〇メートルまで降りてくれ。キッカイの注意を引きつけたい。プリズンガードを南に移動させる」

「分かった。ウィンチ操作を頼む。でかいキッカイがきたときは、オレをルアーにしないでくれよ」

救出担当の男はそういい残して降下して行った。七戸譲は予定高度への到達を待ってからパイロットに移動を求めた。

「彼らが無線を復帰させました」

「久保園、全員無事か」

〈問題ありません。我々も指定場所を目指していたところです。まだ三〇〇メートルもあるんですか？〉

「がんばれ。レスキューにマシンガン用の弾を持たせてある。佐々に渡してくれ」

〈了解しました。アーロンはヘビー級です。そのつもりでよろしくお願いします〉

プリズンガードはワイヤーに救出担当の男をぶら下げ、そのまま南に五、六〇〇メートルは移動しただろうか。そしていつでも救出ポイント上空に急行できるように船首だけを北東に向けた。

「安並くん、下はどんな様子だ」

「いいんじゃないかしら。木の揺れを見る限りはついてきている感じよ。でも、南からもいやな気配があるわね。これは私の見当ミスだわ」

「看守システムはどうだ。発信器つきは何体いる」

「二体が移動中。顕著に本船を追っています。四人はゆっくりと東に進行」

「着いたら一気に行くぞ。パイロット、合図を出したら全速で頼む。ウィンチは速やかに」

七戸譲はモニターの時計に目をやった。さすがに五時間もあれば四人を救出できるだろう。

また一〇時頃になれば面倒な孤介時間を迎えることになる。

「サーモグラフィがキッカイを多数捕捉！　一、二……六体。中型と大型」

うようよと湧いて出てくる。明らかに昨日よりも危険度が増している。

「肉眼でも二体が見えるわ。片方は一〇メートル以上ありそうね。走ってはいないわ。こっちを見上げて歩いてる」

「パイロット！　船の速度はいくらまで上がる」

「無風で時速一一〇kmだ」

「安並くん、一〇メートル級のキッカイなら、どれくらいの速さで走る」

「キッカイは、全速では滅多に走らないわ。その気になれば一三〇kmくらいは出るでしょうけど、パーツ型ならその半分てところかしら。山と森林の中ではせいぜい二〇㎞。救出時間に六〇秒前後はとれるはずよ」

久保園那希から救出ポイントに到着したという連絡が入った。七戸譲はサーモグラフィの画面を見つめ、引きつけたキッカイを置き去りにするタイミングを計った。ところがキッカイは近づくほどにその足取りが緩慢になっていった。思いの外に焦《じ》らされる。これを四度繰り返すことを考えると、さすがに気持ちの中で時間的な余裕が失われていった。

「出してくれ！」

プリズンガードが高出力で移動を始める。その大きな加速はものの一五秒ほどで落ち着き、救出ポイントの上空で定点滞空するために減速へと転じた。

キャビンの後部ではウィンチがワイヤーを送り始めた。七戸譲は収容作業を自衛隊員に任せ、サーモグラフィの画面と窓からの視界に目を往復させた。安並風歌の姿はいつの間にかコックピットにあった。パイロットに次なる移動ポイントを提案している。やはり彼女を連れてきて正解だったと思った。

わずかに床が動揺した。ジュリックを救助したのだろう。ワイヤーの巻き上げが始まり、しばらくして彼女はキャビンの床に引き上げられた。髪の乱れが疲労を物語っていたが、安《あん》堵《ど》に興奮が加わって口の方はなめらかだ。相方のアーロンを助けに行けといっているようだった。

七戸譲は安並風歌にアイサインだけを送った。彼女はうなずき、美馬市との境にある峠の方を指さした。プリズンガードがゆっくりと移動を始める。ハッチからはワイヤーが送られ、救出担当の男がキッカイの注意を引くために再び降下して行った。

久保園那希が見送っている。気丈夫を演じきれずに不安な表情をしていた。佐々史也はガッツのある男だが、彼女はダルタイプであること以外は標準的な女だ。できることならば代わってやりたい。本当は撮影班の護衛などではなく、まさにこのプリズンガードのクルーにしてやりたかった。

「それにしても、見事についてきますね。これは要撃行動にも使えるかもしれません。幹部に報告としてあげてみましょう」

オペレーターはそういってエディターにメモをタイプした。

頭上にバナナがぶら下がっていれば、猿もそのうちに台の上に登って取るようになる。キッカイの場合は人間がなんらかの形で概念を与えてしまうだろう。万が一にもワイヤーをつかまれたらプリズンガードは大きなダメージを受ける。

「久保園、まだがんばれるな」

〈オレです。佐々です〉

「佐々か。すまんな。救出の順番を最後に回して」

〈しんがりは当然です。それより腹が減っては戦ができません。なにか差し入れはありませんか〉

七戸譲はオペレーターに尋ねた。しかしあえなく首を振られてしまった。

「すまん。持ち合わせがない。帰ったらたらふく食わせてやる」

〈了解〉

オペレーターたちが持ち場を離れてなにやら立ち話を始めた。七戸譲は空いた座席に腰をかけて代わりにモニター類を監視した。アーロンの体が放つ赤外線が小さくとらえられている。佐々史也たちの着ている戦闘服はサーマル防御が施《ほどこ》されているので一ドットほどだ。それに比べてキッカイの体は豊かな温度を持っている。

こうして見ると、成長途上の個体と手足をパーツ化した個体の区別がつく。パーツ化した手足はその部分の温度が低いからだ。小さくても成長を終えた個体、大きくてもさらなる巨体化を予告する個体。キッカイは渡来体が派遣してきた生命体だが、体を構成する元素は純正の地球産だ。活動エネルギーとともに見事に侵略先で現地調達されている。

その後、キッカイの群れを引きつけるまでに三〇分近くを要した。それでも救出担当の男のコンディションを考慮して多少は妥協したのだ。プリズンガードは再び救出ポイントの上空に急行し、今度は体の大きなアーロンを引き上げた。直後に繰り広げられたジュリックとのドラマはキャビン内に排他的な壁を築いた。そのあまりにも熱い抱擁は事情を知らない全員から士気を奪いかけもした。

「よーし、佐々聞こえるか。次は久保園……」

そこへオペレーターが音声をさえぎるようにマイクを手で覆《おお》った。

「なんだ？」

「困難をともないますが、二人同時にお願いします。最悪の場合、ハーネスにしがみつく程度で」

「どういう意味だ」

「フタナワーフより、配置の指令が正式に届きました。要撃行動が始まります。今から一度善通寺に戻ることを考えると、もう時間がありません」

「なにをいってる。あと二人なん……」

七戸譲はその先の言葉を飲み込んだ。プリズンガードの使役は要撃行動が最優先される。

「……分かった。マイクから手を離してくれ。二人に伝える」

七戸譲は窓から救出ポイントである伐採地の様子を確かめた。佐々史也と久保園那希の姿は見えない。カムフラージュで木の幹とでも同化しているのだろう。

「佐々。いいかよく聞け。次は無人のハーネスだけを降ろす。シートタイプだ。見ればだいたい分かると思う。久保園は女の子だから座らせてやれ。お前はワイヤーにうまくしがみつけ。工夫して命綱を結べ」

〈了解〉

「極力ウィンチで巻き上げてやるが、そのまま善通寺まで飛ぶかもしれん。時間がもうないんだ」

〈要撃行動、いよいよ始まるんですね。うすうす分かってましたよ、この状況ですから〉

「昨日自分でいった言葉、憶えているか」

〈生きて帰ります〉

まだ当面先の構想だが、白き蟬とその他の調査部隊も要撃部隊に編入されることになっている。ダルタイプにしか作戦を続行できない時間帯があるからだ。そう、孤介時間のわずか一三分間だ。その編入リストには一応、佐々史也と久保園那希の名前も入っている。二人は貴重な戦力なのだが、だからといって彼らを失いたくないという思いは手駒としてではない。部下という関係も少しニュアンスが違う。今日まで苦しみをともにしてきたひと並びの仲間としてだった。

「ハーネスを交換しました。とりあえず垂らします」

「頼む」

七戸譲は窓際に立ち、オペレーターと目を合わせないようにモニター類のみに焦点を絞った。プリズンガードをいつ強制的に善通寺に戻されてしまうとも知れなかった。

「私の提案がよくなかったかしら」

「そんなことはない。基本的にキッカイの密度が高まりすぎているんだ。もう人間が立ち入れる場所ではなくなっている」

「彼、佐々さんていうの？」

「そうだ」

「交戦しているわよ。今にも倒しそうな勢いだけど」

七戸譲は振り返った。火光が見えた。佐々史也がマシンガンの銃口を上に向けて断続的に連射している。それでいい。もはや牡牝《おすめす》の区別も走馬燈の位置も関係ない。急所付近を蜂の巣にして自分の命を守ることの方が大切だ。

そこからかなり離れてはいるものの、西の方角にはキッカイの影があった。七戸譲もさすがに漠然と視界をとらえるわけにはゆかなかった。ひときわ大きなパーツ型の個体だ。二〇メートル前後はあるかもしれない。プリズンガードの存在に気づいているようだが、吉野川方面とどちらに進むべきかを迷っている。安並風歌の知見を比例させると、あの個体は時速一〇〇㎞以上で走ることになる。初陣からダイナミックフィギュアの出番だ。そしてクリティカルルームにおける五加一干渉。

引きつけるべきキッカイの足取りが鈍い。無人のハーネスにあまり興味を示さない。このままの調子だと、最後はギャンブルをしなくてはならないだろうと思った。

オペレーターの一人がこちらを見つめているのが分かる。七戸譲は険しい表情を作ることによって今にも開きそうなその口を封じるのが精一杯だった。

「七戸さん……」

分かっている。だからもう少しだけ待って欲しい。サーモグラフィがとらえている。佐々史也の場所からも見えているだろう一〇メートル超の個体がどうしても気になるのだ。

「七戸さん、もう時間がありません」

「待ってあげて！　私からもお願いするわ。できなければ蘇生部隊保有の特権リザーブをここで使います。フタナワーフから天気図を回してもらって。風をとらえれば二、三分は早く帰れるでしょ」

ありがたかった。コックピットからもコ・パイロットが振り返ってOKのサインを出した。七戸譲は無条件でその三分後をラストチャンスのタイミングに決めた。

「佐々、そっちは仕留めたか。これから向かう」

〈久保園です。待ってます〉

「パイロット！」

プリズンガードが今までとは一段出力の違う加速をした。後部のハッチでは自衛隊員が手作業でワイヤーを送り始めた。オペレーターたちが分担して危険な個体の監視にあたる。七戸譲は窓に頬を押し当てて佐々史也と久保園那希に視線を送った。やがて二人がゴンドラの下に消えるとハッチへと駆け寄った。

久保園那希がハーネスをつかもうと手を伸ばしている。風に煽《あお》られて谷側に逃げてゆくところを、足下の勘を狂わされた彼女は転倒した。しかしすぐさま起きあがり、手足で這い上がるようにして再び頭上に手を伸ばした。マシンガンを撃ち続けていた佐々史也はその間にボックスマガジンを二度交換していた。

ようやくつかんでくれた。久保園那希が必死で体をなだれ込ませる。佐々史也は命令に従順に、彼女が正しいポジションに座れるまで根気よく手を貸していた。

「最大級キッカイ接近中！　離脱しなくては危険です！」

七戸譲は床に腹這いになって声を大にした。

「佐々！　乗れ！」

佐々史也はまたしても命令に従順だった。しかしいったん足をかけかけたハーネスから突然に大きく離れた。どうしても気になっていた個体が間近に迫っていたのだ。佐々史也は自ら囮《おとり》になるがごとく、マシンガンを連射しながら斜め前方に斜面を駆け下りて行った。

「佐々ぁ‼」

「本船、浮上よろしく」

「七戸さんいいの⁉」

斜面が次第に遠ざかってゆく。キッカイと、そしてマシンガンの音を引き連れ、佐々史也は杉林の中へと消えて行った。七戸譲はその音が聞こえなくなるまで見つめ続けた。そのうちに肩を叩かれ、男たちに抱え上げられた。

「残念だったが、こらえてくれ。フタナワーフには一殺多生の原理がある」

「分かってる。……大丈夫だ。佐々はぁ……、ガッツのある男だから」

なぜウォータークーラーを係留場施設に置いてきてしまったのだろう。佐々史也は腹を空かしている。喉も渇いていただろうに。どうせエプロンに捨てるのならば、せめてここから落としてやりたかった。七戸譲は現実から逃避をするかのように、その一点のみをひたすら後悔し続けた。

＊

広大なエプロンに残ったプリズンガードはわずかに八隻《せき》。二四隻は対キッカイ要撃行動に向けてそれぞれの高所監視ポイントへと順に飛び立って行った。

吉野川の北岸に引かれたフロントラインはすでに放棄されている。今は讃岐山脈北側の麓《ふもと》にまで後退していると聞いた。キッカイは舗装された道路を選ぶわけではないので、その待ち伏せのラインは実に四〇km以上にも及ぶ。

栂遊星にも出動準備の命令が下っていた。これからパノプティコンに乗り、一度高松空港の上空に向かうことになるだろう。シキサイの出番が訪れるか否かはまだ分からない。機甲科以下が掃討してくれたらそれに越したことはないのだ。

香月純江《こうづきすみえ》が男ばかりのグランドクルーたちを相手になにやら話をしている。栂遊星はいったんデッキへのステップに足を踏み出しかけ、不穏な空気を感じて慌てて応援に駆けつけた。

「どうしたんですか?」

香月純江は男たちを見上げたままで答えない。彼女が私的な質問のすべてに応じるわけではないことはこの二週間あまりでよく分かっていた。それにしても様子がおかしい。

香月純江の手には藁《わら》で編まれたムシロのようなものが握られていた。少し角の辺りが焦げている。推測するところ、そのムシロをめぐっていい争っているようだ。栂遊星にはおぼろげながらも記憶があった。漁猟船の操縦ブースで彼女はその上に座っていた。

「私物なら名前を書いといてくれたらよかったんだよ」

「キャビンの清掃はオレたちの仕事なんだ。そこにケチをつけるっていうんなら、今日からあんたたちの手でやってもらうぜ」

「私は清掃が終わったあとに置いたんです。清掃中の渡し札は除かれていました。ですからあなたたちの行為は無断持ち出しです。そして清掃はこれから先もあなたたちの仕事であり任務です。それを放棄することは国際公務規定に抵触しますよ」

「国際だなんて大げさだな。たかがムシロ一枚で」

「あなたたちと話をしても時間の無駄のようですね。職務意識の低い人間と関わると不幸です。栂遊星、行きましょう」

香月純江は振り向きざまにこちらの喉もとを指さした。そしてパノプティコンのデッキへと足早に歩いて行った。栂遊星はネクタイを正しながらあとを追った。

キャビンには是沢銀路以外の全員がそろっていたが、気味が悪いほどに静かだった。会話はなく、各々《おのおの》が自分の世界に入って準備を進めていた。香月純江がその中に溶け込むのは簡単だった。彼女は焦げたムシロを椅子に敷いてから何事もなかったかのように腰をかけた。

栂遊星も持ち場であるシキサイの操縦席に着いたが、取り立ててやることがなかった。メインスイッチをONにしても恐らく電源は入らない。たとえ電源が入ってもシキサイとの通信はつながらない。天井から吊り下げられたクリティカルパネルには「不」の文字が並んでいる。五加一干渉がシキサイの作戦行動を認めていない状態だ。

数分が経った頃、にわかに不穏な音がした。黙々と手を動かしていたクルーたちもさすがに正面に視線を上げた。要撃部隊が早くも砲熕《ほうこう》兵器を使ったようだ。牝種の群れでも確認したのだろうか。

「いよいよ曲射砲に火がつきましたね」

ガンマニアと聞く錦戸康介《にしきどこうすけ》が興奮気味にいった。主任オペレーターの太刀川静佳《たちかわしずか》がキーボードを叩いて司令システムから情報を探す。

「機関砲使用の履歴も届いているわ。規模が大きいってことかしら」

「キッカイの最初の越境は小波《しょうは》として規準になるそうです」

倉又安由美《くらまたあゆみ》の提供した情報は桁遊星の知らないものだった。補助クルーの保科敏克《ほしなとしかつ》も眉をひそめているが、彼の場合は同じレベルの無知ではなかった。

「小波にしてはデカいぞ。オレの読みが甘かったってことか……。今日は普通科だけでなんとかなると思っていたんだがな」

「これはのっけからありますよ。シキサイの始動」

「錦戸さんのいう通りね。みんな気を引き締めていきましょう。一時間以内にもこのキャビンが大本営になるかもしれません」

太刀川静佳がそういってクリティカルパネルに目をやった。しかし液晶表示には変化はなかった。台湾政府ですら「不」のままだ。シキサイは牢獄台で鎖につながれている。

しばらくして是沢銀路がキャビンにやってきた。初めて見せる制服と制帽姿は実にりりしかった。そして頼もしさを感じさせた。彼は二等陸佐の身分だが、ダイナミックフィギュアの出動時には陸将へと一時的に昇格する。

「太刀川、移動要領の変更は聞いているか」

「現在までのところはありません。一度こちらからフタナワーフ本部に確認してみます」

「香月、各部隊班の集結地点をモニターに。全管区だ」

「分かりました」

「倉又、もう一度卓上リハーサルの内容を確認したい。出せるか」

「出します」

「保科はボルヴェルク中央区の壱枝《いちえだ》主席に伝言を頼む。出張帰途のはずだから、総務部と念のために技術部の両方にだ。九時に私から連絡を入れるので待機の要請を」

「分かりました」

「飛ばしてくれ。一五分で空港に。錦戸、一応マイクロ波受電のスケジュールを組んでおけ。本船を含めた三三隻、向こう三六時間分だ。孤介時間をはさむことを忘れるな」

「了解」

やがてパノプティコンは静かに浮上した。一度に熱気を帯びたキャビンの中、栂遊星だけが蚊帳《かや》の外に置かれ続けたまま。

(まただ)

床の下から砲撃による衝撃波が伝わってきた。

協調とさえ思わせるキッカイの進行。それはいいとして、「流れ」ではなくなぜ皆は「波」と呼ぶのだろう。耳にするたびに疑問に思っていた。月の満ち欠けのように、なんらかの周期性があるのかもしれない。大地《だいち》と安並風歌のいるボルヴェルクの西区ではキッカイの研究が行われていた。ボルヴェルクにいた頃にURAファイルが自分の手もとにも届いていたことを考えると、西区からの研究内容もフタナワーフと共有されていたのだろう。周期性は突きとめられているのだ。

恐らくはSTPF。STPFのリング自体は不規則な速度で地球の周りを転がっている。その表面では無重量状態に近づくこともあるといわれている。たとえ究極的忌避感を無視しても着陸することは極めて難しい。そして軌道傾斜角には〇・八度の幅があり、この揺らぎには一定の周期性があると考えられる。キッカイの行動にメリハリを与えるとすればこちらの方だ。

渡来体のカラスは絶滅してしまったが、キッカイは無人のSTPFに操られている。奇《く》しくも高所から。STPFをパノプティコンになぞらえるならば、キッカイもまたダイナミックフィギュアと呼ぶことができる。マリオネット同士を戦わせるとはある意味で滑稽《こっけい》だ。

「栂、こい」

「は、はい」

是沢銀路が階段を降りて行く。不吉な予感がしたが、栂遊星は腹をくくることにした。階段まで歩を進めると案の定、是沢銀路は斜め眼下の宙に立っていた。栂遊星は一歩ずつ慎重に足を踏み出した。ひと思いに強化ガラスの上に降り立てば、広げた両腕が無意識にバランスをとった。せめて手すりでもあればいいのに。

足下には航空写真で見たそのままの光景が広がっている。おびただしい数の溜め池。その中にシキサイを泳がせるのではないかといった鳴滝調の言葉が思い出された。戦車や装甲車輌の影は特に見えない。もちろん人影も。そしてキッカイの影も。まだ町はきれいで煙も上がっていないようだった。

「どう転ぶかは分からんがな、基本的に琴平山《ことひらやま》を西端に国道三二号線を走り回ってもらう」

「高松から東はないということですか？」

「当面はないだろうと踏んでいる。そこに続々と進行される段階になれば、カムカラが投入される」

カムカラを操縦するのは藤村十だ。そしていずれは鳴滝調がコックピット頭部を載せたシキサイを操縦することになっている。

「土地勘はついているな？」

「はい。シミュレーターでさんざん彷徨《さまよ》いましたから。特に香川県は」

「建物が破壊されていけばそれも失われていく。山の景色で把握する癖をつけていけ」

「分かりました」

「とはいっても、破壊に対しては積極的にならないように。民間人は住んでいないが、いずれは帰る場所になる」

「はい」

「主に近接からの赤兵でいけ。肉薄しての白兵はバックパックの銃弾を撃ち尽くしてからだ。

フレームはチタンの強いものにしてもらったが、破断すればそれまでだ。ユラ・スピアは決して投げるな。決してだ」

「分かりました。でもなぜですか？」

「槍投《やりな》げを教えると飛行船が落とされる」

キッカイは投擲《とうてき》の概念をすでに獲得しているとURAファイルにはあった。ユラ・スピアではなくとも、パノプティコンやプリズンガードに向けて物が放たれる可能性がある。そして低空を飛んでいれば届く可能性も。そう考えると強化ガラスの床もとたんに心細く感じられてきた。

「しばらく下を眺めておけ」

そういい残して是沢銀路は階段を登って行った。しばらくといわれたがやはり高所は苦手だ。栂遊星は階段にしゃがみ込んで眺めた。

戦場となる香川県は四つに管区分けされている。東端が第一管区となって東かがわ市とさぬき市。第二管区は三木町と高松市。第三管区は綾川《あやがわ》町から善通寺市にかけた一帯。西端の第四管区が三豊《みとよ》市と観音寺《かんおんじ》市。各管区には「鰐《わに》の壁」たる高松自動車道を背にする場所に「弘法《こうぼう》の砦《とりで》」と呼ばれる軍事拠点がある。

栂遊星は九九式自走榴弾砲の影を認めてノルマを達成したことにした。

キャビンでは変化が起きていた。クリティカルパネルに台湾政府とアメリカの「許可」が点灯していた。是沢銀路は受話器を耳に当て、険しい表情と強い口調で先方と話をしていた。

そこへさらに追加の点灯。北朝鮮とロシアだ。太刀川静佳と目が合い、栂遊星は無言の圧力を感じて足早に操縦席に向かった。

「食べるかい？」

錦戸康介が隣の座席から顆粒のケースを差し出してきた。フタナワーフが配給する公式の眠気覚ましだ。

「いただきます。……あっ、バナナ味って書いてある。こんなのあるんですね」

「へへ。まだ試供品だよ。ガリビエっていうバーで手に入れたんだ。栂も二十歳《はたち》になったら一緒に行こう。再来月誕生日だろ？」

「はい」

「みんなで祝ってあげるよ」

「ありがとうございます。ところで、誰と話しているんですか？　是沢さん」

「対韓担当の主席代表だってさ。最初のハードルは意外にも韓国だったようだね」

「交渉が難航しているんでしょうか」

「軽い揺さぶりだと思うよ。なんでもURAファイルのことで今さらクレームをつけてきたみたいだ」

「URAファイルって韓国にまで流れているんですか？」

「そうじゃない。ユラと読むかウラと読むか、たったのそれだけだよ。温かな羅と書いて温《う》羅《ら》という言葉がある。桃太郎伝説にもなった鬼をさす言葉だよ。温羅とは百済《くだら》の王子の名前で、キッカイに王子の名前を使うとはけしからんといういい分だ」

「でも実際はユラですよね。ボクも最初はウラと読んでいましたけど」

「ところが実際の実際は、やっぱり二足歩行のキッカイを初めて見て鬼をイメージした経緯がある。おまけにキッカイは乞食《こつじき》の意味だ。侮辱になるといけないからユラに読みを変えたのさ」

許可を得る段階でこの状況だ。承認など下りるのだろうかと栂遊星は疑問に思った。

「町を壊す役は戦車に押しつけるといいよ。パネルに承認の文字が光らないと、シキサイが壊した分は国連から金が出ないからね」

「無理ですよ。広い道なんて限られてますし、ユラ・ピストルって屋根くらいなら簡単に穴を空けるんですから」

「ハハハ……。冗談だよ。倒すことを優先すればいいんじゃないかな」

パノプティコンがとまった。高松空港の上空に到達したらしい。窓からは遠方にプリズンガードの一隻が見えた。距離感から判断して化外の地に踏み込んでいるようだ。

クルーがすべてダルタイプで構成された特別船だろう。全部で八隻ある。彼らは孤介時間を迎えても高所監視を続けることになっている。それ以外のプリズンガード、そしてこのパノプティコン、さらに要撃部隊各科は一度撤退を余儀なくされる。キッカイに対してはほとんど抵抗のできない時間帯が発生する。

そこで栂遊星は改めて気づいたのだった。藤村十と鳴滝調ならば、ひょっとしたら作戦行動を継続できるのかもしれない。恐らく二人はダルタイプ。ＳＴＰＦの影響を受けにくい。ダイナミックフィギュアに搭乗したまま化外の地に入ることができ、孤介時間にもフロントラインでキッカイを要撃し続けられる。むしろ後者にこそレゾンデートルがあったのではないか。

「是沢さん、九時です。壱枝主席との通信はどうしましょう」

「回線つなげてくれ」

壱枝雅志《まさし》となにを話すつもりだろう。大いに興味があった。是沢銀路が受話器を耳に当てながらクリティカルパネルを見上げている。そして一転して腕時計に目を落とした。微妙な時間帯。水入りの仕切り直しだ。梱遊星は孤介時間明けの出撃を強く予感した。

＊

「おっ……」

藤村十がいったん口の中に運んだうどんを下品にも椀《わん》に落とした。

「倒れるぞ、あの奥のキッカイ。榴弾が絶妙に炸裂したか？」

ここはボルヴェルク中央区の地下。食堂のテレビは香川県で始まった要撃行動の様子をライブ放映で流していた。

「……地雷じゃないかしら」

「地雷だって？　あったとしても指向性散弾だろ？」

「地雷よ。フロントラインの要所にしかけてあるの」

「国際と名のつく機関がよく使用を認めたもんだな」

「この際・国際・シキサイなんでもありよ」

「相変わらず詳しいんだな。親父さんから聞いたのか？」

鳴滝調はテレビ画面に身を乗り出しながら大きく目を見開いた。聞こえなかったふりをしたつもりだが、しらじらしくなってしまったという自覚くらいは持っていた。

機関砲を惜しみなく連射する八七式偵察警戒車の映像が紹介されたのは三〇分ほど前のことだ。それが一時は嚆矢《こうし》とも報じられたが、厳密にはさかのぼること約九〇分、七時一一分には普通科による銃撃が始まっていたという。

現地レポーターが語る状況を聞く限りでは、現在までのところはキッカイにフロントラインの突破を許していない。かなり善戦しているらしい。先ほどから六輪駆動の八二式指揮通信車が走る様子が何度も映し出されている。

普通科は上下に分かれた三次元的なフォーメーションで部隊を展開させている。地上では一二・七㎜の重機関銃を武装し、低層ビルなどの屋上では砲兵が対戦車用の携帯無反動砲を構えている。足下を狙って進行を食いとめることが目的といっていたが、ラッキーショットにも恵まれて四体の掃討に成功している。あるいはさすがの現役自衛隊員と賞賛すべきか。

どちらも身の丈が一〇メートル以上ある個体だ。その大きさを早くもレポーターは中型などと呼んでいた。

九〇式改戦車のライフル砲が放たれたという情報はない。それらは九九式自走榴弾砲とともに最終ラインに配置されて鰐の壁を築いている。かつての高松自動車道だ。

孤介時間を迎えれば、フロントラインはキッカイに素通りされるだろう。要撃部隊はいっせいに撤退しているはずだ。特別船を残してプリズンガードとパノプティコンも係留場施設に戻る。そしてしばしの解散。一三分とその前後数分の間に瀬戸内海に到達されたらフタナワーフは負けだ。現実となればあっけないが、それは仕方のないことだった。要撃部隊の主力要員はほとんどがナーバスなのだから。

「二人ともここにいたのか。放送で呼び出しをかけたつもりだが」

振り返ると壱枝雅志が立っていた。戻ってきてから間もないらしく、コートを着たままだ。

「今日はお休みだから、耳もお休み。そうよね、十」

「いや、オレは本当に聞こえなかったけど。それよりなんですか？」

「登壁《とうへき》プログラムの作成に取り組んでもらう。三時間以内の完成を約束した」

「えぇ!?　つまり今から？」

「そうだ。見ての通り、香川では迎撃が始まった。当初の想定よりいくぶん早まったが、範囲内だ」

「代替休暇はもらえるのかしら」

「行くぞ、調」

「是沢司令官からの依頼だ。いずれは鳴滝の上司にもなる人間だぞ」

藤村十がバインドルームへ向かおうと食堂をあとにしかけている。今日はひどくもの分かりのいい態度を見せたものだ。鳴滝調は壱枝雅志に地団駄を踏んで見せてから渋々走って追いかけた。

「優等生を演じたものね。らしくないわ」

「そんなんじゃねぇよ」

「じゃあなによ」

「遊星の初陣だ。華々しく、桜吹雪を舞わせてやろうぜ。今のオレたちがここでできることは、裏方の支援だ」

「……そうだったわね。悪かったわ」

桕遊星がシキサイを操縦する。それは戦場のはるか高所から。たとえシキサイが敗れても、桕遊星自体が死ぬことは万が一にもない。だから藤村十に指摘されるまでは深刻には考えていなかった。

しかし桕遊星は純粋に民間の出身だ。加えて未成年。いきなり国家の威信を委譲されるのは荷が重いというもの。鳴滝調には高級官僚である父という味方がいた。そして祖父は陰で権力を持った政治家。その気になれば首相のコメントを変えることもできる。

バインドルームには疑似コックピットが二台用意されていた。そして試験機もまた二機。

ダイナミックフィギュアにはまだ登壁の動作プログラムがインストールされていない。これは泳法プログラムと同じで、あらかじめベースとなるパターンを持たせておかないと、たとえばビルを登らせるときには完全なマニュアル操縦になってしまう。一刻を争うケースのある戦場では、いくら栂遊星とはいえどもこの離れ業を演じることは難しい。したがってこボルヴェルクでは事前に支援をしておいてやる必要がある。

「とにかく一六階まできれいに登らせろ。いい方を採用する」

隣の疑似コックピットで藤村十《ウィンク》がフライング気味に操縦を開始した。鳴滝調はヘッドアップディスプレイに向けて慌てて瞬きを繰り返した。最近では器用に片目ずつを閉じられるようになっていた。

すべてのチェックを終えると試験機は起動した。八指を使って慎重に操縦桿を動かす。ドーム内の壁は一／八スケールの高層ビルを模して簡易に彫られてある。そこを鉛直に登らせてゆくのだ。正確でさえあれば動作のスピードは遅くても構わない。プログラムの実行はダイナミックフィギュアのコンピューターでいくらでも速められるからだ。

栂遊星は連動系という表現をよく使っていた。その連動系がようやく身につき始めてきたと鳴滝調は感じていたところだった。しかし構造物によじ登らせるのは難しい。実際に自分自身が登ったことがないのだ。これからは体力作りの時間にアスレチックのカリキュラムを組み込んでもらう必要がありそうだ。

（しまっ……）

試験機が早くも片足を踏み外した。弾みでもう一方の足も脱落させて刹那の懸垂。わずか一メートル弱とはいえ落下。オート処理で無難に着地する。

両腕のカーボンフレームが保たないと判断したのか、コンピューターが異状を感知して試験機の手を離させた。高所であれば着地時に脚部の方が折れていたのかもしれない。悪《あ》しきオペレーションが伝染したかのように藤村十もまた試験機を脱落させていた。

「続けろ。もっと真剣にやれ。いいか、八階までの登り降りをひたすら繰り返せ。二〇分後に戻る」

厳しい言葉を残して壱枝雅志はバインドルームを出て行った。そのあとに続くように拠点研究員たちもぞろぞろと出て行ってしまった。

彼らはなによりも孤介時間を優先させる。心を覗《のぞ》かれたくないという心理もあるし、究極的忌避感に苦しんでいる姿を見られたくないという心理もある。普段、毅然とした態度を崩さない人間ほどそうだ。

苦しんでいるのはナーバスだけだと思ったら大間違いだ。ダルタイプも辛い。それはマイノリティとしての辛さだ。エリートなどとは断じて思っていない。彼らは鈍感な人間だと心の中でさげすんでいる。その醜い本音を隠し、遠隔感応でもダルタイプには伝わらないことに安住している。

そう、ダルタイプは究極的忌避感を理解できない。そこでナーバスは一つの喩《たと》えを頻繁に用いる。それは登校拒否だ。学校に行きたくないと思った経験は誰にでも一度はある。あのときのネガティブな心理を何倍にも増幅させたものが忌避感であり、さらに度合いが極まると肉体的な苦痛に変化するのだという。

鳴滝調は試験機の自己診断を確認しながら瞬《まばた》きを繰り返した。二〇分でやってみせる。藤村十にも負けはしない。自分の動作データをシキサイに採用させる。それは巡りめぐって自己防衛にもつながるのだ。

「なぁ調」

「話しかけないで。気が散るわ」

「ワン・サードって言葉、知ってるか？」

「………」

「幕僚の連中が使ってたのを小耳にはさんだんだけどな」

情報源の質はともかく、藤村十の地獄耳は侮れない。鳴滝調は思った。

ワン・サードとはダイナミックフィギュアをさす隠語。父の晋平もときどき使うことがある。一方、ワン・サードとは英語で三分の一のことでもある。シキサイが三分の一。カムカラが三分の一。あと一機のダイナミックフィギュアがそろえば、三機で世界を滅ぼせるといわれている。

核にも勝《まさ》る、覇権国家の備えるべき理想的最終兵器。キッカイに対する要撃行動を大義名分にし、その水面下で日本は世界制覇を可能にする実力を確実に醸成《じょうせい》しつつある。五加一干渉とは、ダイナミックフィギュアの存在を過剰に恐れた政治的動向では決してないのだ。むしろ現状では過小評価しているとさえいえる。

「フィギュアは恐ろしい兵器よ。十も心して乗り込むのね」

「ニーツニーか？　オレも少しは知ってるんだぜ？」

「えぇ、そうよ。内燃機関で動くフィギュアは真のフィギュアにあらず」

鳴滝調は試験機の右手に壁をつかませた。続けて左手。そして右足で大きく重力に逆らわせる。いつかこのプログラムは必要なくなるだろう。そう思うとモチベーションが萎えかけもする。キッカイが翼を手に入れるというのならばそれもいいだろう。そのときにはこちらも自由に空を飛ばせてもらう。ダイナミックフィギュアが〝外燃機関〟を身にまとったとき、ワン・サードは隠語の殻を破って世界の忌詞《いみことば》になる。

＊

孤介時間が過ぎたとたん、それまで閑散としていた係留場施設には嘘のように人影が湧いて出てきた。

一三分間を自分の居室で送った者、移動が間に合わずに物陰で身を小さくしていた者、いつものように好んで車という密室を選んだ者、そして誰もが避ける開放された部屋を逆に独占し得た者。場所の選択は人それぞれだが、孤介というだけはあって、たとえ恋人同士でも他人と肩寄せ合うケースは極めて稀《まれ》だ。栂遊星は無人となったパノプティコンのキャビンで苦痛を乗り切った。

パイロットよりも先に現れたのは太刀川静佳だった。そのフェイスメイクは孤介時間のダメージをまったく露呈させていなかった。彼女はオペレーターの主任なので責任感も強く持っているのだろう。さっそく司令システムを立ち上げ、プリズンガードの特別船とコンタクトをとり始めている。声色を聞き取る限りでは深刻な事態には陥っていないようだった。

やがて是沢銀路を含めてクルーは全員そろったが、パノプティコンの離陸まではしばらく待たされることになった。プリズンガードの配置を優先しなくてはならないからだ。

クリティカルパネルは相変わらず韓国と中国が「不」のままだ。韓国はURAの読みなどで日本の反応を探り、中国は対抗する社会的思想の代表として存在感を誇示しようとしている。意外にも片方さえ落とせば「臨界《クリティカル》」は近いのかもしれない。さて、特命全権大使を経験した鳴滝晋平が外交手腕を見せるだろうか。五加一もダイナミックフィギュアの実力を見ておきたいはずなのに。

プリズンガードがようやく二六番船まで離陸した。全船を出動させるつもりだろう。エプロンのグランドクルーは大忙しだ。ここは基本的に人員が不足している。ボルヴェルク東区のスタッフすべてが異動に応じたわけではないという。そのような話を耳にしたことがあった。

「保科、回線をクリティカルルームの六階事務局に。対中主席代表の鳴滝氏を呼び出してくれ」

「クリティカルルームはつながらないかもしれません。現状の我々のプライオリティ、低いですから」

「じゃあソリッドコクーン経由でホットラインを接続してもらえ。私の名前を出せばいい」

「分かりました」

「太刀川、状況はどうだ」

「第二、第三管区にそれぞれ大型二個。イメージセンサーで走馬燈位置特定中。その他、中型以下多数なれど総じて問題小なり」

「パノプティコン、出せないか。倉又、なんとかしてみせろ」

「特権リザーブを消費してもよろしいでしょうか」

「使え」

「では割り込みをかけます。ダイヤグラムの変更要請…………、とれました！　二八番船の後発で」

「よし。府中《ふちゅう》貯水池の南一km地点を目指せ。目標個体に向けての誘導は随時太刀川に任せる」

「はい」

「是沢さんどうぞ。鳴滝氏です」

またもや蚊帳の外だ。退屈を紛らわすためではないが、栂遊星はミント味の顆粒を口に入れた。そこへ香月純江が背もたれごと体を仰《の》け反らせ、指を鳴らして合図を送ってきた。

栂遊星は半信半疑で操縦席の電源を入れてみた。すると従系操縦のDF《デフ》システムが立ち上がり、シキサイとの通信がつながった。ヘッドアップコンソールを順にチェックしてゆくとスタンバイにまでなった。メインカメラは牢獄台の様子を映し出している。あとは鎖の索さえ解かれればいつでも出動できる。

一度に気分が高揚してきた。栂遊星は思い出したかのようにポケットの中から写真を取り出した。たったの一枚しかない公文土筆の笑っているスナップショットだ。これを見ると気持ちを理想的な状態に近づけることができる。沈んでいるときも、昂《たか》ぶっているときも、気負わない程度に勇気が満ちてくるのだ。

パノプティコンが浮上した。その瞬間に太刀川静佳がひときわ強い声を発した。

「中国承認！」

キャビン内がおおいにどよめいた。許可を一足飛びに越えていきなり承認を与えてきた。大国としての存在感を意外な形で示してきたといえる。そしてやや遅れて再び太刀川静佳が、

「韓国許可！　臨界です！　シキサイ解械《かいかい》！」

やはり答えはほとんど間を置かずに出た。是沢銀路と鳴滝晋平の間でどのような会話が交わされたのだろう。そのやりとりがシキサイの内燃機関を臨界へと導いたに違いない。韓国から答えを引き出すために先に中国の問題から処理した。外交の連立方程式だ。

「アメリカ、許可から承認へ。損害補償率六六％。シキサイ、出しますか」

「まだだ。ソリッドコクーンから辞令が届くことになっている」

しばらくして、キャビン内の雰囲気が一瞬にして変わった。なにが変わったのか、具体的には分からなかった。照明の電圧が微妙に上がったようにも思えるのだが、それも恐らくは気のせいだ。とにもかくにも、フタナワーフ本部である善通寺駐屯地からこのパノプティコ

ンに大本営が移されたのだ。

是沢銀路が制帽を取り、ヘッドセットを頭に装着した。

「聞かれたし。フタナワーフ要撃部隊全科に告ぐ。再度聞かれたし。ソリッドコクーン運用憲章に則《のっと》り、現時点をもって、対キッカイ要撃行動における統帥権は私こと、是沢銀路が完全掌握する」

栂遊星は深呼吸をしてから操縦桿に指を入れた。

「各管区特科へ。これより局所的に火力統制を敷く。既存の移動要領を破棄して殺傷地域の限定を図る。作戦詳細はチャンネル六番にて待たれよ。各管区機甲科一へ。偵察警戒車は全車輌、弘法《こうぼう》の砦《とりで》へ帰還せよ。代わって装甲戦闘車は全車輌前へ。遊撃態勢をとって随時火力要求に応じよ。続いて機甲科二、戦車連隊・鰐の壁へ。改戦車はサーマルを機能させつつ暫《ざん》時《じ》待機。自走榴弾砲は特別攻撃機投入を待ち、後方火力支援に徹してシキサイの活動を容易にせよ。続いて蘇生部隊に告ぐ。全周警戒。全周警戒。集結地点の決定は最近のプリズンガードに予告せよ。普通科と連係してよろしくキッカイの事後処理に従事されたし。加えて、被弾・触雷報告つまびらかに」

そして図《はか》らずも是沢銀路と目が合った。

「シキサイ出獄。本船機影に追従させろ。以後、独断攻撃に過度の制約は加えないものとする」

「りょ、了解」

栂遊星は操縦桿を引き、牢獄台のシキサイを起立させた。カメラの映像が高所二〇メートル付近からの視野に変わる。機体を東に向け、テレメトリーコマンドの発信源を探索すればパノプティコンに映像がフォーカスされた。そのゴンドラにまさに自分が乗っている。

助走路を走らせる。ほどよく加速がついた頃に係留場施設の横を抜けた。道路に障害物はない。車輛の影もない。シキサイの活動が最優先されていることを実感した。

「栂遊星、キッカイのデータを転送します。走馬燈の位置をＤＦシステムに反映させますが、よろしいですね」

サポート担当の香月純江が錦戸康介をはさんで尋ねてくる。

「お願いします」

要撃部隊のイメージセンサーが検知した走馬燈の情報、それがヘッドアップディスプレイに次々と流れ込んできた。栂遊星はシキサイをさらに加速させ、あっという間にパノプティコンの直下まで到達させた。そしてそのまま惰性で進ませ、射程圏内に入っている一体の巨大キッカイにユラ・ピストルの照準を定めた。走馬燈の位置はみぞおち下。

「（撃）てー！」

いつの間にか背後に立っていた是沢銀路にうながされた。栂遊星はほぼ反射的に銃弾を発射させた。

「的中。去勢完了」

香月純江が落ち着き払った声で告げた。

「第三管区自走榴弾砲、すべからく火力集中させせよ」

是沢銀路の指令からわずか二、三秒後、足下から立て続けに轟音が伝わってきた。曳火砲《えいか》撃された榴弾は空中で炸裂し、キッカイの上体をみるみるうちに削っていった。

「プリズンガードより通報。栂遊星、続けて一〇時の方向よろしく。距離八・九。理想進路なし。本船より先行して国道三二号線を直進してください」

「了解」

シキサイを再び発進させる。時速一三〇㎞で東北東へ。折からシキサイのサーモグラフィが前方足下に熱源を感知した。取るに足らない小型のキッカイだ。栂遊星は速度を充分に落としながらユラ・ピストルをいったんホルダーに戻し、さらうようにしてシキサイにその個体をつかませた。オートでイメージセンサーが作動。まるで携帯電話を操作するかのように走馬燈の位置を指で貫く。そして両手で握り潰して捨てた。

「栂遊星、進路紹介します。二時の方向、住宅群を踏み越えて県道へと進入してください」

ひどく急がせるものだ。栂遊星は疑問に思った。プリズンガードから次なる通報が入ってきたのかもしれない。是沢銀路の言葉を思い出し、シキサイの出力を大きく上げて住宅の上を飛び越えさせた。着地でややバランスを崩したもののオートで無難に処理された。

試験機よりもよく動く。そして、その機動性は坂出にやってきたときよりも向上していた。この二週間あまりでソフトが改善されているのだ。自分がボルヴェルクを去ったあとも、藤村十と鳴滝調が動作プログラムの完成度を上げてくれていたに違いない。

府中貯水池の南、なだらかな鞍掛山《くらかけやま》の稜線から巨大キッカイの影が覗いた。

「第二管区装甲戦闘車に告ぐ。目標キッカイ左肩《さけん》に機関砲を集中させよ」

栂遊星は是沢銀路の意図を瞬時にくみ取った。左半身に圧力を加えて正面をこちらに向けさせるつもりだ。シキサイを停止させていち早く射撃体勢をとらせる。するとはるか前方で機関砲が連射された。イメージと寸分違《たが》わずにキッカイの上体がこちらを向いた。走馬燈の位置は右胸。ユラ・ピストルの銃弾を発射する。外した印象が残ってもう一発を放った。

「的中。去勢完了。栂遊星、速やかに南下して交差国道三七七号線を東南東に進行してください」

「了解」

安堵の息をつく暇もない。是沢銀路には走り回ってもらうといわれたが、まさにその通りになりそうだ。香月純江の要請に従ってシキサイに三七七号線を進ませる。しばらくすると綾川の西岸にそのひときわ大きなキッカイは現れた。ひょっとするとシキサイよりも大きいかもしれない。

素早くユラ・ピストルを構えると、ヘッドアップディスプレイに「注意」の文字が表示された。ただしトリガーにロックがかかった感覚はなかった。

「香月さん！　走馬燈の情報が一致しません！」

「確認します。一五秒ください」

「膝を撃て」

あの大きさだ。恐らく両脚はパーツ化している。ユラ・ピストルの銃弾ではさほど効き目はない。それは分かっていたが、是沢銀路の指示通りに膝を狙って銃弾を連射した。やはり満足な手応えは得られなかった。

キッカイが上体を前屈みにして腕を地面に伸ばした。その間にシキサイに空になったマガジンを捨てさせ、機体後背のバックパックから新たな一つを取らせた。

「栂遊星、走馬燈情報はシキサイのイメージセンサーのものを採用してください。旧データはこちらで破棄します」

「了……」

キッカイがなにかを投げてきた。足下の川岸から拾った岩だろうか。それは明後日の方向に飛んで行ったが、意表をついて大いにたじろがせてくれた。

なんと攻撃的なのだろう。肉薄はおろか近接と呼ぶにも距離がある。早くもシキサイを人と認識した個体が現れたということか。こちらを挑発し、「オレを殺してみろ」といっている。走馬燈にさぞかし多くの概念を蓄積しているに違いない。その情報を次世代の進化のために解放したがっているのだ。

栂遊星は自ずと慎重になった。シキサイの射撃体勢を固定したまま、キッカイからの接近を待つことにした。再び投石が向けられる。その生涯の内で学習することのないキッカイはやはりノーコンだ。しかしまぐれで飛んでくることはあり得るので注意は必要だった。

「栂遊星、二〇秒以内に処理してください」

「構わん。ここは慎重にやらせろ」

是沢銀路と香月純江の顔を立て、シキサイをすり足で前進させた。再び投石が向けられ、空中で九分一分に砕けたそれはメインカメラに細かな礫《つぶて》を注いだ。もちろん警報が出るほどの問題ではない。したがって栂遊星は平静を保とうと努めた。走馬燈の情報を一度すべてクリアにし、イメージセンサーを改めて作動させた。胸部のほぼ中央から左脇腹にかけて細長い。URAファイルの中にも例のない形状だ。一部は急所の裏側に隠れている。

「走馬燈、三箇所を抜けるか」

「抜きます」

「三発目の初速だけ高めろ。急所をきれいに抜いて裏側を弾《はじ》かせろ。後にマガジンの残弾をすべて撃ち尽くせ」

「了解」

距離が四〇メートルまで縮まった。栂遊星は満を持して銃弾を発射した。両指の繊細かつ機敏な動作で二発目をやや左上に。トリガーのダイヤルを回して発射速度を高め、三発目を急所もろともに撃ち込んだ。そして再び発射速度を戻して八連射した。

「処理一連良好なり。栂遊星、ただちに善通寺方面、琴平山麓に機体を戻してください」

「了解」

シキサイを反転させると、映像の片隅に単車にまたがった人影が入った。最前線に送られた普通科の隊員だろうか。あるいは蘇生部隊。キッカイへの攻撃を誤ったときに蘇生部隊はその現場に急行することになっている。そしてキッカイの生命維持を図りつつ走馬燈の除去を行わなくてはならない。要撃部隊の中ではある意味でもっとも危険な任務を担わされている。

気がつくと背後に是沢銀路の姿はなく、太刀川静佳のかたわらで各管区の状況を表示した戦略パネルをにらんでいた。マイクの向こう側で口が絶えず動いている。四四という数字が聞こえたが、それがキッカイの数かと想像するとさすがに気後れした。

「是沢さん、特別船の受電スケジュール、一〇分後より開始します」

「分かった。プリズンガード九番船に告ぐ。時間割に従い、みろく自然公園上空充電ポイントを目指せ。同じくプリズンガード一番・五番・一三番船へ。欠落高所監視領域を不足なく補塡《ほてん》せよ。続いて給電車に告ぐ。指向性に留意して送電遅滞なく。続いて第二管区装甲戦車へ。要撃ラインを一km南下されたし。同じく普通科へ。中隊主力を残して送受電の支援護衛にあたられよ。領域の拡縮は流動的に——」

「プリズンガード二三番船より報告。樅ノ木《もみのき》峠を牝種大型個体進行中」

「梱遊星、シキサイを臨時停止させ、体勢を低くしてください」

理由もろくに分からないまま、香月純江の指示通りに走行中のシキサイを停止させる。そして是沢銀路の顔を横目でうかがいながらシキサイに片膝をつかせた。

「プリズンガード二三番船に告ぐ。当該個体の具体座標を鰐の壁へオンラインにて紹介せよ。ひるがえって機甲科二。九〇式改戦車、砲撃準備よろしく。ライフル砲の実力をもって金毘《こんぴ》羅《ら》守衛の自尊を示せ！」

滑腔《かっこう》砲からライフル砲へと改造された九〇式戦車。その火砲がいよいよ放たれる。フタナワーフが装備する最大最強の火力。はたしてその精度はいかほどか。走馬燈を持たない牝種に対しては即時攻撃に移ることができる。危急の場合は集中砲火で山ごと吹き飛ばす荒技もありだ。

シキサイのマイクを通じてひときわ大きな轟音が伝わってきた。衝撃波がやや遅れてパノプティコンのキャビンを振動させた。

(当たったのか)

「栂遊星、シキサイの進行を再開してください」

要撃行動の全容を把握することはできない。今の栂遊星にはシキサイを上空から操り、カメラの映像という限られた視野のみで任務を遂行するしかなかった。

「栂遊星、榎井《えない》交差点を直進、踏切より土讃《どさん》線に進入して軌道上を南下してください。遭遇予告二体です」

「了解」

「中型個体一、大型個体一。いずれも牡種」

「了解」

踏切より入って機体を左に向ければ、一〇メートル級のキッカイが背中を向けてたたずんでいた。そしてはるか前方の一一時の方角には、低層ビル群よりも長身の個体がゆっくりと移動していた。

　さすがにグランドクルーたちの職務意識を痛烈に批判したほどの女だ。香月純江の情報処理は非常に優れている。彼女が操り手ならば自分は安心してマリオネットになることができる。栂遊星はそう思った。

　走馬燈の位置は意外にも頭部。これもまたURAファイルの中では見たことのない例だ。しかし転送された情報とシキサイの判断が一致している。栂遊星は銃弾を温存するために、走り抜け際に手刀で頭部を両断させた。

「去勢完了。これより三〇〇メートル先、一部架線柱ビーム未除去区間あり。そつなく飛越させてください」

　架線柱ビームをハードル走のごとくシキサイに飛び越えさせて行く。巨大キッカイがその様子を珍しそうに見つめていた。新しい概念を与えてしまったが、今から走馬燈を処理すればなんら問題はない。最後のビームを飛び越え、シキサイにユラ・ピストルの射撃体勢をとらせる。

　栂遊星は一瞬ためらった後にトリガーを引いた。気まぐれとしか思えなかったが、キッカイが突如としてビルの陰に身を屈めようとしたのだ。銃弾は胸部に当たった。少し照準からずれた。

「去勢状況未確認。錦戸さん、至急蘇生部隊を手配してください。合わせて急行要請よろしく。栂遊星はシキサイを再発進させ、軌道上に進行して満濃池《まんのういけ》へ」

恐らく失敗した。ハードル越えを覚えたキッカイを殺してしまった。栂遊星は後ろ髪を引かれる思いでシキサイを疾走させた。またもやライフル砲の砲撃音がキャビンの震動となって伝わってきた。東の遠方では火災の発生を思わせる灰色の煙が立ち上っている。

キッカイはどこだ。栂遊星はカメラを切り替えた。到達した満濃池の周辺に目立った影は認められない。サブモニターのページを進めてプリズンガードからの簡易情報を確かめる。

「香月さん、キッカイが見当たりません」

「満濃池にて溺死《できし》した模様です。シキサイを発進させ、讃岐まんのう公園丘陵地帯を横断。途中、中型一体を処理して国道四三八号線に合流してください」

「……了解」

後ろ髪を引かれる思いが二度続いた。溺死だろうが爆死だろうが、走馬燈を処理していない牡種のキッカイが死んだことには変わりはない。蓄積されていた概念が漏洩してしまった。次世代のキッカイはなんらかの進化を遂げるはずだ。

広葉樹を分け入るようにして緩斜面を進ませる。まだ登りをわずかに残して中型のキッカイがカメラ映像の視野に入った。いや、大型と呼んでもさしつかえない。そのときにわかに画面が揺れた。足下の地盤が崩れてシキサイが大きくバランスを損なった。オートで両腕が作動して両手を地面につく。想定外の衝撃を感知して自己診断プログラムが走る。ユラ・ピストルの脱落を示す表示がヘッドアップディスプレイに浮かんだ。しかし機体自体に損傷はなかった。

栂遊星はすぐさまシキサイの体勢を立て直した。するとカメラ映像の視野をまさに肉薄しようとするキッカイの姿が覆った。そして画面は激しく揺れた。シキサイは体当たりを受けて緩斜面に飛ばされてしまった。再び自己診断プログラムが走る。出力が一二％に減衰。復帰までに一六秒とある。

ボルヴェルクの試験機では陥らない事態だった。試験機はたとえ逆さまに転倒しても一定の出力が維持された。しかしシミュレーターではこの事態が再現されるようになっていた。試験機とダイナミックフィギュアは内燃機関の構造が異なるのだ。カウントダウンが終わるまでは動けない。鳴滝調はこの状況を特に恐れていた。

仰向《あおむ》けになったシキサイをキッカイが上から見下ろしている。胸の装甲にペイントされた善福寺《ぜんぷくじ》川の桜並木に興味を示しているのだろうか。栂遊星は走馬燈の位置をDFシステムに追従させ、機体背部のウェポンベイに格納したユラ・スピアの状態を確認した。頭の中でシミュレーションを成立させたところで一秒が残った。

内燃機関が復活する。栂遊星はシキサイの上体をわずかに上げてユラ・スピアを把握させた。そして六段階伸張させた槍でキッカイの右脇腹を貫かせた。そのまま出力を最大に上げて右手の方向に払った。

「去勢完了。部隊派遣困難につき始末を一任します」

シキサイを起立させ、横様《よこざま》に倒れたキッカイをユラ・スピアで蹂躙《じゅうりん》した。生体反応が途絶えると肉片を振り払ってウェポンベイに格納した。ただちに斜面を登ってユラ・ピストルを捜す。それは銃口が地面に突き刺さった形で倒立していた。

余分に費やした時間を取り戻すために機体を走らせる。今度は丘陵地帯から斜面を下らなくてはならなかった。目標のキッカイの影は上からも見えていた。

少し神経がまいってきた。ボルヴェルクではシミュレーターで四半日に及ぶ連続訓練をこなしたことがあるが、精神的疲労はそのときと同じくらいになりつつあった。なにが違うのか。仮想と現実の差異。そこに得体の知れない要素が介在している。

国道四三八号線のキッカイは足早に北上していた。イメージセンサーはみぞおちの高さに水平に横走する走馬燈を示していた。栂遊星はやはり銃弾の消費を抑えるため、キッカイの背後にシキサイを追いつかせ、胸部の真横からゼロ距離で単射させた。そして肉薄戦闘の実力を測るために前方に回って正拳で急所を打撃させた。

(だめか……)

慌ててユラ・ピストルを三連射させる。

「栂遊星、全速力で北上してください」

「すみません。了解」

「是沢さん！　県道一三号要撃ライン、いちじるしく突破された模様です！」

「保科、ボルヴェルクの壱枝主席に連絡を。登壁プログラムのアップロードを急かせ《せ》」

「分かりました」

「栂は国道三二号線を最大速力で。一宮町《いちのみや》に一棟ある中層マンションを目指せ」

「了解」

シナリオが読めてきた。是沢銀路は壱枝雅志に動作プログラムのバージョンアップを依頼していたのだ。恐らくこの二時間あまりの間にも、ボルヴェルクのバインドルームで藤村十と鳴滝調が作成に努力してくれていたのだ。彼らの支援を無駄にしないためにも自分は実働を果たさなくてはならない。

「栂遊星、一㎞先を右折、県道一二号線を進行してください」

「了解」

二時の方角に見えている。是沢銀路はあの高みから射撃させるつもりだ。栂遊星は県道一二号線にシキサイを進入させ、マンションの前で停止させた。

「ボルヴェルクよりアップロードを受けつけます」

「ウィルス検索後、即時シキサイにアップロードしろ。パケット信号をさらに八分割、暗号化を怠るな」

「分かりました」

「栂遊星、シキサイをそのまま静止させてください。DFシステムリセット後、コンペアのために八秒間、活動が不能になります」

「了解」

技術実証試験の最終フェーズが思い出された。続初《つづきうい》によって操られたキッカイの波状攻撃。壱枝雅志は、実戦ではあれほどの切迫した状況には陥らないといった。確かにその状況にはいたっていないが、小波と呼ぶにはキッカイの数が多すぎはしないか。シキサイ一機ではいつか限界が訪れるだろう。やはりカムカラの投入に甘んじなくてはならない。

「アップロード及びコンペア完了」

「栂、登れ。オペレーションは補正だけでいい。屋上で待機だ」

「了解」

シキサイをさらにマンションに近づけると登壁プログラムとやらが走った。シキサイが左腕を壁に伸ばす。藤村十が作成したプログラムだとすぐに分かった。左側から始動させるのは彼の癖で、鳴滝調の場合は右側から始動させるからだ。栂遊星は操縦桿で微妙に動作を補正しながらシキサイをわずか三〇メートル上まで慎重に登らせていった。

「第二管区自走榴弾砲、直撃を努めて避け、田園地帯キッカイ周辺適所に着弾させよ。砲撃間隔を最大限にとって視察可能状態を保て」

「栂遊星、シキサイ射撃準備よろしく」

「栂、キッカイの立ち上がりざまを狙え。有効射程圏内の個体すべてが目標だ」

「了解」

ほどなくして東から榴弾が放たれた。それは見事に田園地帯の適所に着弾し、こちらに向かっていた大中二体のキッカイに尻もちをつかせた。

栂遊星は大型のキッカイが完全に立ち上がるのを待ってから射撃した。

「的中。去勢完了」

「香月さん、中型は撃てません。イメージセンサーのレンジ外です」

「では無視してください。次弾射撃準備」

再び榴弾が放たれた。

それからはひたすら機械的な作業が続いた。これこそシミュレーターの訓練となんら変わりはなかった。壱枝雅志が今日という日のために課した訓練だったのではないかとさえ思えた。唯一異なる点といえば空になったマガジンを交換する必要があることくらいだった。

「去勢未確認個体一。是沢司令官、どうしますか」

「ふむ。蘇生部隊長の安並女史に判断を仰げ。第二管区自走榴弾砲、砲撃一時中断せよ」

安並風歌と同姓の女だ。それにフタナワーフの実働部隊に女性の部隊長がいるとは知らなかった。見返り美人という調査部隊は女性ばかりとは聞いたことがあるが、そこでも統率指揮をしているのは男性だ。

シキサイのカメラ映像の中だけでもキッカイの数が四。バックパックにはもうマガジンはなく、残弾はわずかに五だ。この情報は香月純江も把握しているはずだが、彼女はそれ以上に多忙で、今は策を求めることが大いにはばかられた。

「どうしたぁ？」

「……あ、錦戸さん。実はもう残弾が少なくて」

「撃ちも撃ったもんなぁ。栂はよく当てたよ。採用試験で抜群だったとは聞いていたけど、恐れ入った。ちなみにボクだってエアガンの腕前はそこそこなんだよ？」

「錦戸さんはモデルガンのマニアでしたね」

「あれ？　誰から聞いたの？　隠れマニアのつもりだったんだけど」

「香月さんからです」

「ふぅん。話したっけかな。まいいや。一応ドックに補充ができるか確認してみるよ」

「お願いします」

　蘇生部隊と思しき一団が蘇生処理専用車と単車を連ねて田園地帯を走って行く。その中に黒髪をなびかせた女の影を認め、栂遊星はシキサイのカメラをズームインさせた。安並風歌に似ているような似ていないような面立ちだ。とにかく彼女は今もボルヴェルクでキッカイの研究をしているはずなのだ。

　しばらくして是沢銀路と香月純江の間で会話が交わされた。去勢状態が曖昧《あいまい》だった個体は蘇生部隊が現場でうまく処理をしたようだ。つまり射撃が不正確だったということになる。壱枝雅志がかたわらにいれば容赦なく叱責されていたところだ。

「二分後に作戦を再開する。……なんだ、錦戸」

「シキサイの残弾が五です。拠点ドックからの補充には三五分かかります」

「キャンセルして構わん。栂、シキサイを着地させて南方へと前進。バックパックは捨て、残弾消費後に白兵へと切り替えろ」

「了解」

「皆、キッカイはもう多くはないぞ」

すでに怪しげな予感はしていた。恐らく登壁プログラムに降下はない。栂遊星は記憶をさかのぼらせた。中学時代にロッカーの上に登った体験が思い出された。登るときには得てして降りるときのことを考えないものだ。そして恐る恐る天板を抱きながら無様な体勢で足を降ろすはめになる。

　ふと気づくと香月純江がこちらを見つめていた。

「あの、飛び降りてもシキサイのフレームは保ちますか？」

「その心配はありませんが、一応、エンジンの停止を覚悟してください」

ならば話は早い。栂遊星はマンションの屋上からシキサイを飛び降りさせた。すると香月純江の予言通りにシキサイの出力は八八％にまで落ちた。しかし内燃機関はわずか一秒足らずで復活した。

「栂遊星、準備がよろしければ国道一九三号線を南下してください」

「了解」

シキサイを進ませながらバックパックを脱落させる。機体背面にペイントされた朧月が露《あらわ》になったはずだ。桜吹雪と朧月夜、これがシキサイの春の彩り。その姿はどこかからテレビカメラで撮影されているのだろうか。東京では母のルミが仕事の手をとめて見てくれているのかもしれない。

「栂遊星、シキサイの体勢を低くしてください」

「了解」

榴弾が二度放たれた。栂遊星は五つ数えてからシキサイを起立させ、アングルを確保するために溜め池の間を疾走させた。残弾四……、残弾三……。巨大キッカイの走馬燈処理を優先させてゆく。そして初めての空砲が偶然にも二度も続いた。その事情も香月純江に把握されて「未遂」といわれた。

栂遊星は目標に選んだ巨大キッカイに対して最後の銃弾を至近距離から放った。ユラ・ピストルをホルダーに戻させるとウェポンベイのユラ・スピアを把握させた。もはや肉薄戦闘に美しさは求められない。ひたすらキッカイに接近し、正面ではなく、背後に回って走馬燈に槍を突き入れる。それは窮地に立たされた人類を象徴した姿ともいえた。

「栂遊星、とどめを刺さずに走馬燈の処理のみに専念してください」

「すみません。了解です」

メインディィスプレイがとらえるユラ・スピアの先端に違和感がある。三つ叉になっている刃の一つがこぼれてしまった。目標とされているキッカイはまだ六体。

「是沢さん、非常回線電話が鳴っていますが、取りましょうか」

「いや、私が出る」

是沢銀路がキャビン後部の電話を取りに行った。それを確かめたからというわけではないが、栂遊星はひと思いにシキサイにユラ・スピアを捨てさせた。そのまま機体を助走させ、もっとも大きな個体に向かって突進させた。尖《とが》らせた手刀を槍代わりに走馬燈をめがけて突き入れる。シキサイはキッカイに折り重なるようにして田圃に転倒した。内燃機関は稼働状態を維持したが、なぜかそれきりオペレートが無効になってしまった。

「シキサイ活動停止。原因不明。解析プログラム、走りません」

通話を終えた是沢銀路が落ち着いた足どりで戻ってくる。

「パノプティコンより要撃部隊全科へ。現時点をもって統帥権はフタナワーフ幕僚監部に返還する。健闘を祈る」

なにが起きたのだろう。是沢銀路が実にあっさりと全権司令の地位を返上してしまった。

梅遊星は狐につままれた思いでクルーたちの顔を見回した。太刀川静佳も、倉又安由美も、そして香月純江も平然とした様子で会話を交わしている。クリティカルパネルはなおもシキサイの活動を認めた状態を示しているというのに。

「どうなったんですか？」

梅遊星は錦戸康介に尋ねた。

「さぁね。詳しくは分からないけど、とにかくパノプティコンが大本営ではなくなったってことさ。ここが一番偉いのはダイナミックフィギュアが動いている間だけだ」

「ボクが活動不能にしてしまったのが悪かったんでしょうか」

「いや、ボクは政治的判断だと思うね。シキサイはとまったんじゃなくって……」

そこで錦戸康介は耳に口を近づけてきた。

「是沢さんがとめたのさ。明日の朝刊でその意味が分かるんじゃないかな」

パノプティコンはシキサイを放置したまま係留場施設への帰還を始めた。

大本営はフタナワーフ本部である善通寺駐屯地に移され、要撃行動はなおも継続されてゆくことになる。陸上部隊にとってはまだ折り返しを迎えた段階に過ぎない。これからは街に紛れ潜んでいる小型のキッカイを、主に普通科と特科が夜を徹して掃討してゆくことになるだろう。

小波は押し寄せ、やがては引き返してゆく。次の波がいつ押し寄せてくるのかは栂遊星には分からなかった。しかし和やかさすら感じさせるキャビンの雰囲気から推し量れば、シキサイと、そして自分にもしばしの休息が与えられるのだろうと思った。

「皆、ご苦労だった。係留場に到着し次第解散する。私はこれから南あわじに向かわなくてはならない。回顧は明日の一三時から始める。各自要領に従って報告書をまとめておくように」

やがてパノプティコンは係留場施設のエプロンに着陸した。栂遊星が真っ先にしたことは、首もとのネクタイをゆるめることだった。その行為が無意識に身構えていた緊張感を解いていった。

次々とクルーたちがキャビンから降りて行く。忘れて行ったのか、香月純江の座席には藁で編んだムシロが残されていた。またグランドクルーと衝突してはいけないので、栂遊星はそれを拾うと急いで彼女を追いかけた。

「香月さん!」

「はい」

「これ」

「あ……」

「お節介でしたか？」

「いえ、すっかり忘れていました。ありがとうございます」

「こちらこそ、今日はありがとうございました。香月さんのサポートのおかげで、助かりました」

「お見事でした。これからも栂くんの活躍に期待します」

そういって香月純江は背を向けた。

「香月さん」

「まだなにか？」

「今まで通りに呼んでください。フルネームで」

「では栂遊星、夕食時に大食堂で」

クラマの遺産

ロッジの食堂喫茶には小一時間も前から鳴滝晋平の姿があった。ときおり窓から外の様子を眺めつつ、テーブルの上に広げた新聞の活字を〝色眼鏡〟越しに追っていた。

【特別攻撃機、突如活動停止】

【非公開エンジンに脆弱性か】

【ボルヴェルク、寡言の公式会見】

ほとんどの新聞には似たような見出しが躍っている。報道が統制されているわけでもないのに見事なものだ。

それから一五分ほど経った頃、一台の四輪駆動車がロッジの玄関前に停車した。鳴滝晋平はおもむろに新聞をたたみ、椅子にかけていたコートをつかんでテーブルを離れた。スーツの内ポケットを探れば名刺入れのケースはあった。今日は忘れていない。

車を運転していたと思われる男が小走りで向かってくる。一見して自衛隊員ではなさそうなのでボルヴェルクの人間かもしれない。卜部《うらべ》龍馬《りようま》の付き人だ。

「失礼ですが、鳴滝さんでしょうか」

「そうだ」

「私は北海道の大樹町《たいき》から参りました木村《きむら》と申します」

「一応名刺を渡しておこう。この車に乗ればいいのか」

「はい。後ろへどうぞ。総括のお隣に。あいにく眠っておられますけど」

初対面が寝顔とはひどくしらけさせてくれる。とは思うものの、鳴滝晋平もここ兵庫県の鉢伏《はちぶせ》高原までの車中は眠ってきたわけだった。

残雪が点在するゲレンデがこの地方に訪れる遅い春の到来を代弁していた。無期限で戒厳封鎖された関西のレジャーエリア。特に冬季は多くのスキー客が足を運ぶ。その賑わいの過去もむなしく、リフトのワイヤーからはすべてのゴンドラが取り外されている。ここはある意味で日本がもっとも防衛しなくてはならない場所。

後部座席では確かに老いた男が眠っていた。彼がボルヴェルクの総括責任者であるト部龍馬。ウィンドウから射し込む陽光を受けていかにも心地よさそうな寝顔をしている。

車はゲレンデを左手に見ながら坂道を登って行った。舗装区間が途絶えるとその先からは林道になっているはずだ。車が揺れればそのうちに目を覚ますだろう。

「ハチまではどのような交通手段で？」

木村という男が横目をくれながら尋ねてきた。

「自衛隊にリレーをしてもらった。善通寺と青野原《あおのがはら》、淡路島で私がまさにバトンになった」

「それはまた乗り心地の悪そうな行程ですね」

「べつに戦車に乗ってきたわけじゃない」

「これは失礼」

「おたくらにドタキャンされたら帰る術がなかったところだ」

「ご心配なく。責任をもってお送りしますから。ボルヴェルクの拠点研究員も数名、先に現地入りしております」

「せっかくここまできたんだ。今日はお忍びだから、山中を彷徨ってでもひと目見ておくつもりだったがな」

「この辺りの山は地雷の海です。一度入ったらとても生きては帰れませんよ。今でも回収不能の死体がゴロゴロしているっていう話です」

「噂は本当だったのか」

「クラマに近づこうとした外国のスパイが何人も死んでいます」

瀞川氷ノ山林道《とろかわひょうのせん》から踏み入る山中に今も渡来体が横たわっている。侵略から人類を救ったクラマだ。善玉のクラマと悪玉のカラスは宇宙空間で戦闘を繰り広げた天狗だ。

公開こそされてはいないが、霞ヶ関ではとある有名な静止画像がある。クラマがカラスを撃破する瞬間をとらえた場面だ。

クラマは通常時には変哲のないまな板のような姿をしているが、攻撃時に一部を隆起させて鞍馬天狗の鼻のごとく伸ばす。それがカラスに触れたとたんにとてつもなく大きな爆発が起きることがあるのだ。地上では深夜に空が薄明かりに包まれるほどだった。逆に甲殻武装したカラスからクラマへの攻撃は無力に等しかった。

クラマは最後までこの地球と人類を守ろうとした。宇宙で戦闘が繰り広げられていたさなか、ＳＴＰＦの一部の材料が地球に落下した。いわゆる剣山セグメントのことだ。その落下衝突は地殻に尋常ならざるインパクトを与えるところだった。そこへ一体のクラマが大気圏に突入して追跡したものと思われる。そして緩衝させた材料をさらに砕いた。砕かれたそれらは剣山とニューギニア島と太平洋上に落下した。クラマは大気圏内では活動が困難らしく、力尽きてこの地に墜落したのだ。

クラマが生命体なのか、あるいはロボットなのかは分からない。そもそも生命体とは、形《けい》而下《じか》の一状態を表したそれこそ概念でしかないのだ。人類が定義したのであって宇宙共通ではない。クラマをロボットと呼ぶのならば、クラマもまた我々人類を、「地球が生んだロボット」と呼ぶのかもしれない。

「よく眠った。……おっと、キミは木村くんじゃないね」

ト部龍馬が目を覚ました。車は丁度未舗装区間に入って一八〇度ターンをしたところだった。ウィンドウに頭でもぶつけたのだろう。

「外務省の鳴滝です。はじめまして」

「臨界部屋の人か」

「ええ。対中代表を務めています。ボルヴェルクでは娘が世話になっています」

「パイロットの女の子だね。実は面識はないよ。ボルヴェルクも三次元的に広くてね。中央区の地下は主席の壱枝くんにすべて任せてある」

鳴滝晋平はウィンドウに顔を背《そむ》け、思いきりしかめた。話をする相手を間違えてしまったのかもしれない。調を直接監督している壱枝雅志と場を持った方がよかったのか。しかしト部龍馬はダイナミックフィギュアの開発製造も指揮しているので、やはり彼がもっとも直接的な人物だ。

「昨日はなぜシキサイをとめたんだい？」

「と、いいますと？」

「私がなにも知らないとでも思っているのかい？　是沢くんを糸で操ったのはキミだろ？　こっちは故障もしていない機体の不具合を考えるのに大変だった」

「では包み隠さずに話しますが、私は高所司令船《パノプティコン》の非常回線を通じて、クリティカルルームの状況をありのままに伝えただけです。判断を下したのはあくまでも是沢です」

「どんな状況を伝えたんだい？」

「六階のフロアに北朝鮮の代表団が上がってきましてね。ロシアと中国と急きょ三者会談を開き始めました。我々はフロアからも閉め出されたわけです」

「なるほど」

「従系オペレーターの栂は鬼を倒しすぎました。あの青年、一体何者ですか？　なんでも、一二〇〇メートル先の走馬燈をピンポイントで撃ち抜いたそうじゃないですか。クリティカルルームにも一度あいさつにきましたが、とてもそんなふうには見えなかった」

「あらゆる操縦の天才だよ。若すぎたけど、私が採用を決めた」

「おかげで五加一が抱くワン・サードに対する脅威が改めて膨らんでしまいましたよ。次の波が押し寄せてきたとき、許可が下りなくなります。日本が国土と水域を失うことにもなりかねない」

「だから是沢くんはシキサイの不完全性を演出しようとした」

「そういうことです」

「納得したよ。気分を害したなら謝ろう」

「気になさらずに」

「それにしても中国はよく承認を出したね。キミが出させたというべきかな？　アメリカも慌てて追っかけた」

「自尊心をくすぐっただけですよ。中国は大国としての器を欲しがっている。そして損害の三三%ずつを補償するのは中国とアメリカではありません。金を出すのはあくまでも国連です。その国連に一番金を出しているのは結局日本ですし。アメリカは相変わらず滞納したまときている。本当に香川の町がもとに戻るのか、私ははなはだ疑問ですね」

「放映権料があるだろ？」

「ボルヴェルクにたっぷり食われていますよ。一日いくら使っているか、ご存じですか？　大樹町は世界一の大食漢だ」

「金の話をされると科学者は思考が鈍るよ」

車がなかなか前に進まなくなってきた。自衛隊の車輛と短い間隔で敷設されたゲート。そのゲートが周囲の調和をいちじるしく乱していたく立派だ。車輛の往来は盛んなはずなのに道幅を広げたり舗装をしようとする努力が認められない。重機をすれ違わせるのも容易ではない。このあたりは怠慢というべきか、外国の目から見てふざけていると思われても仕方がないだろう。

国際連合はクラマをアメリカ本土に渡せという。日本はその要求を頑なに拒《こば》んでいる。国際連合がクラマを手もとに置きたがる大きな理由がある。日本が頑なに拒む大きな理由がある。今も宇宙空間に漂っているその他のクラマが、もしも地球にコンタクトを試みてくるとすれば、それは世界の中でこの鉢伏高原である可能性がもっとも高い。そのときに人類の代表たるイニシアティブを握りたいのだ。

そして、現実問題としてクラマを移動させることは不可能だ。質量が大きすぎる。これを海を越えて運搬する技術を人類は持っていない。ただ、恐らく卜部龍馬にはそれができる。クラマ自身には地球の引力に逆らって移動する能力がある。そのテクノロジーの一部がダイナミックフィギュアの内燃機関に使用されているはずなのだ。

「ワン・サードの仕様ですが、七二〇〇時間という連続作戦行動が可能というのは？」

「ワン・サード……、ふむ、鳴滝くんがいっているのはダイナミックフィギュアのことだね。その数字なら嘘に決まっているよ」

「嘘、でしたか」

「半永久的だ」

「ほぉ。では最高出力も六〇〇〇kWではないと」

「新幹線とキッカイではいい勝負になってしまうだろう。実際は三桁違う。日本にそのレベルの水力発電所はないよ」

鳴滝晋平は複雑な心境になった。そのようなエネルギーの塊に大切な娘がパイロットとして搭乗しようとしているのだ。正しくはさせられようとしている。そしてさせたのは他でもなく自分。

車は最後のゲートをくぐらせてはもらえなかった。この先は内閣の安全保障会議が直接管理しているので、意のままに振る舞う環境を作るには時間がかかる。どうせ再び訪れることもないだろうと思い、鳴滝晋平は卜部龍馬に倣《なら》って粛々と入山の手続きをとった。

クラマが横たわっているという場所はやや眼下に位置する稜線の手前側にあった。迷彩色のカバーで覆われている。縦横でゆうに一ヘクタールはある。なるほど、確かにあの下に隠れているものを移動させるのは極めて困難だ。クラマは分割が不可能なのだと聞いている。それはクラマがまだ〝生きている〟という状態を意味しているらしいのだが。

鳴滝晋平は卜部龍馬に従い、延々と続いている足場板の通路を歩き始めた。

「シキサイのコックピットが完成したそうで」

「うん、やっとできた。来月にでも善通寺に納入するよ」

「即実戦投入を？」

「それはない。たとえシキサイに搭載しても、当面は無人だよ。ひょっとしたらカムカラの投入が先になるかもしれないね」

「調の人事は？」

「まだ動作プログラムの完成が遠いからね。操縦できる人間が一人はボルヴェルクに残らなくちゃならない。キミの娘さんを善通寺にやるなら、栂くんを戻すことになるだろう。いや……、それだけはないか」

「コックピットの安全性、もっと上がりませんか？」

「脆弱と頑丈を両立させることは難しいよ。コックピットはフィギュアの弱点にしておかなくちゃならないんだろ？　二名《ふたな》条約の項目だったよね。あの条約のせいでフィギュアの操縦者も三人より増やせない」

「それはそうですが、パイロットの安全は最大限に保障すべきです」

「心配要らんよ。中で風船がいっぱい膨らむようにしてあるから。試験でウチの研究員が窒息しそうになったけどね」

ト部龍馬は笑った。その前を歩く木村という付き人も笑っていた。

笑い事ではない。娘が死に直面する状況に置かれているのであれば、中国の許可をとりつけないまでだ。それでダイナミックフィギュアは出動できなくなる。そのような政治を働く権限をこちらが持っていることを忘れてもらっては困る。

それにしても長い通路だ。おまけに細い。本当か冗談か、通路の周辺にも地雷が仕掛けてあるという。突発的なめまいに見舞われて足でも踏み外したら終わりだ。それからシートの下に入るまで二〇分近くも歩いた。

針葉樹がかなり押し潰されているが空間を保つための適度な柱となっている。斜面を丁度大人が歩いて奥まで行けるほどだ。しかし電灯の明かりが渡されているだけで中は暗い。漆黒の天井がまさにクラマだった。

「コイツがそうですか。人類の救世主」

「うん。ニーッツニーだよ」

「そうともいうみたいですね。ちなみにニーッツニーとはどういう意味ですか？」

「呼び名はボクがつけた。アインシュタインに逆立ちしてもらっただけだよ」

「ひょっとしてスペルですか？」

「うん」

「……それで、どこまで研究が進んでいるんですか？」

「鳴滝くん」

「はい」

「知能を持った生命体が目指すべき究極的なテクノロジーとはなんだと思うかね」

「なんでしょう。タイムマシーンですか？」

「違う。減衰率ゼロのエネルギー変換だよ。それを実現するのがニーッツニーだ」

三〇分後に一度戻るといい残し、卜部龍馬は木村とともに奥へと消えて行った。

クラマは宇宙空間でカラスの攻撃をいっさい受けつけなかったという。それはクラマがニーツニーを持っているからだ。そう遠くはない将来、ダイナミックフィギュアはこのニーツニーを身にまとう。たとえ地球が壊れても唯一壊れない場所が機体の内部。それを知ったからこそ調をパイロットにさせたわけだが、はたしてその判断は正しかったのだろうか。鳴滝晋平はいぶかしげに漆黒の天井を見上げるのだった。

*

（〇三／三〇）

七戸譲がフタナワーフの幕僚監部によって拘束された。その知らせを聞いたのは要撃行動がひとまず収束に向かった翌朝だった。彼は佐々史也の救出活動を強く要求し、却下された後に単独行動をとる意思を示した。頭よりも先に行動で解決を図《はか》ろうとする男なので、懐《ふところ》に辞表までを忍ばせていたとは考えにくいが、たとえそうだとしても、一民間人として戦場を横切れば逮捕という形に変わっていただけだった。

拘束が解かれるまでには早くとも一時間はかかるだろう。市街におけるキッカイの掃討が完了したとはいえ、安全宣言を出すためにまだ普通科は人海戦術による視察を続けている。

（まったく）

久保園那希はため息をついた。

しかし七戸譲もどうやって救出するつもりだったというのだ。佐々史也の所在はもはや分からない。彼が持っているものはマシンガンだけだ。無線機も発信器も最後には自分が預かっていた。むしろ自分が山に置かれてきた方が望みはわずかでも残されていたことだろう。だからといって生き延びる自信があるわけではないが。

「なんだ久保園、まだいたのか。連絡してやるといっただろう」

調査部隊長の江添《えぞえ》が弁当の包みを持って扉から姿を現した。久保園那希は小さく頭を下げた。

「丁度いい、これをやる。そこのベンチにでも座って食え」

「どうしようかな。……じゃあいただきます」

喉に通りそうな自分がなんともさもしく思えた。

「五回目だな、今夜で」

「なにがですか？」

「佐々が孤介時間を味わうのがだ」

「そうなりますかね」

「そんなに辛いのか、やっぱり」

「え!?　江添さんてダルタイプだったんですか？」

目の前の廊下を通り過ぎた女性自衛官が振り返る。江添も気にしていないところを見ると本当にダルタイプのようだ。

「私もここに詰めているばかりじゃない。久保園の知らないところでは何度も化外の地に入っている」

「でも孤介時間にはしっかり逃げ帰っていると」

「私が苦しんでいるところを部下に見せるわけにはいかんだろう」

「佐々くんもバカじゃありませんから、少しでも剣山より遠ざかって北を目指していると思います」

「そうだといいがな」

すべては生きていればの話だ。そして生存を前提に話を進めることが調査部隊の務めでもある。酒王《さけおう》やはぐれ鶴《づる》、もはやそこに小隊の垣根はない。

「調査部隊が解体されたら、江添さんも一等陸尉のバッジを失いますね」

「大幅に縮小されるだけであって、一応存続は決定している。人事は一考されるだろうがな」

「これからは、URAファイルにも例のない個体がいきなり現れますよ」

「羽さえ持っていなければいい」

「自走式の高射機関砲、配備されてましたよね」

「あれは飾りだ。キッカイが空を飛べばもはや匿翼の大原則は崩れる。そのときはミサイルをお見舞いするまでだ。陸上を移動してくれる限り、特別攻撃機がたったの一機で小波と互角以上の実力を見せる」

「私が担当している撮影班のスタッフ、特別攻撃機を撮りたがっていました」

「他の撮影班も似たようなものだと聞いている。しかし鰐の壁である高松自動車道より南は許可できない。そのあたりは国連を通じて伝わっているはずなんだがな。踏んづけられてペシャンコになるのがオチだ」

にわかに総務部の方が騒々しくなってきた。出入りも頻繁になってきたようだ。ひょっとしたら隊員がまた搬送先の病院で息を引き取ったのかもしれない。初日の段階だけで普通科の隊員が三人殉職しているとは聞いていた。そしてやはり公《おおやけ》にはされないはずだが、その内の二人が捕食されている。

江添はいうが、彼らはべつに特別攻撃機に踏みつけられたわけではない。ましてやキッカイにも。機甲化していない隊員にとっては、キッカイは大型よりもむしろ小型の方が厄介なのだ。場合によってはプリズンガードのサーモグラフィが見失うこともある。これまで調査部隊が地道に行ってきたように、発信器をつけることを見直すべきだ。

「さて、どうしたものかな」

「佐々くんですか？」

「もちろんだ」

「私は特別船による高所からの呼びかけと、定点滞空を要求します。佐々くんに目標を与えてやるべきです」

「安全宣言が出されても向こう七二時間は警戒態勢が解かれないことになっている。本来の目的外にプリズンガードは使用できない。例外的に許可を出せるとすれば唯一ソリッドコクーンだ。日本支部の軍事参謀委員会だよ。我々の声が届く場所じゃない」

「ではプリズンガードがだめなら、司令船のパノプティコンを借りるというのは？　どうせ今は係留場施設で遊んでいるんですよね」

「おいおい、パノプティコンはいわば城だぞ。そんな要求が通るわけがない」

「七戸さんが拘束された経緯、目に浮かびます。あれもだめ、これもだめっていわれたら、組織とおさらばして自由に行動したくなります」

「久保園、これだけは憶えておくといい。七戸にも伝えたことだ。今の時代にあっては、そういう人間もキッカイと同じで人類の敵として扱われる」

久保園那希には無言以上の抗議の言葉が浮かばなかった。江添は総務部の方から呼ばれて小走りで去って行った。

フタナワーフは一殺多生の原理を掲げている。一生多殺の原理で家族を救った自分とは逆だ。

せめて佐々史也の居場所の当たりだけでもつけてやりたい。水と食料くらいは上から落としてやれるはずだ。この弁当にしろ同じ。矛盾した罪悪感がよくも喉を通る。

そこへ汚れた膝下が目に入ってきた。目線を上げると安並風歌が見下ろしていた。こちらの名前を思い出せないのか口を半開きにしている。

「ども。久保園です。昨日は指南をしていただいたそうで、ありがとうございました」

「七戸さんは？　知らない？」

「わけあって拘束されました」

「まぁ。こっちは落ち着いたからさっき連絡をとろうとしたんだけど……、そういうことだったのね」

落ち着いたという割には戦闘服を着替えてもいない。数多《あまた》のしみは恐らくキッカイの肉片だ。かつての剪定《せんてい》部隊のように蘇生部隊の壮絶な任務がうかがえる。この二日間で何体の処理にあたったというのだろう。

「佐々さんの件は残念だったわね。責任を感じているわ」

「いえ、実は私たちはなかばあきらめていたんです。発信器をつけていないキッカイがうようよしていて、一人でも救出されればいい方だと思っていました。ディレクターのジュリックがお礼をいいたいといっていましたよ」

「それで、佐々さんの捜索の方は手詰まりになっているのね」

「はい。かけ合うなら南あわじにまで乗り込まないといけないみたいです」

安並風歌は腕を組むとかたわらに腰を下ろした。それにしてもキッカイの匂いをよく漂わせてくる。美しい黒髪にもなにかがこびりついていた。

「頭が働かないわ。その梅干しちょうだい」

「どうぞ」

安並風歌が口を開けて迎えるので箸で運んでやった。

「最低でも彼が生きている事実をつかまないと組織は動かないわね」

「そう、ですね」

「肉声を聞こうにも彼は無線機を持っていない。となると……」

安並風歌は口の中で梅干しの種を遊ばせながら腕時計を確認した。

「孤介時間を利用しない手はないわね。今夜は二一時四四分から。ダルタイプからのメッセージでも、一方向からの遠隔感応で伝わるはずよ。彼が化外の地の中にいればキャッチしてくれる。応答を善通寺のナーバスが拾う。証拠は残らないけど、何人かの証言を得られればどうにかならないかしら」

安並風歌は蘇生部隊長。彼女が拘束されるというケースはこの先も起こらないだろう。久保園那希は尊敬の眼差しを送った。彼女は行動に移る前にまずは頭を働かせる努力から始める。そしてその先に語られる計画は他人を同調させる合理性を持っている。理詰めにエネルギーを費やそうとするがために、その他のことに無頓着になってしまうだけなのかもしれない。

三時間後、孤介時間に佐々史也への語りかけは行われた。ナーバスにとっては本来は長い一三分間。白き蟬にとっては限られた短い一三分間。語りかけに対する佐々史也からの応答はナーバスである調査部隊の第五から第七小隊が協力して受け取ることになった。

残念ながら、佐々史也がメッセージを受け取ることはなかった。その理由を知るのはかなり後のことになる。

アレロパシアルフィールド

（〇四／一二）

讃岐山脈に潜んでいたキッカイにも剣山方向への帰巣が確認された。そしてその最北ラインは吉野川の南岸にまで下がろうとしていた。これによりフタナワーフの警戒態勢は二段階低次のレベルに移行した。

進行の波はやはりSTPFの歳差周期と、そして月の満ち欠けとが複雑に関係しているらしい。次なる要撃行動は一三日後と予想されている。天気予報ではないが、「さざ波」の注意報ともなっている。実際の規模によってはダイナミックフィギュアの出動は免《まぬが》れるかもしれない。

警戒態勢の移行とともに、要撃部隊の隊員には早くも慰問の受け入れが始まっていた。パノプティコンのクルーも例外ではなく、むしろ高い優先順位で善通寺に家族を迎えることが認められた。桐遊星はさっそくルミに連絡をとったが、なんと仕事で東京を離れることができないなどといわれてしまい、それならばと公文土筆を招く申請をした。

もちろん公文土筆には誘っただけで強要はしなかった。仮にも四国はキッカイの棲む危険な場所だ。剣山セグメントがあるためか孤介時間も若干辛い。本人の意思もあるし、彼女の家族の理解も必要になる。ただ、栂遊星にはもう四国から出られる保証がなかった。たとえ出られたとしてもその行き先は北海道大樹町のボルヴェルクにほぼ限定されていた。

　公文土筆から嬉しい返事がもらえたのは慰問期間の七日目だった。両親を説得するために時間がかかったのだという。しかしその頃には予約はすべて埋まってしまっていた。残念な話を補助クルーの錦戸康介に漏らしたところ、翌日には空きが生じたという連絡が入った。そのからくりは後日知ることになるのだが、是沢銀路が貴重な特権リザーブというものを使ってくれたらしかった。

　高所監視部隊の技術科が並ぶ廊下には、部屋の中に向かって声を発する香月純江の姿があった。落ち着いた口調ながらも刺すようなアクセントを含んでいる。いつでも彼女の主張は間違ってはいないのだが、要求があまりにも厳格なのだ。ときにはここの部隊が置かれた人手不足の状況に同情して肩を持ちたくなることもある。それでも相手が二人以上いれば同僚として応援に向かわなくてはならなかった。

「今度はなんですか？」

「栂遊星、これは仕事の話です。栂遊星は休暇ですから、休暇を送ることに専念してください。それが務めです」

　これもいつもの調子だ。香月純江は自らが起こした戦いは一人で争い抜く。最初から多勢を成そうとは考えもせず、駆けつけてきた応援をもはねつける。実に勇敢で見上げるべき精神がそこにはあるが、だからといって今までに勝利をつかみ取ってきたわけでもない。彼女はたとえ優秀でも政治家には不向きだ。答えを導き出す方程式があまりにも不足している。

「栂ぁ、こっちだ」

補助クルーの保科敏克がエレベーターホールから声を響かせた。栂遊星は仕方なく香月純江を見捨てた。

「なにをいい争ってたんでしょう」

「香月か？」

「はい」

「あれはなぁ、年明けから分かっていたことなんだが、司令システムの潜在的な脆弱性だ。長時間の連続運転に耐えられない。耐えられないとはいっても四八時間は保つんだがな。そんな連続作戦はあり得ない。防衛省内の仕様は満たしているから今日まで放置されていたんだ」

「孤介時間がありますから、リセットをすることを考えれば最長で一二時間ですよね。司令システムはオペレーションシステムとの絡みがあって複雑だって聞きましたけど」

「ところが香月と倉又が勝手にデコンパイルして、あっさりとソース上に問題の箇所を突きとめた。こっちが直せといっても、向こうさんにとっては面白くないだろう」

「倉又さんは特に目くじらを立ててるわけじゃないんですよね。香月さんて、やっぱり好戦的なタイプなんでしょうか」

「さぁな。そっち方面の分析はオレはあまり興味がない」

「保科さんはなんらかのフェチなんでしたよね」

保科敏克は高らかに笑いながらエレベーターに乗り込み、扉が閉まったとたんに手加減なく尻を叩いてきた。

係留場施設のエプロンには巨大な地下空間がある。パノプティコンとプリズンガードは平時には地上の格納庫に入っているのだが、可動式のレールケージが必ずしも堅牢ではないので、天候が極度に荒れると一部の船は地下に移される。大型の台風が通過するときなどだ。

そして駐車場がある。

「今何時だ？」

「一四時三五分です」

「日付が変わる頃には迎えにこいよ。オレたちはガリビエで飲んでる。場所、分かるな」

「大丈夫だと思います」

椢遊星は保科敏克から車のキーを受け取るとワゴン車に乗り込んだ。

「ではお借りします」

「彼女、連れてこいよ」

難しい要求だ。公文土筆は社交的ではない。社交はあいさつから始まるのであり、声を満足に出せない彼女はその始まりでもっともつまずくのだ。

差しさわりのない理由なら用意できる。今夜は二〇時五二分に孤介時間が訪れる。ホテルに帰したといえばいい。

延々と続くらせんのスロープを進んで地上に出る。施設のゲートでは簡単な通行チェックを求められた。再び車を出す際に励ましの言葉をかけてもらった。

要撃部隊の隊員はおおむね二つの態度で接してくる。シキサイの従系オペレーターと知って激励するタイプと、その逆だ。シキサイに対する作戦行動の優先性を強いられ、面白くないと思っている機甲科の隊員も中にはいる。パノプティコンが全権司令を握る構図が上空からというのもある種の劣等感を生じさせる要因になっているのかもしれない。マリオネットのごとく操られたくないという自尊心は理解できる。

坂出駅には少し早く着き、公文土筆を乗せた列車の到着を待った。彼女とは手紙で連絡こそとっているが、高校を卒業して以来一年以上も会っていない。小学生のときから同じ町に住んでいたのでこの空白は大きかった。

なにを話そう。いくつか話題のストックを用意しておかなくてはならない。公文土筆はその身体的な事情により、積極的になにかを尋ねてくることは稀だ。したがってこちらから問いかけをやめると無言の状態になる。そうかといってあまりにも質問攻めにするとうんざりされてしまう。バランスが難しいのだ。自然と一人語りが多くなる。

列車は二分遅れでホームに到着した。坂出で降りる慰問者は思っていたよりも少なかった。おかげでグレーのツーピースを着た公文土筆をすぐに見つけることができた。

「待ってたよ。本当にきてくれて、嬉しいよ」

公文土筆は口を結んだまま瞬きをともなわせてうなずいた。フェイスメイクはおろかリップも塗っていないその唇は少し荒れていた。手から荷物を取ってやる。女の子が旅をするには小さなバッグだった。

「それにしてもよくお父さんが許してくれたね。どちらかというとお母さんの方が厳しかったっけ」

尋ねては自然に体が動いて耳をそばだてる。二人の距離をすぐに思い出すことができた。

公文土筆は自分なりに考察してみせた。それを栂遊星なりに解釈すると、要するに彼女は社会人であり、もう大人であるということだった。

「乗って。保科さんて人から借りてきたんだ。教習所には行ってないんだけどね、免許はいつの間にかボルヴェルクでとれたことになってる。ダイナミックフィギュアの免許はオールマイティなんだ。だってあんな大きなものに公道を走らせるわけだし」

シキサイの映像は東京でも流れていたらしい。機体のイラストを手がけたルミも取材を受けていたというので、事務所の知名度が上がって仕事が舞い込み、本当に忙しくて慰問にはこられなかったのかもしれない。しかしその可能性を考慮してもいささか薄情なのではないかと思う。こちらは好きなタイミングで好きなだけ家族を招けるわけではないのだ。

公文土筆の声量はかつてよりもいくらか弱くなっているような気がした。アクセルを踏むともう隣の助手席からはなにも聞こえなくなる。彼女は六年前に突如として反回神経を冒された。その結果、声帯の機能がいちじるしく損なわれたのだ。

「今年は、お花見には行った？　ボクは土筆と善福寺川に行ったのが最後だ」

行ってないらしい。

「そういうのって、会社の行事でないのかなぁ」

ダッシュボードを見つめたままだ。

「工場は年がら年中動いてるの？」

すべてのラインがとまることはない、といったように聞こえた。公文土筆の顔色が曇り始めたので、栂遊星はもう仕事の話は訊くまいと思った。

仕事がつまらないのだろうか。あるいは職場に馴染めない。コミュニケーションにいちいちハードルがあると後ろ向きにもなる。そして公文土筆の患いはむしろ内面的なダメージの方が大きかった。時間をかけても癒しがたいトラウマを負っているといっていい。

金刀比羅宮《ことひらぐう》参りへの入口である表参道はすべての商店が閉じていた。それでも慰問の家族と連れ合った私服の隊員が長い石段を目指していた。スピーカーからは「金毘羅船々」が垂れ流しになっている。ここはフタナワーフが立ち入りを公認している唯一の観光場所だ。化外の地の境界線とさほど離れてはいないので、普通科の隊員が小銃を持って警戒にあたっていた。

「仙石原《せんごくはら》の野焼きは今年も行われたのかな。秋にはツクシと二人でススキを見に行ったよね」

公文土筆はススキが好きだ。彼女の家の向かいは空き地になってから久しく、持ち主がほったらかしで雑草が繁茂している。いつの年からか秋になると群生したススキが穂を出すようになっていた。二階の窓から頬杖をついて眺めている姿をたびたび見かけたものだった。

聞けば空き地とはそういうものらしい。植生の決まった遷移があるという。最初はブタクサが支配し、その後にセイタカアワダチソウなどが勢力を強め、最終的にはススキが他の植物を凌駕してゆく。川原にススキをよく見かけるのはそのためで、これはアカマツなどの木が侵入してくるまで続く。

他感作用《アレロパシー》によるものだ。農作に従事する人間はこの現象を知っている。昔から連作をすると収穫量が減少するという忌地《いやち》現象も認められていた。水を引く前の田圃にシロツメクサを植えるのはその対策の一例で、逆に除草剤などの農薬はその化学的応用といえる。植物は根や葉などから化学物質を出して他の種《しゅ》を攻撃し、自らのテリトリーを広げようとする。ダイナミックな活動をしない植物は異種間でそのようにして戦っている。

公文土筆は人間関係をよくアレロパシーで喩える。とあるグループを野原に見立て、そこに自分が雑草としてポツンと生え出たらどうなるのか。彼女の他感物質《アレロケミカル》は決して強い毒性を持ってはいないが、やがてあってもなくてもいい存在として目には見えない攻撃を周囲から受ける。陰湿ないやがらせという形で。そして枯らされてしまうのだろうというシミュレーションを描きがちだ。

「ＳＴＰＦと化外の地は忌地だって？　それはツクシらしい面白い発想だね。またいつか卜部博士と会うことがあったら話してみるよ」

ＳＴＰＦはリング状に地球を周回し、材料であるセグメントは剣山に落ちた。ＳＴＰＦは半日ごとに一時的に毒性をもたらす雑草で、セグメント自体が展開させるフィールドは地球規模で見ればまた小さな雑草だ。しかし人類に対しては強い影響力を持っている。そして忌地は究極的忌避感をもたらし、人間関係に不和を生む遠隔感応は他感作用の一種なのかもしれない。

キッカイもまた雑草と呼べるだろう。渡来体は侵略の過程でこの雑草を世界中に繁茂させようとしていた。そして住みよい環境を手に入れようとしたに違いない。人類というもっとも厄介な〝自然〟を排除する、いわば逆テラフォーミングだ。これに抵抗しなくては飲み込まれてしまうだろう。人類とキッカイの戦いは、アレロパシアルフィールドをめぐる陣取り合戦でもあるのだ。

石段を登り、日が傾くまで金刀比羅宮を歩いて回った。その間は思い出すがままに高校時分の出来事を語った。あまり時代をさかのぼらせると公文土筆は嫌がった。病に見舞われた中学時分の話はタブーだ。あの当時、彼女は声帯の機能を回復させるために、リハビリの日々に明け暮れていた。そしていっこうに進展が認められず、自暴自棄にもなっていた。世界大戦前夜から渡来体の出現で世界が混乱していた時期でもあり、精密な診療が受けられなかったことも不幸だった。中学を卒業してから少し明るさを取り戻したのは、あきらめ、運命を受けとめたからに過ぎない。

「ボルヴェルクの各エリアには主席と呼ばれる人がいてさぁ、ボクのお父さんみたいな研究者気質の人もいれば、壱枝さんみたいな組織の首脳みたいな人もいるんだ」

まただ。公文土筆が眉間にしわを寄せた。ふと表情を改め、さして興味があるとも思えない鳥居を見上げている。彼女はなぜか、ボルヴェルクにまつわる話に触れてもそれを拒んだ。べつに構わなかった。気兼ねなく素直に感情を表に出してくれたらいい。慰問とはいっても、なにを慰めてもらおうとも思っていない。栂遊星はただ、公文土筆がかたわらにいる時間を大切にしたかった。笑ってくれたら嬉しいが時間は速く進んでしまうだろう。曇り顔ならばゆっくりと進んでくれるのであながち悪くもなかった。

やがて拡声器を通して退去勧告のアナウンスが流れ始めた。二人はどちらからともなく眼下を見渡せる場所で足をとめた。黄昏《たそがれ》を迎える讃岐山脈と平野からは実に清浄化された印象を受けた。二週間前にキッカイとの交戦が繰り広げられたことをまったく連想させない。またいつの日か公文土筆を四国に招いたとき、この景色はどのように変わっているのだろうか。

「あの辺りは化外の地だよ。讃岐山脈の中腹くらいから。それより南側は一日中孤介時間が流れている。中心の剣山はもっと向こうだ。何年経っても、究極的忌避感には慣れないね。動物もそうだけど、どうして人間は適応できないんだろう。STPFが出現してから生まれた子供たちにも耐性がないって聞く。ナーバスとダルタイプの比率も変わっていないらしいよ」

公文土筆が袖をめくって腕時計を見た。栂遊星は誘うように石段を降り始めた。

「関東には多いって聞くけど、この辺りにもインバネスと呼ばれる思想家はいるよ」

世界の混乱に乗じ、革命性を帯びた個人思想家が目立ち始めたのは五年前。最近ではオフ会よろしく集合して巨大な思想団体へと発展しつつある。この動きを公安がマークしているのか否かは不明だ。日本だけではなく、世界的な潮流でもあるのだ。

神の委譲を構想するインバネスの主体はダルタイプといわれている。神とは、地球を救い、人知超越的な力を持ったクラマのことだ。インバネスは形而上の神と決別し、形而下のクラマに地球神の座を委《ゆだ》ねようと考えている。

インバネスの源流は世界大戦前夜にさかのぼる。ダルタイプはその性質から、渡来体の出現を予感できなかったといわれている。したがって、世界各地で勃発する戦争に対しては最後まで和平を主張する存在だった。そして本来ならば平和維持にもっとも貢献すべき国際連合に失望し、形骸化の実情を強く訴え始める動機を持った。地球には国力とは無関係に善悪を裁ける絶対的な存在が必要だ。それがクラマ。それがインバネスの構想。

公文土筆を車に乗せ、飛行船の係留場施設に向かった。その頃にはすっかり日が暮れてしまい、ライトに照らされたエプロンの様子を眺めさせてやることしかできなかった。それでもときおり、彼女にしては興味ありげな表情を瞬時的に垣間見ることができた。さらに車を走らせてシキサイの牢獄台のある拠点ドックを見せた。それから坂出に戻ってクリティカルルームの建物も見せた。クリティカルルームはときどきニュース番組でも紹介されているらしかった。

夕食はフタナワーフのキャンプ地に紛れ込んで配給を受けた。キャンプ地は陸上部隊の自衛隊員に寝食を提供する場所で、その他に調査部隊や蘇生部隊などの拠点にもなっている。

栂遊星は安並と呼ばれる蘇生部隊長の姿を捜そうともしたが、ついつい極彩色の戦闘服を着た隊員たちに目を奪われてしまった。同じ女性でも見返り美人の面々だろう。

「孤介時間がくるから、いったんホテルに送るよ。ボクはこの車で凌《しの》ぐから、またあとでお茶でもしようか。今日は疲れたかい？　それだったら明日でもいい。明日はうどんを探しに行こう」

公文土筆はなぜか首を横に振った。そしてか細い声で夜の海が見たいなどといった。とっさに拒む理由が思い浮かばなかったため、栂遊星は記憶を頼りに坂出港へと車を走らせるしかなかった。

シキサイを操縦しても震えるほどには緊張しなかった。それなのに車の運転を難しく感じ始めた自分がいる。公文土筆は大胆にも孤介時間へと誘ってきたのだ。

たとえ家族や親友、そして恋人同士であっても、人々がＳＴＰＦのもとに孤介を築くようになったのはなぜか。それは決して多くはなくとも、相手に対してネガティブな印象を持っているためだ。近しい関係であるほどに、人は人を良くも悪くも特定の性質だけで偶像化をしない。それはお互いに分かっているはずなのだが、普段はおくびにも出さない言葉が伝えるわることを過度に恐れてしまう。秘匿こそが人間関係を良好に保つ術になってきた現実があるのだ。

栂遊星にも、公文土筆には伝わって欲しくない秘めた真実があった。それを知られてしまうと幻滅されるに違いなかった。軽蔑されもする。彼女はこちらの心の中に踏み込み、一点の曇りなき誠実を確かめようというのだろうか。この緊張度の大きさはポリグラフつきの取り調べどころではなかった。

「着いたよ。シキサイが上陸した場所だ。ごめん、他にいい場所を知らないんだ」

二〇時五〇分。桐遊星はその時刻表示を確かめてからエンジンを切った。扉に手をかけようとすると、公文土筆に肩をつかまれた。そして「覗いて欲しいの」と彼女はいった。

桐遊星はふっと体の力みがとれるのを覚えた。そして自分を恥じた。

そういうことだったのか。公文土筆は遠隔感応を通じて会話がしたかっただけなのだ。孤介時間とは、彼女が唯一〝ハンディから解放される〟時間なのだから。

「東京より少し辛いよ」

（いいわ）

早くも公文土筆の心の声が聞こえた。これからＳＴＰＦのアーチをくぐる。

（ホントね。立ち上がりが東京より強いわ）

（だろ？　たぶん、剣山セグメントの影響だよ。単純な足し算にはならないらしいけど）

シート脇の収納ボックスの上で二つの手が触れた。

（ひと月前、クリティカルルームから、電話をかけてくれたわよね）

（あぁ。あのときは停電で、途中で切れたっけ）

（ごめん。私が切ったの）

（**やっぱり**か。べ、べつにいいよ。ボクの方が無神経だったんだ。ダルタイプのことを鈍感

だなんていえないな）

（遊星は、春になれば職場で私に後輩ができるっていった）

（できたかい？　ボクはパノプティコンでは一番年下だよ。ボルヴェルクでもそうだった。そういえば一人だけ中学生の女の子がいたかな）

（研修期間が終わったら、すぐに配属されてくるわ。私、その日が恐いの。絶対に枯らされちゃう）

（この一年間、職場でいやな思いをしてきたのかい？）

（最初はみんな親切だったわ。でも、少しずつ煩わしく感じていったんだと思う。私を相手にするには余分にエネルギーが要るもの）

（エネルギーか。ボクは感じたこと**あるよ**。ででも、でもそれ以上にエネルギーをもらってる。ツクシのこと好きだもん）

（私が四国に渡ること、最終的には賛成してくれたの。お父さんもお母さんも）

（安心した。てっきりボクは悪い虫だと思われてるんじゃないかと）

（逆よ。私のこと構ってくれる男の子、遊星だけだもの）

（でも実際、お父さんの気持ちはどうなんだろう。調さんのお父さんなんて「娘に近づくな」っていってくるんだ。親バカっていうか意識過剰だよ。確かに調さんは美人で童顔だからも**え**るけど）

随所でつい本音が飛び出してしまう。栂遊星は大いに動揺したが、ＳＴＰＦがもたらす究極的忌避感に肉体が苦しめられ、皮肉にも救われようとしていた。それからしばらくは公文土筆との会話が続けられなくなった。

下世話な趣味を持つ連中に代わり、徐々に思想家がフレーズを発信し始めた。決して洗脳という次元ではないが、どうしても脳裏に焼きつけられてしまう。彼らはダルタイプなのだろうから孤介時間には強い。「神の委譲」「刃をちらつかせた外交の終焉」

インバネス、彼らには現実が見えていないのだろうか。人類は今、それどころではないはずだ。キッカイを根絶やしにし、剣山セグメントとそのはるか先でようやくＳＴＰＦの除去に着手できる。それはたとえ思いを一つにしても容易には実現しない。思想が二つあっては多すぎる。

（遊星）

（……なんだい）

（私はどこの野原に居場所を求めたらいいの？）

（だったら善通寺においでよ。フタナワーフに入ればいい。高所監視部隊はがらがらだ。ボクの拠点も同じ場所だから、悲しい思いばかりはしないよ）

（私に務まるかな。花は咲くのかしら）

（それは分からない。けど、誇りは持てるはずだ。花は自分の中に咲くよ。ボクが心の目で見てあげる）

公文土筆は誰よりもナーバスな娘。遠隔感応とは渡来体がまさに彼女のために与えた作用なのではないかと思える。ならば居場所は剣山を望めるこの地にこそある。アレロパシアルフィールドにときに虐《しいた》げられ、ときに癒されることだろう。

夜の海は漆黒。それを見たいといった公文土筆は確かに目を向けていた。泣いている。涙が頰を伝っているのが分かった。

生還

（〇四／一八）

幌《ほろ》の下ではジュリックとアーロンがフタナワーフ支給の弁当を食べ始めた。すっかり日本の食文化に慣れたものだ。最近では熱い緑茶にもこだわるようになっていた。

上空を覆う雲が雨粒を落としてくる。鰐の壁たる高松自動車道の路面がそろそろ湿り気を吸いきれなくなってきた。七戸譲は相変わらず双眼鏡を覗いたままだ。レンズ越しに見る化外の地の大気はそのまま遠景を透過させ、忌避感もまた与えてはこない。

白き蟬と酒王、そしてはぐれ鶴の隊員はほとんどが東富士演習場に招集された。今日も陸戦兵器の訓練を行っているはずだ。わずか一三分間のための代替要員。短期間で操縦を体得して帰ってくるとはおよそ思えないが、戦場で装甲車輌の中に閉じこもっている限りは、少なくともキッカイに命を奪われることはないだろう。

見返り美人と同様、久保園那希は女性という理由でそのメンバーからは外されていた。もともと撮影班護衛という特殊任務に回されていた事情もある。この人事に関してはなんの感想もない。たとえば一般的な会社ならば、異動をめぐって一喜一憂していたところだろう。しかしフタナワーフの隊員、とりわけダルタイプの場合はプリズンガードのクルーにでもならない限り、より安全な任務に就いているか否かがすべてといっていい。昇進というものがほぼ皆無なのだから。そして一億人のナーバスから具体的に謝意が示されるわけでもない。

七戸譲は戦車の操縦・砲手・装填と、乗員としてのひと通りのスキルを持っている。したがって今は善通寺に居残って佐々史也に代わる撮影班の護衛要員だ。調査部隊長・江添のせめてもの計《はか》らいといえる。七戸譲はこの任務を喜んで受け持った。今も佐々史也の生存を固く信じている。もうあれから二〇日が経った。

「じきに始まるな」

「キッカイの影、見えましたか？」

「いや、とりあえずパノプティコンが出た」

本当だ。知らぬ間に係留場施設を飛び立っている。特別攻撃機の出動はあるのだろうか。にわかにアーロンがカメラの準備を始めた。

特別攻撃機の存在はもはや世界中に知れ渡っている。あの優れた機動性は度肝を抜いたはずだ。国連軍もかねてから人型の陸戦兵器を開発しているらしいが、目処《めど》が立ったという話すら聞かない。ボルヴェルクの上をゆく科学技術力を持っていながら、ひとえに実用に適《かな》う熱源が手に入らないからだ。原子力でタービンを回している限りは、巨大なロボットを忍び足で歩ませることくらいしかできないだろう。ではなぜ特別攻撃機は時速一〇〇㎞を超える速度で走り回れるのか。

機関砲を連射する音が聞こえてきた。湿度が高いので意外に遠方から伝わってきたのかもしれない。要撃行動が開始されたということだ。久保園那希の無線機はまだ善通寺駐屯地からの指令を受信しなかった。

パノプティコンが前方の上空をゆっくりと通過して行く。ゴンドラ下層のガラス空間に立っている人影が見えた。恐らく是沢銀路という全権司令官だろう。久保園那希は急いで双眼鏡を構えた。かたわらにもう一人の男をともなわせている。若そうなので特別攻撃機の従系オペレーターかもしれない。聞けばまだ未成年らしい。目敏《めざと》くもアーロンがカメラのレンズを向けていた。

鰐の壁から一輛、九〇式改戦車が動き始めたようだ。瀬戸内海を渡って新たに六輛が追加されたのはつい昨日のこと。まだ砲塔と車体は分割されたままだが、中波が押し寄せてくれば出し惜しみなく投入されることだろう。そして大波では主力となり、もはや走馬燈の除去は優先されなくなるのかもしれない。

急場しのぎともいえるが、最終ラインを突破されるよりはマシだ。キッカイが四国から出れば恐らく剣山には国連軍の核が落とされる。中国地方に渡れば間違いなく。この根拠は一般には知られていないが、四国の外には野生の翼や羽があるからだと聞いたことがある。それらの概念が化外の地まで伝わる可能性があるのだ。

ジュリックが撮影ポイントを変えられないかと尋ねてきた。久保園那希は許可できないと答えた。その答えは正確ではなかった。鰐の壁よりも北側ならばどこに行っても構わない。さらに正確にいえば兵庫県の鉢伏高原と北海道大樹町のボルヴェルク以外で。

撮影班は八つあるが、シフトを組んでその内の二つの班は要撃行動の撮影から外れている。一つは牢獄台と呼ばれる特別攻撃機の拠点ドック、もう一つはおおむね坂出港に張り込んでいる。ジュリックとアーロンが当番のときはもちろん久保園那希も同行していた。四月から五月にかけ、特別攻撃機のコックピットが搬入されるらしいのだ。この情報はフタナワーフよりも先に彼らの口から知った。

クリティカルルームの駆け引きが一段高次になるだろう。マリオネットが糸を断ち切って自立する。また一歩戦略兵器に近づくのだ。はたして五加一は作戦行動の参加を認めるだろうか。

「見ろ久保園。あのキッカイ、すばしっこいぞ」

「中型以上大型以下ってところですね。なぜ撃たないんでしょう。弘法の砦が指をくわえてますよ」

「照準が追いつかないんだ」

「ひょっとしてパーツ化してないんでしょうか。まだ巨大化する資質を持っている」

「あぁ。若い個体は俊敏で、概念を蓄えていないだけに生に対する執着も見せる。安並くんがいっていた」

「走馬燈が空っぽなら大胆な集中砲火もありなんですけどね、実は」

「テレビカメラが向けられているからそうもいかんのだろう。繊細なオペレーションを継続できなければ国連軍を拒む理由が乏しくなる。四国は国際化だ」

アーロンがそのほころびをカメラに収めようとしているとは思えない。彼の興味は特別攻撃機だ。それ以上に視聴率を稼げる画はない。クリティカルルームにさえも一台としてカメラを分配していないのだ。

サイレンの音が聞こえる。軽装甲機動車が接近してきたようだ。それは仮設休憩所の幌の横にとまった。見返り美人の小隊長だ。

「七戸！ 佐々が生還したぞ！」

久保園那希は耳を疑った。なんと佐々史也が生きていた。

「本当か！ どこにいる」

七戸譲が駆け寄る。久保園那希も小走りであとを追った。

「五趾《ごし》病院の第四か第五に運ばれたはずだ」

「そうか……、よかった」

「七戸さん、行きましょう。白き蟬は私たちしかいないんです」

「しかし要撃は始まったところだ。なによりも生きていることが分かったんだ。任務が終わってからでいい」

ジュリックの反応を見るとやぶさかではないという表情をしていた。隊員が化外の地から奇跡の生還を果たしたというのならば、それは充分すぎるニュースになるはずだ。

「彼らに同行するのが私たちの任務です。行きましょう」

「そういう手があるな。よし、行こう」

久保園那希たちは軽装甲機動車を譲り受けて善通寺の五趾病院に急行した。車中、七戸譲は終始饒舌《じょうぜつ》だった。それは決して彼本来の姿ではなかった。久保園那希は大いに違和感を覚え、拒絶感さえ覚え、助長することを嫌って対照的に無言を続けた。今日までの七戸譲を見てきた限り、後ろめたい感情を多分に持っていたはずだ。それは佐々史也の生存が明らかになったところで一掃されるものではない。捜索活動を行えずにいた事実は事実なのだ。

ではダルタイプの傾向ともいわれるデリカシーの欠如なのかといえばそれは違う。久保園那希は寡黙に徹しているうちにだんだんと分かってきた。そう、自分が口を閉ざした態度は正しかったのだ。七戸譲は恐らく、誰にも語らせる隙を与えまいとして一人でしゃべり続けているのだから。

フタナワーフが抱える五つからなる五趾病院、佐々史也はその第五病院に搬送されていた。そこは一時期ジュリックが入院した施設でもある。彼女は内部の構造に詳しく、いくつか目星をつけて診察室へと誘《いざな》った。そして看護師が頻繁に出入りする一室にたどり着いた。

ガウンを着た佐々史也がいた。彼は自分の両足で立ち、こちらに背を向けて洗面台で顔を洗っていた。そして今、鏡を介して目が合った。一瞬顔をこわばらせたようにも見えたが、一転して人懐っこい笑みに変えた。

「佐々……」

七戸譲に先んじて足を踏み出したのはなんとジュリックだった。彼らの間ではすでにドキュメンタリーの制作が始まっていた。英語で状況と経緯を紹介し、カメラのアングルに配慮しながら歩み寄って行く。そして大胆な抱擁。彼女にとっては命の恩人、という設定にでもしているのだろう。佐々史也が素直に戸惑いの表情を浮かべている。

ようやく七戸譲がタイミングを盗んで二人の間に割って入った。背後から足音が聞こえ、久保園那希は振り返った。江添がフタナワーフの幹部をともなってやってきた。そして本来優先されるべき内輪の光景が取り戻された。アーロンがその様子をカメラに収めている。佐々史也は多少はやせたようには見えるものの、しっかりと伸ばした背筋で受け答えをしていた。

久保園那希は一人距離を置いて眺めていた。ときおり佐々史也がこちらに目線を向けたが、そのたびに焦点を曖昧にして直視を避けた。彼は本当に佐々史也なのだろうか。疑うべくもないのだが、ならばどうやってこの二〇日間を生き延びてこられたのか。それはきっと、デリカシーのない人間でさえ尋ねてはいけないことなのだろう。

＊

太刀川静佳を扇の要《かなめ》に置く形でクルーたちはその背後を取り囲んでいた。一点に見つめているのは実況に切り替えたモニターで、カメラは先ほどから一体のキッカイをとらえ続けていた。

中型の個体だ。金属製の廃材を手につかんで引きずっている。過去に煙突にでも取りつけられていた梯子《はしご》なのではないか、というのが大方の見解だった。

問題は廃材の正体などではない。恐らくキッカイが初めて用いようとしている人類の利器だ。岩を武器のごとく投げることはすでに認められているが、あの人工物をいかなる形で使うつもりなのだろう。幕僚監部から火力統制を受けているらしく、普通科の無反動砲がいまだに放たれない。今後の参考にするために様子を見ているのだ。

「まさかどこかに登るつもりでしょうかね。船を引きずり降ろそうなんて考えてるとか」

「人が登るための梯子だから、キッカイには小さすぎるわ。木登りを知ってるくらいだから、その気になれば建物にだって」

「投げたところで大したことはなさそうだな。恐るるに足らずとオレは見るが」

このようなときはだいたい錦戸康介と倉又安由美と保科敏克が思った言葉を口にする。

是沢銀路は初めから黙して目を細めたままだった。珍しく香月純江が持ち場を離れてからも長い。桕遊星はモニターにばかり気をとられた皆の代わりにクリティカルパネルをときおり確かめていた。まだ許可すら一つも出ていない。

「撃ってるんじゃないですか？　小口径の機関銃」

「盾だわ！」

太刀川静佳がいった。確かにキッカイは梯子で体をさえぎろうとしている。しかしその形状からしておよそ盾の役目は果たさなかった。

その後キッカイは脚部に機関砲を集中させられて地面に伏した。クルーたちはそれを見届けてから各自の持ち場にいそいそと戻った。

「やっぱ恐いね、キッカイは」

操縦席に着いたとたんに錦戸康介が語りかけてきた。

「そうでしょうか。あれじゃあ間抜けだと思いますけど」

「いや、凄まじい勢いで進化しているよ。盾で防ぐなんて、霊長であるボクたちでさえ覚えるまでに何年かかる？　ヤツらは一度概念を手に入れたら、次に生まれた瞬間から知っているんだ」

「そう……、ですね」

「ボクたちも飛んできたものを反射的に避けたり防いだりするけど、それは意外に本能じゃなくって学習からなのかもしれないよ」

「はい。……でも、一体誰が盾の概念を与えたんでしょうか。フタナワーフって、シールドなんて装備させてましたっけ」

「調査部隊か剪定部隊あたりが過去に教えちゃったのかなぁ。そのうちに装甲化した個体が現れるかもしれないね」

あながち絵空事でもない。現にカラスは装甲していた。そして翼を持っていた。進化をするキッカイの行き着く先がつまりはあの姿であった可能性はある。

錦戸康介は大地と同じだ。大地もキッカイを恐れていた。人類は最終的には敗北を喫するのだろうか。栂遊星にはそのイメージがなおも描ききれていなかった。

（どうしたんだろう）

香月純江が喉を鳴らしている。彼女がそうするのは苛立っているときだ。司令システムとオペレーションシステムの接続の調子が良くないのかもしれない。皆に確認をとってから一度リセットをした。それからややあって、

「非公式の予告が届きました。間もなく許可、下りると思われます」

結局出番は回ってきた。クリティカルルームで交渉が行われていたことがこれで分かった。ソリッドコクーン日本支部はさざ波でもシキサイを出動させる方針だ。今回は最後まで作戦に参加することになるのだろうか。前回は是沢銀路がシキサイを停止させたらしいが、翌日の新聞を見てもその真偽は明らかにはなっていなかった。あくまでも中枢部の人間だけが翻訳して読める内容になっていたといえる。

「オール許可。シキサイ解械」

太刀川静佳が冷静な口調で告げた。錦戸康介をはさんだその向こう側からは香月純江のものと思われる射抜くような視線。栂遊星は大いに焦った。ＤＦシステムのスタンバイをすっかり忘れていた。慌ててヘッドアップコンソールを順にチェックしてゆく。

「聞かれたし。こちらパノプティコン全権司令官是沢銀路より、フタナワーフ要撃部隊全科に告ぐ。作戦行動を現状のまま継続。要撃の主体を無期限で委譲する。特別攻撃機必要時にのみ当該管区プリズンガードを介して支援要請されよ。以上」

是沢銀路は承認を待たないつもりのようだ。あるいは欲していない。要撃部隊の自尊心を

煽ることによってシキサイの活動を最小限に抑えられると考えたのか。

「シキサイ出獄。第三管区弘法の砦にて待機」

「了解」

桐遊星はシキサイを起立させた。牢獄台から助走路へ、そして公道に出ても歩行を続けた。急行の指示はなかったのでこれで問題はないはずだ。香月純江の横顔にも特に変化はなかった。

視界はあまり良くない。遠方で糸を引いたような軌跡はライフル砲の砲弾だろうか。断続的に降っていた雨が本格的になってきた。機甲科の隊員はまだ恵まれているが、武器を持って地上を走り回っている隊員は大変だ。要撃時は穏やかな晴天に越したことはない。台風のときなどどうするのだろうと思う。飛行船は飛べないだろうし、軽量化されたダイナミックフィギュアも風にはまったく弱い。

弘法の砦に到着すると機甲科の隊員から誘導を受けた。偵察警戒車が全車輌出払っており、ポッカリと空いた場所に機体を起立状態のままで待機させた。

そこでは音沙汰のない長い時間が待っていた。DFシステムには走馬燈の情報が不定期に流れ込んできていたが、ときおりスタックの中から破棄されるところを見ると陸上部隊の四つの科が奮闘しているようだった。

一四時五一分、第二管区は普通科からの支援要請が届いた。ようやく出番かと思いきや、是沢銀路は作戦の助言を与えるだけにとどめ、結果としてこの要請を却下した。続いて一四時五八分、今度は第三管区は普通科からの求めがあった。その現場はシキサイのメインカメラでもとらえているだろう距離だった。是沢銀路はまたもやこれを却下した。

「栂、シキサイを低姿勢にて待機」

指示された通りにシキサイに膝をつかせるが、是沢銀路の意図がよく分からなくなってきた。後方の鍔の壁からライフル砲が放たれるわけでもなかった。

二輌の九九式自走榴弾砲が前線へと移動して行った。弘法の砦よりも前進するということは、走馬燈を至近距離から榴弾などで撃ち抜くつもりだろうか。栂遊星はそのようなことを考えながら眠気覚ましの顆粒を口に含んだ。思い出してはサブモニターの前に伏せていた写真立てを起こす。

「飾り気のない子だな」

背後を通りかかった保科敏克が目敏くも公文土筆の写真を見つけた。

「はい。何点でしょうか」

「そのスナップだけじゃ採点不能だ」

そういって保科敏克はキャビン後部に去って行った。一応、頭のてっぺんからつま先まで写っているのだが、さて。彼の心理学的フェティシズムがどの部分を抽出しようとしているのかがいまだに分からない。公文土筆を単純に偶像化してゆくと最後には喉のハンディを持った人間になってしまうわけだが。

「ロシア承認へ。損害補償率二一％」

太刀川静佳がほぼ是沢銀路のみに向かって告げる。それに対して是沢銀路は眉一つ動かさなかった。

「韓国、続いてアメリカ承認へ。どうしますか」

まるで興味がない顔つきだ。

なるほど。シキサイを活動させたいのは日本だけではないということか。五加一も情報を手に入れておきたいのだ。だから承認を出して誘ってきた。そこには国連軍の意向も絡んでいるのかもしれない。それでも是沢銀路はオール承認となるまでシキサイを隠しておくつもりだ。栂遊星はてっきりそう思っていた。ところが彼なりの外交戦略はいささか複雑だった。

「北朝鮮承認へ。損害補償率六七％」

是沢銀路がヘッドセットのマイクを口もとに固定する。

「聞かれたし。こちらパノプティコン。期限到来。期限到来。現時点より要撃行動の主体を特別攻撃機に移行する。各科保有の特権リザーブは適用されないのであしからず」

「栂遊星、目標及び進路紹介します」

「お願いします」

「国道四三八号線を南下、国道三二号線との交差地点付近にて、可能ならば小型個体を一体処理してください」

「了解」

栂遊星は弘法の砦からシキサイを発進させた。

「第一並びに第二管区全科に告ぐ。離脱要領に従い、時刻一五四〇までに各安全地帯に退避せよ。当該管区に無法地帯を作って特別攻撃機到着を待て」

第一目標である小型のキッカイを確認した。ここまで要撃網をくぐり抜けてきた個体なので、さぞかし俊敏な動きをするのかと思えば違った。すでに銃弾を受けて両腕が欠落している。バランスが悪く、もはや走れないようだ。シキサイにその頭部をわしづかみにさせ、ユラ・ピストルを走馬燈のある下腹に接触させて撃った。

「去勢完了」

香月純江がいうのが先か、持ち直して握り潰す。

「そのまま国道四三八号線を進行してください」

「了解」

「遭遇予告三体。大型一、中型二。大型は牝種につき処理判断を保留します」

是沢銀路の姿が見当たらない。下層ゴンドラに降りたようだ。

東南東の方角に立ち上る黒煙が見えた。少々の雨でも鎮火しそうにない勢いだ。その距離から推測してレジャー施設のニューレオマワールドと思われた。派手にやったものだ。山間《やまあい》を抜けるとほどなくして大型のキッカイが視界に入った。この辺りも一部で火災が発生して建物がかなり崩壊している。処理されたキッカイの骸《むくろ》もいくつか認められた。

判断は保留されたまま。栂遊星は大型のキッカイのかたわらをシキサイに素通りさせた。その先で中型と呼ぶには小さいキッカイが低層ビルに隠れようとするところが見えた。コンクリートがほとんど崩落しているので向こう側が筒抜けだ。シキサイに低い体勢からユラ・ピストルを単射させた。銃弾がフロアをきれいに抜ける。

「去勢完了。そのまま道なりに進行してください。距離一四・六」

栂遊星は思わず眉を微動させた。その距離ほども進めばシキサイは化外の地に入る。もちろんパノプティコンは遠隔を保つだろうから平気だが、万が一にも機体にトラブルが発生して停止でもしようものならば回収が困難になる。

プリズンガードの特別船が前方の上空に浮かんでいる。シグナルのようにランプを明滅させているのは恐らく直下にいるという意味だろう。しかしそこは緑濃き山麓だった。

「香月さん、視認できません」

「射撃体勢のまましばらく待機してください。一応、プリズンガードからの熱源データを転送します」

ほどなくしてサブモニターが切り替わり、カメラの映像の中に仮想のシルエットが投影された。ヘッドアップディスプレイのターゲットもそれに合わせて追従してゆく。

「山に隠れたか」

いつの間にかキャビンに戻っていた是沢銀路が背後からいった。

「太刀川、何番船だ」

「特別船二五番です」

「プリズンガード二五番船に告ぐ。最近目標を笠形山《かさがたやま》西に誘導せよ。急げ」

どうするつもりだろう。栂遊星は待ち伏せをするためにシキサイを県道との合流地点まで進めた。すると特別船のゴンドラからはなにかが垂らされ始めた。ワイヤーの先で風船のようなものが膨らんでゆく。よく目立つピンクの蛍光色だ。

あれで興味を引こうとでもいうのか。正規の作戦にしては子供だましのような気もする。しかし確実に奏功しているらしく、サブモニターでは仮想のシルエットが徐々に山を下りてくるのが分かった。やがて木々の間から影が覗いた。

はやる気持ちを抑え、キッカイが川に下りるまで待った。大胆にジャンプして着水もさほどしぶきを上げなかった。なかなか身軽で柔軟な動きを見せる個体だ。逃げられると面倒なのでユラ・ピストルの銃弾を脚部のつけ根に五連射した。

シキサイのイメージセンサーは走馬燈を二箇所に検知している。URAファイルにも一例しかなかった大変珍しいタイプだ。位置はみぞおちやや左下と少し離れた左脇腹。中途半端な俯角《ふかく》が気になり、シキサイも川に入れてから慎重に射撃した。

「去勢完了」

残弾を処分する形でとどめの連射をした。ただちにバックパックのマガジンと交換する。

「栂遊星、少々時間をください。倉又さん、県道三九号線の最新情報、そちらで照会できますか」

「崩落箇所ありです。規模は不明。県道一七号線も推奨できません」

強力火器使用の代償だろうか。香川の交通網はすでに局所で寸断されつつあるということだ。

「栂遊星、国道四三八号線を迅速に引き返してください」

「了解」

丁度その方角で粉塵が上がった。牝種の巨大キッカイを処理したのだろう。栂遊星はシキサイを全速で進ませた。あと二〇分でせめて高松空港には到達させなくてはならない。

なにげなく目をやったクリティカルパネルには見たことのない文字が表示されていた。「FIX」とある。なにかを固定したという意味だろうか。許可が二つの承認が四つ。この状態はもう変わらないようだ。クリティカルルームでは交渉が打ち切られたのかもしれない。

シキサイを疾走させるだけで多少なりとも道路は傷む。その損害の三三％は日本の自腹だ。是沢銀路はあそこまでシキサイを温存しておきながら、なぜ中国の承認を待たなかったのだろう。前回の出動にあっては、一週間ほど経った頃に、専門の調査機関によって算出された損害額が朝刊に載った。それは栂遊星の想像を上回る数字だった。

高松空港が見えてきた。空港の格納庫には今も航空機が存在しているらしい。キッカイの研究が進み、概念を学ぶ者という定義づけがなされ、ある日を境に匿翼の大原則が周知徹底された。そのときに空港に取り残された機体だ。キッカイに翼の類《たぐい》を見せるのはべつに構わない。空を飛んでさえいなければの話だ。

「栂遊星、空港敷地内には決して進入しないでください」

「了解」

地雷が仕掛けてあるのだろう。サブモニターのページを進めてプリズンガードからの簡易情報を表示する。幸い敷地の内外にキッカイはいない。栂遊星はメインカメラの映像でも確認しながらシキサイを道なりに進ませた。

「栂遊星、国道一九三号線を北上してください。遭遇予告二体。中型牡種」

「了解」

すでに見えている。そして第二管区の要撃部隊が処理できなかった理由が分かる。大きな上半身を誇りながら走馬燈が極めて小さいのだ。牝種と間違えてもおかしくなかったところだろう。栂遊星はシキサイに充分に距離をつめさせてから射撃の準備へと移った。ユラ・ピストルを構えさせて銃弾を発射する。

一〇cmほど外れた。シキサイの動作不良だ。なぜかそのように確信できた。ただちにセミオート照準機能を解除。マニュアルで補正して二発目を撃ち込む。

「去勢完了問題なし」

補正したから的中したのだ。恐らく今もソフトレベルで照準がずれている。まさか補正するとさらにずれる仕組みか。いい知れぬ不信感。シキサイの不完全性を演出するために作動するプログラムのように思えた。栂遊星はシキサイを最大限に加速させ、背後から跳び蹴りで急所を貫いた。

「栂遊星！　肉薄戦闘は自重してください！」

香月純江が珍しく語気を強めた。その向こう側からは是沢銀路が見つめていた。恐らく是沢銀路も同じ指摘を一喝しようとしていたのだろう。その気配を察知した香月純江が緩衝の役目を買ってくれたのだ。

「……すみません」

「高松琴平《たかまつことひら》電鉄軌道上に一体。本国道高架上より処理よろしく」

「了解」

改めて大地の顔が思い浮かんだ。キッカイの進化の先には人類の滅亡がある。そのイメージがオペレーションの政治的歪《ゆが》みによりおぼろげに描けたような気がした。キッカイを進化させるのは主に人間なのだ。人間が自らの首を絞めることになる。栂遊星はその主体にだけはなりたくなかった。

背を向けて軌道上を歩く影が見えた。高架上からも充分に狙える位置だ。しかし栂遊星は安全策をとってシキサイを飛び降りさせた。その衝撃にも内燃機関は稼働を継続した。ユラ・ピストルを構えさせたままシキサイを前進させる。その距離が一〇〇メートルまで縮まっても信用はできなかった。

「栂遊星、撃てませんか」

「いえ」

栂遊星はキッカイの足下に向けて二連射した。やはりイメージからずれていた。キッカイがこちらに体を向ける。走馬燈の情報が正面のデータに切り替わる。よりによって急所に隣接している。不安になり、家屋に取りつけられている警報ベルに向けて試射。壁ごと破壊されてよく分からなかったが、的中時の印象が残らなかった。

梼遊星は是沢銀路に訴えた。

「是沢さん！　精度が落ちています。射撃システムの照準プログラムに問題があるのかもしれません」

「香月、どうだ」

「特に問題は認められません。自己診断、すべて正常」

「錦戸、拠点ドックに連絡して、前回の自己診断用ライブラリーを転送してもらえ」

「分かりました」

「梼は最近目標に極近接にて発砲。処理後は指令まで待機」

「了解」

「太刀川、第一管区の状況はどうだ」

「彷徨《ほうこう》個体一。問題軽微です」

「第二管区は」

「ほぼ二手に分かれて西に三、東に二。最大間隔二・八、同じく最小二・一」

「五分時間を稼ごう。爆撃ポイントの候補を挙げろ」

「さぬき、三木、境界の田園地帯が適当かと。長尾駅南一・二」

「こちらパノプティコン。第二管区自走榴弾砲に臨時火力要請。本船発でこれより着弾ポイントを指定する。弾道確保に二分。指令を待たずに各車輛砲撃開始。春雨に似つかぬ榴弾注ぎて剣の鬼に恐怖の概念を与えよ！　続いて第三管区蘇生部隊に告ぐ。管区をまたいで大いに助力されたし。要撃作戦の生命線は自らの手中にあると思え！」

「是沢さん！」

「なんだ」

「ライブラリーの転送、できないそうです。ト部総括の決裁がとれません」

錦戸康介の声を真横で聞きながら栂遊星はトリガーを引いた。その射撃はほぼゼロ距離から達成したが、キッカイに腰に抱きつかれたシキサイは仰向けに転倒した。

ヘッドアップディスプレイに自己診断の異状表示が浮かぶ。内燃機関はコンマ数秒で復帰したが、マガジンの詰まったバックパックが破損したようだ。

降りしきる雨がメインカメラのレンズに落ちる。続いてシキサイの脚部装甲に異状。キッカイが、なんと打撃を加えている。この高等な攻撃はシミュレーターでも体験したことがない。栂遊星はさすがに平常心を乱した。ヘッドアップディスプレイの照準が空に向いたままユラ・ピストルを勘で水平連射する。

「目標消沈。生命反応、あり」

その言葉は耳に届いていたが意味は理解できていなかった。ユラ・ピストルのグリップごとひたすらシキサイの右腕を振り下ろさせる。何度も何度も。雨粒に混じってキッカイの肉片と思われる滓が落ちてきた。

「完了です、栂遊星」

ようやく我に返ってシキサイの挙動をとめる。そして機体の状態をひと通り把握してから起立させた。

破断した右脚部装甲がその拍子に脱落した。思い出し、今度はバックパックを機体背面から意図的に脱落させる。そして落とし物を捜すがごとく正常なマガジンを物色した。一つを交換、二つを左手に握らせた。

かなり取り乱してしまった。今は自己嫌悪に陥っているときではないが、仮にコックピットに搭乗していた場合を想像すると割り切れない。この事態を知るだろう藤村十と鳴滝調を不安にさせるはずだ。

「どうだ栂、まだやれそうか」

いつの間にか是沢銀路がかたわらに立っていった。

「やれ、ます」

「よし、私が代わろう」

「え!?」

「フッ。冗談だ。壱枝主席の伝言を預かっているが、聞きたいか。それとも聞きたくないか」

「壱枝さんの……。聞かせてください」

「『五分で片づけろ』」

「りょ、了解」

係留場施設の大食堂は広い。高所監視部隊の全員が一度に食事をとれるようになっており、その非現実的な想定に基づいた設計ミスともいえる。その広い空間にあって、パノプティコンのクルーたちが陣取る場所はほぼ決まっていた。入口から奥に進んで左の隅だ。そこはもっともテレビが見にくい場所であり、高所監視部隊の隊員たちは好んでまでは選ばない。一部では香月純江との関係も穏やかではないので、二つのグループが互いに配慮し合って棲み分けが成立していった。

「あら？　またエビフライ定食？」

栂遊星は思わずはにかんだ。しかしそういう倉又安由美も同じものを食べている。かじりかけのものを含めると、エビの数がなぜか一尾多い。恐らく厨房と交渉して目玉焼きと交換してもらったのだろう。彼女は目玉焼きが嫌いだ。子供の頃にひよこを飼っていたことがあるらしい。途中で飽きて飼育を放棄したというが。

「太刀川さんはどうしたんですか？」

「指揮所訓練に連れて行かれたみたいなの。憶測だけど、階級が上がったんじゃないかって話してたところ。ペーパーライセンスみたいなものでしょうけど、一個中隊を動かせるそうよ」

香月純江はすでに昼食をとり終えていた。新聞を読みながら茶を飲んでいる。錦戸康介が軽く話しかけたようだが、答えなかった。その錦戸康介が保科敏克にたしなめられて苦笑いをしている。

「皆さん、慰問の申請はされたんですか？　ボクだけ急いで取っちゃったみたいで、なんだか恥ずかしいな。べつにホームシックじゃありませんよ」

「私はもうしばらくリザーブ。錦戸さんはどうするんでしたっけ」

「ボクは特に予定はないよ。そのうちにいつでも取れるようになるんじゃないかと読んでる。保科さんは奥さん……」

余計なことをいいかけて保科敏克に頭をはたかれている。香月純江が喉を鳴らし、新聞をたたんで席を立った。栂遊星はしばらくその後ろ姿を追い続けた。なにが彼女を苛立たせたのだろう。

「香月さんはどうするんでしょうか」

「香月さんは……、ないでしょうね。栂くんの目から見て、あるように思える？」

「というか、ないように思えるわけでもないですけど」

「ねぇねぇ、新聞読んだかい？　倉又さんと同い年だよ、この隊員」

「私、チラッとだけ読みました。ビックリですよね。化外の地で二〇日間もサバイバル？　当然……」

「ダルタイプだ。ガリビエでは有名な男らしいぜ。白き蝉の切り込み役だってよ」

化外の地に取り残されていた佐々史也という調査部隊員が二〇日ぶりに自力で生還した。それは初めて小波が押し寄せてきた日以来になるらしい。よくもキッカイから逃げおおせられたものだ。そして単純に孤介時間を四〇回も堪え忍んだことになる。ダルタイプといえども、剣山セグメントとSTPFによる二重の究極的忌避感には肉体を苦しめられる。

そのうちに保科敏克と錦戸康介は散髪に行くといってテーブルを離れた。栂遊星も誘われたが、エビフライを急いでは食べたくなかったので断った。この点では倉又安由美と価値観が一致していた。彼女はたとえ放送で呼び出されても食事中のときだけは決して応じない。

「倉又さんは、若い頃にシナリオライターを目指されていたとか」

「それは聞き捨てならないわね」

「あれ？　違いました？」

「私は二六、まだ若いわ」

「……すみません。あっ！」

倉又安由美にエビフライを奪われてしまった。

「誰から聞いたの？　香月さん？」

「はい。皆さんのことは、ごく簡単ですがひと通り」

「目指していたのは高校生の頃よ。普通に就職したわ。ならなくて正解だったかしら。世界は芸術や文化をあと回しにする時代に突入したものね」

「就職先ではどんな仕事を？」

「私立研究所で音響関係をね。メーカーばっかりに派遣されるのがいやで、プロジェクトに参加したの」

「プロジェクトとは？」

倉又安由美はいったん席を立ち、向かいのテーブルにポットを取りに行った。栂遊星はその隙にエビフライを奪い返し、ひと口かじっておいた。

「『シェイクハンドプロジェクト』よ。聞いたことない？　……わよね。もともとはボルヴェルクの分科会として立ち上がった研究なの。拠点は姫路にあったわ。鉢伏高原のクラマは、栂くんも知ってるでしょ？」

「はい。地球を救って墜落した。今も生きているとか」

「クラマは……、カラスもそうなんだけど、コミュニケーション手段を持っていたのよ。人間でいう言語ね」

「本当ですか!?　それはまったくの初耳です」

「渡来体の言語は、音階だったの。日本語は碁盤上にあるわよね。彼らの言語は五線紙上。簡単にいえばドレミがリンゴでミファソがミカン。あまりにもサンプルが少なかったから、結局研究は打ち切られたんだけどね」

「逆にこちらの言語を鉢伏高原のクラマは理解したんでしょうか」

「それはどうかしら。卜部龍馬に会うことがあったら訊いてごらんなさい」

栂遊星は口に運びかけた箸をとめた。カラスとクラマの渡来体はさておき、キッカイは言語を理解する素質を持っている。ボルヴェルクの地下ドームで続初が操った手段は恐らく言語によるもので、これは大地と安並風歌も知っているはずだ。

「倉又さんは、ボルヴェルクの研究員を経てパノプティコンのクルーになったんですね」

「そういうわけじゃないんだけどね。当時幹部候補の筆頭だった是沢さんが見学にきてて、あとになってスカウトされたの。ヘッドハンティングってほどじゃないわ。だってプロジェクトグループは解散したんだもの。ちなみに香月さんもそうよ」

「香月さんもプロジェクトに」

「あのときから変わってないわ。卜部龍馬に意見したのはあとにも先にも香月さんくらいのものよ。『取り組みが甘い』、ですって。いえる？　普通」

倉又安由美は箸を置き、テーブルに頬杖を着いた。その横顔はどことなく懐かしそうに見えた。

「香月さんて、ストイックですよね」

「まぁね。何事にも命張ってるところあるもの。責任感が強すぎるのかな。私には真似できない。真似する必要もないと思ってる。だって組織ってそういうものじゃない。こんなことをいったら怒られるけど、責任をとるのは〝是沢銀路〟でいいのよ」

「香月さん、敵ばっかり作って孤立しちゃいますよ。慰問の件も、さっき倉又さんが訊いたのはそういう意味ですよね」

「それは否定しないけど、実はそれだけでもないわ。香月さん、呼ぶほどの家族がいないの。確かおばあちゃんだけだったはずよ」

倉又安由美はトレーを持って立ち上がり、なぜかそのまま挙動をとめた。奪い返したエビフライを見つめられているようで、栂遊星はなんとも不気味に感じた。

「殺されたって聞いたわ。結構有名な事件よ」

そういい残して倉又安由美は返却コーナーへと歩き出した。栂遊星はその後ろ姿を恨めしそうに見つめた。かじりかけのエビフライ。それを口にする時間的猶予を与えたつもりだったのか。ダルタイプならば平気で喉を通るだろうに、こちらは繊細なナーバスだ。

＊

(〇四／二三)

「安並さん、ソリッドコクーンから催促きましたよ。報告書の作成急げと。事象番号二〇の件です」

「あぁ、あれね。べつに忘れてるわけじゃないわ。出頭してこないのよ。悪いんだけど、剪定部隊の人間、誰でもいいから引っ張ってきてちょうだい。明日まででいいから」

「アイツら、普段どこにいるんですかね。四月中は四国内に待機って、ゆる過ぎやしませんか？」

「上層部の人間も負い目を感じてるのよ。剪定部隊って過去に何人も捕食されてきたんでしょ？」

「まぁ、最終的にはひと並びの殉職扱いで公表されてはいますけどね。これはかりは故人の名誉に関わることですから、伏せるのが慣例です」

「とにかく参考人から、最低でも確認を得ないと公文書と呼べるものは作れないわ。噂ではガリビエっていうバーでドランカーになってるそうだから、行けば分かるんじゃないかしら」

「じゃあ今夜二、三人で行ってみます」

「怪我をしない程度にお願いするわ」

安並風歌の中では案件とも呼べない事象番号二〇。キッカイがシキサイに加えた打撃行為だ。その考察をソリッドコクーン日本支部から求められている。キッカイに格闘の概念を与えたのは剪定部隊である可能性が極めて高い。ボルヴェルクでは栂大地、そしてト部龍馬も反対していた処理形態だ。

キッカイの処理は重火器を用いるのが理想的だ。たとえ重火器の概念を与えても、キッカイには調達まではできないからだ。ダイナミックフィギュアは肉薄戦闘兵器として開発製造されたが、白兵よりも赤兵が断然望ましい。バックパックを二倍にしてでもユラ・スピアの使用は控えるべきだ。

連絡箱には目を通していない書類がたまり始めていた。安並風歌はまとめてつかんで取り出し、一枚の用紙だけを残してまとめて戻した。その一枚を丸めてゴミ箱に捨てる。慰問受け入れの申請書だった。

「夕方には戻るわ」

「お疲れ様です」

頭脳労働はボルヴェルクよりもフタナワーフの方がしんどい。肉体労働は、性質が〝格闘〟という点において等しく常軌を逸している。丸腰で野生のライオンを相手にするよりはマシだが、キッカイとは、実際に精神状態を狂気に追い込まないと対峙できないこともときにはある。そのような経験を何度も繰り返すと、平穏の時間にさえ精神のコントロールが難しくなってくるのだ。かつて剪定部隊としてキッカイを駆除してきた隊員たちがそうに違いなかった。

彼の場合はどうなのだろう。二〇日間も化外の地で過ごした佐々史也。参考人としてではなく、過酷な日々を乗り越えた人間として慰問してやりたい。

安並風歌は露天駐車場を訪れ、車輌の誘導係を呼び寄せて尋ねた。

「蘇生部隊の安並だけど、遊んでる車、ないかしら。単車でもいいけど」

「でしたらベアーキャットをどうぞ」

「どれ？　ひょっとしてあれ!?　あなた戦争にでも行かせる気？」

まだ新車と思われる軽装甲機動車が春の陽光を浴びている。

「万が一のこともあります。銃器は搭載していませんが、車内にいる限りは安全です」

「平時だから、カボチャの馬車に乗りたいとはいわないけど……」

「なにしろ安並さんは要撃部隊の生命線ですからね」

「聞き覚えのある文句ね」

安並風歌は軽装甲機動車に乗り込み、簡単な説明を受けてから善通寺駐屯地を出発した。五日が経ったのだ。事情聴取もそろそろ終わっている頃だろう。撮影班によるインタビューも下火になっているはずだ。佐々史也は幸いにも大きな傷は負っていないらしい。それだけは七戸譲から聞いていた。

五趾病院に着いてから手ぶらであることにようやく気づいた。ダルタイプが鈍感といわれるゆえんには、あながち自分も無関係ではないのかと思ったりもした。ただ、現状の善通寺周辺に見舞いの品をそろえる環境など整っていないことも事実。安並風歌は受付を訪ねたついでに相談してみた。生け花を届けるシステムがあるというのでそれを頼んだ。

さざ波に対する要撃行動においては死者は一人も出なかった。小波では四人。キッカイの進行の規模を表す波の大きさは、これからも死者と負傷者の数に反映してゆくのだろう。傷を負った隊員たちは五つの病院に運ばれ、癒えれば再び要撃行動に駆り出される。

他の駐屯部隊からの補充はうまく進んでいないらしい。テレビで見せられるあの巨大なキッカイと戦いたいか否か、通常の心理を推し量れば当然だ。赤紙が届けば退隊するという選択肢もある。

佐々史也の病室は、閑散としていた。白いカーテンが風にそよいでいる。安並風歌は改めて表のプレートを確かめた。名前は入っているが、ひと足違いで退院したのかもしれない。

ベッドの足下にフタナワーフ公式のバッグを認めて歩み寄る。一応間に合ったようだが、見舞いのタイミングは逸したようだ。

ベッドに腰をかけ、一五分ほど待った。廊下から話し声が聞こえてきたが、途中で別れたらしく、佐々史也は一人で病室に入ってきた。

「おっと。誰だっけ。名前を忘れちまった」

「安並よ。蘇生部隊の」

「そうだ、安並さんだ。あんたには礼をいわなくちゃな。仲間を助けてくれてありがとう」

「微力なもので佐々さんを救うまでには及ばなかったわ」

「そのあたりの話は聞いてる。あんたは切れ者らしいな。オレたち四人、誰かが死んでてもおかしくなかった。それが結果としてゼロだ」

「退院できるのね？」

「とっくにね。今思えば患者扱いも二日目までだったよ」

「あとはたっぷりと事情聴取を？」

「いや？」

「インタビューを受けてたの？」

「いや？　この四、五日はほとんど誰もこなかったよ。見舞いも七戸さんと、そしてあんたが二人目だ」

「これからフタナワーフ本部に？　だったら車できたから一緒に……」

「いや？　四月中は四国の中にさえいればいいっていわれたよ。今日は何日？」

「二三」

「じゃあ一週間ほどだな。これから道後《どうご》温泉にでも行こうと思ってる」

剪定部隊と同じだ。そして事情聴取を受けていない。インタビューも受けていないのは、撮影班に対して行われるという映像検閲のような規制なのだろうか。フタナワーフにとっては、佐々史也はキッカイに捕食された隊員と同じ扱いなのだ。彼は死んだこととして扱われている。生きていることとして扱えば、生き延びられた理由を明らかにしなくてはならない。しかしその部分には誰もが触れたくないのだ。

「もし暇だったら県境まで送ってくれないか？　……暇なわけないか」

「いいわよ。夕方までに帰るつもりできたから。どんな道でも走る車だし」

佐々史也はいったん拠点に戻るつもりもないらしい。調査部隊の第一から第三小隊は東富士演習場に招集されている。彼の任務は七戸譲が代行しているので、フタナワーフと名のつく場所に身を置く必要もないのだ。

「コイツに乗せてくれるのか。化外の地に戻るつもりはないんだけどな」

「フフフ。私も同じことを思ったわ」

運転を佐々史也に任せ、安並風歌は助手席に乗り込んだ。

「出たんだってな、特別攻撃機」

「えぇ、二度ともね。キッカイを六〇体近くも処理したわ」

「讃岐山脈の向こうは静かだったよ。ライフル砲の音だけは聞こえたような気がする」

「そう」

「新聞で読んだけど、あの是沢っていう司令官、なんで批判されてたんだ？」

「フィギュアの出撃にあたって、中国の承認を待たなかったからよ。待たなかったというよりも蹴ったのね」

「なんで？」

「男女の恋愛と同じよ。ときには押したり引いたりも必要なんだと思う。べつに五カ国のうちのどれでも構わなかった。最後に残ったのがたまたま中国だっただけの話。足下を見られるくらいなら、逆に相手を狭量たる国家として世界のさらし者にする。日本にはそういうスタンスもあることを示そうとしたんじゃないかしら」

「日本てそんなに強い立場なのか？」

今はまだ決して強い立場ではないが、ボルヴェルクでは有無をいわせない実力を醸成しつつある。戦略性軍事力とでもいうべきだろうか。クリティカルルームにおける力関係は普遍的ではない。

「もしあんたのところが人手不足なら、オレを引き抜いてもいいぜ」

「どういうこと？」

「キッカイについてかなり詳しくなったつもりだ。昔、剪定部隊の人間が偉そうにいってたんだ。走馬燈の位置が勘で分かるようになったって。オレも分かるようになった。八割方当たる。二割は小さくないけど例外だってことも分かった」

八割と二割、その数字はどこから出てくるのだろう。少なくともサンプルとして五体以上のキッカイの腹を割かなければ分からないはず。

「キッカイの姿勢は重心が走馬燈側にずれるんだ。ヤツら、無意識に守ってるのかな。歩いたり走ったりすると顕著になる。顕著といっても勘が働いたって思う程度だけどな。少なくとも牡種と牝種の見分けはつく」

「えぇ、まさにその通りよ。イメージセンサーにはその機能も補助的に組み込まれているの」

「キッカイは死に際に微かな声で歌うよ。歌は死を悟ったサインで、これが始まったら要注意だ。走馬燈から情報が漏れ出しちまう」

「その通りよ。でも情報が流れ出すタイミングは、厳密なレベルではまだ明らかになっていないわ」

「いや、分かるね。近くにいた牝種の動きが微妙に変わった。情報を受け取るからさ」

「それは興味深い事例だわ」

「誰からも訊かれなかったから話さなかったけど、もっと面白い話を教えてやろうか」

「なにかしら」

「キッカイは、本を読む」

「なんですって⁉」

「オレは一時期身を潜めた役場で見た。まだ小さなキッカイが本を読んでいた。本当に読んでいたのかは分からねぇが、間違いなくページはめくっていた。誰がめくる概念なんて教えたんだろうな。オレはさすがに恐くなったよ。この個体だけは殺しちゃいけねぇってな」

ボルヴェルクの西区で、キッカイはわずかながら言語を理解するようになった。理解が充分ではないので、言語を音階に変換してこちらからのコマンドにしていた。ただしそれはまだ言葉であって文字ではない。文字の方が高等だ。文字を理解するようになればキッカイの進化速度は伸びる。

検問が敷かれている県境に近づき、二人を乗せた軽装甲機動車は列を成した車の最後尾でとまった。

「佐々さんには結局、メッセージは届かなかったのかしら」

「メッセージって?」

「佐々さん、通信手段を持っていなかったでしょ? だから孤介時間に遠隔感応で伝わるように、善通寺からメッセージを発したつもりなの」

「あんたやっぱり賢いな。でも残念ながら、聞こえなかったよ」

「そう。一三分間を乗り切るので精一杯だったのね。大変だったでしょう」

「……想像に任せるよ」

「それにしてもキッカイからよく逃げ切ってくれたわ。寄せた波は引く。吉野川の向こう側では次の波とぶつかり合う。周りにたくさんいたでしょう」

「あぁ、うようよいたね。場所によっては渋谷の街だった」

「マシンガンの弾は？」

「節約したつもりでも翌日には尽きた」

「明け方は冷え込んだでしょう。暖はとれたの？」

「いや、山は燃やすなっていわれたから、火は一度も使わなかった」

「そう。あいにくこちら側では何箇所かで火災は発生しちゃったけどね。睡眠はとれたの？おちおち眠れなかったんじゃゃ……」

「安並さん」

「なに？」

「あんた、ダルタイプだろ？」

「そうよ」

「じゃあなんでもっとデリカシーのない質問ができねぇんだ？　誰も訊いてこねぇ。那希なんてろくに目も合わさねぇ。見てもオレを哀れな人間としてだ。フタナワーフは五月からオレの階級を二つ上げる。鈍感なオレは昨日まで分からなかったが、それは『お疲れさん』ていう意味なのかもしれねぇ」

フタナワーフは隊員がキッカイに捕食された事実を伏せる。それはあのおぞましき生物などに取り込まれたことをこの上ない屈辱と考えるからだ。安並風歌は当初は一つの事故としてとらえていた。しかしこうして善通寺にやってきた今は違う。

「どうやって……、飢えを凌いだの」

「それでいい。知りたいことは真っ先に訊くもんだ。あぁ、食ったよ。オレはキッカイを食った。飢えに耐えかねて、あのぐちょぐちょとした生肉をね。消化器系の内臓はやばいよ。ヤツらの胃酸は強力だ。テッチャンを食ったら死ぬかもな。無敵の分解酵素を持ってる。あんた、ベソかきながら飯を食ったことはあるかい？　オレは毎回そうだった。飢え死にしても構わねぇと何度か思ったけど、七戸さんと約束しちまったからな。生きて帰るって。もうオレは、約束を果たしたよ」

検問のゲート付近に到達し、佐々史也はいち早く運転席から降りた。係の隊員に鑑札を見せ、しばしの会話の後に互いに挙手敬礼をし合った。戻ってくるのかと思えば、彼は軽く手を挙げながらそのままゲートの向こう側に歩いて行ってしまった。

月が替われば、佐々史也は善通寺に帰ってくるのだろうか。その可能性は、ひょっとしたら化外の地からの生還よりも低いのかもしれない。ダルタイプですら踏み入ることを忌み嫌った生存の経緯。彼が他人に与えるものとはまさに究極的忌避感。ヒトたる概念に鬼を食らうという性《さが》はないのだ。

人類の化身

（〇五／〇一）

本州から四国に渡る列車は、民間人を乗せた便は東の坂出駅に、公人を乗せたそれは西の多度津《たどつ》駅に乗り入れることになっている。多度津駅のプラットホームに見る影はおしなべて制服姿で、粛々と乗り降りだけが繰り返され、坂出駅のような再会と離別のドラマが繰り広げられることはまずないといっていい。

藤村十が善通寺にやってくると聞いたのは昨日の午後だ。栂遊星はもうしばらく先のことだと思っていた。カムカラの投入時期に関しては噂すら流れ始めていないのだ。もちろんパイロットだけを早めに現地入りさせておくことには様々なメリットがあるだろう。あらかじめ要撃行動の日取りが分かっているのだから、動員即戦地など愚の骨頂だ。

可能性としては他に二つ考えられる。一つはシキサイの予備操縦者としてだ。主系パイロットが予備とはいかにもねじれた構図だが、遠隔の従系操縦で動かせる限りは人命を危険にさらす必要もない。そしてもう一つが孤介時間における限定操縦。藤村十の善通寺入りとシキサイのコックピット搬入は間隔を置かないセットになっている、という推測が成り立つ。

そろそろかと思っていたところに到着を予告するアナウンスが流れた。偶然にも同じ列車には公文土筆も乗っている。彼女は面接を受けにやってくる。フタナワーフの隊員になるわけではなく、高所監視部隊が独自で持っている自由採用枠の応募だ。たとえ受かっても臨時職員の待遇なので、いつ解雇されるとも知れない不安は残る。それを承知の上で彼女は新天地を求めた。

戦闘服姿の自衛隊員が二列縦隊でプラットホームへの階段を登ってきた。その数一六。物々しくも全員が小銃を肩に提げている。栂遊星は制服を着てこなかったためか、真っ先に目をつけられて身分証明書の提示を求められた。

「出迎えです。これから特別攻撃機の拠点ドックと、高所監視部隊の係留場施設に一人ずつ〝要人〟を送ることになっています」

身分証が胸に突き返される。ほぼ同時に列車はプラットホームに流れ込んできた。

制服姿の乗客の中から公文土筆を見つけるのは難しくはなかった。ただ、彼女は就職活動をしにきたわけで、新調したと思われるスーツ姿は栂遊星の目には新鮮だった。そして間近で対峙して初めて、その顔にメイクが施されていることに気づかされた。

「ボクなら採用するよ」

公文土筆は硬い表情をほとんど崩さなかった。

一方、藤村十が現れなかった。プラットホームの端を進みながら車輛の中を確かめて行く。彼が座席で眠っていたのを認めて窓ガラスを叩いて起こした。すると特に慌てる様子もなくのんびりと降りてきた。まるで降り損なうことをいとわないかのように。

「久しぶりだな」

「そうだね。元気だった?」

「まぁな。そっちの子は?」

「公文土筆。東京から高所監視部隊の面接試験を受けにきた。実は十くんと同じ列車に乗ってたんだよ」

「知り合いか」

「うん。ツクシ、彼が藤村十くん。フィギュアの主系パイロット。ボクたちより年は三つ上かな」

公文土筆があいさつの言葉を口にする。

「なんていった? 面接だっていうのに風邪ひいてんのか?」

おおよそ予想された展開だ。鳴滝調と同様、藤村十にも認められるストレートな言動は、二人を会わせるにあたって気がかりにさせる材料だった。

「声が弱いんだ。それだけ」

「ふぅん。採用されるといいな」

「十くんの予定は? 急ぐ? 是沢さんからは拠点ドックに連れてくるようにとしかいわれてないんだよ。本当はボクの出迎えじゃいけないみたいなんだけど」

「もう三時前か。夕刻にクリティカルルームに行って、夜は会見だって聞いてる。プレスを相手にするらしい」

「へぇ。格好いいね」

「見ろよ、後ろから二つ目の車輛。あれだけ貨物だ」

「本当だ。気づかなかった」

「たぶん、コックピットが積載されてる。中に何人かフタナワーフの隊員が乗ってるはずだぜ」

やはりコックピットの搬入は藤村十とセットになっていた。しかしここまで抱き合わせになっているとはさすがに驚きだ。

密かに始まった車輛の解結作業を横目に、栂遊星は二人を引き連れてプラットホームをあとにした。

「悪いけど、ツクシを先に届けさせてね。彼女もさっそく面接なんだ」

「好きにしてくれ。オレは正直、このまま四国の端っこにでも逃げたいよ。公文さん、オレと代わらないか？」

公文土筆が後部座席で困ったような顔をしている。

藤村十がパイロット候補に選ばれ、そして実際になった経緯を栂遊星は知らなかった。公募ではないことだけは確かだ。望んでなったわけではないことは今の言動からも分かるし、ボルヴェルクにいた頃にも会話の節々から感じてはいた。

一億人の中からたった二人を選ぶとき、そこに無双の存在として確固たる理由がある場合と、一般の人間が持ち得ないコネクションが人事を決定する場合がある。恐らく鳴滝調が後者に該当する。しかし藤村十には今のところ政治的な背景が認められない。

係留場施設ではゲートの手前で公文土筆を降ろさなくてはならなかった。高所監視部隊の隊員が迎えに出てきて、その男に預けた。公文土筆ががんばって声を出そうとしている姿勢が印象的だった。

高所監視部隊は人手不足だから、備考欄にコメントつきでいったんは採用されるだろう。それが栂遊星の安易な予想だった。

「五八体も処理したんだって？」

「キッカイ？　うん」

「内、五三体の去勢に成功。オレなら三八％、二二体と試算したよ。壱枝さんは」

「ボクだってフィギュアに乗ったら恐くて動かせないよ。建物にも登れたかどうか。そうだ！　登壁プログラム、ありがとう。あれ、十くんのパターンでしょ？」

「なんで分かった？」

「癖が出てた」

「調が膨れてたよ」

「調さん元気？」

「あぁ。ひと月膨れてる。遊星がいなくなってから、中央区はなにかとぎすぎすしたな」

そういって藤村十は助手席の窓から背後の空を見上げた。

「プリズンガードだな。しかも一隻じゃない」

「平時でも六隻は浮かんでるよ。二隻が特別船。化外の地の上空を巡航しながら監視してる。特別船はもっと飛ばしたいらしいよ。高所監視部隊で本当に不足しているのはダルタイプなんだ。これは要撃部隊全体にいえることだけどね」

「オレが乗ってやってもいいけどな」

「十くん、ダルタイプなんだ」

「今さら分かりきったこと訊くなよ」

つまり鳴滝調も同じという意味だろう。

拠点ドックでは防衛参事官を名乗る男が直々に迎えに現れた。もちろん藤村十にあてられた待遇ではあったが、今夜開かれる記者会見といい、自分とはひどく差があるものだと梅遊星は徐々に感じ始めていた。

藤村十は要撃時にはパノプティコンの指揮下に入るが、組織上はここ拠点ドックの特別攻撃部隊に在籍することになる。彼がパノプティコンやプリズンガードに乗船する機会はまずないだろう。キッカイとはほぼ同じ高さの目線で戦わなくてはならない。

「きた。あの右の人だよ、是沢さんは」

「知ってる。ボルヴェルクで会ってる」

藤村十は気のない声でいった。その目は別の方を見ていた。早くもコンテナが到着し、トレーラーは牢獄台の建物へとスピードを落とさずに入って行った。やはりコックピットが積載されているのだろう。

「よくきた。こっちは温《ぬく》いだろう」

「はい」

「髪が長いな。少し短くしたらどうだ」

「はい」

是沢銀路との間で交わされた会話はそれだけだった。藤村十は所長に連れられて牢獄台の建物にあっさりと消えた。梱遊星には立ち入りが認められていない場所に藤村十は初日から入れる。これに関しては待遇の違いというよりも所属する組織の違いというべきだろう。

「ではボクは拠点に戻ります」

「せっかくだから梱も見て行け」

「なにをですか?」

「完全版のシキサイだ。これから仮出所させる」

「公式ですか?」

「クリティカルルームから許可は下りている。国連の撮影班も周辺で張り込んでいるんじゃないか? そのあたりの連携だ」

梱遊星は是沢銀路に倣ってパイプ椅子を持ち運んだ。そして牢獄台から続く助走路のど真ん中で腰をかけた。今日から五月。空は五月晴れとも呼べそうな青が広がっている。

「孤介時間に、主系操縦で要撃行動を継続するんですか?」

「そういう作戦も、状況によってはあり得るだろうな」

「そのときは誰が司令官を務めるんですか？　統合幕僚長でしょうか。ソリッドコクーンの軍事参謀委員会が直接指揮するなら防衛大臣……」

「統合幕僚長も防衛大臣もナーバスだろう。孤介時間には穴にこもる。どうなるのかは、正直知らん。私に一三分間の空白を心配する義務は課せられていないよ」

是沢銀路は基本的に二等陸佐だ。部隊運営の方針を決める立場ではない。そして是沢銀路は全権司令官の座にわずかとして執着しない。それが義務やら責任からの逃避とも思えないから不思議な印象を覚えるのだ。

「十くん……、藤村くんはなぜパイロットに選ばれたんでしょうか」

「ふむ。私も以前、永田町で同じ質問をしたことがある。返ってきた答えは、『知らない方がいい』だ。極めて醜い人事らしい」

図らずも空の明かりが陰った。いつの間に雲は発生したのだろう。それから太陽をさえぎる帳《とばり》が流れ去るまでに数分を要した。

「扉が全開しますよ。出るんじゃないですか？」

「そのようだな」

「端に避《よ》けましょう」

「これくらい軽くまたいでもらわなくては困る」

「藤村くんは上司をまたがないと思いますけど」

装備されたライトだろうか。シキサイの頭部と思われる部分が光った。後頭部も赤いランプが明滅している。大きく鈍い金属音が響く。鎖が解かれたのだ。シキサイがゆっくりと立ち上がる。栂遊星もパイプ椅子から立ち上がって見上げた。頭部が取りつけられただけで機体はかなり大きくなったように感じられた。

これこそが鬼を成敗する人類の化身。一歩目の左脚が踏み出され、栂遊星は目をしばたたかせた。藤村十がいきなりマニュアル操縦を披露している。恐らくカムカラの実機操縦を体験済みなのだろう。シキサイがこちらに向かってさらに歩を進めてくる。是沢銀路はパイプ椅子に腰をかけたままで立ち退こうとする気配はなかった。

栂遊星は口を開けて直上を見上げた。シキサイがためらいもなく二人をまたいで行った。藤村十がダルタイプであることを忘れていたわけではないが。シキサイは助走路の端まで歩いて行き、停止したかと思うとホルダーに手を回した。

「ユラ・ピストル⁉　まさか」

「デモンストレーションの空砲だ」

シキサイが射撃体勢をとり、剣山に向かってトリガーを引いた。その数六度。栂遊星がまともに聞けたのは最初の一撃だけだった。さすがの是沢銀路も耳をふさいで目を丸くしていた。藤村十がキッカイに対して行った宣戦布告。

3　要撃佳境

緊急出動

（〇五／〇七）

プリズンガードの特別船がエプロンを離れて行く。その様子が居室の窓からは見えていた。明日の小波《しょうは》を予測し、すでに警戒態勢に移行していることくらいは知っている。特別船は二交代制で化外《かがい》の地の上空を飛ぶことになっているのだ。それが今ではなぜか全隻《せき》が出動してしまった。

パノプティコンのクルーにも出動準備の命令が下るかもしれない。そのように予感がした栂遊星《とがゆうせい》は制服に着替え始めた。天気予報も外れることはある。ネクタイをゆるめにとどめ、最後に制帽をかぶる。そしてベッドの頭上に備えつけられた電話をじっとにらみつけた。緊急の出動の際には特殊な電子音が鳴ることになっているのだ。取り越し苦労で済めばそれでいいと思って居室を出た。

階段では香月純江《こうづきすみえ》と出くわした。彼女もすでに制服に着替えていた。右手にムシロを持っている。栂遊星はその連想からネクタイを締め直した。

「香月さんもですか？」

　返事はないが否定しない限りはそうだ。

　エプロンではグランドクルーがふた手に分かれてマストオフの作業を急いでいた。栂遊星は彼らの邪魔にならないように大きく迂回して走った。香月純江も直進するような真似はしなかった。

　パノプティコンの近くには三つの人影があった。保科敏克《ほしなとしかつ》と錦戸康介《にしきどこうすけ》、そしてなぜか上半身に理容用のクロスをまとった藤村十《ふじむらとお》。散髪をしているようだ。散髪といってもバリカンで一ミリほどにしている。

「十くん、なんでここにいるのさ」

「よぉ、遊星。どうだ、似合うか？　善通寺《ぜんつうじ》では空海《くうかい》カットっていうらしいぜ」

　是沢銀路《これさわぎんじ》にいわれて極端に短くしたようだ。足下が髪の海になっている。清掃を担当する高所監視部隊とのもめ事にならなければいいが。見れば保科敏克の髪もかなり短くなっていた。先日散髪をしに行ってスタイルが気に入らないとぼやいていたことは憶えている。

「保科さんも、錦戸さんも、ひょっとしたら出動かかりますよ。着替えてきた方がいいんじゃないですか？」

「大丈夫だよ、ボクたちはいつでもひと揃え船に積んである」

「そういうことだ。大人は心構えが違うだろ？」

「ボクももうすぐ大人です」

「じゃあおじさんの心構えだ」

保科敏克はそういってバリカンを預けてきた。制服が二着支給されるものとは知らなかった。栂遊星は一着しか持っていない。

そこへ太刀川《たちかわ》静佳《しずか》と倉又《くらまた》安由美《あゆみ》も駆けつけてきた。ややあって施設の放送が流れた。やはり要撃行動は開始される。

「十くんは戻った方がいいんじゃ……」

「あぁ、それじゃあ戻るとするか。今回は出番はないって聞いてる。オレも遠隔で応援してるから、がんばれよな」

藤村十は首からクロスを外すとその場に捨てた。特に急ぐ様子もなく、いつまでもとぼとぼとした歩みでエプロンから去って行く。思っていたよりも自由を与えられているようだ。いや、拠点ドックに戻れば咎《とが》めを受けるに違いない。パノプティコンのクルーでさえ要撃予定日の前日は外出厳禁と決められている。主系パイロットは二人しかいないのだから、安易な単独行動が許されるはずがない。ここはキッカイの棲む四国でもあるのだ。

栂遊星は足下に落ちたクロスを拾い、パイロットのあとに続いてデッキへと登った。そこでは保科敏克と錦戸康介が大胆に着替えていた。奥のキャビンには太刀川静佳たちもいるというのに。

「これ、どうしたらいいですか？　バリカン」

「借りものだけど、とりあえず備品箱にでも入れといて」

香月純江の喉を鳴らす音が聞こえる。クリティカルパネルにはなんの表示もない。まだ司令システムを立ち上げたばかり。デモが走った後に「不」の文字が並んだ。クリティカルルームにとっても突然の事態なのだ。

「私が最後か。すまない」

是沢銀路がキャビンに現れた。真っ先に太刀川静佳のもとに進み、状況の確認から始めている。栂遊星も操縦席に着き、DF《デフ》システムのメインスイッチを入れた。通信がつながる様子はなかったが、前回との違いがすぐに分かった。ヘッドアップコンソールの表示盤に「従系」の文字が黄色で浮かんでいる。シキサイはこれからはコックピットを搭載した完全版で出動することになる。内部の環境データを取るためでもあった。

「小波の発表に変更はないが、長いさざ波と思ってくれ。日没後まで及ぶ可能性が高い。本日の孤介《こかい》時間は一九時一二分より。いいな」

クルーたちが不揃いの返事をする。

「倉又、本船離陸の予定時刻は」

「二三分後、一六時一分です」

「それまでに作戦の概要を頭に入れておけ。私は一度ここを離れる。太刀川、オーソドックスで構わん。内容はあとで私に」

「分かりました」

是沢銀路がクリップボードを手にしてキャビンを去って行った。作戦の概要は太刀川静佳の口から伝えられることになった。やはり彼女は後々には指揮官になってゆくのだろうか。

「ではみんな、こちらでチャンネルを切り替えるからモニターを見てちょうだい。栂くんはサブモニターで」

香川県を中心としたマップが表示され、プリズンガードからの情報と思われるキッカイの位置が点滅で示される。そして鰐《わに》の壁と弘法《こうぼう》の砦《とりで》が点灯。要撃部隊各科の詳細な配置表示はレイヤーごと除かれている。

「今回に見られるキッカイの進行の特徴は、東端の第一管区から始まっていることよ。これは当初の予測が一日早まった象徴的状況ともいえるわね。すべて異状個体《イレギュラー》と推測されます。イレギュラーはＳＴＰＦによる解発《かいはつ》に対して忠実ではありません。栂くん、これがあなたにはどう関係してくるか、いえて？」

「え……、どういうことでしょう。その前にカイハツってなんですか？」

「生得的に触発されたという意味よ」

「分かりました。本題の質問の答えですが、分かりません」

「じゃあ香月さん」

まるで授業を進める教師だ。

「走馬燈《そうまとう》の形状が異状を呈している可能性が高い。処理に注意が必要ということです」

「分かった？　栂くん」

「……はい」

「ここからはさらに推測の度合いが増すけど聞いてちょうだい。シキサイのクリティカルは許可・四の承認・二と見ています。是沢司令官は損害補償率に目をつむって出動させるでしょう。キッカイの要撃は当然第一管区から開始します。陸戦兵器による走馬燈の処理を困難と考え、当管区をアナーキーにしてシキサイの独擅場《どくせんじょう》にします。その間、第二から第四管区はフロントラインを死守。キッカイの勢力に応じ、第一を含めて三つの管区線を柔軟にスライドさせます、西に。倉又さん、日没時刻は」

「高松市で一八時五二分です」

「奇《く》しくも孤介時間から遠からずよね。ここで一度作戦は中断されるはずです。長時間の要撃行動を想定し、プリズンガードの受電スケジュールを錦戸さん、面倒だけど最低でも四パターンは用意しておいてください。給電ポイントの変更もあり得ます。特別船はすでに一一時間連続飛行を行っている船もあります。高所監視部隊と同様、陸上の隊員にも食糧補給と休憩が必要です。孤介時間後の戦力は常時七五％に落ちると考えてください」

そのとき、クリティカルパネルには台湾政府の「許可」が光った。

「保科さんは夜間活動に向けて、要撃シフトの最適化、あとで手伝ってくれないかしら」

「分かった」

「倉又さん、これは公私半々なんだけど、部隊間の通信をログに残して欲しいの」

「すべてですか？」

「…………プリズンガード絡みだけでいいわ。チャンネル数は多くなかったはずよ。あとで勉強しなくちゃならないんだけど、フタナワーフは意地悪をしてデータを開示してくれないの」

「メモリの確保、今から検討してみます」

「お願いね」

フタナワーフから冷遇されているとは太刀川静佳も多難だ。階級が上がったといわれる彼女は、将来的に陸上部隊の一個中隊を動かすための訓練を施《ほどこ》されているところらしい。

栂遊星は椅子から立って香月純江のもとに歩み寄った。

「ユラ・ピストルの照準の件ですけど、解析結果について、なにか聞いてませんか？」

「拠点ドックは正常という回答に終始しましたが、なんらかの意図があったと思われます。栂遊星は自分の感性を見失わないようにしてください」

「分かりました」

「ではスタンバイよろしく」

前回は大変だった。いちいち肉薄しての銃撃など、なんのための飛び道具なのかが分からない。去勢に失敗すればそれだけ蘇生部隊の仕事を増やすことになる。ただでさえパノプティコンは嫌われる傾向があるのに、これ以上に敵を作るといずれは身動きがとれなくなってしまう。

保科敏克が売り子を真似てゼリータイプの補給食を配り始めた。それはキャビンに戻ってきた是沢銀路にも等しく手渡された。コ・パイロットが振り返って手で合図を送っている。離陸の順番が回ってきたらしい。栂遊星は操縦席に戻るとヘッドアップコンソールを順にチェックした。

「韓国・アメリカともに許可。北朝鮮許可、中国許可、ロシア許可、オール許可。臨界迎えてシキサイ解械《かいかい》」

太刀川静佳の臨界報告を聞いて栂遊星は操縦桿に指を入れた。パノプティコンが静かに浮上する。大本営はいまだ善通寺駐屯地に。ふと気配を感じ、首だけを振って背後を確認した。窓の外でなにかがひるがえったのが見えた。恐らく日章旗。ゴンドラから出る仕組みになっていたのか。

「聞かれたし。こちらパノプティコン全権司令官是沢銀路より、要撃部隊全科に告ぐ。これより日没を時限に、陸上部隊・特別攻撃機による不等二分作戦を決行する。第一管区各科は戦車連隊及び蘇生部隊を除き、所轄を放棄して西側管区に移動せよ。陸上戦力を三管区に凝集する。孤介時間の到来を踏まえ、要撃最前線を努めて押し上げよ。機甲科一の偵察警戒車は今こそ縦横無尽に。六個装輪の車轍《しゃてつ》で我らに勝利への道しるべを残せ！　歩兵戦闘員はキッカイによる投擲《とうてき》に充分に注意されよ。装甲戦闘車は盾となり、堅牢なる移動トーチカの手前に不敗神話を創れ！」

「韓国、許可から承認へ。同じくアメリカ、許可から承認へ。損害補償率……」

「シキサイ出獄。陸上部隊の移動車輛を優先させつつ第一管区に急行しろ」

「了解」

「……四二％」

シキサイを起立させる。栂遊星は高所からの映像にわずかな違和感を覚えた。メインカメラの位置が若干上がったのかもしれない。肝心の射撃はヘッドアップディスプレイを見るので問題は小さい。

香月純江の誘導に従い、さぬきと東かがわの市境を目指してシキサイを進行させた。同じく移動を始めた装甲車輛との対面を避け、国道を外れてときには田畑の中を疾走させた。

不安な要素はあったが、栂遊星の心は憂鬱《ゆううつ》ではなかった。むしろどこかで弾んでさえいた。公文士筆《くもんつくし》に高所監視部隊の採用が決まったという朗報を思い出して。

キッカイとの戦いを使命づけられた地も、心を支えてくれる存在が近くにいればまんざら悪くもない。マリオネットも恋をする。恋という概念をキッカイは理解できまい。シキサイはデートの待ち合わせ場所へと急ぐかのように戦場を横断して行く。

「プリズンガードより通報。栂遊星、第一優先個体を紹介します」

「お願いします」

「視界内の中型個体を無視し、現状のまま県道一〇号線沿いを直進。プリズンガード二番船の直下に当該目標あり。中型一は六足クモ型。種別は不明です」

「了解」

つい安易に答えてしまった。種別が不明。イメージセンサーで走馬燈を明確に検知できないものの、イレギュラーであるために牝種《ひんしゅ》とも断定できないという意味だろう。六足のタイプはシミュレーターで相手にしているが、試験機で行った技術実証試験では四足のタイプと合わせて未体験だ。

（あれか……）

クモと呼ぶべきかカニに近い。確かにURA《ユラ》ファイルにもこのタイプは登録がなかった。

桐遊星はシキサイを接近させ、イメージセンサーの感度を高めて検知を働かせた。

解析結果が出ない。出かけては瞬時に破棄される。コンピューターも迷っている。

「香月さん、判断できません」

「走馬燈が散在。機能不全のダミーが多数含まれていると思われます」

走馬燈のダミー。それを単なる異状発生と呼ぶべきか否か。むしろ生物進化は突然変異で獲得した形質を環境の変化に問いかけることから始まる。

「桐遊星、左右、中二本の脚、落とせますか」

「やってみます」

要するに四本脚にしろということだろう。桐遊星はキッカイの尻の方にシキサイを回し、ほぼ鉛直に近い角度でユラ・ピストルの銃弾を発射した。脚のつけ根が意外に強固でさらに二連射を加える。

「対称によろしく」

そして今度は三連射でもう一本の中脚を落とした。指示されるがままに四本脚にしたが、一体これでどうなるというのだ。

「五〇メートルほど退避して低姿勢をとってください。両手着地でお願いします。こちらでシキサイの運動を六秒間停止させてイメージセンサーの検知能をフル稼働させます。倉又さん、マルチタスクのタイムシェアリングを無効化したいのですが、パッチアドレス、憶えていますか」

「まさかカーネルをジャックですか⁉　システムクロックを最大に鈍化させても、〇・九八秒で下層の自己診断が走りますよ！」

「即打します」

「……賛成しかねますが、手もとに控えてください。〇F・六〇〇A・八八C〇、の一バイトをFF。繰り返します。〇F・六〇〇A・八八C〇。A〇で有効復帰をお忘れなく」

シキサイを七歩後退させて体勢を低くする。香月純江の指示通りに両手も地面につけた。するとDFシステムがコマンドの受けつけを中止した。栂遊星は大いに驚いた。シキサイを緊急的に停止させられるのは是沢銀路だけだと思っていたが、その気になれば香月純江にもできるのだ。一種の裏技なのかもしれない。

キッカイが四本脚で動き始めた。シキサイのイメージセンサーはそのわずかな挙動から真の走馬燈を突きとめた。

「解析完了。栂遊星、処理よろしく」

ちょっとした魔法だ。栂遊星は感動を覚えつつヘッドアップディスプレイのターゲット表示に従って射撃した。第一管区にはライフル砲の火器しか残されていない。そのことを思い出して急所に二連射した。

「香月さん、第一管区のプリズンガード、一隻を残して解放できないかな」

錦戸康介が是沢銀路にも聞こえるように尋ねる。

「二隻はすぐにでも。もう一隻の解放までには一五分ください」

「OK」

「栂遊星、シキサイをプリズンガード五番船の直下に移動させてください。七時の方向」

「了解」

ただちにシキサイを反転させて走らせる。メインカメラの視界では一目瞭然の大型個体だった。力士でたとえるならばアンコ型の体形。走馬燈の位置は腹部とすぐに判明したが、肥大していて広範囲に及んでいる。このようなケースは全弾連射で蜂の巣にするしかない。栂遊星は中途半端なマガジンを捨ててバックパックから新たな一つを取り出そうとした。

「栂遊星、バックパックはB口より散弾用マガジンを」

思わず頬が引きつった。ユラ・ピストルの新たな仕様で確かに散弾の項目があった。特記事項がなかったので斜め読みしてしまった。失敗すれば回顧ミーティングで怒られる。是沢銀路よりも香月純江の冷ややかな態度が恐かった。

栂遊星は少し寄り道をし、中層ビルにシキサイを対峙させた。この修繕費は四割引きでいくらするだろう。そのようなことを考えながら壁面に向けて散弾を試射した。やや歪《いびつ》な円内が破壊されたが距離感はつかめた。

シキサイを再び前進させ、片膝を着かせて体勢を低くする。距離が若干長い。発射速度を高めてからトリガーを引く。

「去勢完了。栂遊星、続けて一時の方向。距離約四。牝種中型ですが攻撃は待ってください」

「了解」

メインカメラのレンズをズームインする。先ほどと似たような体形だ。腹部が大きい。牝種ならば急所の処理で完結のはずだが、さて。

「是沢司令官、ちょっとよろしいでしょうか」

「どうした」

「妊娠個体のようです。いかがしましょう」

DFシステムの向こう側に立つ保科敏克が受話器を耳にしながら笑った。

「蘇生部隊長の安並《やすなみ》女史に指示を仰げ」

またただ。栂遊星は改めて疑った。是沢銀路のいう部隊長とはやはり安並風歌《ふうか》のことではないのか。彼女よりもキッカイの生態に詳しい安並という女性などそうそういないはずなのだ。

その牝種のキッカイは実にたどたどしい挙動をしていた。まさに出産間近の妊婦だ。化外の地を渡り、讃岐山脈を越えてきたことがとても信じられなかった。あの腹の中に幼生が詰まっている。二〇から最多で九〇という数字も聞いたことがある。想像するだけで気味が悪く、また、その生命に手をかけることに小さからぬ抵抗感も覚えた。

「栂遊星、預かった指示を伝えます。上から下へと肉片にしてください」

もっと他にいい方はないのだろうかと思った。しかし栂遊星はさらに残酷な現実を目の当たりにすることになる。頭部に放った散弾の初撃で、牝種のキッカイはなんと両手で腹をかばうような動作をしたのだ。

さすがに気後れしたが、罪悪感をともなわせるその光景を少しでも早く目の前から消し去りたかった。シキサイを前進させ、散弾の発射速度を落としてマガジンが空になるまで撃ち続けた。最後に、主を失った二本の短い脚が左右に倒れる。幼生の姿形を見ることはなかった。それはこちらにとっては幸いだったのだ。バックパックのA口より新たなマガジンを取らせる。

「錦戸さん、三番船を残して解放します」

「六番船にしてくれないかな。三番船はそろそろ電池がエンプティだ」

「では六番船を。栂遊星は通報まで待機してください」

「了……」

「きました。緊急通報です。疾走して北上する個体あり。シキサイを西に急行させて待ち伏せよろしく。距離六から七。臨機応変に」

「了解」

栂遊星はシキサイをいったん走らせると、両にらみを利かせながら素早くサブモニターのページを進めた。このようなとき、主系操縦のウィンクタッチアクションがあれば便利だと思う。一時でも操縦桿から手を離すのは危険だ。疾走しているという個体がマップ上に点滅表示される。凄まじく速い。これは待ち伏せどころではないかもしれない。プリズンガードの探索レンジから外れるのか、点滅表示が消えてはまた浮かぶ。一隻だけにするのならばもっと高度をとるべきだろう。

（やっぱり速い）

メインカメラの視界に入った。正面に回り込むのはもはや無理だ。栂遊星はそのように判断し、キッカイの脚部を狙ってユラ・ピストルの銃弾を放った。初めから的中するとは思っていなかったので、なおも走り続ける動きに合わせて照準もスライドさせていった。二発、三発、四発……、障害物になった民家の屋根瓦が吹き飛ぶ。そして五発目でキッカイは激しく転倒した。スピードが乗っていたためにその肉弾はオブジェに衝突して大いに粉塵を上げた。

起き上がるのを待たずにシキサイを接近させる。同じくイレギュラーなので去勢も容易ではないだろう。突然の動きに警戒しては機体をとめ、また前進させるという動作を繰り返した。なかなか起き上がらない。それどころか微動だにしていないのではないか。

「生命反応なし。絶命した模様です。錦戸さん、一応蘇生部隊を派遣してください」

「ごめん。今ちょっと給電ポイントの変更で取り込み中。保科さん、お願いできる？」

「分かった。手配するからアドレスだけこっちに回してくれ」

失敗だ。牡種《ぼしゅ》を死なせてしまった。しかし最善の策をとったのだから今のケースは事故と割り切るしかない。栂遊星は気を取り直してシキサイを前進させた。蘇生部隊の妨げにならないように道路に横たわった鉄柵を取り除く。

「栂遊星、県道一〇号線沿いを西に戻り、同じく三号線沿いに入ってください。ショートカットしても構いません。遭遇予告三体。中型二、小型一、いずれも牡種。優先順位はありません」

「了解」

前回の要撃で榴弾の雨を降らせた付近だ。もともと視界のよい田園地帯だが、民家などの建物も破壊されてさらによくなっている。しかしメインカメラの映像を一見したところ小型の個体が認められない。

栂遊星は視界に入っている中型の個体から処理することにした。一体はイレギュラーと呼ぶほどでもない外見の個体だった。走馬燈の位置もすぐに判明した。ただ特筆すべきは、うめき声のようなものを発していることだった。発声する個体もまたURAファイルには存在しない。倉又安由美が立ち上がって興味深そうにこちらを見ている。これが渡来体の言語に通じるものなのだろうか。是沢銀路から指示を受け、音声データを得るためにしばし処理を待つことになった。

もう一方の中型個体は、体表の色合いが特徴的だった。ダーク系がまだらになっているのだが、それはどうも迷彩の機能を果たしているように思えた。恐らくフタナワーフの戦闘服からその概念を獲得したのだろう。体表に縄文のある個体が存在することは知っている。その発展型なのかもしれないが。走馬燈の位置はこちらもすぐに判明した。

　是沢銀路の合図を待って二体を順に処理する。問題は最後の小型個体だ。プリズンガードがその直上で滞空しているようだが、まったく影が見えない。

「香月さん、視認できませんが」

「地面に潜ったと思われます。ユラ・スピアの柄《え》で掘り返してみてください」

　まさか砂遊びのような真似をすることになるとは思わなかった。シキサイをキッカイが潜っていると思われる場所に進める。穴の口が埋まりかけているが体の一部は見えている。ユラ・スピアの柄を突き入れ、てこの要領でキッカイを掘り出す。実体験が乏しいのでなかなかうまくゆかない。ボルヴェルクでもこの手の運動を試験機では行ったことがなかった。

　あまりにも苦戦していると、錦戸康介が横から覗《のぞ》き、保科敏克とそして是沢銀路までが背後に集まってきた。三人の異なるアドバイスが交錯して逆に迷惑だった。栂遊星はユラ・スピアを見限ってかたわらの地面に突き刺した。そしてシキサイの姿勢を低くしてひと思いにキッカイを把握させた。

　にわかに動き出したキッカイが手からこぼれる。逃げかけたかと思うと一転してあらぬ跳躍で飛びかかってきた。メインカメラの視界がさえぎられる。頭部にしがみついたようだ。慌ててシキサイの手で引き離す。握力が強かったためかキッカイの口から泥状の消化液が吐き出された。そのせいでメインカメラの視界は再びさえぎられた。イメージセンサーは独自で走馬燈を検知し、栂遊星はとりあえずヘッドアップディスプレイにしたがって指で貫かせた。

そのヘッドアップディスプレイに二つの異状を示す文字が浮かぶ。どちらの異状箇所も頭部で、メインカメラの視察能と、もう一つは診断不能。キッカイの消化液で金属パーツが溶けたのかもしれない。

「香月さん、どうしましょう。とにかく前が見えません。このままドックまで移動させるのは、無理です」

「……………」

さすがの香月純江も返答に窮している。シキサイにはレンズの洗浄機能がない。

「プリズンガード六番船に告ぐ。当管区の作戦はこれにて終了。拠点に帰還されよ。代わって本船をシキサイの直上に。栂、指向性アンテナを作動させろ。リード用のテレメトリーコマンドを発信する。池まで連れて行くから、そこで顔を洗え」

「了解」

保科敏克に軽く頭を叩かれる。砂遊びの次は犬の散歩と洗顔。シキサイの操縦にも様々なバリエーションが求められてきたものだ。

*

最果ての第一管区からシキサイがわざわざ帰還したようだ。てっきり戦場に留置されるものだと思っていた。日没と孤介時間までにひと仕事をやり終えるとはさすがの栂遊星といったところだろうか。しかし要撃行動はまだ夜間を通して明日までも続く。栂遊星もぶっ通しで操縦桿に触れていることもできまい。臨時の出動に備え、今のうちに睡眠をとっておくべきかとも藤村十は思った。

シキサイは鎖でつながれることこそなかったが、牢獄台に戻った後にメンテナンスベースへと沈んで行き、五加一《ごかいち》が派遣した立会人らしき男の合図のもとにハッチが閉じられた。藤村十は興味を優先させ、専用エレベーターに乗ってシキサイのあとを追った。

ここの技術員はボルヴェルクでは見たことのない面々ばかりだ。ボルヴェルクの中央区にもまだ知らないエリアが隠されていたのだ。彼らの中にはダルタイプが二人から三人もいる。ダルタイプだからこそ善通寺に異動させられたのかもしれない。実際に孤介時間に作業をしている姿を見たわけではないが、拳銃のホルダーを腰に携えているのでそのように推測できる。孤介時間を突いて外部から侵入されるケースを警戒しているのだ。これはメンテナンスベースに限らず、フタナワーフの機密に関わる部署はどこでも同じだと思われる。ボルヴェルクではこの手のセキュリティは二四時間を通じて万全だった。

機体のコンディションはすでに情報として届いているはずなので、特に気忙《きぜわ》しい様子もないところを見るとダメージが少ないのだろう。整備員がクレーンの先から頭部の前面に放水を始めている。コックピットが熱でも帯びたのだろうか。そのような不具合を聞いたことはないが。

しばらくすると不穏な空気が流れ始めた。システム担当の技術員がコンピューターのブースに集まって強い口調で話し合っている。藤村十は盗み聞きをするためにそれとなく近くに歩み寄った。

「六秒間停止した？　まさかパノプティコン内でOSを触ったってことか」

「えぇ。暴走エラー時の緊急用手段です。本来はこちらから高所司令船《パノプティコン》か監視船、その非常回線を介するはずの信号で、我々でさえ一連のパッチコードとして用意しているレベルです。それを現場のキーパンチで」

「番犬は吠えずか」

「ヤツら、ワッチドッグを擬似的に叩いています。一秒足らずの間にカーネルを乗っ取られましたよ」

「信じられんな」

「テレメトリーコマンドの発信記録を見る限り、イメージセンサーのタスクプライオリティが極大にされています」

「ちょっと待て。イメージセンサーって独立系じゃないのか？」

「独立はしてるが、検知データは基本的に垂れ流しだ。インテリジェンスはすべてメインシステム側が持っているんだよ。卜部《うらべ》総括のこだわりだ」

「たまげたな。センサーの解析ごときにCPUを独占させたのか。オレもフィギュアは知り尽くしてるつもりだが、その発想はさすがにないぞ。よく機体の姿勢を保てたな」

「感心してる場合か。越権どころか違反だぞ。コマンドを傍受されていたらどうしてくれるつもりだ」

「そうだな。さっそくソリッドコクーンを介して抗議しよう」

「何者ですか？　サポート担当のオペレーターって」

「女とくらいしか聞いてない」

「倉又っていう女なら相当に切れるらしいぞ。独学上がりの超エキスパートだ。なにしろト部総括から是沢銀路が無理矢理奪ったくらいだからな」

　パノプティコンには三人の女性クルーがいる。今日も見かけたし、顔合わせも一度済ませている。しかしその顔と名前が一致しない。香月純江という女と接するときには気を遣った方がいいとだけは栂遊星からいわれている。

　メンテナンスベース内に孤介時間到来の一五分前を告げる「カノン」が流れ始めた。ボルヴェルクでは一〇分前だったが、善通寺では五分早い。剣山《つるぎさん》セグメントの影響で究極的忌避感が若干〝重い〟からだという。それなのに藤村十はなおも肉体的苦痛の欠片《かけら》さえ体験できていなかった。どれほど自分は鈍感な人間なのだろうかと思う。ダルタイプの中でも特に鈍い人間を不感症型《フリジッドタイプ》と呼ぶらしいが、ひょっとするとそれに該当するのかもしれない。

　一人また一人と、特に断りもなく去って行く。ナーバスの間では暗黙の了解になっているのだ。そしてメンテナンスベースにはやはり三人の技術員だけが残った。

「お疲れさんです」

「誰だ？　……なんだ、藤村か。頭を丸めて、悟りでも開いたのか」

「あんたは呼び捨てなんだ。みんなからはもっぱら『さん』『くん』づけされてるのに」

「気を遣うのは苦手なんでね」

「同じ境遇として尊重するよ」

「所長が同伴していないときは立ち入りが認められていないはずだがな」

「コックピットの環境を知っておきたくてね。その境遇は尊重されてもいいだろ？」

「よくぞいってくれた。危うく忘れるところだった」

　男はもう一人の技術員を呼び寄せ、手分けをしてコックピット環境の解析を始めた。栂遊星の遠隔操縦で受けた衝撃がすべてログに残っているのだ。この結果は鳴滝晋平《なるたきしんぺい》がもっとも気にしていた。明後日あたりには電話で尋ねてくるはずだ。

「で、どんな感じ？」

「とりあえず藤村は生き延びたみたいだな。おめでとう。セーフティバルーンも作動していない」

「あんた冗談キツイよ」

「しかしどうしたもんかな……。これじゃあデータが取れたとはいえん。次の出動時にいっぺん転倒してもらうか」

　それもまた笑えない冗談だ。彼らのさじ加減一つでダイナミックフィギュアの動作精度は変えられてしまう。栂遊星もその点で不信感を抱いていた。しかし現実として、実機であるダイナミックフィギュアの動作試験は空間的な限界もあってボルヴェルクでさえ満足に行われていないのだ。したがって実戦の中で試験を挿入しながらデータを収集してゆくしかない。当然ながらシキサイは活動に支障をきたすが、五加一を安心させるというメリットによって相殺される。

藤村十は無言でその場を立ち去り、エレベーターで地上階に上った。そのままふらりと更衣室に向かい、ほとんど気まぐれで出動時用のジバンに着替えた。

善通寺にきた今も自分に与えられた使命がよく分からない。確かに栂遊星にはできない孤介時間の作戦継続は果たせる。しかしそれは、たとえばプリズンガードの特別船からの遠隔操縦でも構わないはずだ。なぜダイナミックフィギュアに搭乗して直接操縦しなくてはならないのか。

この疑問に突き当たるたびにワン・サードという言葉が思い浮かぶ。クリティカルルームで鳴滝晋平に会ったとき、それがダイナミックフィギュアをさす隠語であることは分かった。ただ、容易に彼が口にしているところを見ると、シキサイやカムカラを隠れ蓑にしたもう一つ裏側の意味があるような気がするのだ。

外に出ると西の空までが夜に包まれていた。藤村十は星を見上げながら深呼吸をした。ひどく静かだ。剣山セグメントのある四国にはほとんど獣が棲んでいないという。実家のさいたま市の辺りでは、孤介時間が近づくと野良犬が狂ったように吠えてうるさかった。この地ではその代わりに砲熕《ほうこう》兵器が咆吼する。

二五分ほど前、パノプティコンから急行の要請を受けた。現場は第二管区、高松琴平電鉄の西側沿線域。この数時間の間に移動で一度ならずも通過した場所だった。要撃行動もいよいよ日付をまたごうとしていた。

安並風歌はまずは視察のため、メンバーをしぼって高機動車で乗りつけた。対象のキッカイについては中型以上という情報も受けていたためだ。蘇生処理専用車には機動性に不安があり、これを引き連れても無駄足を踏ませる結果になりかねなかった。大型個体は現実的に守備範囲ではないのだ。

蘇生部隊の派遣要領に則《のっと》り、周囲五〇〇メートルは陸上部隊によって安全地帯になっているはずだった。問題の個体はというと、そのシルエットは、第一印象として安並風歌の許容限度をやや超えていた。正面から機関砲の圧力を受けたらしく体勢は仰向《あおむ》け。パーツ化の進行具合と表皮の質感から判断して若い個体ではない。つまり走馬燈には少なからぬ概念が蓄積されている、と単純に想像された。その走馬燈は深部に分布しているとの情報もあらかじめ得ていた。短時間での去勢処置は困難。やるならば蘇生処置だった。

「無理無理無理無理！　死んじゃう死んじゃう！　上げてちょうだい早く！」

安並風歌はモニターから目を離して叫び声の源を見上げた。一人の部下を胸部の切開口に送り込んでから数分も経たぬうちに、その当人が早くも助けを求めてきた。蘇生部隊の中でも勇ましい気概の持ち主。その彼でも個体が中型の規格を超えるとやはり恐いか。

ただちに蘇生処理専用車が多機能アームのワイヤーを巻き上げる。すると照明の中には見るからに同情を誘う影が現れた。吊り上げられたその下半身からはキッカイの体液が糸を引いている。まるでチーズフォンデュ。

「どうします、安並隊長。白旗立てますか」

「私が行ってみるわ。冷却だけでも五〇分は稼げるでしょう」

「あの様子だと、消化液、上がってきているかもしれませんよ。モニターでは分かりにくいですが」

確かに消化液の存在は危険だ。こちらの生身が触れれば容易に侵される。しかし今はその可能性は低い。ガスが立ち上っていないので分かる。急所の周囲が傷漏れした組織液にでも満たされ始めたのだろう。

「第二フリーアームで吸引よろしく。冷却銃は私が自力で誘導するから」

安並風歌はベストタイプのハーネスを身につけた。背中をさらして多機能アームとの連結作業は部下に預ける。そして一連の蘇生プロシージャを頭の中で今一度おさらいする。やがて体が吊り上げられた。

成熟したキッカイは致命的なダメージを受けて転倒した場合、その後に起き上がることはまずない。積極性はもがくことよりも死ぬ準備に傾いてゆく。ただしショックで一時的に活動をとめている状態とは慎重に見極める必要があった。

急所とはヒトでいう心臓にあたる臓器だが、キッカイの場合は、バイオレベルを測るセンサー機能もここにある。一三の部位に分けられ、そのうちの特に重要な器官は六。宇佐見《ウサミ》、柴田《シバタ》、木塚《キヅカ》、藤枝《フジエダ》、本橋《モトハシ》、神谷《カミヤ》と、すべてボルヴェルク西区の拠点研究員の名前がつけられているわけだが、この六器官が走馬燈を機能させる〝決定機関〟にもなっている。ダイナミックフィギュアの活動に許可を与えるクリティカルルームと同じだ。

走馬燈はキッカイの生涯で一度しか機能しない。平常時は誤作動させないためにも六器官が相互にチェックし合っている。たとえば、概念を蓄えていない空っぽの状態で働かせてしまっては意味がないからだ。

余裕を持って一二〇分、センサーである六器官を錯覚させたい。それだけの時間があればシキサイがユラ・ピストルによる撃ち下ろしで去勢処置を施してくれる。蘇生とは騙すこと。比較的に容易なのがカミヤ器官とシバタ器官。前者は冷却、後者は神経束を物理的に分断する。

安並風歌はキッカイの胸部に降り立った。偶然にも個体のけいれんとタイミングが重なり、腰を屈《かが》めて両手を着こうとするものの、ハーネスを吊るワイヤーの緊張に妨げられた。大いに肝を冷やす。

「ちょっと照明が弱いわね！　プリズンガードを一隻、寄こせないか訊いてみて！」

わざわざサーチライトを落としにやってきてはくれないだろう。少し考えれば分かることだが、現場では、特にキッカイと肉薄しているときには、そのような不平やら要求が口から滑り出してしまう。

切開口からかろうじて認められたシバタ器官にはくさびが突き出ていた。先ほどの部下は自信がないと振り返っていたようだが及第点の処置だ。安並風歌はゴーグルを装着すると、その眼前に届けられた冷却銃のアームをつかんで急所の直上へとひと思いに安全靴を踏み下ろした。ボルヴェルクにいた頃から臨床で何例も見てきている。キッカイの体格に大小の違いはあっても、また、走馬燈には個性があっても、センサーである六器官は配置と形状が一様だった。

邪魔な肉塊を組織液の吸引用に稼働させていたフリーアームで押し退《の》ける。突けば容易に弾《はじ》けそうで意外に硬質な瘤状塊がカミヤ器官。瞬間的に冷却すると走馬燈は働いてしまう。徐々にかつ全体の温度を均一に落としてゆく必要があった。そして最終的には中心部まで氷結させる。

そこへ地上にいる部下から報告の声。

「安並隊長！　安全地帯に進入を許したそうです！」

「こっちはまだ始めたところよ！　撤退準備、しておいてちょうだい！」

夜間のキッカイは活動が鈍化する。すぐにはやってこないはずなので慌てる必要はない。安並風歌はそのように自分にいい聞かせながら慎重に冷却剤を噴出し続けた。

蘇生部隊も小波の規模あたりが繁忙《はんぼう》のピークだとは思う。中波以上になれば安全地帯を維持するのも困難になり、部隊派遣の条件が成立しない。したがって逆に出番は少なくなると考えられる。

「ＯＫ！　上げてちょうだい！」

処置後の最たるタブーは長居だ。そして次回からはこのレベルの要請は拒《こば》むべきだろう。拒むのは性格的に苦手だが、少なくとも自力で逃げられる環境は保証されなくては。

「逃げるわよ。……みんな集まってなにしてるの？」

「申し訳ありません。転回中に疾風を水路に脱輪させてしまいました」

「仕方がないわね。とりあえず専用車は戻ってちょうだい。管区線にある待機場、あそこで合流。動かない車なんか捨てましょう。といってもこの近くにシェルターはないと……。ビーコン拾えるかしら」

安並風歌は部下から通信機を奪った。と同時にパノプティコンからシキサイの到来が予告された。安全地帯に進入した個体を処理するのかもしれない。

「急ぎましょう。私についてきて」

安並風歌は駆け出してはしばらく手探りの感覚で右へ左へと進んだ。そしてビーコンの微妙な変化を聞き分けた。さほど離れていない場所に八二式指揮通信車が移動しているはずだ。

「あのライトがそうじゃないかしら。誰か先に走って捕まえてちょうだい」

フタナワーフに異動する前後で、大きな誤算となったのがこのようにして陸上を逃走しなくてはならないことだ。今回を含めた三度の要撃行動だけでもボルヴェルク時代の一年分は走ったように思う。

安並風歌は停止した車輌に一人遅れてたどり着いた。

「蘇生部隊の安並だけど、四人を乗せてくれないかしら。特別攻撃機がくるらしくって」

「予告は聞いてます。広くはないですが、後ろにどうぞ」

後部のハッチが開かれ、機材を背負った部下を最初に、安並風歌は最後に乗車した。

操縦席以外の内部には一人の男しか乗っていなかった。車輌自体は指揮通信機能を果たしていない。移動して隊員を収容するためのものだ。

「砦まで戻りましょうか」

車輌内の男が尋ねてくる。

「砦には戻らないで。第二・第三の境界まで」

「分かりました。……ひょっとして、ずっと足で移動されてたんですか？」

「疾風だったかしら、高機動車。溝に落としちゃったの」

「それは災難でしたね。一応、場所を聞かせてください。事後処理での回収になるでしょうけど」

「大型のキッカイが目印よ。南に四〇〇メートルほどじゃないかしら」

強烈なサーチライトの明かりが一瞬だけ車内を走った。光源はもちろんシキサイだ。もう近くまでやってきている。危うく栂遊星の操縦で踏み潰されるところだった。

キッカイは夜間に活動が鈍化する反面、眠らないという性質も持っている。緩慢な動きで彷徨《ほうこう》することが多い。照明で視界の確保さえできれば昼間よりもむしろ掃討処理は容易のはずだ。その照明が不足している。

「この天井のハッチ、開くのかしら。外の様子を見てもいい？」

「気をつけてください」

安並風歌はゴーグルをつけてハッチから顔を出した。すぐにシキサイの後ろ姿が見えた。なぜかバックパックをつけておらず、背面部の朧月夜《おぼろづきよ》が露《あらわ》になっていた。機体もいくらか損傷しているらしく、右腕部のプロテクターが欠落しているのが分かる。

（溝にでもはまって転んだのかしら。そんなわけないか）

桐遊星が苛立っている。銃弾が底を突いたのか、ユラ・ピストルを足下に叩きつけて捨てた。そして背部のウェポンベイよりユラ・スピアを。肉薄戦闘に移るつもりだ。

「安並隊長、信田《しのだ》が助言を求めてきました」

「信田くん？　四班はとっくに帰らせたはずよ。……ったく働き者なんだから」

安並風歌は通信機を受け取った。蘇生処置に行き詰まってしまったらしい。

「ルーニとチーロしか確認できないの？　困ったわね。イロハニホ……。あと一本のルートは無理？　…………じゃあとりあえずニーロだけでもバイパスして。ちなみにフジエダ器官は？　…………ある⁉　だったらウサミとパルスシンクロなさいよ。そっち優先」

処置に窮したとき、助言を求めてくるのは正しい判断だ。もっともキッカイに詳しい安並風歌でさえあえて部下に尋ねることにしている。現場では平常心を失い、基本的な知識がポッカリと喪失することがあるからだ。このような状況ではなによりも客観性が必要とされる。

「安並隊長」

「なに？」

「班をいくつか解体して、シフトを組み直した方がいいんじゃないですか？　五趾《ごし》病院からはまだ連絡はありませんけど、九班、全滅かもしれませんよ。人数的には七班とウチを合わせただけで一つ分全滅ですし」

「あまり取っ替え引っ替えはしたくないから、バランスが悪くても合併の方向でいきましょう。大丈夫、もうイレギュラーは片づいたはずよ」

そこへ男が紙袋を差し出してきた。

「なに？」

「金毘羅《こんぴら》バーガーです。もう冷めちゃいましたけど」

「聞き捨てならないわね。ほっかほっかのピラバガがこの世に存在するとは知らなかったわ」

「ねぇねぇ、後ろのハッチ、どうやって開けるの？　ちょっとトイレ行きたいんだけど」

「オレも行こうかな。安並隊長はまだ大丈夫ですか？」

「私？　私は内蔵してるからいいわよ」

「いわないで欲しいなぁ、イメージが壊れます」

「あら、フタナワーフのれっきとした装備品よ」

安並風歌は通信機を首に吊り下げ、ハンバーガーを一つ頬張った。近くで榴弾砲が放たれる音が轟いたが、もう以前のように肩をすぼめることもなくなっていた。ただし、機関砲の音を聞くといやな予感はする。しばらくして急行の要請が届くことが多いのだ。実戦を重ねることで射撃の精度は向上しつつあるが、まだ決して高くはない。夜間だけでも有翼弾の使用を認めてもらうべきか。自分は賛成かつ反対の矛盾した立場にいる。

ボルヴェルクでは、過去に一度だけ翼を持った個体を創ったことがある。羽ばたいて飛ぶ鳥の模型を牡種に見せ、殺すのだ。このタイミングは極めて限られていて非常に神経を遣った。牝種に概念を受け取らせるため、STPFがもたらすフィールドに情報を伝播させるわけだが、孤介時間とその前後だと四国にまで伝わってしまう可能性もゼロではない。実行するタイミングをもう少し前にずらさなくてはならなかった。四国よりも北海道の方が孤介時間が早く到来するためだ。ボルヴェルクを四国から東に隔てた位置に築いた理由はそこにもある。

翼を持って生まれた個体は飛びはしなかったものの、羽ばたいた。成体になる前に処分したのだが、手足をパーツ化させて体が軽くなれば飛んでいたのかもしれない。

昼間にシキサイが処理したイレギュラーの中に、相撲取りのような体形をした個体があった。もしも、あの事象についてソリッドコクーン日本支部から報告書の提出を求められたら困ってしまう。腹の膨らみはエンベロープのアルバコーアを連想させるが、就役したプリズンガードがキッカイにその姿を見せたのはわずか二カ月前のことだ。たとえ飛行船の形を真似た個体が生まれていたとしても、あの大きさまで成長するには早すぎる。いくら腹を膨らませたところで宙に浮くことはないはずだが。

栂遊星がかなりがんばっているようだ。急行の要請が届かないところを見ると、槍《やり》だけでうまく処理できているのだろう。苛立てば操縦の精度は落ちるはず。そして肉体的にもそろそろ疲労が襲ってくる頃だ。

とにかく、シキサイが活動している限りはこちらもやりやすい。大本営が幕僚監部に戻されると逆にやりにくい。善通寺駐屯地からは視覚的にも、そして現場の実情も見えていないのだ。その点で是沢銀路の鳥瞰プロセッサーは優れている。

「東側管区の出番はもうなさそうね。一一班を残して帰しましょう。私たちは合流場所に。この車輛って、普通科よね」

「そうですが」

「だったらしばらく同行してくれない？　普通科は蘇生部隊への協力が原則だから」

「我々は……、持ち場がありますので」

「なに？　モロ縦割りじゃない。私たちの管区線なんてぐちゃぐちゃよ？　……いいわ。とりあえず境界まで運んでちょうだい。乗り換えればいいんでしょ。ピッカピカのベアーキャットを待たせておいて。私にだって運転できるんだから」

車輛が移動をしている間、安並風歌は第一と第二管区にいる蘇生部隊と連絡をとった。彼らにも休息は必要だ。時計の針が一時を回る。夜が明ければ讃岐山脈のキッカイが進行を始めるだろう。

一五分後。それは、野外で代用の車輛が届くのを待っているときだった。近くで銃声が響いた。安並風歌と部下の隊員も思わず肩をすぼめた。たとえ榴弾砲が放たれても驚かなくなっていたのに。その銃声は、拳銃が発したものだった。

「キッカイがいるんですかね」

「それだったらライフル小銃を使うはずよ」

「あっちです。影が走りました」

「行ってみましょう」

「野次馬ですか？　安並隊長、軽率です。あなたらしくない」

分かっていた。しかし安並風歌は駆けつけようとする衝動を抑えられなかった。間違いなく七戸《しちのへ》譲《ゆずる》の声が混じって聞こえたのだ。

フタナワーフの隊員が三人いる。戦闘服の配色が特徴的なので分かる。いずれも調査部隊の人間だ。白き蟬《せみ》と見返り美人。男は七戸譲だけだった。久保《くぼ》園《ぞの》那希《なき》の姿はない。一人が無線で連絡をとっている。一人がなにかに近づいて行った。そこにもう一人倒れている影があった。七戸譲は拳銃を握った手をだらりと垂らし、呆然と立ち尽くしていた。

「七戸さん、安並です。今ここでなにがあったんですか？」

「あぁ……、キミか。キミは確か、蘇生部隊だったな。丁度いい」

放心して記憶が曖昧《あいまい》になっている。七戸譲がそこに倒れている人間を撃ったのだろう。そのように想像するのは難しいことではなかった。撃たれた人間はフタナワーフの隊員ではなさそうだが、それ以外とも思えない特殊な黒い服で身を固めていた。目に落ち着きの色が戻らない。手から拳銃だけをそっと奪い、倒れている人間に歩み寄った。

安並風歌は七戸譲の肩から腕にかけてさすった。

どこに命中したのだろう。よく分からないが、仰向けになった背中から地面に大量の血が流れ出ている。見たところヒスパニック系の男。手は傷口を押さえていないので意識はなさそうだ。もう死んでいるのかもしれない。

「なにがあったの？」

安並風歌は見返り美人の女に尋ねた。

「あなたは？」

「蘇生部隊の安並よ」

「あなたが噂の……。えぇ、この男、国連ＢＣの撮影班の一人です。スパイと思われます。電波を傍受していました」

「指揮通信の？」

「いえ、恐らくパノプティコンからのテレメトリーコマンドを。特別攻撃機のです」

シキサイを操縦する信号だ。傍受して、いずれジャックでもするつもりだったのだろうか。

安並風歌はただ見下ろすだけで、倒れた男の脈に手を当てることさえできなかった。蘇生部隊の鑑札をつけていながら、人間の延命に対してはまったくの無力。そして七戸譲の放心状態を解いてやることもできないとは。

＊

夜明け間近、眠っていた藤村十は居室に入ってきた男によって起こされた。男はパイロット用のジバンを持っていたが、藤村十は藤村十で四半日も前から着たままだった。

「緊急の出動です。約二時間後に」

「あ？　遊星になんかあったのか？」

「私も理由は知りませんが、とにかく主系操縦が必要になりました」

「あっそう」

寝起きで思考が冴えず、ごねる文句の一つも浮かばない。ジバンに着替えていたのは出動の可能性を予感したからではあるが、それは取り越し苦労になることを願った呪《まじな》いのつもりでもあった。ボルヴェルクを発《た》つときには、この早いタイミングでの出動を覚悟してはいなかった。実際にカムカラも届いていないのだから。

藤村十はおろし立てのジバンに着替え直し、男のあとに従って作戦会議室に向かった。そこには南あわじからやってきた軍事参謀委員会の人間がいたが、事情や作戦にはまったく触れようとはせず、軽食をとりながら雑談ばかりをした。

廊下を駆け足でやってくる音が聞こえた。扉を開いて中に入ってきたのは是沢銀路だった。入ってきたかと思えば、壁に備えつけてある電話をかけ始めた。誰と話しているのかは分からなかったが、どうもボルヴェルクの人間のようではあった。

受話器を置くまでに二分ほど話しただろうか。是沢銀路はこちらを向き、険しい表情からわずかに緊張を解いた。

「おはよう。体調はどうだ」

「普通です」

「緊急事態だ。理解してくれ」

「事情も説明されずに理解はできませんけど」

「それはもっともだな。シキサイへのテレメトリーコマンドを傍受する動きが認められた。対策が万全に整うまで、遠隔操縦はできなくなった。したがって直接操縦を行ってもらう」

遠隔操縦の唯一ともいえる弱点だ。コマンドは電波信号なので高所からの発信に限定されるわけではない。暗号化された信号の解読と、あとはボルヴェルクのごく一部の人間しか知らない通信プロトコルさえ分かれば誰にでもシキサイは動かせる。

「パノプティコンのサポートも無しってことですか？」

「いや、パノプティコンは常に直上にいる。そちらの通信は傍受されようがオープンだ」

是沢銀路がテーブルの上に地図を広げた。

「シキサイは現在、第三管区の弘法の砦にある。機体が損傷しているので現場で修繕をさせているところだ。藤村が乗るときには問題のない状態になっているはずだ」

まさか本当に、メンテナンスベースの技術員が意図的に転倒させたのだろうか。

「国道三二号線、基本的にここがシキサイの要撃ラインだ。プリズンガードを駆使して極力キッカイの誘導はする。藤村はアングルを確保してひたすら走馬燈の処理だけを繰り返せ。危険だと思ったら逃げても構わん」

そのような正義のヒーローは聞いたことがない。

「特別船からの報告によると、数はそれほど多くないと聞いている。多くて二〇、少なければ一桁だ。ボルヴェルクからは的中率六〇%という目標数値を預かっている」

キッカイの進行の度合いから壱枝雅志《いちえだまさし》が試算し直した数字だろう。是沢銀路がこれを承知している状況には重圧からの解放を覚えるが、自分もそれほど低い数値に設定するつもりはない。

「作戦の開始は孤介時間後だ。我々も急行する。頭を丸めて気合いが入ってるな。私は期待しているぞ。今日でお互いに信頼関係を築こう」

是沢銀路はそういって肩を叩いてきた。そして作戦会議室を出て行った。

「今のが作戦ですか？」

藤村十は軍事参謀委員会の男に尋ねた。

「是沢は細かい指示もするが、実働隊員に士気を注入するのがやり方だ。なによりも相手の立場・メンツを考えるのがそうでもある。今のところ、彼を総司令官の座から引きずり降ろそうなどと考えている人間はおらんよ」

電話が鳴った。男が壁まで受話器を取りに行く。移動の要請だろう。受話器を戻して扉に誘《いざな》う。藤村十は喉まで出かけた言葉を飲み込んだ。家族の声を聞いておきたかったが、それは任務を遂行してからにすればいいことだった。

寝起きの状態から思考は冴えてきた。ごねる文句はいくらでも思いつきそうなものだが、今さら往生際が悪い。そもそも、主系パイロットの任命を固辞するタイミングなど三年前に過ぎている。当時は、数多《あまた》のエリートの中から自分が選抜されたことで有頂天になっていた。そのときに覚えた自尊心はなにものにも代え難いものだった。しかしその選考基準は謎であり、また、主系パイロットの環境が安全面において実に危ういことも日に日に分かってきた。恐怖心を抱いている点では鳴滝調《しらべ》と同じだ。その本音だけは隠し、不満を口にすることに替えてきた。

東の空はもう日の出を終えている。しかしジバンだけでは肌寒く、ゲートに車を待たせているというので藤村十は男を置いて走り出した。助走路を横切った辺りで意外な人影が目に入った。制服姿の栂遊星が外に立っていた。

「どした。なんでこんなところにいる」

「ちょっと見送りにね」

「ずっと待っててくれたのか。疲れてんだろ。見送りなんていいから早く戻って休めよ」

「十くん……」

「なんだ」

「もうすぐボクも二十歳《はたち》になる。誕生日会には、きてよね」

ナーバスの人間は口がうまい。「死ぬな」とか「生きて帰ってこい」などとはいわない。

その勇気づけの言葉にさえ一抹の忌避感を覚えるのだろう。

「約束はできないが、憶えとくよ」

「そんな」

「遊星、日本人はなぜ桜に美を感じるのか分かるか？」

「桜……、シキサイの桜」

「散り際が潔いからだよ」

藤村十は感謝のつもりで栂遊星の胸を力強く拳で突いた。栂遊星もメリハリを利かせ、軽装甲機動車に乗り込もうとするところで尻を叩いてきた。車輛の発進を挙手敬礼で見送っている。

「孤介時間はコックピットで迎えることになるが、問題はないな」

「ノープロブレム」

途中、数台の緊急車輛とすれ違った。五趾病院に向かっているらしかった。砲撃の音は聞こえてこないのに、この時間帯にもまだ負傷者を搬送しているということは、前回の小波やさざ波よりも苦戦したものと思われる。このような調子で中波や大波、そして押し寄せてくるかもしれない大津波に対抗できるのだろうか。

ダイナミックフィギュアはすでに三機目の製造が進んでいる。花鳥風月《カチヨウフウゲツ》は鳴滝調の専用機になる。カムカラは近いうちに搬入されるだろう。戦力は間違いなく向上するが、問題はクリティカルルームがこの体制に許可を出すのか否か。要撃行動も対外交渉も本格化してゆくのはこれからだ。

弘法の砦からは装甲車輛が溢れ出ていた。シキサイのメンテナンスに多くの場所を取られているようだった。いつまでも機体が見えないと思ったら、シキサイは地面に伏していた。人間がベッドに体を投げ出して眠っているかのようだ。しかしコックピットの頭部だけは隔たった場所に分離されていた。今は背面部にバックパックを取りつけている。その一方で破損したプロテクターをトレーラーに積み込む作業が並行していた。拠点ドックの所長が自ら指揮を執《と》っている。

二〇分ほど経って、その所長に呼ばれた。

「すまんがシキサイを起こしてくれ。コックピットはそのあとにクレーンで載せる」

「なんなら自分で拾って載せますけど」

「それも面白い画だな」

藤村十はコックピットに乗り込んだ。座席と一体化したジャケットに腕を通し、フルジップを喉まで上げて上体を固定する。ただちにウィンクタッチアクションでシキサイを起動させた。メインカメラはこちらが持っているので姿勢モニターだけが頼りだ。せめて頭部を機体の方に向けてくれていたらよかったのに。

操縦桿を慎重に引く。ダイナミックフィギュアの基本動作は八割方が栂遊星のデータなので信用はできる。シキサイは問題なくしゃがんだ体勢になった。一度コックピットの電源供給は絶たれ、中は真っ暗になった。そしてしばらくしてからわずかな動揺。頭部がクレーンで吊り上げられたようだ。やがて機体本体に載せられた。しかしいつまで経っても電源は復帰しなかった。もう孤介時間が近づいているのだ。このまま待機しろということらしい。藤村十はふて寝した。

本格的な眠りに入りそうになって慌てて目を開けた。いつの間にかヘッドアップディスプレイにはチェック項目が光っていた。瞬《まばた》き一つでコックピットの照明がついた。メインカメラの映像も一二〇度展開される。通信もつながり、パノプティコン内と思われる音声が。いつもの性分で、はっきりとは聞こえない会話に対しては意識が研ぎ澄まされる。クルーの一人がまだそろっていないらしい。そして喉を鳴らすような音。

〈こちらパノプティコン、乗船オペレーターの香月です。藤村十、聞こえますか〉

「あぁ、よく聞こえる」

〈おはようございます。パノプティコンは一九分後の離陸予定です。国道三二号線で合流しましょう。ナビゲートは必要ですか?〉

「いや、大丈夫だ。先に行って待ってる」

〈昨夜専用銃を損壊させています。弾倉を一つ消費しても構いませんから、試射を済ませておいてください〉

ホルダーに肝心のユラ・ピストルがない。藤村十は外部スピーカーでその旨を伝えた。整備員が慌てている様子が見える。危うく銃弾だけを満載して戦場に赴《おもむ》くところだった。

トレーラーが装甲車輛の間を縫うようにして後退してくる。じれったく思え、藤村十はシキサイを少し迎えに進ませてその台座からユラ・ピストルを取らせた。そして機体を反転させて弘法の砦の露天駐車場をひとまたぎさせた。コックピットの動揺は小さい。歩行くらいなら緩衝システムでゼロにもできるらしいがあえて反映させてある。臨場感を失わないので藤村十にとってもそちらの方が望ましかった。

係留場施設から飛び立ったプリズンガードが配置の上空に散って行く。ユラ・ピストルを試射するには恰好の目標だ。そのようなことを考えながら別のターゲットを探す。電線が取り除かれた電柱が適当だった。一五〇メートル離れた場所から先端に狙いを定める。単射。発砲音はマイクがシャットアウトされてコックピットには伝わらない。そして二連射。問題なし。中ほどをオートで粉砕する。ホルダーに戻してウェポンベイから突出するユラ・スピアを把握させる。こちらもちょっとしたデモンストレーションで槍さばきをおさらいした。

大丈夫だ。転倒さえしなければ生きて帰ることができる。ただ、あいにくその危険回避はすべてシステム任せだ。ソフトもハードも今さら大幅には向上しない。自分の身がかわいければボルヴェルクにいたときにもっと努力しておけばよかっただけの話。そのことをせめて鳴滝調に伝えてやりたい。

パノプティコンが上空にやってきたようだ。

〈藤村十、準備はよろしいでしょうか。さっそくですが目標を紹介します〉

「悪いけど、最初だけ簡単なヤツを頼む。最初だけでいい。オレは単純だからそれで調子に乗れる。一度調子に乗ったら外さねぇ」

〈分かりました。では路面陥没箇所に注意して国道三二号線を東北東に進行してください。距離約六で射撃角とイメージセンサーの有効レンジが確保できると思われます〉

よくもそこまで分かるものだ。藤村十は感心した。ヘッドアップディスプレイに瞬《まばた》きで距離六を入力する。走行もオート。操縦桿を無効にして射撃の操作を今一度リハーサルしておく。

広角のメインディスプレイは窓ガラスのごとく、そこに臨場感をともなわせて外の様子を映し出している。見慣れた景色だ。ボルヴェルクのシミュレーターはかなり再現性の高いものであったことを知って驚いた。

（あれか……。気味悪いな）

プリズンガードから垂らされた蛍光色の球体を見上げている。口が裂けているのか三日月型で笑っているように見える。藤村十はシキサイをキッカイの正面に向く辺りで停止させた。なるほど、無防備で動く様子もない。確かにもっとも簡単な目標から紹介してくれたようだ。イメージセンサーが作動する。あらかじめ転送されていた走馬燈のデータと一致した。ただちに射撃の操作に移ろうとして手が震えていることに気づく。自嘲しながら操縦桿の指に力を込めた。ヘッドアップディスプレイの照準が重なったように思えてトリガーを引いてしまった。

〈的中。去勢完了〉

いや、〝確実に〟外した自覚がある。それは誤って急所に当たってしまったのかもしれない。しかしいかなる結果になろうともセリフは用意されていたのだろう。偽りの状況報告。この瞬間、藤村十は逆に香月純江という女を一度で信頼した。

〈藤村十、機体を再び戻してそのまま第四管区にまで進入してください。満濃《まんのう》バイパスは半壊により旧三二号線を〉

「了解」

今度はマニュアルで走行させせた。操縦桿を握る手がほんのりと汗を帯びているくらいが丁度いい。かなり胸の鼓動も落ち着いてきた。とんでもない失態を演じるのも自分らしさが出た証拠だ。上空のパノプティコンは恐らくこの機体を追従してくれている。心強い。それは今の今までに計算に入れたことのなかった明るい要素だった。

〈藤村、聞こえているな〉

是沢銀路だ。

「はい」

〈私は今、パノプティコンの下層ゴンドラにいる。今日は可能な限りこの位置に立っていようと思う。あぁ、シキサイが躍動しているのが分かる。だがあと一割、機体防御にシステムの知能を回すといい〉

「分かりました」

〈藤村は世界初のパイロットだ。人跡未踏の地に足跡《そくせき》を残そうとしている〉

「いわれて気づきました」

〈ではいざ立ち向かえ。優秀なる戦績を献上して我ら常勝軍団の一員となれ！〉

「了解」

自分はやはり単純な人間なのだろうと思った。初弾の失敗を払拭して気分は上向きになっている。

香月純江の誘導で国道を乗り換える。竜王山《りゅうおう》の北麓に二体のキッカイが歩を進めていた。大型と小型。手こそつないでいないがその並び方は親子にも見える。コンパスがまるで違うのに一定の距離を保っている。どちらも走馬燈のデータは入ってきていない。シキサイのイメージセンサーで二方向から探知した。

〈藤村十のタイミングで〉

あえてその声に呼応させて射撃した。大型に二箇所、小型は一点に。一連の処理は完璧。オリジナルの挙動でガンマンよろしくユラ・ピストルを回転させてからホルダーに戻す。

〈去勢完了。小型個体のみ事後処理よろしく〉

そして再びホルダーからユラ・ピストルを抜くはめになった。

大きな収穫だ。キッカイと対峙する距離感がつかめた。次はまだ数歩は間合いを詰められそうだ。

現場をあとにしてからしばらくした後、大型個体に向けて曳火《えいか》砲撃が加えられた音がした。その様子にメインカメラを向けるほどの余裕はまだなかった。

〈一時の方向に見えていますね。プリズンガード一八番船です〉

「……見えた」

〈直下に大型牡種、イレギュラーの可能性大です〉

やはりゴンドラからは球体が垂らされている。しかしそれは後方に流れていた。機影は坂《さか》出《いで》方面を向いているので誘導しているわけではなさそうだ。キッカイは移動している。

もくもくと立ち上る白煙の向こう側からその体軀は現れた。両腕を振らずに走っている。シキサイを加速させようとした瞬間、キッカイはなぜか転倒した。普通科の砲兵が無反動砲を放って足下を襲ったようだ。再び立ち上がる前に距離を詰める。イレギュラーの可能性があるというのでイメージセンサーの感度を上げておいた。

三〇〇メートル弱を残した辺りでシキサイに射撃体勢をとらせた。キッカイは四つん這いに、そしてゆっくりと立ち上がった。銃口を向けられているのに怖じ気づく様子はない。キッカイにはいまだに威嚇の概念がないのだ。だから獣のように牙をむき出して威嚇もしてこない。走馬燈がにじんでいる。なかば液化して形成不全のようだ。恐らく機能もしないとは思うが。

(!)

今のはなんだ。ほとんどノーモーションで物を投げてきた。それはシキサイの頭部をかすめるようにして流れて行った。

(ロケットパンチか……。アニメ通だな。いいセンスしてるぜ)

キッカイの左手がなくなっているところを見ると脱落したそれを右手で投げたらしい。栂遊星はノーコンだといっていたがまんざらでもなかった。次の瞬間にキッカイはこちらに向かって猛然と駆け出してきた。ヘビににらまれたカエルのごとく硬直、それとも冷静さを保てていたのか、藤村十自身にも分からなかった。是沢銀路の声が聞こえたような気がし、シキサイを軽く横にステップさせて突進を交わした。機体をひるがえらせ、イメージセンサーの再計算表示を待たずに背後へと銃弾を放つ。自分のイメージの方が先に裏側を描けたのだ。走馬燈の縁《へり》に弧を描いて四連射。会心の手応えが残った。銃弾の痕から濃緑色の液体が漏れ出す。

〈去勢完了。藤村十、その場から東方、任意の場所へと速やかに移動してください〉

「東方ってどっちだ」

〈……つまり右です〉

「右ならどこでもいいんだな。了解」

第一管区の鰐の壁からライフル砲が放たれた。藤村十はやはりその音だけを聞くにとどまった。香月純江からは高松への急行を伝えられていた。パノプティコンが行く手を導くように上空をやや先行する。ゴンドラ下層のガラス空間には是沢銀路と思われる人影が立っていた。

彼らはもう一七時間近く戦い続けている。確実に与えられる休憩が孤介時間だけとは皮肉なものだ。こちらはまだ体が温まり始めたところなので弱音は吐けない。ただ、少し喉が痛むのはなぜか。風邪をひいたのかもしれない。ジバン姿で眠ったのがいけなかった。喉が不調を訴えるといつも翌日は熱が出る。誕生日会にきて欲しいといった栂遊星の言葉がこのタイミングで思い出された。

〈目標は市街に進入しました。中型二、どちらも牡種。四足テーブル型は高度を稼いで撃ち下ろしてください〉

「了解」

シキサイを減速させて歩幅を合わせる。そして軽い跳躍で低層ビルは四階建ての屋上に着地。香月純江のいう通り、テーブル型の個体は平べったいので鉛直に近い撃ち下ろしが最善だ。イメージセンサーに従って走馬燈を撃ち抜く。中途半端な残弾二発は急所に見舞った。

マガジンを交換している間に人型が接近していた。屋上から降りたところでちょっとしたもみ合いになる。肉薄しての格闘もシミュレーターで訓練を重ねてきたので自信はある。そして現実のキッカイはさらにケンカが下手だ。こちらからの打撃は基本的にボディブローと決められている。頭部に加えると逆に頭部を狙われるようになる恐れがあるからだ。それはコックピットの危険を意味する。栂遊星は初陣でこのルールを破っている。走馬燈が存在したというキッカイの頭部を手刀で処理したらしい。壱枝雅志が機嫌を損ねて鳴滝調とばっちりを受けた。

正面から蹴飛ばし、つかんで振り回してビルに叩きつける。銃口をほとんど接触させて去勢処置。貫通した銃弾がフロアの中を跳ねた。続けて急所に当てようとするとキッカイはなんと口でくわえ込んだ。藤村十は迷わずトリガーを引いて口内から後頭部へと銃弾で撃ち抜いた。キッカイは両膝を突いてそのまま崩れ落ちた。シキサイをその場で跳躍させ、キッカイの胸にかかとを落とす。

〈藤村十、その場から南下して田園地帯まで進んでください。しばらく待機で……〉

「了解？」

パノプティコンからの通信がプツリと途絶えた。背後のビルにシキサイをもたれさせ、メインカメラを見上げさせる。コックピット内も傾き、藤村十はなかば仰向けの体勢になった。相変わらず是沢銀路と思われる人影が立っているが、もう一つの影も見え隠れする。その後二つの影は上階のキャビンへと消えた。しばらくしてシキサイの内燃機関の出力が〇・八％にまで落ちた。事実上の活動停止だ。

（トラブルか……）

自己診断も走らない。

仕方なく非常電話で拠点ドックと連絡をとった。聞けばパノプティコンの司令システムがダウンしたらしい。是沢銀路がシキサイの活動を一時停止させ、大本営を善通寺駐屯地の幕僚監部に返還したようだ。孤介時間ではない限りは要撃行動に空白は作れないので、その対処はソリッドコクーン日本支部の運用憲章に則ったものなのだろう。しかしせめてシキサイを水平正視させてからにして欲しかった。

五月の空をぼんやりと見上げる時間が続く。ときおりパノプティコンよりも高高度をプリズンガードが横切って行くのが見えた。そしてパノプティコンは係留場施設に戻るのか、一度大きく旋回してから徐々に視界から消えて行った。

機関砲が連射される音が聞こえる。榴弾砲と迫撃砲が放たれて炸裂する音も。ピンポイント攻撃が難しくなったのだから消費される火薬の量が増えるのは当然だろう。それにしても、戦闘が奏でる調べから品性が失われたように感じられる。

「菜の花畠に入日薄れ　見わたす山の端《は》霞深し」

藤村十は戦場の音を聞き流して「朧月夜」を歌った。

「蛙《かわず》のなくねもかねの音も　さながら霞める朧月夜」

二〇分ほど経っただろうか、前触れもなくコックピットのハッチが外から叩かれ、それは手動で開かれた。藤村十は思わず吹き出して笑った。いかなるマジックを使ったというのか、なんと是沢銀路が顔を覗き込ませてきた。

「こんな状態になっていたか。すまんな。心細かったろ」

「是沢さん、あんた二人いるのかい？」

「私も自衛官出身だ。いざとなれば船から降りることくらいできるさ。あとは丁度いい具合に裏のビルを登ってきただけだ」

「なるほどね。それで、いつまでこの状態が？」

「ふむ。パノプティコンは一度帰らせた。態勢を整え直して再度放船という形になる。藤村はそれまで待機しておいてくれ。楽じゃないだろうがな」

「大丈夫です」

是沢銀路は制服のポケットからゼリータイプの補給食を取り出して手渡してきた。

「現状の要撃ラインはうんと南だ。ここまでキッカイがくることはまずないだろう。こさせないようにもする。なにかあったら非常電話を使え。駐屯地経由ならパノプティコン側の非常電話につながるようになっている」

「分かりました」

「これ、閉められるか？　開け方だけは聞いてきたんだがな」

「やっておきます」

「じゃあ、またあとでな」

是沢銀路、不思議な男だ。栂遊星は壱枝雅志と似ているというが、そうは思わない。壱枝雅志は言葉をぶつけてくるだけで体はぶつけてこない。少なくとも二年あまりつき合ってきた中ではそうだった。それは本音をなかなか表に見せないナーバスの性質だと思っていた。ナーバスとダルタイプだけで分類すること自体が乱暴だったのだろう。

ヘッドアップディスプレイに瞬きをする。ハッチは音もなく閉まった。メインディスプレイの一部を切り替え、そこに戦況を表示させようとした。しかし「NO　DATA」となった。シキサイは要撃行動から除外されているという意味だろう。今は空を眺めることだけが許されている。

確かに奇妙だ。ボルヴェルクの空には鳥が飛んでいた。さいたま市の空には飛行機も飛んでいた。しかし高松の空には翼というものがない。人間と野鳥、さしずめ地球の生物が心を一つにした匿翼《とくよく》の大原則。四国では夏に蟬も鳴かないという。

それから三〇分ほどの間に大きな地鳴りが断続的に伝わってきた。榴弾が炸裂した場所はさほど遠くはないように感じられた。キッカイが北上を速めたのか、そして要撃部隊がシキサイへの接近を阻《はば》もうとしてくれているのかもしれない。

コックピットが不気味に動揺した。ヘッドアップディスプレイには即座に警告表示が浮かんだ。藤村十は思わず息を呑んだ。ビルにもたれさせていた機体の背面がずれたのかもしれない。自分の体勢もほんのわずかながらも右に傾いている。

（まずいぞ。これはちょっとまずい）

藤村十は非常電話をフタナワーフ本部にかけた。不自然な機体の体勢を保つには〇・八％の出力では足りないのかもしれない。その旨を伝えてパノプティコンにつないでもらった。受話器を取ったのは保科敏克で、是沢銀路はまだ到着していないといった。そうしている間に再び機体はまたわずかにずれた。せめて榴弾の使用を中止してくれないものか。

〈もうそこまできているはずなんだが、分かった、これから走って迎えに行く。藤村は衝撃に備えて安全対策をとっておいてくれ〉

藤村十はセーフティバルーンの射出口をにらんだ。非常電話で今度は拠点ドックにかける。

〈なにかありましたか？〉

「機体が横転するかもしれない。今すぐ出力を上げてくれ。数％でいい」

〈……そうですか。弱りましたね。こちらには下げる権限はあっても上げる権限がありません〉

「補助動力装置があるだろ。知ってるんだぜ」

〈……よくご存じで。少々お待ちを〉

補助動力装置なるものが本当にあるのか否かは実は知らない。ただ、鳴滝調がそのような単語を口にしていたことだけは憶えていた。

藤村十は返事を待つ間に機体防御のプライオリティを最大値に設定した。他にできることといえばなんだ。頭を左に傾けて受け身の準備をする。たかだか二〇メートルからの落下だ。機体が走行しているわけではないので怪我をすることもないだろう。

バックパックが擦過する音とともにコックピット内は微かに振動した。いよいよ機体が右へと崩れ落ちる。藤村十はシートの左側を両手でつかんだ。一気に体が傾いてゆく。歯を食いしばったところでその加速度は柔らかく緩衝された。オート処理でシキサイが右手を着いたようだ。出力が一八%まで上がっている。それは時間とともに一〇〇%に回復した。

〈藤村十、大丈夫ですか〉

香月純江の声だ。パノプティコンの司令システムが絶妙のタイミングで復活したらしい。

藤村十はいまだに回答を出せない拠点ドックとの回線を切った。

「間一髪で間に合った。問題ない」

〈これよりパノプティコンは離陸します。到着までに時間を要しますが、サポートは行いま

すので心配なく〉

つまり合流を待たずに要撃を始めておけという意味だ。

シキサイを再び起立させ、藤村十は目を見張った。田園地帯は舞い上がった砂埃で一面の視界が悪くなっていた。メインカメラを向ける方向によってはヘッドアップディスプレイに「視察不能」の文字が浮かぶ。夜間の操縦を思えば恵まれてはいるが。

サーチライトを点灯させてシキサイを前進させる。要撃シフトの変更にともない、普通科の砲兵たちが慌てて退避しているのが見える。誤って彼らを踏みつけないように慎重に足下を選んだ。機体が砂埃の中へと入る。ひと雨欲しいところだった。

肉片と化したキッカイの骸《むくろ》があった。牝種だったのかもしれない。雑音に近いパノプティコン内の声が聞こえてくる。しかし香月純江からの指示は出なかった。仕方なくメインディスプレイの一部を割いてプリズンガードからの情報を表示させる。讃岐山脈を抜けた個体はあとわずかに四だ。一体は充分にユラ・ピストルの射程に入っている。

イメージセンサーが走馬燈の位置と形状を確定しない。砂埃のためにキッカイの挙動を捕捉しきれないのだろうか。藤村十はシキサイをさらに数歩進めたところで射撃体勢をとらせた。

〈藤村十、お待たせしました。再開しましょう。最近個体は牡種〉

「走馬燈の位置が分からねぇ」

〈URAファイルに合致するものがあります。そちらで参照して射撃システムに反映させて

ください。シリアルナンバー二二七。繰り返します。二・二・七です〉

「了解」

ボルヴェルクでもほとんど使ったことのない方法だ。藤村十は該当するウィンクタッチセンサーを思い出すことに苦心した。これはダイナミックフィギュアの仕様を改めて復習する必要がありそうだ。香月純江の方がよっぽどよく知っている。

（これか……。二二七っていったよな）

ヘッドアップディスプレイがURAファイルの情報を採用した。走馬燈はかなり小さいが急所から離れた脇腹にある。少々外しても問題はなさそうだ。藤村十はシキサイに片膝を着かせ、もっとも安定した姿勢からユラ・ピストルをセミオートで連射した。

〈的中。去勢完了。続いて三時の方向、牡種は駆け歩きする中型個体あり。距離七。溜め池群を横断してください〉

「了解」

ただちにシキサイを現場に向かわせる。いつの間にか太陽は南中していた。ダイナミックフィギュアの連続主系操縦は八時間前後がパイロットの許容限界と試算されている。その数値の根拠は知らないが、こうして実際に体験した感覚からはいい線だと思える。

「本当に中型か？　見えてこないぞ」

〈池に入りました。プリズンガード三〇番船の直下です〉

確かに水面に膝下が浸かった個体が見える。底に足を取られているのかうまく進めないようだ。しかしこれ以上にない恰好の標的だった。

〈藤村十、目標が上陸するまで待機してください〉

「なぜだ」

〈ワーストケースを考慮してです。池の中に蘇生部隊を派遣できません〉

キッカイの位置まで一五〇メートルとない。これまでの調子では外しようがないが、香月純江の判断はもっともだ。

いたずらに時間が流れる。キッカイはときおり水をすくって遊ぶような真似をする。こちらに興味も示すのだが、水に対する興味の方が強い。キッカイは、泳げるのだろうか。翼を持たない限り、四国から本州、そして大陸に渡るためには泳がなくてはならない。

〈藤村、あまり時間がとれん。一度槍を持って踊ってみろ〉

およそ是沢銀路の言葉とは思えなかった。藤村十はいわれるがままにユラ・スピアをシキサイに把握させ、頭上に掲げて踊らせた。その効果は大きく、キッカイは足を引きずりながらこちらに向かってきた。ユラ・スピアを差し向けてやると、意外にもその先端を両手でつかんだ。シキサイを後退させて一気に引き上げてやる。それと同時にユラ・ピストルで射撃した。

〈去勢完了。続いて急行よろしく。西方は九時の方向に疾走個体あり。大型牡種。距離三から四で近接予測〉

「了解」

硬直しているのか、キッカイがユラ・スピアを手放さない。仕方がないので捨てて行くことにした。シキサイを加速させる。アスファルトのように硬くない足下は安定しない分、コックピットに反映される振動も大きかった。

疾走する大型のキッカイが左手前方に見える。シキサイを走らせたままユラ・ピストルの銃弾を脚部に向けて連射した。残弾がなくなり、マガジンを交換して再び連射。キッカイが転倒する。藤村十はにやりと笑ったのを最後に、脳しんとうを起こしてそのあとの記憶が途切れた。

なにが起きたのだろう。藤村十にはすぐには状況が把握できなかった。コックピット内はセーフティバルーンで空間が埋まっていた。そのプレッシャーは決して生易しいものではなく、手で押しのけなくては閉塞感で不安になるほどだった。シキサイは走行状態から転倒したのだ。

それなのに、自分は今逆さまになっていない。そしてシキサイは動いているようだった。両側から膨らむバルーンの間に手を入れて隙間を作る。ヘッドアップディスプレイには「従系」の文字が浮かんでいた。

（遊星か……）

藤村十はコックピットの天井を見上げた。

ガリビエの主賓

（〇五／一四）

「いいか栂ぁ、仕事ができるのは大いに結構なことだ」

「ひょっとして太刀川さんたちのことでしょうか」

「……しかし咎められるようなことはするもんじゃない」

「はぁ」

保科敏克はハンドルから手を離してタバコを口にくわえた。顎でさし、ダッシュボードの中のライターを取らせる。栂遊星は横から先端に火をつけた。

「与えられたことをきちんとやる、それが国際公務員の仕事であり、組織の仕事であり、大人の仕事でもある」

「ボクも大人になりましたけど」

「じゃあおじさんの仕事だ」

意見を求めようとして後部座席を振り返る。錦戸康介はミリタリー系の雑誌を真剣に読んでいた。係留場施設を出発したときからずっと。彼がその状態に入っているときはなにを話しかけても無駄だ。呼び出し放送にも応じない倉又安由美のランチモードと同じで。

いぞ」

「まぁ一本吸え。誕生祝いだ」

「いただきます。……え!? これがですか？」

「物の値段をいうな。タイミングがしゃれてるだろ。むしろそっちを重視する女は意外に多

桐遊星はタバコをくわえて火をつけた。保科敏克が助手席のウィンドウを少しばかり開けた。

三人を乗せたワゴン車は、国道一一号線を東に進んで南あわじへと向かっていた。鰐の壁である高松自動車道より南はほぼ全面にわたって通行止めだ。道路の修繕を兼ねて拡張工事が急ピッチで行われている。次の要撃行動に備え、車輛とそしてシキサイの移動力を向上させるためだ。

町の形もかなり変わるだろう。拡張を優先させて既存の建造物もところによっては取り壊されると聞いている。シミュレーターの映像を頭に記憶させた鳴滝調は戸惑うことになるかもしれない。

昼前にソリッドコクーン日本支部の人間が係留場施設にやってきた。そして太刀川静佳と香月純江と倉又安由美を連行して行った。手錠こそされていなかったが、七三式中型トラックの後部荷台に乗せられていたので待遇は悪そうだった。

彼女たちがいかなる処分を受けるのかは分からない。是沢銀路が間に入っているので最悪の事態にはならないとは思う。

太刀川静佳は司令システムを私用で使った。要撃行動の通信ログを後学《こうがく》用に保存したのだ。この行為自体には問題はないのだが、メモリと、特に通信チャンネルを複数使用し続けたために司令システムがダウンしてしまった。キッカイの進行が一日早まるという不測の事態で、要撃行動が長時間に及んだことが原因だ。そしてこの可能性はかねてから香月純江が危惧し、高所監視部隊に対してさんざん改善を求めてきたことでもある。

その香月純江はダイナミックフィギュアの中核コードを戦場で書き換えている。シキサイの動作を停止させた裏技だ。「DFシステムが持つ脆弱性《ぜいじゃく》に対する内部からの示唆」、是沢銀路はこのような表現で擁護したらしい。一時は処分も免《まぬが》れそうな気配だったが、やはりテレメトリーコマンドが傍受されていたという一件が大きく響いた。この点では運が悪かったといえる。

倉又安由美は二人をほう助した格好になった。太刀川静佳はフタナワーフから冷遇され、香月純江は高所監視部隊から訴えを無視され、同じ犠牲者という意味では倉又安由美がもっとも色濃い。

なににせよ、三人の女性クルーの踏み込んだ行為により、シキサイの要撃行動が悪影響を受けたことは事実だ。藤村十が緊急出動させられるはめになり、戦場では置き去りにもされている。

「テレメトリーコマンドを傍受したスパイって、結局死んだみたいですね。朝刊の一面扱いでした」

「真相は闇の中だな」

「国連が主体の可能性は？　スパイって国連BCの撮影班ですよね」

「新聞ばかりじゃなく、たまには低俗な情報誌も読め。五趾病院に行けば置いてある。通報したのは撮影班のディレクターだ。仲間を密告するか？　R・ジュリックという女だったはずだ」

「じゃあ誰がなんのために……」

「今のところ、国際的思想グループの線が強いと見られている。孤介時間にやかましいやつらのことだ。インバネスという名で、かなり前から日本にも支部があるという噂もある」

インバネス、外套《コート》の意味だ。

「噂ついでだが、去年のハイジャック事件、憶えているか」

「はい、高知の沖合で撃墜した。同じく真相は闇の中です」

「あの犯行団もインバネスじゃないかといわれている」

なるほど、乗っ取りという手段は共通している。

傍受したテレメトリーコマンドを解析し、後にシキサイを乗っ取ってなんらかの要求を突きつけようとしたのだろうか。活動を妨害することはできるかもしれないが、コントロールし続けることは決して容易なことではないと思う。ただ、思想家のメッセージには「神の委譲」がある。ひょっとすると、神とはクラマとそしてダイナミックフィギュアのことだったのかもしれない。

「ここまでの道のり、結構長かったですね。太刀川さんたち、トラックに揺られてもう充分に罰を受けてますよ」

「トラックに乗れるならボクも連行されてみたいね」

錦戸康介がようやく自分の世界から抜け出してきた。

「もし香月さんが長期の処分でも受けたら、ボク困ります。フィギュアの操縦にはサポートが必要です」

保科敏克が咳払いを強調した。

「なんのためにオレたちがいると思ってるんだ？　ボルヴェルクで初めて会ったときにいったはずだぞ。オレと錦戸はオペレーションもできるし、船だって操縦できる」

「『クルーの補助といっても雑用係ではない』。そういえば、フィギュアが複数になったらどうするんですか？　さすがの香月さんでも一人じゃ……」

再び保科敏克の咳払い。錦戸康介も追って真似た。

「香月さんはカムカラにつくことになってるんだよ。藤村とペアだ。鳴滝さんだっけ、彼女の担当は保科さんになってる。……あ、今不安な顔したね？」

「いえ……」

「栂の担当はボクだ。心配するなよ。日々ちゃんとトレーニングは積んでるから」

おかしいとは思っていた。パノプティコンのキャビン内の配置で、香月純江との間に錦戸康介をはさんでいる状態を。錦戸康介には悪いが、香月純江とやり取りするにあたって何度か邪魔に感じたことがあった。

大鳴門橋《おおなるときょう》を渡るとソリッドコクーン日本支部は遠くない。しかし善通寺から大鳴門橋までが近くない。是沢銀路は一週間に二度は足を運んでいるというのでさぞかし大変だろうと思う。

桕遊星は鳴門海峡を眺めた。二ヵ月ほど前、この橋の下を通った。

*

太刀川静佳たちの弁護をひと通り終え、是沢銀路は次の弁護をするために二つ上のフロアに向かった。階段を一足飛びに登り、なんともいえない印象が残って踊り場で足をとめた。たった今すれ違った男を呼びとめる。

「七戸か」

「是沢さん？」

やはりそうだ。善通寺でも会うことのなかった七戸譲とここで会うことになるとは。

七戸譲との出会いは一五年以上も前にさかのぼる。幹部高級課程を終えて初めて着任した部隊に七戸譲は要員として配属されてきた。優秀な部下で命令には忠実、そして実に熱い男だった。後に所属が替わって直接的なつながりはなくなり、七戸譲の方は自衛隊を辞めた。それがフタナワーフに復帰したことを知ったときには一人喜んだものだった。

「手錠はついていないようだな。安心した。起訴は免れそうか」

「どうでしょう。一応警察の方から逮捕予告は出ています」

「……そうか。悪い役回りだったな。江添《えぞえ》はなんていってる。実は三日ほど前に連絡をとったんだが、そのときにはまだ男が病院で生きていたからな。あいつもろくな回答ができなかった」

「江添さんも私一人に責任を負わせないでしょう。しかし、今回の一件は私の失態です」

「証拠も残っている。お前には容疑者逮捕にまつわる権限が与えられていた。あの男は仮にも国連が撮影スタッフとして公認した人間だ。国連側に責任がある」

「そのことについてですが、今いやな話を聞かされてきたばかりです」

「なんだ」

「実は私、部下の代替要員だったんです。佐々《さ さ》史也《ふみや》をご存じでしょうか」

「佐々……、化外の地から生還を果たしたという男か。いわれてみれば白き蟬だったな」

「はい。その代替手続きがどうやらお座なりになっていたようで、国連側から見れば私は正規の護衛要員ではなかったみたいです。もめるかもしれません」

「だったらチョンボは江添じゃないか。私もいい部下ばかりには恵まれんな」

「是沢さんは関係ありません。これはフタナワーフの問題です」

「いや、あのタイミングの統帥権は私にあったからな、そうもいかんだろう。まぁそれはいい。困ったことがあったら必ず私にひと声かけろ。私もアンテナは掲げておく」

「心強いです。しかし私も今は部下を持つ身ですから、上司に泣きついている姿ばかりは見せられません。春の終わりといわれれば、桜のごとく潔く散りますよ」

七戸譲は頭を下げて敬礼し、堂々とした足取りで階段を降りて行った。その後ろ姿を見届けて是沢銀路は少し安心した。仮にも人の命を奪ってしまったのだ。平常の心理でいられるはずがない。

ダルタイプである七戸譲はフタナワーフの宝だ。塀の中に送り込むような無情な処遇はないだろう。そのような楽観的な成り行きを描いておくしか今はなかった。

それにしても七戸譲とはなにかと不運に見舞われる男だ。過去にも演習中に不慮の人身事故を起こし、責任を感じて自衛隊を退いている。

是沢銀路は再び階段を一足飛びに登り始めた。廊下を小走りに渡り、頭を完全に切り替えてから一室の扉を叩く。

「入ります」

そこには軍事参謀委員のデスクに詰め寄る藤村十と鳴滝調の姿があった。

「是沢、この二人をなんとかしてくれ。反省の欠片もないぞ」

是沢銀路は歩を進め、早くも反論しようとする鳴滝調の口を手のひらで制した。

「藤村、風邪は治ったか」

「はい。是沢さん……」

そして藤村十の口も手のひらで制す。

「内容は把握しています。二人も直接部外者に情報を漏洩《ろうえい》させたわけではありません。あくまでも内輪での共有です。訓告が相当かと思いますが」

藤村十と鳴滝調はダイナミックフィギュアについて知りすぎている。仕様にさえ記載されていない補助動力装置の存在について二人は知っていた。そして処分を受けるとすれば彼らではない。鳴滝晋平であり、その彼に情報を伝えたボルヴェルクの拠点研究員だ。

「よし鳴滝、弁解があるならしてみろ」

「私もバカじゃありません。しゃべってもいい人間と悪い人間の区別くらいつきます」

「藤村はどうだ」

「オレは、自分と無関係のことにまで耳をそばだてたりはしない。自分の命に関係していると思うからこそ……、知っておきたい」

「ふむ。鳴滝に対しては同情の余地がある。今もボルヴェルクの地下に隔離されているようなものだからな。藤村と栂が去って寂しい思いもしているだろう。そして藤村、これは結論だが、お前は前回の要撃行動において負傷していた可能性があった。これも機密だと前置きしておくが、コックピットの欠陥で、出力一％以下では安全装置は働かないそうだ」

二人が言葉を放つために息を吸った。是沢銀路はやはりその口を制するのだった。

「しかしだ。ダルタイプであるお前たちには残念ながら見えていないのだ。聞こえていないというべきかな。孤介時間には無心を努めなくては思考が勝手に伝播してしまう。二人が持っている情報は、知らぬ間に漏洩してしまう可能性があるのだよ」

これは全世界で共通した認識だ。特に機密を知っている人間は孤介時間の過ごし方に神経を遣う。

「どうでしょう、本山《もとやま》さん。二人に孤介時間を意識する習慣をつけさせてみては。ボルヴェルクの壱枝主席とプログラムを作成します。ナーバスとはいえ、栂に対しても私は指導を怠《おこた》ってきました。今回の責任追及は是沢名義に累積を」

「キミは部下に甘いよ。直属の人間には特にな」

「甘くはありません。他で厳しくしています。それは特別攻撃機の活躍で証明していきましょう」

是沢銀路は二人を従えて部屋を出た。廊下にはパノプティコンのクルーたちが集まっていた。

「よし、これから全員で坂出に向かう。主賓は、栂だったな」

「一・二・三・四・五・六の九人ですか……。私のワゴン車、八人乗りなんですけど」

「……詰めればなんとか乗れるだろ」

＊

年功の序列でシートに座ると、最後のポジションがカーゴスペースになることくらいは栂遊星には分かっていた。主賓がこの扱いだ。確かに太刀川静佳たちを迎えにきたつもりだが、是沢銀路の相乗りはまったくの想定外だ。そして鳴滝調の存在はさらに想定外だった。彼女は訓告を受けるためにはるばるボルヴェルクから呼び出された。

〝お咎め組〟の五人は機嫌がよくない。せめてむしゃくしゃした気持ちを言葉に出してくれたらなだめようもあるのに、黙っているのだ。ムードは非常に悪い。今の彼らには他人の記念を祝おうという思考は乏しいはずだ。誕生日会を開いてくれるというのならば延期してくれても構わない。

とはいえ、早くともそれは二週間後になってしまう。香月純江に謹慎処分が科されたからだ。太刀川静佳は一週間、指揮所訓練の日以外は係留場施設から出られなくなる。倉又安由美は一人処分を免れてVサインを出す人間ではないことが分かった。

「そうだ、十くんと調さんに訊きたいことがあったんだ」

藤村十と鳴滝調が湿っぽい顔をこちらに向ける。

「西区にさぁ、安並さんていう特別研究員の女の人がいたはずなんだ。技術実証試験の最終日にバインドルームにきたじゃないか。あの人ってまだ、ボルヴェルクにいるんだよね」

二人は顔を見合わせ、互いに押しつけ合うようなサインを口の周りに作った。

「いるかいないかという質問に対しては正確には答えられないというのが賢明な答えだろうな」

言葉を選びながら連ねたひどく不自然な口調と回答だ。

「右に同じ。西区と中央区はもともと交流なんてなかったんだから、人の出入りなんて分からないわ」

「そっか……。じゃあ一度お父さんにでも電話で訊いてみよ」

「だめよ！」

鳴滝調が強い語気でいった。

「びっくりした。どうしたんだよ。でなんで？」

「え？……つまり、つまりそうよ。私と十が今怒られてきたばかりじゃない。内部のことはいえ、あまり詮索するものじゃないわ。遊星くんはきっと、私的に情報を集めようとしている。それはいくら誕生日を迎えた人間でも自重すべきだわ。それが大人というものよ」

鳴滝調にしては説得力に欠けている。

どうせ二人は嘘をつくのが下手なので、事実を隠しているだろうことはなんとなく想像できる。安並風歌には特殊な人事異動があったに違いない。蘇生部隊長とはやはり彼女だ。西区における研究は異常だといっていたことを思い出す。その状況に耐えかねて善通寺に逃げ場を求めたのかもしれない。キッカイを四国から北海道に持ち出しているという事実を知る立場なので、彼女が純粋な民間人に戻ることは難しいはずでもある。

坂出の街で一度解散し、孤介時間を送った後に再び集合した。栂遊星はガリビエというバーを訪れるのは初めてだった。香月純江でさえ一度はきているというので、フタナワーフの関係者の中では恐らく最後の人間だろう。成人になっても最年少という立場は当面変わらない。

広いホールには偏りもなく人影が認められた。一つひとつのテーブルは余裕をもって占有されているのでまだ定員の二割程度といったところだ。幹事役の錦戸康介がいち早く交渉しに走って一画を譲ってもらった。次の機会からは自分があの役回りになるのだろうかと思った。イベントを企画するにあたっては、今日まで太刀川静佳たちから積極性が感じられたことはほとんどない。同様に母性の類《たぐい》も。

八人ほどの小さなグループが入ってきた。茶色の戦闘服を着ている。保科敏克に訊けば調査部隊の酒王《さけおう》らしい。東富士演習場から第一陣として帰ってきた成績優秀者だ。彼らはダルタイプなので孤介時間の要撃行動に投入される。荒くれ者が多いという噂を聞いていたので関わりたくなかったが、目を合わせてしまったためか近くのテーブルに着かれてしまった。

調査部隊でいえばはぐれ鶴《づる》はたったの三人だ。ガリビエに入ったときからすでにバーカウンターに座って背中を丸めていた。白き蝉とおぼしき戦闘服姿は一つもない。見返り美人はまとまりもなく、いたるテーブルでモテている。

「では幹事のボクからね。今日で栂がめでたく成人だ。こうして一緒にお酒が飲めるようになったことを全員で歓迎してあげよう。是沢さんがきてくれたので他の部隊から絡まれることはないと思うよ。それから太刀川さんと香月さんはありがとう。謹慎処分を明日からにしてもらったそうだよ、栂」

「余計なことはいわなくていいの」

「……ありがとうございます。知りませんでした」

「ボルヴェルクからは鳴滝さんもこの日を狙ったかのように叱られにきてくれたしね」

「ヘンな紹介の仕方をしないでください。こんなに遠い職員室、初めてだわ」

「とにかくいい顔合わせの機会になったじゃないか。親睦会の意味も兼ねて、あとでお互いに自己紹介をしよう。えーっと、このバーは飲み放題だから藤村もじゃんじゃんいってよね。食べ物は……、是沢さんがいるとタダになるんでしたっけ」

「ハハハ、残念ながらそのルールは一佐より上からだ」

「おい栂ぁ、お前クリティカルルームまでひとっ走りして、臨界もらってこい」

「大丈夫だ。私が面倒を見よう。今日はそのつもりで便乗した」

倉又安由美が大いに喜んだ。空気がほどよく和んで乾杯をすることができた。

「栂ぁ、なんか大人の心構えでも偉そうにいってみろ」

「心構えですか？　……そうですね、咎められるような仕事はしない、でしょうか」

「栂くん、それって私たちにケンカを売ってるの？」

太刀川静佳に枝豆の鞘を投げつけられる。罰としてジョッキのビールを空けさせられた。

誕生日を祝ってもらうなど何年ぶりだろう。渡来体の出現とＳＴＰＦの建造以来、慶事自体から盛大さが失われていったような気がする。加えて日本の場合は四国住人に対する配慮や遠慮があったのだと思われる。やはりかつての生活文化を完全に取り戻すには、この地球からキッカイとＳＴＰＦを排除した暁《あかつき》を待たなくてはならない。

その後、ガリビエにやってくる隊員の数は目に見えて増えていった。中には慰問の家族をともなう姿もあった。是沢銀路の顔を認めてあいさつをしにくる隊員は多かった。外国人が含まれるテーブルはクリティカルルームや国連ＢＣの関係だろうか。ときおりホールの中では局所的に威勢のいい声が上がった。そのたびになにか衝突が起きるのではないかと気をもまされた。

保科敏克の話によれば、まだ健全な雰囲気なのだという。夜も深まってくると、ジャンクと呼ばれる病んだ連中が目立ち始めるらしい。早くから始まっていた掃討作戦と本格的な要撃行動で精神に異常をきたした隊員だ。フタナワーフでは彼らの存在が問題になっているが、余裕のない現状では社会復帰をさせることが難しく、自然治癒などに期待して四国内にとどめている。中には再び戦場に出るのがいやでジャンクを演じている者もいるようだ。ダルタイプであるにもかかわらずナーバスを装っている人間と似ている。

「保科さんでしたっけ。さっきから気になってたんだけど、なんで奥さんのことをワイフって呼ぶの？　おっかしい」

「鳴滝さん、保科さんの前妻はオーストラリアの人なのよ」

太刀川静佳が代わりに答えた。

「へぇ、そうなんだぁ」

「国際結婚して国際離婚。お子さんは取られちゃったんですよね」

恐らく親権を奪われたことまで知っていたのは錦戸康介だけだ。

「あぁ、断然オレの方に似てたんだがな」

「太刀川さんはなんとなく分かる。でも保科さんと錦戸さんはなんでパノプティコンの要員に選ばれたんすか？」

「藤村ぁ、口には気をつけた方が長生きできるぞ。お前、ボルヴェルクで相当甘やかされてたみたいだな。とりあえずオレの隣にこい。もういっぺん頭を丸めてやろうか」

「勘弁してください」

「どうなんですか？　是沢さん。実際のところは」

「太刀川は、採用試験の席次がトップだったな」

「そう聞いています、自慢ではありませんけど」

「私が記憶している限り、トップスリーまでが女性だったはずだ。四番目と七番目に二人の名前があった。クルーを全員女性にするとバランスが悪いのでチョイスした」

「倉又さんて、卜部龍馬《りょうま》も目をつけていたらしいですね。是沢さんが略奪したって」

「略奪？　ハハハ……。藤村、誰がそんなことをいっていた」

「拠点ドックの技術員です。倉又さんの存在、警戒してましたよ」

「確かに香月と倉又は私の独断採用だ。シェイクハンドプロジェクトでひときわ存在が目立っていたからな」

藤村十と鳴滝調がいるといろいろな事実を知ることができる。そしてあらかじめ釘は刺してあるので香月純江については触れずにいる。もっとも気になる素性を持っているのは間違いなく彼女なのだが、その話題はあまりにも今という場に相応《ふさわ》しくなかった。

ようやく高所監視部隊の隊員も姿を見せ始めた。彼らの多忙な状況は変わっていないので、二〇人ほどもくれば多い方だという。前回の要撃行動ではプリズンガードのティルト機構に欠陥が見つかり、パノプティコンも含めて全船が再構築されることになった。戦場から帰還できない事態が起きることは深刻な問題なのだ。

公文土筆がやってくる日は具体的には分からないが、彼女のために用意された居室にネームプレートが入っていたので近日中だと思われる。採用が決まってからひどくのんびりしていると思っていたら、すでに東京で予備研修が始まっているらしい。栂遊星は初めて出た給料でルミの事務所から風景画を買った。額縁つきでススキの原の画をプレゼントするつもりだ。

「十ってさぁ、シキサイですっこけたんですって？　壱枝さんが頭抱えてたわよ」

「壱枝さん？　へっ、オレはもう気にしないね。善通寺にきてから呪縛が解けたよ。おかげで的中率も上がった。あの人と会うことは、もうないだろうな」

「それだったら昨日の新聞に気になる記事が出てたよ。ボルヴェルクは東区に続いて縮小されていく方向だって。ボクはいずれ中央区がまるごと善通寺に引っ越してくるんじゃないかと読んでる。是沢さんはなにかご存じですか？」

「ふむ。すべてはカムカラがやってきてからだ。そのあとに具体的な動きが見えてくるだろう。ボルヴェルクの上の方は口が堅い。下の方は案外そうでもない。そうだな、鳴滝」

「親子ともども反省しまーす」

香月純江がなぜかテーブルを移ってきて隣の席に座った。彼女は酒を飲んでもまったく様子が変わらない。恐らく、ガリビエに入ってからひと言もしゃべっていないのではないだろうか。要撃行動のときにしか声が聞けないというのもなんだか寂しい思いがする。

「是沢さん、ヤツです」

保科敏克が席を離れて是沢銀路に耳打ちをした。ホールの雰囲気がざわめきとともに変わる。ジャンクの登場かと栂遊星はそれとなく入口に目をやった。白き蝉だ。

「おい栂ぁ、目を合わせるな。藤村もだ。一〇〇%《パー》絡まれるぞ」

佐々史也らしい。化外の地に二〇日にわたって滞在し、奇跡の生還を果たしたというダルタイプの男。

ホールの中をあてもなく徘徊している。その足取りはしっかりとしており、決して酔っているわけではなさそうだ。それにしてもなんという影響力だろう。たった一人でガリビエを静まり返らせてしまった。佐々史也が与えるものとは紛れもなく究極的忌避感。彼自身がSTPFであり剣山セグメント。誰もが下を向き、孤介時間を凌《しの》ぐがごとく無心を努めて彼の通過を待っている。滅多に動揺を見せない香月純江ですら、グラスを両手で握ってテーブルの角を一点に見つめていた。

よりによってその佐々史也が向かいで足をとめた。

「酒王か。帰ってきたんだってな。でもなんだこんだけか。切り込み役はどうした。誰でもいいからやろうぜ」

「いきるな。ここに座って一緒に飲め。もう調査部隊に垣根はない」

「じゃあなんで茶瓶色の戦闘服なんて着てる。酒王ここにありじゃねぇか。オレはそっちの方が嬉しいぜ」

「七戸のことは知ってるだろ。お前も純白を着てるっていうんなら、自粛しろ」

「富士山で牙を抜かれてきたか。つまらねぇな」

佐々史也がバーカウンターの方へと進んで行く。今度ははぐれ鶴の背中を見つけて絡んでいる。栂遊星は安堵《あんど》のため息をついた。太刀川静佳と倉又安由美が鳴滝調を連れてトイレに逃げて行った。

「どうした！　なんでみんなオレを見ない！　オレはこの通りピンピンしてる。道後《どうご》温泉はバッチリ癒してくれたよ。みんなも戦いに疲れたら行くといい」

その声はかなり離れた場所から聞こえてきていたはずだった。しかし佐々史也はいつの間にかすぐ近くにいた。香月純江の真横で片膝をついている。

「やっぱり香月さんか……。この黒髪ですぐに分かった」

あまりにも意外な言葉だった。そしてその目からは鋭さが失われていた。

「オレだ。赤穂《あこう》の佐々だよ。あんたの原付盗んで説教されたっけ。なんでこんなところにいる。フタナワーフに入ったのか？　このテーブルはどこの部隊だ。え？　どうなってるんだ」

「外に出ましょう。皆に迷惑です」

香月純江が初めて口を開いた。椅子から立ち上がり、テーブルを離れようとしたところを佐々史也が横から腕を取った。その瞬間、乾いた音が響いた。香月純江が佐々史也の頬を張ったのだ。

「なんだ……、これでおあいこにしてくれるっていう意味か」

「そうです」

「なら礼をいう。ずっと後悔してたんだ。あれからオレは真っ当に生きてきたつもりだ。香月さんに認められるような男になろうと思ってね。自分の行動に責任を持たせてきた。常に命を賭してきた」

「それはあなたが人間として当然の姿に立ち返っただけです。つまり、普通です」

「……あぁ、それでもいい。そっちの方がいい。オレだって自分を偉いだなんて思ってねぇ。普通に扱ってくれるのは、香月さんだけだ。嬉しいよ」

佐々史也が再びカウンターへと進む。マスターに声をかけ、渋々差し出されたボクシンググローブを奪った。

「みんな悪かった！　オレは邪魔みたいだから今夜は帰る。その前に誰か相手をしてくれ」

なにをいい出すのだろう。そして佐々史也はなにがしたいのだろう。栂遊星には彼の人間性が皆目理解できなかった。

「よし、私が相手になろう。テーブルをどかせ」

是沢銀路が立ち上がって上着を脱いだ。保科敏克と錦戸康介がとめに入ろうとしたがそれを制した。

「あんた誰だ。伸びても知らねぇぞ」

「私はパノプティコンの船長。全権司令官の是沢銀路だ。憶えておけ」

「あんたがそうか。全権司令官の面目が潰れたら、まずいんじゃねぇか？」

「面目が潰れる？　私は今から部下にいいところを見せるつもりだよ。士気を高めるにはもってこいだ」

「面白い。あんた面白いよ」

中央のテーブルが乱暴に除かれてゆく。そしてホール内のすべての人間がギャラリーになろうと集まってきた。

「香月さん、いいんですか？　あの佐々っていう人、いってることとやってることがまるでかけ離れてますよ。全然真っ当じゃありません。たぶん、香月さんしかとめられないんじゃ……」

香月純江は椅子に座りかけてはやめ、とめに向かうのかと思えばテーブルの上に登って立った。栂遊星はその大胆な行動にあ然とさせられた。そしてリングを眺めるために仕方なく自分も椅子の上に登って立った。

「是沢さんだっけ。あんた知ってるか？　ガリビエのボクシングにゴングはないぜ」

「なにをいっている。一〇年以上も前にそのルールを考案したのはこの私だ」

「だったら話は早いな。オレは生みの親と戦えるのか。まさに親子ゲンカだな」

是沢銀路に勝算はあるのだろうか。佐々史也の目がギラギラと輝いている。誰からともなくカウントダウンが始められたのは一体なんんだ。是沢銀路がマウスピースをくわえる。佐々史也の口にも差し出されたが彼はそれを払いのけた。ボルテージがどんどん上がってゆく。まるでカウントダウンの終わりが勝負の終わりを意味するかのように。

「スリー！」

是沢銀路がサウスポーに構え、決して軽快ではないフットワークを徐々にリズムに乗せてゆく。

「ツー！」

佐々史也がこちらを見ながら勝利宣言よろしく右手を挙げた。それは恐らく香月純江に向けられていた。

「ワン！」

是沢銀路の求心力と佐々史也の排斥力がリングを形作る人壁を激しく揺さぶる。

「ゼロ!!」

内から外からすべてが弾けた。

二人がノーガードの体勢からあらぬスピードで左右の腕を交錯させた。

どうなったのだ。栂遊星は椅子から椅子へと跳んで移動した。大きなどよめきが起こる。

是沢銀路も、佐々史也も、拳を届けたまま微動だにしない。そして両脚でスタンスをとったまましっかりと立っていた。

当たっていない。二人とも完璧な寸止めだ。

「なぜ打ち込まねぇ」

「佐々こそ」

「あんたから罰を受けたくてね。派手にもらおうと思ってた」

「私も佐々のメンツを潰すつもりはなかったよ。お前はフタナワーフの宝だ」

「あんた、本物だな。頂点に立っているわけが分かったよ」

「私の下で働くか」

「それもいいけど、ボスには恵まれててね。断る」

「七戸か。今日会ったばかりだ。私にとっての七戸は、七戸にとっての佐々だよ」

二人がようやく腕を下ろした。

なんと意外な決着だったのだろう。周りを取り囲む隊員たちもその受けとめ方に戸惑っている。栂遊星はそれとなく香月純江の横顔を盗み見た。するといつもの毅然とした表情にわずかなほころびが認められた。パノプティコンのキャビンで見るそれと比べれば明らかに異なっていた。

「どうしたみんな。今のでは物足りんか。私なら、一人くらい相手にしてもいいぞ」

人壁が割れて是沢銀路に通り道を譲る。

「飲み直しだ！　まず一杯目は佐々の生還を祝ってやってくれ！」

香月純江がテーブルを飛び降りて是沢銀路を迎える。なにか言葉を発して頭を下げている。

その黒髪を上から覆《おお》うボクシンググローブが印象的だった。

栂遊星は苦笑いをした。周りを見ても佐々史也のために乾杯している様子はなさそうだが、今夜のガリビエの主賓は間違いなく彼になってしまった。この状況を作り出したのは是沢銀路。よくも無謀な賭けに勝ったものだ。危うく無惨な姿をさらすところだったというのに。彼を全権司令官に据えた要撃行動は、今後さらに士気が高まるだろう。

とにかく事なきを得てよかったと栂遊星は思った。世界大戦前夜の時代から感じていたのだ。大半の人間が情緒を乱し、好戦的になっていたあの暗黒の時代。ナーバスという同じタイプにあって、ひたすら平和を願っていた。平穏こそが望み。乱すことは簡単で、整えることは難しい。二十歳《はたち》になってもこの考え方は変わらない。そしてこの先も。

波の引く間

（〇六／一〇）

部隊長会議は要撃行動予定日の一〇日前に開かれる。中核の陸上部隊四科がまさに主体となり、そこに他の部隊長も参席する形だ。安並風歌は蘇生部隊長として、その他に高所監視部隊、補給部隊、給電部隊、形骸化した調査部隊と剪定《せんてい》部隊、五趾病院等々。もちろんパノプティコンの是沢銀路も必ず顔を出す。

各議案とそれぞれの決着の道筋は事前の事務レベルで大方調整されている。しかし議長である陸上幕僚長の諏訪原《すわはら》はシナリオ化された会議を嫌い、会議室を戦場に見立てた撃ち合いを好む性格の持ち主だ。したがって思いも寄らぬ隠し球を持参することはむしろ歓迎される傾向にあった。これが多忙の中にあって会議時間をいたずらに長引かせる要因になっていた。

安並風歌は初めて出席した会議からうんざりしていた。要撃部隊は決して一枚岩ではない。それぞれが国家のようなもので会議はさしずめ外交会談だ。相手に要求を呑ませるためのカードとは戦果であり貢献度であり、キッカイをどれだけ処理しただの、どれほどの困難を打開しただの、何度所管を外れた作戦に従事しただの。ときには何人の殉職者を出したといって慰めを乞う手段さえ使う。

とにかく貪欲なのは機甲科以下の四科だ。彼らは人事昇格や表彰を持ち帰らなくては隊員から尊敬されない。フタナワーフから本来の善通寺駐屯部隊に戻る日のことを今から考えている。

諏訪原がボールペンを振って出席者の顔を改めて確認してゆく。

「安並くんはまだだったな。蘇生部隊からの是正案を聞きたい」

安並風歌は手持ちの資料を伏せた。

「大型個体の蘇生処置は現実的ではありません。処理専用車は中型以下を想定して設計されたものです。射撃精度の向上を期待してやみません。具体案の提示は私の専門外ですので、はい。以上です」

周りからは特に保身の意見も飛んでこない。蘇生部隊の任務は基本的に尻ぬぐいの性格を帯びている。こちらがへそを曲げれば、彼らは自らの失態が浮き彫りになることを承知している。だからといって駆け引きによって代償を求める算段など安並風歌にはなかった。

「ではこんなところだな。議事録は明日一番で届くので判子と朱肉の準備を。次回の要撃行動予定日は六月二〇日。規模はさざ波」

誰からともなく席を立つ。安並風歌は差し入れのカゴを目敏《めざと》く認めて歩を進めた。会議中に匂いが漂っていたと思ったらやはり金毘羅バーガーだ。手に取れば、やはり冷めていた。期待を込めてひとかじり。中も同じだった。そこへ折悪しく是沢銀路が歩み寄ってきた。

「安並くん」

「なんでしょ。失礼」

「陸将がお呼びだ。二人でくるようにと」

横目をやれば陸上幕僚長の諏訪原はタバコの紫煙をくゆらせていた。お互いさまだと居直り、金毘羅バーガーをもう一度かじるとせめて飲み込んだ。昨夜からなにも食べていないのだ。包みを整えてポケットの中に入れる。そして是沢銀路の背中に従った。

「陸将、そろいました」

「安並くん、キミにはさっそくだが今日から部隊長の引き継ぎを始めてもらいたい」

「どういうことでしょうか」

「新たな部隊を編成することになった。出撃部隊だ。キミにはその統率役に就いてもらう」

「出撃部隊、といいますと？」

「要するに先制攻撃だ。波の合間にこちらから化外の地に攻撃を仕掛ける。要撃の負担を減らすためにだ。中波を小波に、小波をさざ波にしたい」

「ソリッドコクーンの運用憲章に該当する項目はなかったはずですが」

「ほぉ、いいところを突くな。さすがだ。運用憲章に目を通している人間がはたしてフタナワーフに何人いることか。その顔つきでは……」

「要撃行動の開始を以て掃討作戦は終了。よって出撃行動に掃討作戦の延長という解釈はできない」

「聞いたか是沢。まさにその通りだ。従って運用憲章の国内規定を書き換えることになった。

すでに閣議待ちの状況だ」

戦闘部隊が増設される話はかねてから聞いていた。しかし自分にはおよそ無関係だと思っていた。戦闘の心得がないからだ。それにしても一体なんだ。大学を離れてボルヴェルクに、そして善通寺にきてからも短期間での異動。常に要職を任されるのは不名誉なことではないが、なにがしかの階段を登っているのかというとそれはよく分からない。

「それで、私にはどのような任務が与えられるのでしょうか」

「新しい専用船が届く。安並くんが船長だ。来月中に赤鬼も届く。懐柔士とセットだ。国連の目に触れるといかんので、高知側から進入して一体でも多く倒してもらう」

続初《つづきうい》がくるのか。彼女もダルタイプなので、漠然としたイメージの中に可能性を否定していたわけではない。キッカイとの戦いについに中学生が動員される。栂遊星の最年少記録を大幅に塗り替える異常事態だ。

「高所司令に関しては是沢が先鞭的存在だ。彼と連携して経験を重ねていけ」

「よろしくお願いします」

「いや、安並くんの噂は方々からよく耳に入ってくる。指揮官は皆キミに一目置いているようだよ」

「ゆくゆくはパノプティコンに乗ってもらうかもしれん。全権司令官の候補にも挙がっている」

「はぁ？」

「是沢は長生きせん男だ。代打は用意しておかなくてはな」

是沢銀路が苦笑する。安並風歌には笑えなかった。

「安並くんは次回の要撃行動は終始ここにとどまって蘇生部隊の指揮を執ってもらう。キミはとにかく死なんように、常日頃から心がけておけ」

灰皿の上でタバコの火がもみ消される。是沢銀路に倣《なら》って安並風歌も敬礼した。それから雑談が始まるわけなどなく、二人して会議室をあとにする。

「私も安並くんに推薦票を投じた一人だ。恨んでくれ」

「恨むだなんて……。ただ、今の私には運命に抗《あらが》う気力というものがありませんから」

「抗わなければ普通は落ちて行くものだがな。キミの場合は登って行く」

「運用計画なるものはどなたからもらえばいいのでしょうか」

「実はそれを作成するのが船長としての初仕事だ。パノプティコンのプログラムは私が作った。人事に関してはキミの意見がかなり重視されるはずだ。ダルタイプのリストがある」

二人は階段の入口で足をとめた。

「栂が藤村と鳴滝に安並くんのことを尋ねていたよ」

「そうですか」

「誰もが避けてきたことだ。ひょっとしたら話すべき人間はもはや私なのかもしれんな」

避けてきたのは安並風歌も同じだった。

栂遊星の父・大地《だいち》はもうこの世にはいない。ボルヴェルクの西区で命を落とした。研究用の特殊な個体に捕食されて。ボルヴェルクでキッカイの飼育が行われていたこと自体が機密。そしてキッカイに捕食されるという不名誉な事実は隠蔽されるのが慣例。この二つの理由から不幸は妻にしか伝えられていない。その栂ルミでさえ息子に打ち明けることができていなかったとは。

栂遊星はナーバス。重ねて繊細な若者。ダイナミックフィギュアの従系オペレーターでなければとっくに伝えられていたはず。ひょっとすると、今という時期には立ち直りを見せ始めていたのかもしれない。

すべてはタイミングが悪かったのだ。それ故、彼に与えることになるダメージを今日まで累積し続けてしまった。

まさか誰もが成人を迎える日を待っていたわけではないだろう。ただのその一日を境に心が成熟するはずなどないのだから。

＊

「あっ、母さん？　仕事中ならかけ直すけど。…………いい？　シキサイが夏バージョンに衣替えをしたよ。今見てきたとこ。それでなんだけどさぁ、あの正面の花はなに？　十くんから訊かれたんだよ。…………え？　父さん？　父さんじゃないよ、藤村十くんだよ。それで花…………月下美人？　夏の花なんだ。背中の入道雲は分かったよ。…………うん、………うん。夏休みを作ってやっぱり一度おいでよ。慰問の順番もとりやすくなったからさ。

ボクからはよっぽどの理由がない限りは帰れないよ。よっぽどの理由なんてないし。でもこっちはまぁ、楽しくやってる。楽しくっていうのもヘンかな。問題なく。ツクシがきたんだ。昔よりも近所に住んでるって感じ。…………うん、分かった、また電話する」

栂遊星は受話器を置くと総務部の部屋を出た。つい先ほど、キャリーを押して廊下を通り過ぎて行く公文土筆の姿を見た。まだその辺りにいるはずだ。

思った通り、エレベーターホールで構内図を見上げている。

「配達？　どこ？　……あぁ、幹部の執務室か。これは載ってないけど五階だ。ボクは入れないや。三階までならOKだから一緒に上がろう」

公文土筆が善通寺にやってきてから二週間が経った。彼女は高所監視部隊の係留場施設で職場をかけ持ちしている。正式の所属がないのだ。臨時職員を適時分配するいわば〝派遣課〟のような部署預かりで、午前中は主に電算室に入り、午後は文書課と秘書課で雑務を行っている。労働時間は決して短くない。その代わりに通勤時間もないわけだが。一度廊下で叱られている姿を見かけたことがある。その一方で、同じく廊下で笑っている顔も見かけたことがあった。

「へぇ、本部までお遣いに行くこともあるんだ。ボクはまだ行ったことがない。自衛官だらけで尻込みするだろうな」

エレベーターから降りてきた男に公文土筆は声をかけられた。手話ではないが、彼女はジェスチャーを交えて話すようにしているようだ。うまく伝わっている。ただ、相手の男はあまり明るい顔をしていない。それはきっと、一緒にいる自分の存在が原因だった。香月純江がまた高所監視部隊と衝突したのだ。今度はかなり怒らせたという話を倉又安由美からは聞いている。

「もっとみんな仲良くできないかなぁ。なんで人間は内戦が好きなんだろう。ボクたちの敵はキッカイなのにね」

仮想敵国を明示し、国家の団結力を高める政策はれっきとしてある。しかし個人間のアレロパシーは基本的に変化しないのだと公文土筆はいう。人間的他感作用の見地から、彼女はいつもグループや組織の変容をとらえてきた。自分に人事部長を任せてくれたら理想的な人員配置ができると珍しく豪語する。

「じゃあがんばってね。ボクもこれからシミュレーターに乗ってくる」

エレベーターを三階で降り、公文土筆と別れた。桐遊星はすぐに非常階段を駆け下りた。

最近は、パノプティコンのクルーたちとは滅多に会わなくなった。せいぜい食事のときくらいだ。皆はきたるべき要撃行動、あるいはさらにその先の未来に向けての準備に余念がなかった。回顧ミーティングなどで発破をかけられたわけではないのだが、自主的にスキルを向上させようと目の色を変えている。そこには是沢銀路の面目を潰せないという共通意識の芽生えがあった。

是沢銀路のやり方なのだろう。士気を高めた部下は勝手に能力を伸ばしてゆく。しかしそのために彼は寿命を削っている。ときには一人で危ない橋を渡る。誰にでも真似ができるというわけではない。

桐遊星はシミュレーターに乗るために再び拠点ドックに向かった。

ゲートの外には忘れもしない男が立っていた。佐々史也だ。明らかにこちらへと歩を進めてくる。

「パノプティコンだな。ひょっとしてお前が特別攻撃機の操り手か」

「ボクになにか用ですか？」

「香月さん、ちょっと呼んできてくれないか？」

「香月さんは仕事熱心な方《かた》なので、勤務中に私用で職場を離れるようなことはしないと思います」

「そうか。みんなそういってくれたらよかったんだ。頭ごなしに『NO』っていわれてもな。納得した。じゃあな」

佐々史也はあっさりと背を向け、単車にまたがるとそのまま走り去った。ひどくあきらめがいいものだ。桐遊星は拍子抜けするのと同時に、少し後悔した。

佐々史也にひざまずかせることができるのが香月純江だけならば、香月純江の意外な一面を引き出せるのもまた佐々史也だけだ。守り続けていた沈黙を破り、野蛮にも張り手を繰り出し、テーブルの上に立つなど。そしてあのとき横顔に浮かべた表情は、恐らく、その人間をなんらかの点において認めたという意味だ。今となっては最初で最後となってしまったが、彼女が「桐くん」と呼んだときにも似たような印象を残したことを思い出す。

香月純江の暗い過去を佐々史也は知っているのだろう。それをこの場で尋ねるにはあまりにも陽光が柔らかすぎた。もうすぐ梅雨の季節がやってくる。互いに傘の下ならば、あるいは訊けたのかもしれない。

＊

大阪は福島《ふくしま》区のとある地下店舗。ダーツマシーンのデモが唯一の光源になっている開店前のフロア。ビュッフェテーブルをはさんで向かい合っている二十代後半の男二人。

彼らは世界大戦前夜の時代から「誇国研究会」というサークルで交流を重ねてきた間柄。伏し目がちの目線が結び合ったという特殊な出会い方をしている。

「インバネスとはいつまで足並みをそろえるんだ？」

「目的の分岐点までだと思うけど？」

「それは分かりきってるよ。具体的な日取りを尋ねたつもりだ」

「今度会いに行くから聞いてくる。『慰問』とかっていってたかな」

「公安のマークは？」

「今のところは誰からも聞いてないけどね。用心に越したことはないと思ってる」

「ハイジャックしたのはまずかったな、やっぱり」

「アインシュタインの血はせっかちだよ。でも彼女はもともと同志じゃない。ボクたちとのつながりが浮かぶことはないはずだ」

「撃墜されるとは、さすがに気が引けた」

「それって忌避感？」

「微妙に違う。でもよく似ている」

「例のもの、手に入りそうなのかな」

「その気になればいつでも手に入るそうだ」

「彼らが失敗したら？」

「そのときは……、そのあたりも慰問とやらのときに確かめてきてくれ。逆算して準備を始めなきゃいけない」

彼ら二人とその仲間たちが密かに企てている計画は狂気のテロではない。仮にも正義に基づいている。これ以上に自尊心を失いたくないがために行動を起こそうとしている。その手法は実に消極的だ。したがって明かりの乏しいフロアの中でギラギラとした眼光が放たれることもないのだった。

孤介時間が近づきつつある。二人は究極的忌避感にさいなまれる体質ではないが、内密を多く抱えているので遠隔感応への対処には神経質だ。ＳＴＰＦの建造によってダルタイプと判明したことは不幸だった。そのことにまだ気づいておらず、気づくこともないのかもしれない。

ストライキの決着

（〇六／二〇）

四つの管区で要撃行動が展開されているさなか、パノプティコンは係留場施設にとどまり、キャビン内ではクルーたちが弁当を食べていた。出動待機の状態が五時間以上も続いている。司令システムは太刀川静佳の装置だけが稼働していた。

クリティカルパネルは中国と韓国の「許可」が光らない。外務大臣が急きょ出馬することになったらしい。もうクリティカルルームに到着していてもいい頃だ。

外にタバコを吸いに出ていたコ・パイロットが戻ってきた。保科敏克の背後で立ち止まってライターを返した。栂遊星は手をとめて彼らの会話を聞くことにした。

「なにか話してた？」

「どうも参拝の件らしいね。というのがもっとも有力な憶測」

「そうじゃないかと思った」

靖国神社問題だ。

閣僚と政治家、そして公人と私人を問わず、ＳＴＰＦの建造以来は参拝が行われていなかった。ところが今年は公式で行われるのではないかという記事が週刊誌に掲載されたのだ。

終戦記念日は二カ月後のことで、要撃行動の前日にマスコミが立てた波風は大いに疑問を抱かせた。クリティカルルームに刺激を求めた記者に出版社とのつながりがあったのかもしれない。キッカイの進行は規模がさざ波だからいいものの、さらに大きければただでは済まなかった。波も風も要撃部隊にとっては難敵だ。

錦戸康介はまだ弁当に手をつけていない。自作のノートを試験開始前のように何度も何度も読み返している。今回は彼がシキサイの操縦をサポートすることになっている。キャビンで顔を合わせたときからかなり緊張している様子だった。今も眉が力んでいるので実に話しかけづらい。

雨が降ってきた。それを伝えてやるべきだろうか。厚めのノートだから悪天候時のマニュアルも用意されているはずだ。だがもう遅い。傘をさしてやってくる是沢銀路の姿が見える。司令システムとオペレーションシステムに電気が行き渡った。それを見て栂遊星もＤＦシステムの電源を入れた。

「出してくれ。太刀川、予告は届いているか」

「まだです」

「本日の主たる舞台は第二及び第三管区。孤介時間は一六時一六分より。したがって一時間前後で片をつけたい。栂のサポートを錦戸、錦戸のサポートを香月。保科にはプリズンガードの帰還判断を一任しておく。エプロンは混むからな、常に戦況に目を光らせておけ。あと……」

是沢銀路が一度コックピットまで進んでパイロットとの会話をはさんだ。

「本船の操縦を回すことがあるかもしれん。倉又は面倒だが、各部隊からのルート紹介に極力応じてやれ。道も変わって少し混乱しているようだ」

「予告届きました」

ヘッドアップコンソールの表示盤に「従系」の文字が浮かぶ。梙遊星は錦戸康介の視界に入るように大げさなアクションでスイッチ類に手を伸ばした。彼はしきりにキーパンチとパネルタッチを繰り返しているので恐らく気づいていない。しかしそれは梙遊星が容認すべき当然の環境だった。さざ波や小波程度では自分一人でもシキサイを行動させられるようにならなくてはならない。

「韓国許可」

それから二〇分ほど時間が流れた。パノプティコンは第三管区の上空に到達し、その存在だけを主張して定点滞空を続けていた。ときおり雷鳴が轟く。

「梙、処理の順番をそっちに回しておくよ。個体の特徴と走馬燈の位置を確認しておいてくれ。破棄はないけど入れ替えはあるかもしれない」

「了解」

「中国許可。以て臨界によりシキサイ解械」

辞令を待つ。是沢銀路がこちらに目線をくれ、虚空で指をくるりと回した。その合図を受けて操縦桿を引く。起立させるとただちに牢獄台から格納庫の外に。雨の中へと月下美人を進ませる。

「聞かれたし。こちらパノプティコン全権司令官是沢銀路より、要撃部隊全科に告ぐ。孤介時間到来をにらみ、これより特別攻撃機は短時間での鬼退治を試みる。陸上四科はこの電撃行動を寛《ひろ》く支援されたし。チャンネル三番から六番による詳細指令は速やかに下達《かたつ》よろしく。蘇生部隊は最寄り新設壕内にて出動の時を待て。五趾への負傷者搬送は救命要領にこだわることなく最新安全ルートを選択せよ。全科手練《てだ》れの諸君よ、国民喝采の殊勲を今や月並みの戦果と笑え!」

「栂、最近目標を紹介する。二時の方向、えーっと、処理中途の個体あり。大型牡種。左脚部膝下欠損?」

「了・解」

ややあって。

「すまない、訂正。当該個体を無視して引き続き直進。距離約四。プリズンガード一九番船直下」

すでに脚部が欠落した個体に対しては処理の優先順位を下げるのが常套だ。大幅に移動する心配はないし、パーツ型ならばたとえ数日放置しても死ぬことはない。恐らく香月純江に指摘されたのだろう。早々のイージーミスで錦戸康介が舞い上がる人間でなければいいが、
そこはナーバス。

「栂、URAファイルに疑義情報あり。胸部は硬化礫《れき》状層を避けて右方側面より処理よろし

く。最小で八度の俯角《ふかく》を確保して上方から下方へ」

「了解」

大丈夫のようだ。いきなりほころびを見せた錦戸康介のオペレーションには努力の成果がしっかりと裏打ちされていた。彼に応えるためにも初弾は外せない。

栂遊星はキッカイの側面をとるためにシキサイを可能な限り低姿勢で進ませた。気取られないよう接近させ、街路樹からの飛び出しと同時に射撃体勢をとらせた。イメージセンサーの性能が向上したのかもしれない。以前の感覚よりも早く解析結果が出た。ヘッドアップディスプレイの発射角を確認してからトリガーを引く。

「的中。去勢完了。速やかに後方に離脱してくれ」

「了解」

「対ユラ用ピストル仕様諸元変更により残弾一一」

「確認」

ほどなくしてシキサイの後方で曳火砲撃の榴弾が炸裂した。

「八時の方向へ。南進して田園地帯を縦断。距離三から四で近接予想。目標牡種大型個体は人工物を把持」

「了解」

機体の姿勢制御にシステム知能をやや偏重させ、ぬかるんだ足下を確実に進ませる。大型個体の影はすでにメインカメラがとらえていたが、一過性の土砂降りで十数秒間いちじるしく視界が悪くなった。サブモニターで向こうから接近している情報を確認していたのでシキサイを停止させて待ち伏せた。

確かに両手でなにかを持っている。道路表示盤の柱だろうか。右上から左下へと袈裟《けさ》に構えている。まさか槍のごとく使うのかとも思ったが、どうやら違う。盾としてだ。偶然にしては走馬燈がきれいに隠れているのでそのように思った。キッカイは自らの走馬燈の位置を意識しているということだ。守ることに目覚めたのだろうか。

とにかくこのアングルではイメージセンサーが働かない。側面から背面に回ろうとシキサイを移動させる。するとキッカイもまたこちらに正面を向けるように体を転回させた。

「アドバイス、もらえますか」

「うーん、では向かって左上腕部、脱落するまで集中連射してみてくれ」

「了解」

照準を胸部から右腕に変更。パーツ化しているので発射速度を落とし、フルオートでトリガーを引く。飛沫で右腕の状況は分からなかったが、数発放ったところで柱が地面に落ちた。素早くマガジンを交換してユラピストルを構える。すでにイメージセンサーは走馬燈の位置を明らかにしていた。発射速度を標準に戻して二箇所に一発ずつ。

「去勢完了。再び後方への離脱に続いて一時の方向に進行してくれ。プリズンガード二〇番船下方。国道新三二号線を封鎖しないように処理よろしく」

「了解」

「目標個体は大型牡種。走馬燈に一部液状化を認める。背面よりの銃撃箇所候補を二点挙げるので経験則に照らし合わせて選択を」

前回の要撃行動で藤村十が遭遇したタイプだ。この稀《まれ》なタイプ、どうやら突然変異のようだが、走馬燈を再生する特性を持っているらしい。現状でも概念情報を発信する可能性を否定しきれていない。

錦戸康介が挙げた候補ポイントがヘッドアップディスプレイに反映される。栂遊星は急所から遠い一方を選択した。

発射した銃弾は針のごとく一点で貫通。もう一方の候補情報をサルベージして二連射。そして今度は走馬燈の本体に向けて放つ。大型のキッカイは平然と歩いている。急所にはノーダメージなので処理としては実はこれが理想だ。

「去勢完了。倉又さん……」

「大丈夫です。始末はこちらに任せてください」

「栂、二時の方向にシキサイを再発進。新設専用道を使ってくれ。距離二・五。目標個体は四足獣型。体格情報なし。種別不明」

「了解」

「プリズンガード一九番船の位置を記憶してくれ。その下方だ。当該船は間もなく帰還させる」

「了解」

第一管区の方からもプリズンガードが戻ってくる。作戦終了は近い。サブディスプレイに残ったキッカイの数も六だ。第四管区の一つが消えて五。

(あれか……。なにしてるんだ)

四つ足のキッカイが地面をあさっている。直立すれば中型に分類されるだろうか。骸の肉片を食っているようだ。人間を捕食した後は逃避行動を起こすようになるという情報は得ている。孤介時間も迫ったこのタイミングだ。中途半端に姿をくらまされると面倒なので確実に処理しなくてはならない。

栂遊星はシキサイに片膝を着いた低い射撃体勢をとらせた。キッカイが異変に気づいてこちらに正面を向ける。走馬燈が急所の奥に隠れる。逃げるならば腹をさらした瞬間を狙うつもりだった。ところがキッカイは真っ直ぐに駆けてきた。

このように射撃不可能の個体が突進してきた場合はユラ・スピアを用いるしかない。ウェポンベイから取り出させ、伸長してから可動式の刃を三つ叉に開く。素早く前方に送り出せば間一髪でキッカイの頭部を受けとめた。ただちに三つ叉を閉じて完全に捕捉。しかしその先を考えていなかった。

栂遊星は頭の中で様々な動作を浮かべた挙げ句、シキサイの出力を上げてユラ・スピアの柄を力強く地面に突き刺した。キッカイが無風時の旗のごとく先端から垂れる。シキサイを二歩後退させ、イメージセンサーに従って走馬燈を射撃させた。

「去勢完了。合わせて始末よろしく」

急所にとどめの銃弾を見舞う。

「緊急通報にて急行要請。一路第三管区は綾川町へ。進路不問」

「了解」

疾走個体だろうか。栂遊星はシキサイを全速で走らせ、機体の姿勢を保つためにフィードバックを高めた操縦桿に全神経を集中させた。

陸上部隊も弘法の砦に帰還し始めている。やや気が早い。機関砲で足止めをしているのは装甲戦闘車の二輛だけだ。ひょっとしたら元調査部隊のダルタイプかもしれない。そのように考えると心なしか砲撃がぎこちなくも見えてくる。

指定された現場付近に到達すると、特に状況は切迫しておらず、二体の大型個体がゆっくりと別方向に歩行していた。一箇所にまとまっている間に作戦を終えさせたかったのだろう。それで緊急通報とは、少しずるい。

錦戸康介のサポートを借りずに一体ずつ順に処理してゆく。それが終わると、脚部を欠落させた大型個体の現場まで戻り、これも無難に処理した。この時点で孤介時間の到来まで五〇分以上を残していた。

シキサイを搬送する専用トレーラーに機体を預け、操縦桿から手を離す。いつもの癖でネクタイも少しゆるめた。ほっとひと息、初陣のときに似た疲労感がじわじわと襲ってきた。パートナーが錦戸康介に替わったからだろう。相手の立場も踏まえて行動するのはやはり気を遣う。加えて是沢銀路に対する思いもあった。

「お疲れさん」

「いえ、錦戸さんこそ」

「次はもっとうまくやれると思うよ。たくさん引き出しを用意していたんだけど、これも考え物だなぁ」

是沢銀路が歩み寄ってきて錦戸康介をねぎらった。サポート役の出番は当初の予定を繰り上げて昨日伝えられたらしい。恐らく錦戸康介はほとんど眠れなかったことだろう。眠気覚ましの顆粒を口にしている様子はなかったが、気が張りつめていたのだ。

係留場施設の上空ではまだ一隻のプリズンガードが着陸の順番待ちをしていた。高所監視部隊にとってはこのタイミングがもっとも忙しいので、公文土筆もなんらかの形で駆り出されているのかもしれない。栂遊星は席を立って窓の下を眺めた。レインコートを着たグランドクルーたちが走り回っている様子が見える。

「是沢さん！」

突然、倉又安由美が緊迫感を帯びた声を発した。

「どうした」

「高所監視部隊付けで、パノプティコンのマストオンが拒否されました」

「……そうか」

どういうことだろう。栂遊星は眉間《みけん》に深いしわを刻んで時計に目をやった。あと三〇分もすれば孤介時間を迎えるというのに、係留を拒んできた。

「特権リザーブを使用しましょうか」

「無駄だ。ストライキより強い権利行使はない」

　ストライキというべきかボイコットというべきか。

　是沢銀路が保科敏克と錦戸康介を呼び、コックピットの方へと連れて行った。パノプティコンの操縦を代わらせるようだ。パイロットの二人がキャビンにやってきて、申し訳なさそうに手を合わせる。彼らもパノプティコンのクルーだが、所属はあくまでも高所監視部隊だ。ストライキに同調しなくてはならないのだろう。

　是沢銀路は今度は二人を従えてキャビンの後部へと進んで行った。ウィンチを使って二人を降ろすつもりなのかもしれない。〝人質〟を解放するとは是沢銀路もお人好しだ。こちらは交渉のカードを失うことになる。しかし、そもそも相手の要求とはなんだ。それを考えたときに目線の先は自ずと香月純江に向いてしまった。

　こちらの動揺を悟った太刀川静佳が香月純江に確認をとった。

「こうなった以上、栂くんにも関係ができたわけだから、話しておくわね。香月さんは例の司令システムの不具合について、公式の手続きをとって高所監視部隊に抗議したの。話し合いの場が持たれたわ。口論の中で、香月さんは彼らに対する抽象として『関数』という言葉を使った。関数とはサブルーチンのことよ。与えられた要求に対して単純な回答を返す。実際は忠実に仕事をするという形でね。私たちはフタナワーフを含めてソリッドコクーンという大組織の歯車であり……、マリオネットのようなものだけど、それをパノプティコンからいわれて、彼らはプライドが傷ついたみたい。香月さんにも問題はあるけど、このタイミングで謝罪を求めてきたやり方はあまりにも卑劣だと思うわ」

是沢銀路はどう思っているのだろう。今振り返れば、今日は初めからストライキを予感していた節があった。保科敏克にパノプティコンの操縦を交代する可能性を予告していた。気持ちに余裕のなかった錦戸康介にはあえていわなかったのだ。

「よし皆！　孤介時間に備えろ。七人ならこのキャビンも決して狭くはない。階段一、トイレ一、備品スペース一。症状が重い者は遠慮なく手を挙げろ。別の場所にウィンチで降ろしてやる」

徹底抗戦する構えのようだ。是沢銀路がそのつもりならば、栂遊星にも意見をする理由はなかった。

いたずらに沈黙の時間が流れる。窓の外はなおも雨が降り続いている。ヘッドアップコンソールには「従系」の文字が。シキサイを使ってパノプティコンを係留させようなどとも考えた。

そのとき、香月純江がすっくと立ち上がった。

「謝罪に応じます。皆さん、申し訳ありませんでした」

香月純江が深々と頭を下げる。そして皆の反応を確かめることもなくキャビンの後部へと歩いて行った。

まさかウィンチで降下するつもりではないとは思ったが、栂遊星はあとを追わずにはいられなかった。香月純江は備品スペースの扉を開き、箱の中からなにかを取り出した。バリカンだと分かったときにはもう遅かった。美しい艶《つや》を誇った黒髪に刃が走っていた。

「香月さん！」

「とめるな栂！」

是沢銀路の一喝。

「……見届けてやれ。これが香月という人間だ」

足下に束となった髪が落ちてゆく。実に痛々しい光景だった。一生記憶から消えることはないだろうと栂遊星は思った。倉又安由美がかたわらから体を支える。すべてを刈り終えた手から太刀川静佳がバリカンを奪う。こちらを振り返った香月純江はまるで別人だった。是沢銀路がヘッドセットのマイクを口の前に固定した。

「こちらパノプティコン船長是沢銀路。高所監視部隊に告ぐ。心して聞け。乗船員香月純江が謝罪に応じる。高所監視部隊員の名を語る者は全員エプロンに集合せよ。一人残らず全員だ。部屋に閉じこもっている者は引きずり出せ。姿を見せない者は最大級の不名誉を受けると思え。今から不退転たるパノプティコンの魂を見せる。急げ！」

パノプティコンが降下を始める。ややあって舫索《もやいさく》が引かれたことによる小さな動揺が生じた。栂遊星はゆるめていたネクタイを締め上げ、制服と制帽を整えた。コックピットを離れた保科敏克と錦戸康介を待つ。二人はひと目見て顔をしかめ、香月純江の肩や背中を優しく叩いた。

「行くぞ」

先頭に立った是沢銀路に香月純江が従い、全員があとに続いた。デッキを降りてからも一列になってエプロンを進む。係留場施設の建物からは今も隊員たちが駆け出しているさなかだった。幹部を合わせれば四〇〇人を優に超える大所帯の中に公文土筆の姿を捜す気は起こらなかった。

この問題を知らない者は多いはずだ。しかしこれだけの人間を集合させてしまった今、香月純江はどこを見つめて謝ればいいというのだろう。そしてもはや向こうもそれを望んでいるとは思えなかった。すっかり変貌した香月純江の容姿を認めて大いに硬直している。彼女が与えているものもやはり、究極的とも呼べる忌避感だった。ダルタイプの神経さえをも刺激するほどの。孤介時間はすでに始まっていたといえる。

無神経な告知

暫定呼称、「ソングオブウィンド」。安並風歌を船長とした出撃部隊の飛行船だ。船体はプリズンガードと姉妹の造りで、クルーは特別船と同じくダルタイプで固められている。その中には安並風歌が人選した久保園那希も含まれていた。

明け方に係留場施設を発ったソングオブウィンドは高知空港に向かっていた。安並風歌はその道程をせめてリラックスしようと努めていた。空港では続初を拾うことになっている。あの娘の扱いは疲れるのだ。鈍感といわれるダルタイプですらそうなのだから、ナーバスの人間はさらにその上が想像できるというもの。同乗した是沢銀路に不快感を与えないようにしなくてはならない。与えないというのは無理なので少なく。

「そうですか……。七戸さん、起訴は免れたんですか」

「あとは国連がどう出るかだったが、それもなかった。とはいっても、最終的に危なかったのは江添の方だったがな」

「江添さんに対する起訴もないとなると、怪しいですね」

「なにがだ？」

「ひるがえってスパイは国連からの回し者だったとは考えられないでしょうか。ちまたではインバネスの存在ばかりが取り沙汰されていますけど」

「しかし密告したのも撮影班のディレクターだ」

「ではそちらがインバネス」

「……ふむ」

「ジュリックですよね。知ってますよ。インバネスの主体はダルタイプといわれています」

「なるほど」

「こちらに。久保園を紹介しておきますね。救出作戦で収容に成功した一人です」

「ほぉ、キミか」

久保園那希が立ち上がる。

「久保園那希です。ガリビエでは同僚の佐々が……、その……」

「佐々は護衛要員に復帰したそうだな。なによりだ」

「白き蟬には運命的なものを感じてしまいまして、人選に私情が入ってしまったかもしれません。久保園さん、がんばってよね。白き蟬にいるよりは長生きできると思うわ」

とはいったが、久保園那希を選んだのは私情だけではない。彼女は化外の地の住人で土地勘を持っているからだ。

「私は、安並さんを早くから慕っていましたから」

「うまいことをいうのね。あなた本当にダルタイプ？　とりあえず、一度温かいピラバガというものを私に届けてくれないかしら。いつも冷めてるのよね」

「ピラバガって、むしろ熱いんですけど」

「…………」

今日は赤鬼の試運転を兼ねた化外の地の視察だ。赤鬼とはボルヴェルクで創った対キッカイ用キッカイ。戦闘タイプとして試験的に育てていた個体だが、最終的には飼っておく場所に困って追い出された意味合いが強い。中型ながらまだいくらか成長の余地を残している。これを高知県側から化外の地に踏み入らせる。もともとは次代を要撃行動に投入するために生み出されたのだ。ひと目で見分けがつくように体表を赤くしてある。

赤鬼の利点はいくつかある。まず、他のキッカイを刺激しないことだ。平然と近づくことができ、そしてここでもう一つの利点、走馬燈の位置を肌で感じられること。イメージセンサーで支援することなく去勢処置を行うことができる。赤鬼の走馬燈はすでに摘出されている。急所には発破装置が取りつけられており、万が一にも暴走した場合には自爆させることもできる。

赤鬼は続初の指示に従順だ。他の人間では六〇％台に落ちる。飼い犬よりはましといえるだろうか。現在ボルヴェルクではこの差を埋める研究が行われているはずだ。できることならば続初を出撃部隊から外したい。まだ中学生だし、こちらが彼女を操る精度も六〇％台なのだ。

「是沢さんて、少し雰囲気が変わられましたよね」

「そうか？　多少黒髪が戻ってきたかもしれないな。しかしまた白髪が増えそうだ」

「部下に心が安まる暇がない、ですか？」

「ハハハ」

「本部では誰もが足をとめてスピーカーを見上げていましたよ」

「あのときは私も平常心ではなかった。通信がマルチチャンネルになっていたことに気づかなかったよ。別の意味で恥をかいた」

「私も同席させてもらいますね」

「ん？」

「栂遊星くんへの告知。是沢さんのことですから、最大の悩みなんでしょうね」

是沢銀路は目を細め、かろうじてそれと分かる程度にうなずいた。

今頃は善通寺にもカムカラが届いている頃だ。事前に報道機関を通じて公表され、厳重な警戒下ながらも津軽《つがる》海峡以外は堂々と陸路を運搬された。海路で運搬する赤鬼から目を遠ざけるためだ。二人目のパイロットもやってくると聞いている。中波を迎えることを考えても、栂遊星は絶対に必要というわけではなくなる。告知をするにはいいタイミングだ。

ソングオブウィンドが高度を落とし始めた。高知空港の上空付近に到達したようだ。窓から眺めると、急設の係留ポイントには手を振る人影があった。続初だ。今日は宇宙服を着ていない。風に髪がそよいでいる。

「ちょっと台風を乗せてきますね」

安並風歌は続初を迎えるために一人デッキに向かった。この四カ月あまりで彼女が成長してくれていたらいいが。着陸したはずなのになかなか扉が開かない。緊張する時間を無駄に延ばしてくれる。

「いらっしゃい」

「安並さんお久しぶり！　また会えて嬉しいわ。制服なんて着ちゃって、本当に生きてたのね」

変わっていない。続初は最後のひと言が余分だ。

「乗りなさい。すぐに出発だから」

「おじゃましまーす。狭っ苦しそうね」

早くもキャビン内へと進んで行ってしまった。

ステップのかたわらには二人の男がいた。ボルヴェルクからやってきた拠点研究員たちだ。相変わらず病んだ面構えをしている。彼らもキッカイばかりを相手にしているので精神状態が健康ではない。安並風歌はその場でスケジュールの最終確認を交わした。

赤鬼は少し体調を落としているものの激しい格闘をさせない限りは問題はないらしい。試運転なのでこちらもそのつもりはない。すでに化外の地の高知県側で待機させているという。国道沿いに急設した仮初《かりそ》めの拠点だ。最後にテレメトリーコマンドの中継点を入念に確認した。

キャビンに戻ると、案の定、いい知れぬ息苦しさを覚えた。続初がひと通り毒をまき散らしたようだ。肝心の姿が見えないと思えばコックピットの陰から現れた。

「続、あなたの席はこっち。さっそく赤鬼を動かしてもらうわ」

モニターにはすでに映像が届いていた。赤鬼の頭部に取りつけられているカメラの視界だ。キッカイの特性で上体は上下動する。その動きに合わせて映像も。補正が足りない。見続けているとこちらが乗り物酔いをしてしまいそうだ。肩に埋め込まれた予備のカメラに切り替えてみる。こちらも大差がない。改善する必要があるだろう。

「これはどこ？」

「そっちのマップモニターをごらんなさい。徳島との県境からそう遠くはないわ。私たちの船は真南。下よ。点滅しているのは移動しているってこと。今向かっているわ。まだ二五㎞くらい離れているかしら。黄色のサークルが化外の地」

続初の指示で赤鬼が拠点を離れた。好奇心が旺盛なので勝手に首を左右に振る。山の緑に慣れてくればそれも収まるだろう。やはり一歩ごとの上下動が気になる。本部に戻って処理してから見直そう。この付近はフタナワーフが調査をやめてから久しいので貴重な映像だ。

道には落石が多い。倒木もそのままだ。人間の営みがいかに自然を排除していたのかが分かる。興味を示して赤鬼がいちいち足をとめる。そのたびに続初が強い口調で前に進ませた。

「結局、対象は種別で絞ったのか？」

是沢銀路に尋ねられる。

「いえ、当面は遭遇個体無差別ということで。牝種だけでいいかとも最初は考えていたんですけど」

「私もそう思うがな」

「ただ佐々さんの情報では、渋谷の街のごとくうようよしていた場所もあったそうで、増殖を阻む一方で、ある程度は絶対的な数を減らす必要もあるかと……」

相変わらず動きを持った影が認められない。実にスタティックな世界だ。やはり剣山よりも南側はこのような状態か。せめて分布だけでも分かればいいのだが、そのためには無人のプリズンガードを何隻も飛ばさなくてはならない。

赤鬼をいちいち拠点に戻すのも効率が悪い。いずれは化外の地で放し飼いをすることになるだろう。問題はカメラだ。これが機能しなくなるとこちらも状況が把握できなくなる。自爆させるより他に手はなくなるだろう。

ソングオブウィンドが化外の地の外縁まで到達した。是沢銀路は一㎞ほどならば内側に入っても平気だという。もちろん通常の態勢では船をもっと剣山に近づける。赤鬼を剣山セグメントの場所まで赴かせるというプランが浮上することも予測の内だ。

「続、しばらく赤鬼に自分で探させてみて」

「山の中に入っちゃっても知らないわよ」

「みんな、各人で帰り道を記憶して」

続初が指示をすると赤鬼は歩調を上げて移動を始めた。映像が揺れる。そして電波障害でときおり乱れる。すでに誰もが記憶に自信を失っているのではないだろうか。最後は存在位置を示すマップモニターだけが頼りだ。

本当に斜面を登ってしまった。試運転の目的に関しては充分に果たせたといえる。赤鬼は野外でも指示に従順で、運動能力も優れている。そして索敵能も持っているようだ。あとは自分から駆逐してゆく性質さえ備わればとてつもない戦力になる。ダイナミックフィギュアさえをも超越する存在だ。

乱れた映像の中に初めてキッカイが現れた。かなり小さい型だ。種別は分からない。赤鬼は続初の指示に従ってとりあえずはキッカイとの出会いを果たしたことになる。じっと見つめている。映像は多少乱れるものの一点で安定している。

「是沢さんなら、どうされます？　小さいので走馬燈を問題なく処理できるかは……」

「ふむ。せっかくだから倒してみようじゃないか。若いから経験も浅い。大丈夫だろう」

「続、伝えて」

「食べさせてもいい？」

「食べさせるのはだめだ。しかし初くんのはいい提案だな。それなら餌に使おう。食いにきた個体をまた餌にする。その繰り返しでどうだ」

なるほど。その方法ならば赤鬼の移動量を大幅に減らすことができる。待ち受けて屍《しかばね》の山を築いてゆけばいいのだ。

赤鬼がキッカイを難なく捕らえた。武装させた爪で胸を大胆にえぐる。それだけは口に入れてしまったようだ。続いて屍を持ったまま谷を下らせる。見晴らしのいい場所を求めたのだが、その必要はなかった。早くも新たなキッカイが向こうから近づいてきたのだ。

出撃部隊はフタナワーフとして機能し得る。安並風歌は特別船の窓から現場と思われる方向を見つめ、漠然とした手応えを感じていた。

赤鬼もまた栂大地の遺産。それを活用した成果が間接的に栂遊星に相続されることだろう。栂大地は生物学者としては優秀だった。しかしその〝生物〟に家族が含まれていたかといえば、自信がないとは本人が口にした言葉。だからせめて、一日でも長く息子を生きながらえさせる手段を模索していた。ダイナミックフィギュアの従系オペレーターに誘ったのも、キッカイの届かないこのような上空に逃がしたかったからなのかもしれない。

＊

香月純江が後部シートにまたがり、佐々史也が単車を発進させて連れ去った。警戒態勢は解除されているのでどこへ行こうと干渉はしないが、できれば人気《ひとけ》の少ない場所で波風を立てることなく過ごして欲しいと思う。彼らがセットになった存在に耐えられる人間はいないのだから。

フタナワーフの隊員は陰で香月純江のことを「女空海」などと呼んでいる。そして佐々史也のことを食人鬼ならぬ「食鬼人」と呼んでいる。〝最恐〟のカップリングだ。

そのような二人に刺激されたところで、近い日に公文土筆をデートに誘ってみたいと思う。幸いなことに、彼女に対する陰口は聞いたことがない。大食堂でも皆と一緒に食事をとっているところをよく見かける。アレロパシアルフィールドは良好な状態だ。

桕遊星は拠点ドックのゲートを顔パスで通過した。ダイナミックフィギュアの助走路には立ち話をする藤村十と鳴滝調の姿があった。鳴滝調はスプリングコートを身にまとっている。これからカムカラのデモンストレーションを行うためだ。彼女が操縦することになっている。

「遊星、最悪のニュースだ」

「え？　なにかあったの？」

「壱枝さんが、くる。近々ここに、くる」

「だからいったじゃないか。そうなるんじゃないかって。ちなみにボクの所属はパノプティコンで、上司は是沢さんだから」

「遊星だってシミュレーターに乗りにくるじゃないか」

「拠点ドックにくるときはれっきとした出張扱いなんだ。基本的に主従関係は発生しないよ」

鳴滝調がなにかをいおうとしてやめた。また一歩踏み込んだ内情でも知っているのだろうか。軍事参謀委員会から咎めを受けたので、もう彼女から情報を得る機会も少なくなると思われる。

格納庫の扉が開いた。カムカラが届いたのは四日前で、実際に見るのは今日が初めてだ。シキサイとはプロテクターの外形が異なるだけで内部構造は同じと聞いている。ペイントは施されていないそうだが、メタリックの装甲が七色に変化するらしい。神を光に見立てた姿だ。形あるものすべてが光のもとに明らかになるのならば、一神教といえども許される偶像化といえるだろう。

「お呼びがかかったから、私、行ってくるね」

鳴滝調がスプリングコートを脱ぎ、栂遊星と藤村十の顔を覆った。コートをめぐるちょっとした奪い合いを尻目に、鳴滝調は格納庫の方へと妖精のように駆けて行った。栂遊星の提案で、前回のように二人は椅子を持ち寄って助走路で見学することにした。

「特別船が、戻ってきたみたいだぞ」

「それがさぁ、最近一隻増えたみたいなんだ。たぶんあの船がそうだよ」

「確かにエンベロープがまだ新しそうだな。……とまったみたいぞ。デモを見学して行くつもりか」

ギャラリーが増えたところで鳴滝調は舞い上がる娘ではない。あの船も早く係留場に戻らないとユラ・ピストルの銃口を向けられるのがオチだ。

「調さんは当面シキサイに乗るけど、また一機くるらしいね」

「カチョウフウゲツだ。……オレから聞いたっていうなよ。とにかく大波は三機じゃないと防ぐのは難しい」

「ボクの次の出番はそのときか……」

「いや、遊星には船に乗っておいてもらわねぇとな。この前みたいに風船が膨らんでゲームオーバーってのはシャレになんねぇよ。調は即餌食だな。田んぼの畦《あぜ》につま先引っかけるぜ」

「あとでついでに訊いてみよ。是沢さんに呼ばれてるんだ」

一〇分ほどしてようやくカムカラが動きを見せ始めた。クリティカルルームの許可を待っていたのだろうか。格納庫の中からゆっくりと現れる。紫の光沢。その機影もまた一つの姿。左手で作ったVサインがこちらに向けられた。藤村十といい鳴滝調といい、オリジナルの挙動を勝手に登録している。思えば、自分も大鳴門橋をくぐるときに挙手敬礼を登録していたことを忘れていた。

「そろそろどいた方がいいんじゃないか?」

「これくらい軽くまたいでもらわなくちゃ困るよ」

「調の人間性をあまり信用しない方がいいと思うけどな」

確かに、歩幅が合っているような気がする。このままの調子だと右足に踏んづけられそうだ。藤村十は椅子を捨てて早々に逃げ出している。栂遊星も椅子から立とうと思った瞬間、カムカラは微妙に進路を変えた。藤村十の行く手を追っている。謎の飛行船が高度を下げてカムカラに接近してきた。やはり二つをこうして見比べると飛行船の方が断然大きい。

カムカラがホルダーからユラ・ピストルを抜き、剣山に銃口を向けて構えた。もはやこれは儀式なのだろうか。分かっていたはずなのに、その空砲音に栂遊星は尻もちをつきかけた。飛行船が係留場に降りて行く。カムカラが手を振って見送った。

「調のヤツ、半分本気だったぜ」

「半分冗談でよかったね」

「カチョウフウゲツのデモは絶対にオレが乗ってやる」

「それは壱枝さんが決めることだよ」

「いやなことを思い出させるなよな」

「そうだ。一応そのことも是沢さんに確認しとこう。じゃあね、ボク戻るよ」

　まさにその予感がしたのだ。自分は平時には壱枝雅志の管理下に戻されるのではないかと。考えてみればむしろそちらの方が自然だ。係留場施設ではそれほど多く他のクルーと連携があるわけではない。寝食を共にしている関係に過ぎない。少し是沢銀路を訪ねるのが恐くなってきた。

　補給部隊の軽ワゴン車が停まっている。そろそろおやつ時なので金毘羅バーガーだ。栂遊星は一番乗りで焼き上がりを待った。係留場施設の中からは女が駆け出てきて後ろに並んだ。見たことのない色の制服だ。スーツとネクタイまでエンジ色で差別化が図《はか》られている。しかしなぜか鑑札がついていない。

「今、中から出てきましたよね。どこの部隊ですか？」

　栂遊星はその女に向かって尋ねた。

「え？　……内緒部隊よ」

「ナイショ？　新設ですか？」

「内緒」

「あぁ……」

桐遊星は金毘羅バーガーを一つ受け取ると、今一度女の姿を確かめてからその場をあとにした。

施設建物の玄関口には公文土筆の姿があった。そして秘書課の畝本《うねもと》という男。大食堂ではいつも公文土筆の隣に座っている。彼女の面倒を見てくれているのはありがたいが、あまり親密になってもらっては面白くない。いい人間だとは聞いている。だから看過できない存在なのだ。

もう一人は誰だろう。見るからにまだ少女だ。一人前に制服を着ている。目をこらせば先ほども見た同じエンジ色。公文土筆が困ったような顔をしている。畝本が腰を屈めてなにかを尋ねたようだが、頬を引きつらせた。

「どうしたのツクシ」

「へぇ、この人、土筆っていう名前なんだ。季節外れね」

口の悪い少女だ。

「そういうキミは？　誰の娘さんだい？」

「私は初よ。続初」

桐遊星は思わず眉間にしわを寄せた。この少女が懐柔士の続初。ボルヴェルクで見た印象と一致しない。安並風歌から中学生とは聞いたが、なぜここにいる。

「西区の子か。まさかボクの父さんも一緒？」

「あなた誰？」

「栂。西区で主席の栂大地はボクの父だ」

「……あぁ、そうだったの。残念だったわね。こういうときはなんていうんだったかしら。ご愁傷さま？」

「なにいってるんだ。縁起でもない」

「そっちこそ。……まさか知らないの？　栂主席は死んだのよ？　それもとっくに。食べられて」

栂遊星は金毘羅バーガーを足下に落とした。本当は続初を一喝してやろうと思っていた。しかしその意気は寸前でくじかれた。公文土筆が目を逸《そ》らしていたからだった。もし続初のいっていることが真実ならば、公文土筆は以前から知っていたのではないかと疑ったのだ。

そうだ。慰問のときに公文土筆と会話を交わしたが、彼女はボルヴェルクの話題を頑なに避け続けた。公文土筆ばかりではない。母のルミも慰問にこようとはしない。蘇生部隊長の安並という女は安並風歌。藤村十も鳴滝調も、そして壱枝雅志も同じだ。皆知っている。キッカイに捕食された事実は伏せられるのが慣例。それが確かにあるのかもしれない。しかし自分はたった一人の息子だ。

栂遊星は公文土筆と畝本の間を割って中に突き進んだ。階段を駆け上がり、部外者が立ち入れない四階をもそのままの勢いで突破した。幹部の執務室が並ぶ五階で警備係に捕まり、廊下の突き当たりまで届くほどの声で叫んだ。

「是沢さん！」

何度も叫んだ。部屋の扉からは次々と関係のない幹部が出てきたが、是沢銀路が現れるまで叫び続けた。エンジ色のスーツ姿は安並風歌。違う。今は是沢銀路以外の人間とは話をしたくない。彼を唯一の上司と思いたいからこそ、彼だけに事実を問い、彼だけに責任を問いたかった。

そこへようやく落ち着きを持ったかかとの音が響いた。

「放してやってくれ。私の部下だ。部屋に呼んだ」

体が一度に解放される。栂遊星は危うく膝を落としそうになった。

「是沢さん……」

「どうした」

「父が死んだって本当ですか。キッカイに食われたって本当ですか！」

安並風歌が一歩足を踏み出す。そこを是沢銀路が手を横に伸ばして制した。

「本当だ。私が伏せるように徹底させた」

「ボクは操り人形じゃない。操られているかもしれないけど、心を持ってる。でもみんなは心を奪おうとした。是沢さん、あなたもだ！」

神経を逆なでさせる「カノン」が廊下を流れ始める。集まっていた人間たちがきびすを返して去って行く。扉の向こう側へと、一人の空間を求めて。この期に及んでもまだ孤介時間はやってくるというのか。ならば今の自分に包み隠す言葉などない。アレロパシアルフィールドに乗せ、フタナワーフに猛毒の他感物質《アレロケミカル》をばらまいてみせる。

「すまない」

＊

長さが自慢のバーカウンターを二人の男女が独占している。ガリビエの酒に値札がついていたならば用心棒につまみ出されているところだ。彼らに悪意はないのだが、存在自体が忌み嫌われてしまっては居場所を選ぶにも苦労する。

「へぇ、あの栂ってヤツ、そんなにスーパーなのか」

「はい」

「人は見かけによらないな。そいつが家に帰っちゃったわけか」

「はい」

「で、操《あやつ》り手のエースを失ったと。純江さんなんか結構向いてるんじゃないか？」

「とんでもありません」

次に迎えるキッカイの進行規模は小波と聞いている。これまでも小波とさざ波が交互にやってきたわけだが、殉職者を七人出した一方で、隊員たちの間からは慣れ始めの油断を感じる。神経が麻痺しかけているという意味ではダルタイプだ。

そして精密機械の栂遊星はいない。ダイナミックフィギュアを二機に増やしても、その精度が落ちれば始末で蘇生部隊と普通科の出番が増えるだけだ。特別攻撃システムの必要性そのものも疑わしくなり、陸戦兵器で立ち向かえばいいという話になる。なににせよ、フタナワーフは同じ気持ちで要撃に臨むと思わぬ数の犠牲者を出すだろう。

東富士演習場からは孤介時間要員の第二陣が帰ってきた。今回も酒王の数が圧倒的に多かった。白き蟬などは第一陣と合わせても五人しかいない。成績が優秀な者から戻されているのだろうから、調査部隊時代に白き蟬が侮《あなど》られていた理由が数字で示された格好となる。

久保園那希は特別な任務に就いたらしく、ある日を境にまったく姿を見せなくなった。下された辞令はべらべらとしゃべらないものといったのは彼女だが、ひと言も告げずに消えるのはさすがに薄情というものだろう。向こうがよっぽど避けていない限りはいつかこのバーで会うことになるはずだが。

「バーテン。なんか作ってあげてくれよ。マティーニあたりで、いいか？」

香月純江の顔を覗き込む。

「え？　私にですか？　……お願いします」

「ジンベースで。しゃれたエッセンスを加えてくれよな。彼女のイメージに合った」

バーテンダーが棚を見上げて腕組みをする。難しいリクエストをしたことに佐々史也は気づいていない。

パノプティコンでひと騒動あったようだが、具体的なことは知らない。この姿になったくらいだから、とんでもない失態を演じてしまったか、逆に誰もが日常的に起こす小さなミスという可能性さえある。香月純江は人一倍厳格な人間だ。それが佐々史也には分かっているから、彼女になにが起ころうとも不思議ではないと思えるのだった。

香月純江の人格は家族を襲った不幸により形成されたものと推測できる。両親と弟はたった一人の少年によって殺された。そして後に彼女自身も刃傷《にんじょう》沙汰の被害者になっている。彼女の少年を見る目は今も変わっていないだろう。幸いなことに善通寺にいるのは大人ばかりだ。

「傷はもうなんともないのか？」

香月純江がこちらに正面を向けて身構える。

「傷を触られるのは、いやか？」

「…………」

「オレはあのとき見てた。純江さんに謝ろうと思ってずっとあとをつけてた。その目の前で刺された。女の子だったたな。もう一度あの瞬間に戻れるなら、飛び出したい」

そっと手を伸ばす。背中から腰の辺りだ。香月純江はそこに触れることを許した。

「いってくれたらよかった。腰が辛いならもっと楽な椅子に座ろう」

「いえ」

「そっか。おばあさん、元気？」

「はい」

「慰問で呼んだら？」

「脚が丈夫ではないので」

「オレがなんとかするよ」

「…………」

香月純江のこの姿を見たら脚が悪い以前に腰を抜かすだろう。佐々史也がそのことに気づくのはやはり今夜ではなかった。

さらに鈍感な人間もいるもので、一〇ほど離れたカウンター席にグループで座ったようだ。スーツ姿の四人。なるほど、一見したところ自衛官ではない。内局の人間でもなさそうだ。フタナワーフの匂いをかぎ分けられない男たち。その中には佐々史也でも知っている人物が一人含まれていた。テレビでたまに見かける顔だ。香月純江は二人まで知っているといった。永田町の政治家で、「セグエンテ」と呼ばれている次代のリーダー候補だ。タカ派で通り、ボルヴェルクの運営に強く関わっている。日本に覇権をもたらそうとする危険な思想の持ち主だ。

クリティカルルームの関係者はいつものポジションに陣取っている。あの暖炉の周りはいつの頃からかテーブルと椅子のクオリティが格段に上がった。さすがに大臣がやってくることはないが、政務官クラスが混じっていることなら二度や三度はあった。あのようにして代表団同士で馴れ合っていながら、本番では互いの足下を見つつエゴをぶつけ合うのだから不思議だ。

「純江さんは、孤介時間はどんな感じなんだ？」

「どんな感じ、といいますと？」

「重いとか軽いとか、みんなそんな表現を使うだろ？」

「軽い方だと思います。私の場合は一〇分弱ですから。四国にくるまではもう少し短かったです」

「なるほど。長い短いもあるんだったな。ダルタイプになりたいと思ったことは？」

「それは……」

ダルタイプから尋ねられるとナーバスにとっては一転して難しい質問になる。彼らは孤介時間に苦しまないダルタイプをうらやむことこそあるが、だからといって自分も生まれ変わりたいと思っているわけではない。少なくとも憧れの感情は抱いていない。ナーバスの中には鈍感なダルタイプを蔑視《べっし》する人間もおり、一方、ダルタイプの中には選民性を錯覚して逆にナーバスを蔑視する人間もいる。

「もしダルタイプになりたくなったらいってくれ。オレはたぶん、その方法を知っている。純江さんにだけは教えてもいいよ」

ホールの中央ではガリビエボクシングが始まったようだ。珍しく陸上四科の隊員同士。管区間の摩擦だろうか。かつての調査部隊のようにいずれは起きると思っていた。こうして外から眺めると愚かな諍《いさか》いだと思えるものだ。

「ここのボクシングをどう思う？」

「嫌いじゃありません」

「そっか。そういうかもしれないとは思ったけど、やっぱり意外だな」

「世の中には話し合いでは決着しない問題もあるということです。戦争が外交の一形態として正当化されているように」

「正当化はされていないと思うけどな」

「ボクシングと同じく、戦争にも国際ルールがありますから、つまりは正規の解決手段として認められているという意味です」

家族を暴力で失った過去、直接被害者となった実体験、あるいは黒髪を失った今回の一件。それらの内のどれがいわせた言葉かは分からないが、彼女の厳格さはときに極端な言動という形で現れることがある。

カウントダウンがゼロを迎えた。そしてどちらか一方のグローブがヒットした音。奇声の混じったどよめき。かろうじてダウンを凌いだらしく、本来のボクシングが始まったようだ。挽回しても逆転するケースは滅多にないが。

ボトルを持った初老の男が近づいてきた。クリティカルルームの人間だ。香月純江にうながされ、佐々史也はバーカウンターに向き直った。男はいったんセグエンテのもとに立ち寄ったが、やはり目的はこちらにあった。

「佐々三等陸曹だね」

「どうでもいいけど二つ上がった。あんたは？」

「対中代表の鳴滝という。あいにく名刺は持ち合わせていないが」

「それで？　オレになんの用？」

「向こうの……、中国の代表団がボクシングをしたいといっている。生まれてこの方、人を殴ったことがないらしい」

「それで？」

「相手をしてやってもらえんか」

「生まれてこの方、殴られたことはあるのか？」

バーカウンターにボトルが置かれた。

「なんだこのラベル。見たことないぞ。おいマスター、こんな高そうなコニャック、今までどこに隠してたんだ」

「二、三発殴らせてやってくれんか。それで気がすむ」

「なんでオレが？」

「一番打たれ強そうだからだ。……いやいや怒るな。実は私もそうまでして機嫌をとりたくはないんだよ。特別攻撃機の出動には反対なんでね」

この鳴滝という男、なにをいっているのだ。クリティカルルームの日本代表が特別攻撃機に臨界を与えたくないなど。職務意識が欠けているというべきか、人材として相応しくない。

香月純江の反応を確かめる。すると顔を左右に微動させて反対した。臨界を迎えない状態、つまり特別攻撃機が出動できない状態は彼女にとってなにか不都合があるだろうか。佐々史也はその点だけを考えた。特に思い浮かばない。困るのは日本だ。しかし香月純江は厳格な人間。たった今関わってしまったことになんらかの責任を感じるだろう。反応など確かめずに独断するべきだった。

脱落した歯車

（〇七／二二）

カムカラが出動したのは九〇分前。早くも銃弾が底をつきかけてきたらしい。今、バックパックを積載した車輛が格納庫を出発した。小波から進行規模の変更は聞いていない。一体どれほどのミスを重ねたというのだ。藤村十の調子が悪い。

臨界を迎えたシキサイの拘束は等しく解かれている。しかし是沢銀路はいっこうに出動の指令を出してこない。間に父・晋平が一枚嚙んでいる可能性がある。鳴滝調の心境は複雑だった。今日の藤村十よりはよっぽど自分の方が戦力になるのではないかと思いつつ、ダルタイプとしてその言葉を口に出さない大いなる矛盾。やはり実戦は恐い。

壱枝雅志がメンテナンスベースから上がってきた。藤村十の不調は彼という存在が影響しているのかもしれない。鳴滝調は今さらその点に気づいた。そして栂遊星に対する後ろめたさ。それは自分の中にもあった。この一件ほど秘密に触れたことが恨めしく思われた経験はない。情報源は藤村十だ。

あれは栂遊星がボルヴェルクを離れて釧路《くしろ》港入りしたまさにその日。あとから思えば、彼を事実から遠ざけるために急きょ予定が変更されたのだ。当初は西区の主席拠点研究員である栂大地が失踪したと聞いた。それは鳴滝調の耳にもかろうじて入ってきた。しかしその後は箝口令《かんこうれい》が敷かれたのか、失踪にまつわるいっさいの情報が途絶えた。発見されたならばその朗報を秘匿する意味などないはずだった。

そしてこの先は藤村十が独自で聞き集めた情報による。西区では漠然とした状況を把握した後、早いタイミングでキッカイによる捕食の可能性を疑っていた。しかしその個体が特定できなかったらしい。無作為に解体してゆくか、あるいはもはや覆《くつがえ》しがたい現実と受けとめて排泄物の分析を待つか、安並風歌と拠点研究員の間で意見が分かれたという。研究用の個体はどれも貴重だったのだ。

恐らく骨の一片すら妻の手には渡っていないだろう。キッカイの消化吸収能は絶大なのだ。したがって極めて特殊な事実のみが伝えられたものと思われる。それが永久に生存を信じ続ける一縷の希望を与えたのか否かは分からない。

「コックピットでスタンバイしておけ」

壱枝雅志が牢獄台の昇降機を顎で示していった。

「いよいよ出番なのね」

「カムカラがバックパックを交換するときには弘法の砦に戻る。そのタイミングでひょっとしたら指令が出るかもしれん」

「あっ、なるほど」

「…ったく藤村はなにをやってるんだ。一年以上も前のレベルに戻ってるぞ」

お鉢が回ってくる前に鳴滝調は昇降機のゴンドラに乗った。上昇を始めたとき、格納庫全体に非常ベルが鳴り響いた。壱枝雅志に男が駆け寄り、なにかを告げたようだ。ゴンドラはシキサイ頭部のコックピット横で静かに停止した。壱枝雅志から急いで乗り込むようにうながされる。ハッチを閉じるようにともいわれた。

ジャケットに腕を通しながら瞬きでハッチを閉じる。パノプティコンからの通信履歴は、ない。メインディスプレイの一画に戦況を表示させることはできた。フロントラインを突破しているキッカイは一三。二〇分前と比べれば六体減っている。悲観するほどの事態には陥っていなさそうだ。むしろここ格納庫の非常ベルが鳴りやまない。

〈こちらパノプティコン。鳴滝ぃ、そこにいるな〉

サポート担当の保科敏克だ。

「えぇ、いるわ」

〈とりあえず牢獄台を離れて、助走路で待機していてくれ。出動のときは是沢さんから改めて指令がある〉

「了解」

シキサイを起立させる。誘導係の影はなかったが、構わずに格納庫の扉から機体を出した。メインディスプレイが映す遠景にはうっすらとスモッグがかかっていた。助走路で待機し始めた後、格納庫の扉が閉じられるような気配がした。このスモッグの正体、どうやらキッカイが発した塩素らしい。非常ベルが鳴った理由がようやく分かった。

戦況表示の中でカムカラを示すマークが北に移動している。弘法の砦に戻るようだ。鳴滝調は操縦桿に指を入れて是沢銀路の指令を待った。そこへ再び保科敏克の声。

〈鳴滝ぃ、硬くなってないか〉

「なってるかも」

〈気負わなくてもいいぞ。今日はみんな調子が悪い。空も陸も最低だ。去勢成功率……、三○%切ってる。だから気楽にいけばいいからな〉

鳴滝調は耳を疑った。三○%とは部隊全体を通した数字であり、藤村十だけのものではない。今日まで四度の要撃行動があったが、そのアベレージから五○%近くも低下している。栂遊星の不在でこれほどにまで変わるものなのか。歯車の狂いが心理的に連鎖したのだ。

栂遊星とは特別に存在感を持った若者ではない。ついついそのように考えてしまいがちだ。しかし彼がいなくなると、なぜか今まで保たれていたはずのバランスが崩れ始める。そのときに周りの者は初めて自分のうぬぼれに気づくのだ。不安定な状況、そしてでこぼこの人間関係、そこに人知れず調和をもたらしていた人間がいたことを。なおも気づかない鈍感な者も多いが。

続初、本当に無神経なことをしてくれたものだ。せめて是沢銀路の口から明かされていれば、もう少しマシな事態になっていたはずなのに。年端のゆかぬダルタイプは実に質《たち》が悪い。そもそもなぜ善通寺などにやってきたというのだ。

〈是沢だ。心の準備はいいか、鳴滝〉

「(心の?)……はい」

〈では先行してシキサイを第四管区へ。これから本船も向かう。目標の紹介はさせるが、先制攻撃はするな〉

「了解」

第四管区とは東か西か。鳴滝調はもっとも初歩的な認識を取り戻すまでに少し手間取った。

 オートの歩行に対してさえ違和感を覚えている。先行きが不安だ。

 緊張をほぐそうとした保科敏克の言葉に甘んじれば、的中率はたかだか三〇%を上回りさえすればいい。その数字で壱枝雅志が納得するとは思えないが、歯車が狂った原因を分析できないようでは彼も主席の位置に立っている資格はない。

目標個体の情報がヘッドアップディスプレイに届く。当面は第四と第三管区の二体ずつ。いずれも正常と思われる大型牡種。

〈鳴滝ぃ、砲熕火力で支援させるからな。簡単な方から処理しろ〉

「それが攻撃のGOサインね」

〈そういうことだ〉

一体、そしてもう一体も視界に入った。東の空からパノプティコンが接近してくる。ヘッドアップディスプレイの片隅では非常回線の表示が明滅していた。瞬きでつなげば晋平だった。鳴滝調の耳にはその語りかけがほとんど入ってこなかった。傾けようとするほどになぜか平常心が乱れ、やがては声を遮断する方向に意識が働いてゆくようになった。

シキサイに射撃体勢をとらせ、前後に距離を置く二体のキッカイを七・三でにらむ。走馬燈の位置はすでに確定している。体を震わせた後方の個体が塩素を放出した。処理の優先順位としてはそちらが先だ。ただちに照準を変更。しかし火力支援の砲撃が始まらない。

前方の個体が徐々に歩調を上げ、こちらに向かって駆け出してきた。二つの影が重複し、シキサイを横にステップさせる。再び照準を変更。走馬燈の位置が上下動している。セミオートの照準機能が照門を追従させるが、最終的な照星固定を行うのはあくまでもトリガーだ。

「合図はまだなの⁉　もう撃っちゃうんだから！」

その判断は正しかった。キッカイはすでに四〇メートルの距離にまで接近していた。トリガーを引いてユラ・ピストルの銃弾を放つ。それは偶然ともいえるほどに完璧な射撃となった。

〈的中。去勢完了〉

そして完璧であるが故に、銃弾は走馬燈のみを無能力化し、キッカイの生命にはまったくダメージを与えなかった。シキサイは真正面から体当たりを受けて後方に弾き飛ばされた。

コックピット内のエアバッグが瞬時に作動し、遅れてセーフティバルーンが膨張した。

鳴滝調は苦痛の表情の中にもさらなる歪《ゆが》みを加えた。これでは話が違う。将来的に、このコックピットが地球でもっとも安全な場所になると、父の晋平にいわれるがままに主系パイロットになった。将来とはワン・サードが完成するときのこと。それまでに身が朽ちてしまう。

これによりシキサイの操縦は無期限に不能。鳴滝調の去勢成功率、一〇〇%。全体のアベレージを大きく上回る優秀な成績だ。

＊

実家で迎える孤介時間は少し軽かった。東京に住む人間には恐らくその感覚がない。剣山セグメントのある四国と比較して初めて分かる違いだ。そして軽くとも充分に煩わしい日課だと感じている。

梅雨も明けて夏休みに入ったので、あと数日もすれば蟬が鳴き始めるはずだ。孤介時間の到来により、蟬はその異常行動として沈黙する。遠隔感応を通じてプロポーズをしているのか否かは定かではない。

栂遊星はいても退屈な家を出た。車道脇《わき》に停まっていた車の中からは例によって男が現れた。特に交わされる言葉はなく、背後に従って同伴してくる。ソリッドコクーン日本支部から派遣された人間で、ゆるやかに監視している程度だ。特に彼を煙《けむ》に巻こうとは思わない。

母のルミは毎日のように出勤する。仕事をする環境ならば家にも整えているのに、とにかく事務所を開けに行く。親子の話し合いはすでに済んでいると思っており、しつこく蒸し返されることを嫌っているのだ。

お互いの感情が正面からぶつかり合わない。微妙に論点がずれるものだからフラストレーションは募る。考えられる理由はいくつかある。二人の間には大地の命日に四カ月以上の隔たりがある。その隔たりを埋める努力が栂遊星にはできなかった。無理に埋める必要もないと思っている。

はぐらかしている部分もある。恥ずべきところがあるのだろう。蒸し返されたくないのはそこだ。本音として、ペルソナという言葉を口にしかけたことがあった。夫である大地の地位に依存してきたことを自白するもので、ボルヴェルクの主席拠点研究員に就任したときの喜びを思い出させる。日本の命運を託された選りすぐりの集団、主席はその頂点に立つ役職。この自分がダイナミックフィギュアの従系オペレーターであることも自慢しているといっていたか。背伸びをしてグラフィックデザインの事務所を開業したことは、つまりペルソナを捨てて自分の名刺を持つという意味のはずだが、簡単ではなかったのかもしれない。旗を振って夫と息子を科学の拠点に送り出し、まさか夫が帰らぬ人になるとは思ってもいなかった。そのあたりは無理もない。ボルヴェルクでキッカイが飼育されていることなど、ごくごく一部の人間しか知らないのだから。

孤介時間が明けたというのに人影がない。善通寺では建物からいっせいに湧いて出てきていたものだが、営みも異なれば時間の流れ方も異なるようだ。栂遊星は公文土筆の家の前ではたと足をとめた。ススキが繁茂していた空き地がいつの間にか整地されている。小型の油圧ショベルが一台、その車体にはもっともよく知る業者の名前がペイントされていた。

公文土筆は元気にやっているだろうか。なにも告げずに離れてきてしまった。言葉を交わせば必ず棘《とげ》を立てていたはずだ。彼女を責めてもなにも生まれない。この一件は極めて特殊なケース。その中から教訓を得ることは難しい。

椥遊星は立ち止まって振り返った。尾行していたソリッドコクーンの男も立ち止まり、ほんのわずかに首をかしげた。

「この先は遠慮してください。ボクでさえ今はほとんど他人なので」

生前の祖父が営んでいた事務所だ。主に行政から土木工を請け負っている。ボルヴェルクに採用されていなかったら、ここで雇ってもらうという選択肢もあった。今は六親等の遠い親族が社長をしている。その社長よりはよっぽど従業員の方に馴染みがあった。

大地は大学で生殖生物学の教授として、ルミは独立するまでもデザイナーとして仕事を持っていた。両親との触れ合いの時間は比較的に少なかったのではないかと、つき合ってきた友人を見て感じていた。その代わりに、祖父にはかわいがられた。物心がついた頃からこの事務所には毎日のように出入りしていた。ここの敷地が遊び場だった。仕事にあぶれた重機が必ず並んでいた。倉庫ではフォークリフトに始まり、小学校に上がった頃には祖父の膝の上に乗って油圧ショベルも操《あやつ》った。ダイナミックフィギュアの操縦に巧拙《こうせつ》があるのだとすれば、そのセンスは一〇〇%ここで培《つちか》われたといいきれる。

事務所は照明もエアコンもついていなかった。人が出払っている。社長のデスクにもその姿はなかった。従業員が二人、隣の部屋でテレビを見ていた。振り返り、死人に出会ったような顔をされた。

「遊ちゃん……、びっくりしたなぁ。なんでここにいるのさ」

「実家に戻ってました」

「夏休みだったのか。それじゃあ、あのロボットは誰が動かしてたの?」

テレビは要撃行動の中継を映していた。どうりで近所に人影を見なかったはずだ。今日が予定日であることを忘れていた。こうしてリアルタイムで見るのも初めてだった。

「パイロットが乗ってるはずです。ボクはいつも上空の飛行船から」

「だよね。おかしいと思った。遊ちゃんのロボット、あっさり倒されちゃったよ」

栂遊星は険しい表情でテロップの文字を読んだ。パイロットが五趾病院から再度現場に移送中とある。横様《よこざま》に倒れたシキサイの周りに普通科の隊員が数人いる。鳴滝調にアクシデントが起きたようだ。機体の頭部は原形をとどめているので転倒した程度だとは思うが。画面が替わり違和感が残った。隊員が、ガスマスクを装着していた。

カムカラが紹介されない。テレビカメラは九〇式改戦車の様子ばかりをとらえている。今回の進行は去勢処置の要らない牝種が多いのだろう。あるいは戦況が極めて悪い。最終ラインの鰐の壁がクローズアップされるのはそういう意味だ。

「もう一機のフィギュアは? 出てませんでしたか?」

「あれはどうなったんだっけ。確か杖ついてたよね、川《かわ》さん」

「杖じゃなくて槍だよ。片足が取れちゃったってさ」

今日はかなり苦戦している模様だ。負傷者搬送の速報が目に痛い。しかし自分が戦場にいることは、人間としておかしい。喪に服すというのではなく、不在によって心の存在を訴えなくてはならない。心の概念というべきか。

「一丁目の空き地にこのショベルカーがありましたよ。なにか建つんですか？」

「駐車場だよ。何日か前にもルミさんに同じことを訊かれた」

「そうですか」

「大地さん、元気にやってる？」

「え？　……ええ」

＊

広くはないキャビンの中、是沢銀路が足をとめている時間は意外に少なかった。その背中を単純に追いかけ続けただけでもかなりの距離を歩いた。安並風歌はいっそのことパンプスを脱いでしまいたい気分だった。

司令官のかかとのすり減るスピードは戦況に依存する。要撃行動に敗北は許されないが、上は完全勝利からいくつかの段階に分割するならば、今日はいかに挽回しても中間線を上回ることはできないだろう。

積み重ねた失策はキッカイの進化という形でいつの日か跳ね返ってくることになる。苦し紛れに方々から金を借りてしまうようなものだ。その借金をこつこつと返済してゆくことも出撃部隊に課せられた使命に含まれるわけだが。それは続初に奮闘してもらうことにしよう。

彼女もこの事態とはまったく無縁ではないのだから。

「第一管区制限解除。全目標、慈悲なく撲滅せよ」

是沢銀路が大胆にも一つの管区に見切りをつけた。恐らくソリッドコクーン日本支部あたりから慌てて通信が飛び込んでくるはずだ。散漫な要撃行動は参謀総長の解任、ひいては再び四国の国際化危機にもつながりかねない。

確かに勉強にはなる。未練がましく勝利から敗北への度合いを一段階ずつ落としていては取り返しがつかなくなるのだ。勇気を持って二つ三つと段階を落とし、そこに腰を据えるのもまた待ち伏せたる要撃のスタイルだ。

窓際に置かれた段ボール箱がちょっとした往来を邪魔していた。従系の操縦席がポッカリと空いているのに、そこに移そうという発想は誰も持っていない。栂遊星がいつでも戻ってこられる状態を作っている。

せめてテレビで中継を見てくれているだろうか。栂遊星は波風が立つことを嫌う。不穏な乱れを嫌う。唐突な変化を嫌う。極めて保守的な人間。栂大地からはそのように聞いている。ならば今日という変化がすべて自分から生じたものとうぬぼれて欲しい。それは実際に間違ってはいないのだ。

「香月、カムカラは出せそうか」

「出せません。メンテナンスベースのハッチ、油圧系統と電気系統のどちらかが故障した模様です」

「弱り目に祟《たた》り目だな。安並くん、すまんな。いいところを見せたかったんだが、今日は終始こんな感じだ」

「出しゃばるようですが、カムカラに開けさせてみては？」

「……ふむ。そうしてみよう。錦戸、立会人と連絡をとれるか」

「とってみます」

保科敏克が頭をかいている。こちらも新たな問題を抱えたようだ。鳴滝調はとっくに現場復帰しているはずなのに、太刀川静佳の状況モニターを見る限りではシキサイが再始動した様子がない。

うまく事が運んでいるときには最後までうまくゆく。うまくゆかないときにはキッカイの進化と同じだ。借金が累積する。取り立てで首が回らなくなる事態は蘇生部隊のときにも経験した。このようなときは責任を問われずに客観視できる人間が必要だ。それが自分なのではないかとは思い始めている。

「どうした保科」

「シキサイのコックピット、動作不良です。自己診断が無限ループに陥りました。二度目のエアバッグは作動しない可能性があります。ドックに搬送すると最大で八〇分かかるそうですけど」

「泣きっ面に蜂だな。すまんが安並くん、もう一度助け船をくれないか。私のプロセッサーは処理限界を超えてしまった」

「鳴滝さんを本船で拾いましょう。従系で、なんとか操縦できませんか」

「よしそれだ。倉又は地上に連絡を。後部ハッチを開けてくれ。ウィンチを使う。錦戸、ちょっと手伝ってくれ。保科はマニュアルに従ってヘッドアップコンソールのチェックを。国交省から仮免許をもらえ」

是沢銀路が錦戸康介を連れてキャビンの後部に向かった。パノプティコンは鳴滝調を引き上げるべくシキサイの上空へと移動を始めた。

「安並さん……、ちょっとよろしいでしょうか」

太刀川静佳が請うような目で戦略パネルの前に招いた。彼女は確か三一、同い年なのであまり気を遣わないで欲しいのだが。

「キッカイの進行、いつまで続くと思われますか？　要撃シフトの構築に自信が持てません。小波の域を、出かけようとしています」

安並風歌は上体を仰《の》け反らせて戦略パネルの南側半分を漠然と眺めた。

「このシステムに進行予測機能は？」

「ありません。そもそも予測なんてできるんですか？　できるのは要撃予定日と進行規模だけ。これもボルヴェルクの発表を鵜呑みですが」

「讃岐山脈の峠を越えていない個体は、恐らくすべて引き返すわ。峠付近、第三管区の三体も引き返すでしょうね。第二管区の立て直しに全力を注ぐべきだと思うけど」

「なぜ分かるのでしょうか」

「これはあくまでも私見と前置きさせてちょうだい。キッカイの進行は一見して無秩序のように思えて、実は局所と全体でバランスがとられているの。重心というものがあるわ。これをいちじるしく乱している個体には巣立ちの意思がない」

「気づきませんでした」

「キッカイにもね、調和の概念があるの。本能とも呼べる原初的な特性よ。突然走り出したりするのは、彼らなりにフォーメーションのバランスを保とうとする意思行動。あと、牡種が走馬燈の位置を意識して、微妙に体勢を偏らせるのも類似の性質と考えられるわ」

しばらくして、パノプティコンに引き上げられた鳴滝調がキャビンに現れた。突然の環境変化に戸惑っているが、保科敏克と協力し合って従系操縦の注意事項をおさらいし始めた。主系と違って従系にはウィンクタッチアクションがない。一方に慣れている者はもう一方のスタイルには不慣れだ。

「是沢司令官、カムカラ出ました」

「よし。太刀川、香月にカムカラの移動要領を回せ」

「はい」

フタナワーフ主動で作戦が開始されてから七時間あまり、ようやくダイナミックフィギュアが二機になった。恐らくこれで決着はつく。

今回の要撃行動において、是沢銀路の非を指摘するならば、それはシキサイを出し控えたことだろう。この一点に尽きる。初陣である鳴滝調に配慮した。あるいは五加一が許可を出すにあたって付帯条件を添えた。

日本政府にクリティカルルームの態勢を強化するつもりはないらしい。ほどよくケンカをし、ほどよく勝ちを譲る状況を演出し続けている。今はまだ経済的な譲歩にとどめているが、一部の政治家の中では切り崩すべき国土の順位づけが始まっているはずだ。それもまた時間稼ぎに過ぎない。三機目のダイナミックフィギュア、カチョウフウゲツに神を宿らせるための。

忌避感の源

　八月に入り、表参道に流れる金毘羅船々に蝉の鳴き声が加わった。訪れた隊員はふと足をとめ、まさか翅《はね》を持った虫の復活かと肝を冷やしかける。そしてこれは季節感を演出したBGMだと知り、懐かしいサウンドに耳を傾け、斜に見上げる石段を気分良く登り始めるのだった。遠方から慰問で訪れた家族にとっては耳にうるさいばかりだ。

　その若者はときおり振り返り、大して面白味のない光景をデジカメで撮影していた。坂出の駅に着いたときからずっとだ。画像の中に怪しい人物が写り込んでいないかを確かめている。

「用心深いんだな」

「鈍感な人間は、過剰に警戒しているくらいが丁度いいんですよ」

「公安もそれほど暇じゃないよ」

　畝本良樹《よしき》はそういって顆粒を口に含んだ。フタナワーフから支給されているバナナ味の眠気覚ましだ。試供品扱いを経てようやく高所監視部隊にも届くようになった。職場の秘書課でもミント味から主流が移りつつある。そして最近ではコーラ味なるものをちらつかせる同僚も現れ始めていた。

「一個試してみるか？　これが不思議とよく効くんだ。気に入ればおみやげに持って帰るといい。仕事場に箱ごとある」

「非売品ですか。珍しいですね。こんな淡泊なロゴ、店に並べたら売れませんよ」

若者は手のひらに落とした一粒を指でつまんだ。

「例のものも、丁度これくらいの大きさだって聞いています。親指の爪ほどだとか」

「携帯型ＳＴＰＦか。どうやって使うんだ？」

「使い捨てカイロと同じだそうです。もむと究極的忌避感を発するらしいんです。ヘタすると近くにいるナーバスはイチコロですね」

「それはあまりにも危険だな。とにかく、普段は隠せるってことか……」

「はい。ボクもそれを聞いたときには驚きました。ボルヴェルクの研究は想像以上に進んでますよ」

「いくつあるんだ？」

「とりあえず二つ。〝試供品〟です。一つはジュリックかアーロンに渡ることになっています。一緒に行動しているんですから、どちらかに持たせていれば充分でしょう」

「それさえあればクラマのいる鉢伏《はちぶせ》高原の検問も突破できるというわけか」

「彼らはフリジットらしいですからね。ダルタイプよりも耐性があります。ま、その前にひと仕事してもらいますよ。それが交換条件ですから」

若者は振り返り、再びデジカメで面白味のない風景を撮影した。

畝本良樹と若者は家族の関係ではない。慰問と偽って四国に招き招かれたインバネスの同志だ。このような形をとらないと直接会って話す機会を作ることは難しい。善通寺にはあと、フタナワーフの本部に自衛官が二人、特別攻撃機の拠点ドックにも職員が一人潜んでいる。今日まで慰問のたびに交代で招いてきたのだ。

暗躍するためには多くを偽らなくてはならない。インバネスの活動家であること自体はもちろん、ダルタイプであることもだ。ナーバスに扮《ふん》して孤介時間を送る振りをするわけだが、やはり様々な隠密工作を働こうと思えばこの〝自由な〟時間帯を逃す手はなかった。

ボルヴェルクはニーツニーなる究極のテクノロジーを掌握しつつある。すでに特別攻撃機の内燃機関にはその一部が使用されている。特別攻撃機の最終進化形はクラマの近似だ。世界を滅ぼす実力を持つ。

「結局、セグエンテの連中には脅迫状を送りつけてやったのか？」

「忠告にとどめて脅迫はやめました」

「賢明だな。二、三人を黙らせたところで、彼らより下の世代にもセグエンテの予備軍はいる」

「そこですよ。じゃあ大衆はどうなのかなって。セグエンテの思想は確かに危険です。しかしそれをボクたちが大衆に問いかけたところで、はたして期待している反応が得られるものかと」

「世界に傍聴させたらいい。ナーバスには本音を偽る性癖がある。美しい世論を作ってくれるはずだ」

日本の国体は専守防衛だ。戦略的に攻撃する手段を持たない。その体質があらゆる外交舞台で不利を生んできたのだとセグエンテは主張する。そこで先制攻撃をしなくとも、日本列島が沈没させられたときには報復できるくらいの手段を持っておくべきだと。たとえ国土が沈んでもクラマの近似は沈まない。鳴滝調という女性パイロットは最後の日本人として生き残る。最後の人類として。

一ノ坂の厳しい石段を登る三つの影があった。畝本良樹は若者の腕を引いて右側に寄らせた。白き蝉の隊員が老婆を背負って本宮を目指している。かたわらから手で支えているのが香月純江なので、恐らく佐々史也だろう。

「三時前か……。小腹は空いてるか？」

「実は、はい」

「この先に総門がある。手前にハンバーガーの屋台が出ているはずだ。名物だから食べて行くか」

若者が珍しく遠景をデジカメに収めた。その画像を見せて化外の地はどの辺りからかと尋ねてくる。おおむね讃岐山脈の中腹から南側だと畝本は答えた。

「実際にこの目で見るまで疑わしかったんです。本当に山が青々としているのかなって」

「なにかおかしいか？」

「化外の地では食物連鎖が崩壊しているはずです。でもこうして植物は生きています」

「いわれてみればそうだな。考えたこともなかったよ」

「意外にキッカイに守られているのかもしれませんね。それを退治しようとしている」

仮にキッカイを撲滅することができれば、その次は剣山セグメントへの着手だ。化外の地を別の場所に移し、四国に本来の姿を取り戻さなくてはならない。

誰も近づくことができないのだから、今日まで放置されてきたのは仕方のないことだ。しかし政府が具体案を検討するポーズさえ見せないのはなぜか。それは当面は化外の地を所有しておきたいからだ。そして要撃行動を継続してゆきたいと考えている。日本の窮状を世界に発信しつつ、その裏側では世界を震撼させる兵器の完成を目指している。

鼓楼《ころう》の前には公文土筆が立っていた。てっきりあとから追いついてくるものと思っていたら、彼女は先に到着して待っていた。ひょっとしたら一度本宮まで登って戻ってきたのかもしれない。ひどく汗をかいている。

「紹介するよ。同じ職場の公文さん。こっちの彼はねぇ、友達。家族として呼んだけど、実はそうじゃないんだ」

「畝本さん……」

「いいんだ。公文さんは頭の柔らかいリベラルな子だから」

公文土筆はか弱い声であいさつと自己紹介をした。若者は風邪をひいているのかと尋ねたがそうではない。畝本良樹は空気を変えようと金毘羅バーガーの話をした。公文土筆は品薄が近いかもしれないといっていち早く屋台へと走って行った。

「大丈夫ですか？」

「彼女には、嘘をつきたくないんだ」

「口は堅そうですけどね」

「その手の皮肉はやめて欲しいな。いい子なんだ」

＊

赤鬼の爪が妊娠個体の腹を一文字に裂いた。そこから粘膜に包まれた幼生の頭が現れ、ヌルリと体が脱落する。牝種はみぞおち付近、およそ見当違いの場所に手をあてがった。あとは軟便のごとく連続して流れ出る。スロットマシーンのような痛快さとは対照的な不快感が残る。嫌悪感や忌避感にも近い。

出撃行動の作戦として化外の地の二箇所に〝食堂〟を開いた。どちらも期待通りに繁盛している。キッカイは自分がメニューに加わるとも知らずにのこのことやってくる。赤鬼は続初の命令に従って次々と仲間を料理してゆく。桐遊星の実績に並ぶのも時間の問題だ。

しかし、安並風歌は手放しで喜んでいるわけではなかった。むしろ眉をひそめていた。散乱した骸は数日も経てば辺りからひと通り消えてゆく。他の個体によって食われているのだ。カロリーの総和としては一定に保たれている。新たな個体も生まれるだろう。借金の返済期日を先延ばしにしているに過ぎない。それで充分だと陸上幕僚長の諏訪原はいうのだが。

気になる個体も少なくない。手に朽ち木や廃棄物を持ったまま移動している。それはときにユラ・ピストルを、ときにユラ・スピアを連想させた。ふとした拍子に両腕を水平に広げたこともある。このカメラ映像は続初を除くクルーたちの背中を凍りつかせた。翼の概念を獲得したのではないかと思ったのだ。

そのようなはずはない。四国でもニューギニア島でも匿翼の大原則だけは徹底して守られている。そして鳥も虫もいないのだ。さんざん否定した挙げ句に佐々史也の言葉が思い出される。「キッカイは本を読む」

絵や写真を見てそれが概念につながるだろうか。実に微妙だ。人間でさえ実物を見るまでは誤解したイメージを持つことが多い。船や飛行機が浮かぶことをなおも不思議に思う人間もいる。

報告書に考察を加えるために、そこでまたありとあらゆる可能性を考える。物を投げるという行為はあながち軽視できない。キッカイが無作為に物を拾って投げる。その中にたまたま流体力学に適《かな》った構造体があった。ちょっとした飛翔を示す。なきにしもあらずだ。掃討作戦の時代に物を投げる概念を与えたのは久保園那希らしいので、彼女は歴史に名を残すとてつもない人物になるのかもしれない。

「なんでしょう」

その久保園那希が何気ない表情でこちらを見上げた。

「え？　……ええ。赤鬼のバッテリー、残量はどれほど？」

「あと二二時間は保ちそうです。予備を含めると二九時間強といったところでしょうか」

「剣山にはまだ近づけさせられるかしら」

「本船を移動させても、コマンド受信の欠落エリアを無視できません。高度をとればかなり補えると思いますが」

「制御不能の範囲を作るのはまずいわね。アプローチはやっぱり南側からしかない……か」

「どのみち山中の移動になると考えてください。国道とはいってもトンネルが多かったはずですから」

要撃行動で葬《ほうむ》ったキッカイの内、牝種が占める割合はわずかに一六％。まだ剣山の周囲にかなりの数として偏在しているはずだ。効果を上げるには根本的にここを叩かなくてはならない。しかし赤鬼に長時間の連続行動をさせることもできない。現状のダイナミックフィギュアでは主系と従系を問わず到達することは不可能だ。国連軍が核を使用したがる気持ちも分かる。

「赤鬼を拠点に戻しましょう。今日は……、終わり！」

「待ってください！」

「なに？　久保園さん」

「今、中型程度の個体が一瞬……」

「そんなのいたかしら。まぁ見逃してやったらいいわ。赤鬼も疲れているみたいだし」

「でも待ってください」

久保園那希にしては珍しく食い下がる。その様子を見て続初が笑っている。

「どうしたっていうの？」

「錯覚でしたらすみません。いやな残像が目に焼きついてしまって」

「具体的には？」

「左手になにかを持っていたような……。金属かもしれません」

「続、赤鬼をその場でおとなしくさせて」

ジョイスティックで久保園那希自身にカメラを操作させる。アングルが変わり、彼女が一瞬見たという中型個体が確かに映った。距離があるので少し赤鬼を接近させる。左手になにかを持っていたというが特に認められない。いや、日射しの加減で光沢を示した。

「続、奪える？」

「そんな細かい指示は無理よ。基本的に頭悪いんだから」

「じゃあ倒して。去勢してからね」

赤鬼が肉薄し、事もなげに爪を腹部に突き入れた。走馬燈をえぐり取る。そして急所への攻撃。キッカイは両膝を落とし、正面の映像から消えた。赤鬼を数歩退かせ、カメラを操作する。金属と思われる物はなおも左手に握られていた。ズームインして映像を拡大する。やはり自然による単純な産物ではなさそうだ。

「なにかしらね。持って帰って調べましょう。続、取らせてみて」

「だから無理だってば」

「ひょっとして、剣山セグメントの欠片じゃないでしょうか」

「…………」

その実物を見たことはない。頭の中で様々な可能性が駆けめぐる。キッカイが剣山セグメントの欠片を持ち歩く。究極的忌避感を持ち歩く。そのまま讃岐山脈を越える。ナーバスが主体の要撃行動は混乱する。他のキッカイまでもが持ち歩き始める。剣山が化外の地の中心ではなくなる。キッカイの進行とともに北上する。キッカイの拡散と化外の地の拡散。

まさか「弱点」という概念を獲得したというのか。人間にとっては盾でも防ぎようのない究極的忌避感。一体どのような流れで。掃討作戦が終了し、剣山から遠ざかって行った人間を見て学んだのだろうか。適確に去勢処置が加えられ、執拗に急所を狙われ続けてきたことがそもそもの動機になった。

「みんなはどう思う？　キッカイはどうやって弱みを握ったのかしら」

「ボクは偶然だと思いますけど。まだセグメントだと決まったわけでもありませんし」

「走馬燈の遺伝情報は遠隔感応で伝わるんですよね。化外の地から離れても、フィールドの発信源を携帯していれば孤介時間以外でも伝えることができます。これは一種の無線機ですよ」

「隊員が持っている無線機から概念を得たってこと？」

「いえ、ちょっと飛躍しすぎました」

「久保園さんは？」

「……孤介時間に伝わったのかもしれません。赤鬼がそうであるように、キッカイには言葉を理解する資質があります。今はまだ言葉を理解できなくとも、苦しみは理解できるでしょう。STPFが天頂に達するあたりでナーバスはうめき声を乗せます」

ダルタイプが何人集まっても絶対に出ない発想だ。この船の中で久保園那希だけが孤介時間を体験している。クルーの一人がいうように偶然であって欲しいとは思うが、彼女の推測は無性に胸を騒がせる。

ボルヴェルクでは誰よりもキッカイの潜在能力を恐れていた栂大地。人類は敗れるとまでいっていたほどに。安並風歌は否定派ではなかったが肯定派でもなかった。今ようやく栂大地の境地に迫れたような気がする。

「善通寺につないでちょうだい。幕僚監部に」

本当に剣山セグメントの欠片ならばこのままにしておくわけにはゆかない。しかし握られた手から取ることもできないし、たとえ取れても持ち帰る場所がない。この骸は恐らく他個体によって食われるだろう。欠片ごと一緒に食われるかもしれない。

「安並です。現在三好《みよし》市の上空に。気になる人工物を認めまして。…………はい。キッカイが把持しています。…………はい。分かりました」

「ボルヴェルクに画像の解析を依頼しろ」、それが幕僚監部からの回答だった。STPFの専門は南区だ。安並風歌はしばし考えた末に卜部龍馬と直接連絡をとることにした。

＊

「折を見て一度行くから」とチケットロビーでルミはいった。栂遊星は首を横に振った。出発口では「しっかりね」と励まされたが、やはり首を縦には振らなかった。まだパノプティコンに戻ると決めたわけではないのだ。

　羽田を発ち、釧路に降りた。ボルヴェルクを訪れるのはほぼ半年ぶりになる。中央区のスタッフが善通寺に移った今、ここに顔見知りの人間はほとんどいない。

　世の中はごね得だとつくづく思う。もはや組織の人間でもないのに、強い語気で訪ねるといえば秘密の施設に入ることができる。大地の職場を見せろといえば総務部はさっそく上とかけ合った。拠点職員が案内するというのでそれを断り、大胆にも卜部龍馬を指名すれば椅子にかけて待つようにいわれた。椅子が固いのでラウンジで待たせろといえば、こうして四つの管区が見渡せる窓際の席に座ることができる。ごね得だが、そのような人間ばかりでは調和はとれない。分かっているからいい気分がしない。

　かつて飛行船を係留させていた東区は自然に還ろうとしている。エプロンの中でもちらほらと雑草が生え出始めているのではないだろうか。科学の先端を行かないあの場所はもはやボルヴェルクではない。そして中央区のドーム。そこもまた同じ。ダイナミックフィギュアは四国で躍動している。積み重ねた試験のたまものだ。今は卜部龍馬だけが天井裏の住人か。

　テーブルの上に上体を投げ出し、顔を埋《うず》める。そこに温もりを錯覚することさえできない。実家にも大地の〝魂〟と呼べるものはなかった。実にむなしい。栂遊星は恐らく人並みほど父を知らなかった。今ではその原因がなんとなく分かる。

大地は大学で遺伝子の研究をしていた。自然の定理を探究し、ときに自然の形を壊してしまう生物科学。その中で人間の欲望を駆り立て、心の形までをも壊してしまいそうなクローン技術の研究に魅了されている。子供の頃から栂遊星の目に映ってきた父の印象はそうだった。無意識に遠ざかる。あれは忌避感だったのだ。

そして技術実証試験の最終フェーズ。バインドルームのバルコニーから見下ろした大地の姿が最後になった。クローン技術がかわいいと安並風歌にいわせたキッカイの研究。その行為を続けてきてもなお自我を保てている大地から奇妙な印象を受けた。やはり忌避感だった。

秘書と称する木村《きむら》という男が現れた。卜部龍馬が下の階にまでやってきているらしい。栂遊星は素直に従ってラウンジをあとにした。

ＳＴＰＦのことを知りたいわけではないのに、木村は南区のフロアを階ごとに案内した。そこで見かける拠点研究員の数は意外にも少なかった。各部屋にだいたい一人だ。そして無人の部屋も。かつての中央区の密度とは比べようのない差がある。この少人数体制で満足に研究は進むのだろうか。

ＳＴＰＦの研究をしているのだから、そのサンプルがほんのわずかでもあるのかもしれない。扱える人間は自ずと限られる。ダルタイプだ。そのように考えると心なしか居心地が悪く感じられる。

「総括、栂遊星くんです」

本棚に向かっていた卜部龍馬が振り返る。そしてこちらの目を見てうなずいた。あるいは会釈をしたのかという微妙な挙動だった。

「あとは私が相手をするから、木村くんは戻っていいよ。栂くん、ついておいで」

卜部龍馬は先だって廊下に出ると西区とは逆の方へと廊下を進んだ。

「まずはお悔やみを申し上げなくてはね。そしてキミの気持ちを考えると心が痛むよ」

「…………」

「恐れ多くもこれから私は弁解をしようと思う。キミにいろいろなものを見せよう」

入口にセキュリティのある狭い部屋に入る。そこは資料室のようだった。卜部龍馬は通し番号が振られたファイルを棚から抜いた。「1」だ。そのまさに最初のページを開いた。

金属プレートの写真が大きく載っている。STPFの断片だと直感した。表面はなめらかで、光さえ当てれば光沢を放つはずだ。

「私の顔ほどの断面積がある。この手の大きさになると誰も近づけないよ」

ではどのようにして撮影したのだろう。ロボットを接近させたのか、大口径の望遠レンズを向けたのか。

「人類では作れない鉄だと聞きました」

「ほぉ。ではキミは、一般的に鉄と呼ばれるものなら作れるのかい？」

「製鉄のことは詳しくは知りませんが、基本的な知識を身につければ作れると思います。鉄鉱石を高炉で熱して、不純物を取り除いて精錬していくんじゃないかと」

「ふむ。しかしひねくれた見方をすれば、それは作ったとはいわない。結果的にできただけだよ」

「どういう意味でしょうか」

「私たちは化学式を用いて様々な化合物を手に入れることができる。しかし化合物を作るのはあくまでも〝自然〟だ。自然現象といった方が分かりやすいかな。私たちはその環境をお膳立てしているに過ぎない。高炉を用意して、鉄鉱石を入れて、熱を加える。その環境が鉄を生み出す。純粋に鉄を組み立てて作るわけじゃない」

「なんとなく、分かります」

「渡来体のカラスはね、鉄を組み立てることができる。鉄原子の一つひとつをピンセットでつまんで並べている。彼らが持つ科学力のレベルはそんなイメージだよ」

卜部龍馬はファイルを閉じるともとの棚に戻した。

「ドライブをしよう」

非常口から外に出るとカートが停まっていた。ゴルフ場で走っていそうなタイプだ。幌《ほろ》もついている。卜部龍馬の移動手段らしい。栂遊星は運転を任された。アクセルを踏めば小走りにも及ばないスピードで走った。のんびりと東区のエプロンの方に向かう。

「STPFの材料は超人工物だよ。自然とは対極的な関係にある。私たち生物はその〝不自然〟に、あるいは、あまりにも進みすぎた科学に対してとある印象を覚えるのだよ」

「究極的忌避感……」

「そうだ。忌むべき存在を肌で感じている」

「ではなぜダルタイプは鈍感でいられるのでしょうか」

「程度の差だよ。感じないわけじゃない。不自然に対して一歩進んだ位置にいる人種だ。インバネスはエリート性を語っているそうだけどね、あながち間違ってはいないのかもしれない」

煙の匂いが鼻に触れたかと思えばト部龍馬が隣でタバコを吸っていた。カートはなおもゆっくりと進む。顔が浴びるものは東京の熱い風ではなかった。

「これは私の持論だがね、知的生命体同士の惑星間戦争には、侵略者勝利と無血開城の原則があると思うんだ」

「なんですか、それは」

「カラスは地球にやってくることができた。人類はまだカラスの惑星には行けない。どこにあるのかさえ分からない。それだけでも両者の科学力には桁違いの格差があることを意味する。つまり相手の惑星に先に到達した方が圧倒的な勝利を収めるということだよ。私たちはカラスと戦っても勝てなかったはずだ。地球における主権を譲らざるを得なかっただろうね」

「ボクたちは戦わずして救われました」

「私はねぇ、カラスはまだＳＴＰＦの中に潜んでいるんじゃないかと思っている」

「そんな……」

「根拠はクラマだよ。宇宙空間を漂っている数体のクラマはいっこうに立ち去ろうとしないじゃないか。地球はまだ侵略の危機を脱していないと私は読んでいる」

「中にいるカラスも、クラマににらまれて身動きがとれないと」

「それは分からないけどね。どうも地球の大気組成に馴染めないんじゃないかと思っている。成層圏から中間圏の大気の薄い場所で、徐々に体を慣らしているのかもしれないね」

卜部龍馬はエプロンの中央でカートを降りた。そしてこのまま三〇メートルほど進むようにいった。栂遊星はいわれるがままにカートで移動した。

なにをするつもりだろう。目的の西区からはひどく離れた場所にきてしまった。卜部龍馬がしゃがむようにジェスチャーを送ってくる。しゃがもうとしたところ、勝手に膝が折れた。思わず天を疑って仰ぐ。突然訪れた孤介時間。

（ちょっとキツかったかい。ゴメンよ）

卜部龍馬の心の声が届いた。遠隔感応だ。やはりこれは孤介時間。究極的忌避感は最初の立ち上がりをピークにして徐々に和らいでいった。一分近くは続いたはずだ。その時間で治まったというべきか。

手を差しのべられ、自分の足でどうにか立ち上がった。差し出された反対の手には眠気覚ましの錠剤を思わせる白い塊があった。

「この中にＳＴＰＦの材料が含まれている。もむと究極的忌避感を発生させることができる。私は周りにちょっとした化外の地を展開させた」

「でも卜部博士は……」

「私はダルタイプだよ」

そういって卜部龍馬は再びカートに乗り込んだ。栂遊星は今一度深呼吸をして鼓動を落ち着かせた。化外の地を自由に発生させるなど、まったく危険な道具を作ってくれたものだ。凶器の新しい概念ともいえるだろう。恐る恐る運転席に腰を下ろす。

「私はボルヴェルクの責任者に選ばれたけど、候補は他に何人もいた。でもダルタイプは一人だったから、私になったんだよ。ここではＳＴＰＦの材料も調べなくちゃならないからね」

「父はなぜ主席に選ばれたのでしょう。学会でも第一人者というわけではありませんでした」

「ふむ。じゃあいよいよ西区に行こう」

卜部龍馬は人差し指で左に弓を張るようなカーブを描いた。その手の中に白い塊が握られているものだから気が気ではない。

「私は責任者として、ボルヴェルクの人事にはかなり口出しをした。最終的にキミの採用を決めたのも実は私だよ。要撃行動に未成年を動員するのはやっぱりまずいんじゃないかという話も出たんだけどね」

「それは知りませんでした」

「組織はバランスが命だ。いくら優秀な人間をたくさんそろえても、タイプが偏っているとうまく機能しない。キミのように極めて保守的で、常に調和を意識している人間は絶対に必要だ。そして全員が栂遊星でもいけない。ボルヴェルクには主席が四人いたけど、彼らだけでもタイプは違う。たとえばキミのお父さんと壱枝くんは違うだろう」

「人間的他感作用ですか」

「ほぉ、なんだねそれは」

「ガールフレンドが善通寺の高所監視部隊で働くようになりました。公文土筆といいます。彼女は人間関係をシミュレーションするにあたって、植物間で繰り広げられているアレロパシーを引用します。人それぞれが他感物質を持っています。相手に与える影響力です。それを良くも悪くも毒として考えます」

「面白いねぇ。発想が面白い」

「化外の地は一種の忌地《いやち》なんじゃないかともいっていました。キッカイもまた人間を駆逐しようとする雑草です」

「ふむ。雑草は広がっていくものだ。先日、ここ西区の出身者から相談を受けたところだよ。剣山セグメントの欠片を持ち歩くキッカイが現れたと」

「本当ですか?」

「画像を見た感じでは確かにそのようだったよ。要撃行動は新たな局面を迎えるかもしれないね。おまけに次の進行は中波から大波だ」

　西区の敷地でカートを乗り捨てた。この管区の建物も総じて低いが、やはり隠された地下空間が存在する。今もキッカイが飼われているはずだ。ここに大地の魂はある。

「善通寺で続初と会いました。懐柔士の」

そして続初とはここで会いたくない。彼女に対しては一度で苦手意識を持ってしまった。

「初くんは今も向こうだよ。ここで育てたキッカイを化外の地に入れている。キッカイはキッカイを警戒しないからね。通り魔的に葬らせている。フィギュアではそうはいかない」

「安並さんもでしょうか。なぜか高所監視部隊に籍を置いていたようですけど。その前は蘇生部隊にいたんじゃないかと」

「彼女はあの事件のあと、ボルヴェルクを去るといった。やはり忌むべきこの場所を離れたかったんだろうね。フタナワーフが以前からキッカイのエキスパートを欲しがっていたから、さっそく移ってもらった」

エレベーターで地下に降りる。キッカイを飼育するフロアには階段が続いていないらしい。キッカイには階段は登れてもエレベーターを操作することはできないからだ。

扉が開くと女が立っていた。西区の拠点研究員だ。ネームプレートに表記があった。卜部龍馬を見ても特に会釈をする様子がない。目がうつろだ。魂のない抜け殻のような体がすれ違う。栂遊星が異変を感じ始めたのはこのあたりからだった。

南区とはまた異なる雰囲気が漂っていた。照明に関しては意図的と思えるほどに明るい。廊下に人影はある。部屋から部屋へと横断している。頻繁といえるほどに。しかし活気がない。一人ひとりに覇気がないのだと気づいた。

ジャンクという言葉が思い浮かぶ。剪定部隊の隊員が見舞われたという症状。キッカイと幾度となく格闘するあまりに精神が病んでしまった状態だ。ここ西区の拠点研究員は皆そうなのかもしれない。

異常な研究に自我を冒されてしまう人間こそが正常。むしろ大地や安並風歌の方がイレギュラーといえる。二人がダルタイプというのならば話は別だが、少なくとも大地はナーバスだった。

二度折れた廊下の突き当たりは二重扉になっていた。エアロックスペースの様子を映すモニターがあったのでそれと分かった。乱雑な字で「第4飼育室」のプレート表示がある。恐らくこの先で大地は命を落としたのだろう。

一枚目の扉から中に入る。そこは二メートル四方の空間だった。ほのかに生臭い匂いが混じっている。頭上ではダクトが口を開けて換気装置が働いている。二枚目の扉にはガラス窓があった。飼育室は照明がさらに明るそうだ。

卜部龍馬が無言のまま扉を開く。目に見えない壁が一度に迫る。この異臭は尋常ではない。胃の中から込み上げそうになる。しかしここまできて引き返すわけにもゆかない。パノプティコンのゴンドラ下層よりはマシだと思って足を踏み出す。

天井が体育館ほどに高い。あの高みまで臭気は充満しているのだろうか。右側に並ぶ巨大かつ頑丈な檻。恐らく数メートルはフロアに埋まっている。檻の中にはキッカイの影がある。その膝下が見えなかった。中型には満たないとはいえ、要撃行動時には充分に優先目標になりそうなスケールだ。

こちらに背中を向けて立ち尽くしている。体表がなぜか黒色に近い。硬そうだ。体軀も引き締まっている。技術実証試験のときに見た人型様《よう》に洗練された印象はなく、そうかといって四国で戦う個体のようなグロテスクさもない。見上げれば鉄格子の間から頭部らしき影が覗いた。前後にやや流線形を呈している。

「これは特別な個体ですか？」

卜部龍馬は答えなかった。思えばエレベーターを降りてから一度も口を開いていない。無言こそが真の弁解という意味なのだろうか。

フロアに引かれた白線の上を進んで行く。それは檻から四、五メートル離れて平行に続いていた。檻はそれぞれが独立していた。中にいる個体も一体ずつだ。体格の違いがあるだけで、一見したところ局部的な個性は認められない。牡種か牝種か。牡種ならば去勢はされているのだろうか。

そもそもキッカイではないのかもしれない。妙に落ち着いた雰囲気を持っているのだ。キッカイも立ち尽くすことはあるが、その間もなんらかの欲求を示していた。目新しい概念や進行すべき北の遠景に対して。そこで梢遊星はふと思った。翼こそないが、これはカラスの近似なのではないかと。

キッカイの飼育と繁殖だけでも常軌を逸しているのに、その主である渡来体まで試作しているというのならば狂気だ。しかし卜部龍馬はＳＴＰＦにカラスが潜伏している可能性を挙げたばかり。四国では目の前に迫るキッカイを迎え撃っている一方で、ボルヴェルクではさらにその先に待ち受ける絶望的な局面を見据えている。

危機意識のレベルに大きな差があることを否定できない。東京ではほとんどの人間が文化的な生活を送っている。四国の住人の中には疎開を余儀なくされた者もいるが間違いなく生きているはずだ。死傷者を出す要撃部隊にも平時には息抜きがある。しかしボルヴェルクは、特にここ西区の地下フロアは違う。

卜部龍馬が中ほどの檻の前で足をとめた。そこに黒色の個体はなかった。大地が捕食された現場なのだろう。栂遊星は両膝をつき、静かに手を合わせた。

今このとき、頭の中に浮かぶ疑問は一つだけだった。大地はなぜこの環境と危機意識の中で自我を保ち続けていられたのか。その疑問はともすれば、子供の頃から持っていた忌避感に対しても再考の余地を与えかねなかった。

「なによりも要撃行動が優先されたことには納得しました。だからボクには父の死が伏せられた。それは仕方のないことです。でもボクが理不尽な感情を抱いたこともまた仕方のないことです。仕方のないもの同士、そこに答えが見つからなくても仕方はありません」

「ふむ。『解なし』もまた解答だ」

白線の内側を一人の男が歩いてきた。上下繋ぎの作業着を着ている。あまり警戒心がないようで右手には菓子パンなどを持っている。この空間でものが喉を通るとは恐れ入る。全体として無粋な印象だが、一つ確かなことがあった。目に色がある。

「新入りじゃなさそうだな」

「栂くんの息子さんだよ。善通寺でも活躍している」

「……あぁ、先生の。そいつはご愁傷様」

男の作業着にも一応ネームプレートがあった。安並風歌と同じ「W特研」だ。そして「続一」。

「へこたれずにがんばれよ。先生は、強かったぞ」

そういって男は背中を強く叩いてきた。続一《はじめ》、もう一人の懐柔士らしい。生臭さとは異質な体臭をその場に残して行った。

ニーツニー

八月二九日、要撃行動予定日当日。大波と予想されたキッカイの進行は鈍い出足で始まった。クリティカルルームは二カ国と一政府が臨界を認めず、作戦はフタナワーフの幕僚監部に大本営を置いた状態で展開された。その後、中国と台湾政府を相手に次官級会談が催され、尖閣諸島をめぐる領有権問題に暫時《ざんじ》の沈静化が図られた。

神戸では日米首脳会談が開かれていた。訪日した大統領の最たる目的は鉢伏高原の視察だった。当初は首相とともに南あわじを訪れて要撃行動に立ち会うプランもあったが、台風一二号の接近予報にともなって三日前にキャンセルされている。首脳会談の主題は両国間の安全保障の確認だった。さかのぼること二週間、終戦記念日にセグエンテが示唆した将来的日米安保の破棄が、事務的に進むはずだった話し合いの場に要らぬハードルを据えていた。当然のことながら、クリティカルルームの三階にいるアメリカ代表団は交渉のテーブルから離れていた。

ロシアと北朝鮮が承認へと臨界レベルを引き上げたのが一〇時二六分。その四分後に中国が同じく承認に引き上げて継続中の安保協議を牽制する。孤介時間の到来まで六六分という微妙な時刻だった。しかし協議は難航の見通しが濃厚と伝えられるやいなや、パノプティコンはあっさりと係留場施設に帰還。前後して二四隻のプリズンガードも帰還した。

孤介時間明け、パノプティコンとプリズンガードは離陸中止の決定を下した。そして監視を続けていた特別船も順に帰還を始めた。台風の接近により香川県が強風域に入ろうとしていたからだった。係留場施設ではさらなる暴風に備え、パノプティコンと特別船を地下に移す作業が進行する。要撃行動は陸上部隊のみで継続されることになり、散発的に現れるキッカイを撃破しつつ、大波の到来を遠視でうかがう緊張に満ちた状況に陥った。鰐の壁では九〇式改戦車の全車輛が讃岐山脈に向けて砲身を構えていた。

一三時四五分、ダイナミックフィギュアの拠点ドックにパノプティコンのクルーがやってきた。藤村十と鳴滝調は早くから作戦会議室で待ちぼうけを食っていた。是沢銀路はフタナワーフの本部に招集されて欠席、作戦概要は太刀川静佳から伝えられた。それは早くとも八時間後のシミュレーションだった。台風は日向灘《ひゅうがなだ》から豊後《ぶんご》水道を北上する見込みで、日本海側に抜けるまでシキサイとカムカラは出動できない。したがってパイロット二人には今のうちの休息が指示された。

一七時も間近、鳴滝調はただならぬ炸裂音で目を覚ます。ベッドが振動するほどだったので、拠点ドックからはかなり近い場所に着弾したようだった。居室の窓にはいつの間にかシャッターが降りていた。廊下に出ると警報ランプだけが明滅していた。藤村十が起き出した様子はない。階下では非常ベルも鳴っており、状況確認を急ぐ職員が慌ただしく行き交っていた。やはり付近で大型のキッカイを緊急的に駆除したらしい。善通寺内でここまで進行を許したのは恐らく初めてだった。

鳴滝調は心の動揺を抑えるために医務室を訪ねた。しばらく医師と会話をして気分を紛らわしていたが、そのうちに怪我をした職員が何人もやってきて居場所がなくなってしまった。仕方なく談話室で一人の時間を過ごした。テレビは要撃行動の様子を伝えていた。そのほとんどが静止画だった。並行して台風情報も伝えていた。香川県は全域が暴風雨域に入っている。キッカイの進行は鈍化傾向とある。事実と異なっている。あるいは先ほどの砲撃だけが特別だったのかと柔軟にも考えた。

居室に戻ろうとしたところで壱枝雅志と出くわし、鳴滝調の方から捕まえて戦況を尋ねた。テレビの報道は間違ってはいないらしいが、キッカイの去勢処置は断念しているという。日付が変わってからの二四時間が本番とにらんでいるようだった。

立ち去ろうとする壱枝雅志を再び捕まえ、主席の権限でボルヴェルクに電話をかけさせた。栂遊星を呼び出したところ、あいにく不在だった。しばらく滞在していたことまでは知っていたのだ。行き先はどうしても教えてもらえなかった。鳴滝調は居室に戻り、睡眠導入剤を服用して一九時過ぎに眠りについた。

一九時一五分、二つ隣の居室で藤村十が目を覚ます。用を足し、エアコンを切り、時計の時刻を確認してベッドに横たわる。早くも数十秒後には微かな寝息を立て始めていた。

一九時五〇分、国連BCの編集局をあとにした七戸譲と佐々史也はフタナワーフ本部に到着していた。幹部の執務室に通され、改まって護衛任務の要領が伝えられた。ジュリックとアーロンに不審な動向が認められる。思想集団・インバネスの構成員の疑いあり。彼ら二人を徹底してマークせよ。この時点で七戸譲の手に四カ月ぶりに拳銃が戻された。

二〇時四〇分、作戦臨時会議を終えた是沢銀路は足早に露天駐車場に向かっていた。そこで高機動車に乗り込む七戸譲と佐々史也の姿を偶然にも見かける。きびきびとした挙動が好印象で、あえて声をかけるのはやめている。台風は中国地方を縦断中。風はまだ強いが雨は収まりかけていた。

大波といえどもダイナミックフィギュアは通常作戦行動が原則となる。キッカイの去勢処置を前提、それがソリッドコクーン日本支部からの通達だった。クリティカルルームによる圧力も大きかった。北の三カ国がすでに承認を出しているのだ。散漫な要撃行動は容認されない。是沢銀路は重圧を感じていた。はたしてこの局面を乗り切れるだろうか。どうしてもカードが一枚足りない。場の山からエースを引き当てたい。

今日二度目の孤介時間が明ける。二三時五五分、安並風歌はスーツに腕を通しながら執務室を出た。廊下の中ほどでネクタイを忘れていたことに気づき、慌てて引き返そうとした。そして立ち止まる。ネクタイはポケットの中に入っていた。

エレベーターに動く気配がまったくない。三基とも地下でとまったままだ。よく見れば「休止」の表示が点灯している。仕方なく階段を使うことにした。実に一三階分をパンプスの足で駆け下りた。地下格納庫は深い。入れ違いでパノプティコンが地上に上がっていたらあとを追う自信がない。

他のクルーたちも階段で下りてきたようだった。キャビンの空調が全開になっており、倉又安由美などはまだ肩で息をしている。司令システムは立ち上がっているが地下深くのために通信がつながっていない。太刀川静佳の表情がもっとも余裕を失っている。そして保科敏克からも珍しく気負いがうかがわれた。大波の予測だから無理もない。安並風歌には中波に落とした自信があった。それを伝えられないことが残念だった。

特別船が優先的に地上に出されてゆく。パノプティコンは最後に回されたようだ。まだ首脳会談は続いているということだろうか。ならばむしろこのままダイナミックフィギュアに臨界が訪れない方がいい。シューティングゲームのごとくキッカイに砲弾を集めることができる。蘇生部隊の隊員がさぞかし喜ぶことだろう。

約四〇分後、是沢銀路が現れた。パノプティコンはスライドを始め、昇降穴からゆっくりと上昇して行った。地上に出ると通信がつながり、クリティカルパネルにも臨界状況が表示された。アメリカが許可を出している。

「聞かれたし。こちらパノプティコン全権司令官是沢銀路。要撃部隊全科に告ぐ。ただ今より要撃形態を夜間通常作戦に準じて復帰。牝種駆逐及び去勢処置を第一義目的とせよ。緊急時はこの限りにあらず。事後承諾をもって清算、再度目的達成に心血を注げ。嵐は去った。好機を逃した愚かな波に知らしめよ。我ら二名《ふたな》島防波隊は堅固《けんご》最強なり！」

*

牢獄台の上ではカムカラとシキサイの鎖が解かれ、パノプティコンが空の城になった。

藤村十はメインディスプレイから目を伏せて操縦桿に指を入れた。壱枝雅志が腕を組んでこちらを見上げていたのだ。カメラがとらえていたのは小さな姿。それでいて、ものいいたげな目をしているのがよく分かった。「よもや前回のようなことはないだろうな」と。

シキサイの頭部側面のハッチは半開きになったままだった。結局、鳴滝調は姿を現さなかった。ひょっとしたらまだ居室で休息しているのかもしれない。作戦は長時間に及ぶ。是沢銀路は出動のタイミングをずらすつもりのようだ。日の出まで五時間。一人でもやってやれないことはない。

〈カムカラ出獄。香月の支援を受けて作戦に参加しろ〉

「了解」

藤村十は操縦桿を引きかけて思わずとめた。壱枝雅志が首を左右に、肩を上下に動かしている。まさか力を抜いてリラックスしろという意味だろうか。彼が監督者としてあのような素養を身につけていたとは驚きだ。感動に値する。これはなんとしても鳴滝調に教えてやらなくてはならない。とにかく肩は充分に軽くなった。改めてカムカラを起立させる。

〈藤村十、助走路に出ましたね〉

「あぁ、今出た」

〈頭部赤色灯をチェックしてください〉

「忘れてた。香月さんは相変わらず冷静だな」

〈済み次第、中速度で第二管区に移動してください。高所射撃ポイント、分かりますね。不安でしたらこちらで誘導しますが〉

「いや、いい。先週二度も下見した。四〇分もあれば着くだろう」

鉄骨だけで組み上げた遠距離射撃用の櫓《やぐら》だ。各管区に一つずつある。そこに新武装であるユラ・ライフルもあらかじめ手配されているはずだった。

遠方で数多のサーチライトが交錯している。一箇所で火災が発生しているようだが山ではない。ときおり砲身と思われる先から火光が紡錘形に膨らんだ。カムカラのサーチライトも加えてメインディスプレイの視界はほどよい明度を持っていた。

夜空には晴れ間も覗いている。そこには星の光も。台風は決して敵ではなかった。この地球もキッカイの拡散を忌み嫌っているのだろうか。

陸上四科の布陣をぬってカムカラを進ませる。雨がかなり降ったようで、場所によっては道路が冠水していた。第三管区を抜けようかという辺りで大型の個体がユラ・ピストルの射程圏内に入った。しかし香月純江から目標としての紹介はなかった。

櫓に到着し、登壁《とうへき》プログラムでカムカラを登らせた。藤村十は初めて気づいたのだが、機体の脱落を避けるためにはかなりの補正が必要だった。自分が作ったプログラムは非常に粗雑だ。栂遊星はよくも初の試みで登頂できたものだと感心させられる。

ダイナミックフィギュアに関わっていると、一日の中で何度も栂遊星の存在が思い浮かぶ。それは鳴滝調も壱枝雅志も同じのようだった。感想を口にしかけてはその言葉を喉の奥にしまい込む。「遊星くんがいたら」「これくらい栂なら」決して禁句ではないのだが、痛みが自分に跳ね返ってくることを知っている。

あの一件に円満な解決などない。続初を除けば、関係したすべての人間の配置を入れ替えても同じ状況が生じたのだ。栂遊星がこの自分だったならばやはり彼は事実を伏せていただろう。栂遊星が軍事参謀委員会の人間でも徹底して秘匿させたはずだ。人それぞれに立場がある。責任がある。忌避感がある。そして勇気がない。

櫓の上まで登り切り、カムカラにユラ・ライフルを把握させた。スコープ機能は機体が装備しているのでほぼ狙撃銃だ。さっそく片膝を着いた射撃体勢をとらせる。

〈藤村十、準備はよろしいでしょうか。目標の順位は番号をもってこちらが指定します〉

「全部がイメージセンサーのレンジ外、そのまた外だ」

〈手もとに届いている確定情報から射撃システムに反映させます。その後も順次〉

「んじゃよろしく」

〈試射が必要でしたら五発を限度に行ってください〉

ボルヴェルクが開発した兵器だ。その性能はいつもこちらの想像をはるかに上回る。ボルヴェルクに自衛隊の武装を刷新させたら実力は格段に向上するはずだ。しかしこのカムカラがいかにして動いているのかを考えたとき、叡知の結集だと素直には賞賛できなくなるのだ。渡来体であるクラマとカラスからテクノロジーを得たに過ぎないのではないかと。

藤村十は部隊配置を確認し、一三〇〇メートル先に立つ並木のクスノキを狙うことにした。

栂遊星はほぼ同じ距離にある走馬燈をユラ・ピストルで撃ち抜いたという。それも起立姿勢で。いまだに信じられない。ヘッドアップディスプレイの照準に意識を集中してトリガーを引く。発射条件さえ確かならば銃弾は間違いなく標的に当たると聞いている。誘導システム下の有翼弾ではないが、弾丸の被甲部にジャイロ機構がついていて軌道を修正する。一発の単価は高い。

(的中。去勢完了っと。「1」はどれだ)

試射は一度で済ませることにした。いいイメージが残っている間に本番に移りたかった。

メインディスプレイを新機能のサーマル表示に切り替える。なるほど、化外の地を出た夜間のキッカイは確かに動きが緩慢だ。シミュレーターで出現するゾンビよりも動きがのろい。数歩動いてはしばらく足をとめる。ただし厳密な法則性はない。

第一目標の個体をパスして順位を二つ下げる。あいにく角度がなかった。第二目標の個体に照準を定める。静止しているが、ここは冷静になり、移動後の静止を待つことにした。集中力をさらに高める。そして遊びのないトリガーを一・五ミリ引く。続けて照準を第三目標の個体に移す。香月純江が結果を伝えたようだが耳には入らなかった。的中した確信があった。今度は感性に任せていきなり迎えたチャンスに射撃した。これも的中。第一目標の個体を再度パス。第四目標の個体もパス。第五目標の個体は射撃ポイントが二箇所。片方を撃ち抜き、もう片方を保留。第一目標の個体を三度《みたび》パス。第四目標の個体は気まぐれな小走りを見せたかと思うと無様に転倒した。そこで保留していた走馬燈を処理。なおも立ち尽くす第一目標の個体に向けてサーチライトを絞る。すると少し体の向きを変えた。その瞬間を逃さずに処理した。あとは転倒した個体の立ち上がりを待つ。

「ここまで、どんな感じだ？」

〈……五分の四、及第です〉

「第五目標の片方か？」

「いえ」

気にしても仕方がなかった。もともと一〇〇点など取ったことがないのだ。ひと皮むけた今の壱枝雅志ならば褒める素養も持ち合わせているだろう。藤村十はいったん気持ちを楽にしてから照準に集中し直した。そして立ち上がりざまに銃弾を放った。

〈的中。去勢完了。藤村十、これより二〇分後をめどに第三管区の高所射撃ポイントに移動してください。要領はまったく同じです〉

「了解」

東西から榴弾砲が立て続けに放たれた。去勢処置に失敗した個体もろとも肉片に変えるつもりのようだ。蘇生部隊の派遣は不可能と判断したのだろう。ユラ・ライフルのボックスマガジンを交換し、カムカラを櫓から飛び降りさせる。

日の出まで三時間四〇分。長いようで短い。いっそのこと今日一日だけ夜が明けないで欲しい。明けるならば、栂遊星を返してくれないものか。

＊

電話のコールに起こされた。何度も鳴っていたのかもしれない。受話器を取ると同時に通話は切れた。それからしばらくして直接居室に女性職員がやってきた。ひどくへりくだったいい回しで出動の準備をうながされる。

鳴滝調は裸足のまま廊下に出ると専用の更衣室に向かった。寝ぼけ眼をこすりながらジバンに着替える。思考もまだ本調子ではない。睡眠導入剤が効き過ぎた。足の裏に違和感を覚えると思えば血が出ていた。ガラスの破片でも踏んづけたのだろう。昨夕の榴弾炸裂で何枚も窓が割れたといっていたか。絆創膏を貼るにとどめ、ブーツを履く。

作戦会議室には壱枝雅志の姿だけがあった。ノート型の端末で戦況を確認していた。鳴滝調には補給食のパッケージだけが与えられた。食欲はなかったが、腹が空いたからといってこのゼリーが恋しくなるわけでもない。薬だと思って口にする。

「十はなにしてるのかしら。遅いわね」

「藤村はとっくに出た」

「え!?　ひょっとして私、寝坊？」

「出番をずらしただけだ」

「せめて起こしてくれたらよかったのに。見送りくらいするわよ。まるで私が薄情な人間みたいじゃない」

「起こしに行ったが起きなかったという報告は聞いている」

「……それで、今はどんな感じなの？」

「まだキッカイは牛歩している状況に過ぎない。それを藤村が遠距離から狙撃している」

カムカラは第一管区の高所射撃ポイントに配置されているようだった。全管区にわたって危殆《きたい》を意味するカラー表示はない。しかしこの不吉なドットはなんだ。讃岐山脈の峠付近で帯状を呈している。そして南側にも予備軍の分布が。

「何体いるっていうの？」

「中型と大型だけで一三〇以上だ」

気が遠のきそうになる。前回の出動で鳴滝調が処理した数はわずかに八だった。

「鳴滝の担当は主に第四管区になるはずだ。お前にとっては鬼門だが、よもや前回のようなことはないだろうな」

「あのね、壱枝さんが思っているほど簡単じゃないんだから。化け物が正面から突進してくるのよ？」

「今回は、その化け物がたくさんくるぞ。バックパックも現場で準備させてある。だからといって無駄に消費するな。交換には時間がかかる。極力接近して的中率を高めろ。目標値は八五％だ。パーツ化していない個体は脚部を潰すだけでも構わん。処理したら、とにかくその場を離れろ。始末はフタナワーフに任せればいい」

「狙撃じゃないのね。せっかく練習したのに」

「第四管区の櫓は誤って爆破してしまったらしい」

「そういうチョンボをもっと聞かせてちょうだい。こっちも重圧から解放されるわ」

「藤村が緊急搬送車輛を蹴って横転させた。藤村が高所監視船《プリズンガード》を危うく狙撃しかけた。藤村がコックピットから外に立ちションをした。どうだ、重圧から解放されたか。その重圧はそっくり私にかかるんだ」

「どうしたの？　さっきから首ばっかり動かしてるけど」

「最近、肩凝りがひどくてな」

そういって壱枝雅志はノート型の端末を閉じた。

「よし、鳴滝はコックピットでスタンバイしておけ。私も見送りには出る」

その凝っているという肩をマッサージしてやろうかと思っていたところだった。

廊下で別れ、すぐに呼びとめられた。晋平から伝言を預かっていたようだ。壱枝雅志の口から聞けた言葉は「来週食事でもしよう」という短いものだった。〝検閲〟が入ったのだろう。本当は「無理をするな」や「危なくなったら逃げろ」などが主なメッセージだったと思われる。考えてみれば栂遊星に対してなされた秘匿が自分にもなされている。

牢獄台のある格納庫に向かう途中、とある娘を目にした。ここの職員に連れられて部屋に入って行く姿が見えた。係留場施設で働く、確か公文土筆だ。いけ好かない女。栂遊星のガールフレンドらしいが、その留守中に高所監視部隊の男と仲良くやっている。

栂遊星が帰ってきたら必ず告げ口してやるつもりだ。隠し事をすると同じわだかまりを生んでしまう。ショックを与えるのは忍びないが信用を失いたくない。そしてあの娘は手放した方がいい。危険な匂いがする。これは女としての勘だ。

コックピットでは小一時間待機しても指令は出なかった。保科敏克は起こしてやるから眠っていてもいいなどという。どうやら夜明け前が出動のタイミングになっているようだ。このあたり、相変わらず壱枝雅志は不器用に人を使う。部下を緊張から解放させるのは休息のときだけで充分だと思っている。ボルヴェルクにいた頃から変わっていない。監督責任者としての厳しさと美化する者もいるが、それは少し違う。

メインディスプレイ全体に戦況を表示させる。カムカラは第二管区に移動中。そこにはキッカイの情報がないので通過して第三管区まで進むのだろう。モグラ叩きでそろそろへばっているに違いない。鳴滝調は目を閉じてすぐに見開いた。藤村十がへばると代わりに自分ががんばらなくてはならない。眠気覚ましの顆粒を口にする。

通信が入った。保科敏克からだ。

〈鳴滝ぃ、機体を出しとけ。指令が出たら第四だ〉

「分かったわ」

メインディスプレイを実況に切り替えてシキサイを起立させる。正面に壱枝雅志の姿はなく、格納庫の扉付近に移っていた。腕を回しているがもちろん手を振って送り出しているわけではない。

助走路の脇にはビニールシートで覆われた見慣れぬ小山があった。そのスケールとシルエットから判断して、小型のキッカイなのではないかと思われた。近辺で処理されたという大型とは別だ。眠っている間にもひと騒動あったようだ。今回はたとえ要撃行動が終わっても事後処理が大変だ。

そこへ是沢銀路の声。

〈鳴滝、シキサイを出獄だ〉

「了解」

〈今回は頼んだぞ。共に難局を乗り切ろう。もうすぐ誕生日だったな。またみんなで祝ってやりたい〉

忘れていた。晋平からの誘いも同じだったのかもしれない。

東の空が白んでいる。鳴滝調はシキサイの助走を開始した。ペダルを踏み込む足の裏が少し気になる。時間に余裕があったのだからちゃんと治療しておけばよかった。

〈鳴滝ぃ。さっそくだが大型の彼氏を二人紹介するぞ。新三七七号線を真っ直ぐ。三豊《みとよ》市に入って距離七から八。好みのタイプから告白しろ。プリズンガードが疑似餌をぶら下げてるから分かるはずだ〉

「了解」

このひと月の間、保科敏克とは何度もコミュニケーションの機会を作った。その方が意思疎通が図れるようになると思ったからだ。彼はがさつ者のようでそうでもないことが分かった。二人でいるときには紳士にもなる。インテリでその見識は広い。留学中に英会話も身につけているというので過去に外国人女性を射止めたというのもうなずける。ただ、許容しがたいフェチの側面を持っている。知ったときには〝引いた〟。この〝引く〟という感覚も一種の忌避感だ。

ちなみに藤村十は香月純江とコミュニケーションを図ろうとして断られたらしい。「その必要はありません」と。

（いた）

丘の向こう側に上体だけが覗いている。早くもイメージセンサーが三次元的に走馬燈の正体を明らかにした。今回からパノプティコンを介さずにフタナワーフの移動検知車輛と連携がとれるようになった。近接戦闘では間違いなく効率は上がる。壱枝雅志が高い目標値を口にしたのはこのためだ。

もう一体はどこだ。球体を垂らしたプリズンガードは南の上空。少し距離がある。まだそちらの目標は財田川《さいたがわ》を越えていないのかもしれない。

シキサイを田園地帯に進ませる。距離は三五〇メートル。ここから撃つと壱枝雅志に怒られる。しかし初陣で突進されたイメージがいまだに強く残っている。キッカイが本気になればこの距離を五秒ほどでやってくる。安全策をとって待ち受けるべきか、悪夢を払拭すべく前に出るべきか。

その個体が、向かってきた。

（なんで私のキッカイはいつも突進してくるのよ！）

〈鳴滝ぃ、初っ端は練習のつもりで行け。まだ先は長いんだ〉

保科敏克なりの操縦術だ。彼の設定するハードルはおしなべて低い。途中の過程で辛酸をなめさせられてもハッピーエンドさえ迎えられればいいと思っている。その価値観を共有できずにせっかち気性の前妻とは離婚しているのだ。

ヘッドアップディスプレイが警告表示を出した。鳴滝調はその意味を頭で咀嚼しながらトリガーを引いた。

〈的中だ。伏せろ〉

鳴滝調は自分の頭を下げていた。伏せる操縦を体が忘れている。仕方なくシキサイをその場にしゃがませた。後方から機関砲のシャワーが注がれる。大型の個体を蜂の巣にし、肉片に変えていった。

〈前進だ。もう一人の彼氏を待たせるな〉

次は一〇体目のメモリアル。一五五体という栂遊星はおろか藤村十にも及ばないが、今日は予備軍を含めれば二〇〇体近くやってくる可能性もある。マガジンの残弾は一一。バックパックにはそのマガジンが一八。現在時刻は五時二二分。孤介時間の到来は一一時三二分。来週自分は何歳になるのだろう。鳴滝調はその数を思い出せないままに前方の大型個体へと接近して行った。

＊

昨夜の台風情報では、一時はここ兵庫県鉢伏高原も暴風域に入っていたはずだった。それにしては爪痕と思われる荒廃がほとんど認められない。山の樹木は青々とした葉を枝に誇っている。嘘か本当か、この先に今も横たわるクラマは台風のエネルギーさえも無効化する能力を持っているという。

姫路のホテルを出るのが早すぎた。卜部龍馬はまだきていない。パノプティコンの鑑札だけでは信用してもらえず、栂遊星は最初のゲートの前で待ちぼうけを食っていた。昨日一緒に南あわじについて行けばよかったと少し後悔している。

先日はアメリカ大統領もここを訪れた。外国の国家主席に立ち入らせたのは初めてだ。実際にクラマとの対面も果たしている。お宝の鑑定とでもいうべきだろうか。アメリカ自体がクラマを欲しがっている。本土への引き渡しは国際連合の名を借りているに過ぎない。しかし日本は絶対に手放さない構えだ。その姿勢に関して極端な主張をしているのがセグエンテだった。

そしてクラマには他の場所に移しようがないという現実もある。大きすぎ、重すぎるのだ。したがって他国が手に入れたければ日本を侵略して主権を奪うしかない。あるいは鉢伏高原を国際化する。その線ならば大いに考えられる。

宇宙のクラマは今も地球の周回軌道を漂っている。それはＳＴＰＦにカラスが潜伏しているからではないかと卜部龍馬はいう。では鉢伏高原のクラマはどうなのだろう。死んではいないらしいのだ。ひょっとしたらキッカイを駆逐するために今は英気を養っているだけなのかもしれない。任せられるものなら任せたい。

大統領の訪問という一大行事が終わったためか、検問の自衛隊員には緊張感が欠けているように思われた。今頃香川県では要撃行動が展開されているというのに。それは桴遊星にも当てはまることだった。もはや登校拒否の延長線上にある忌避感などではない。この長いブランクを経た今、帰りにくくなっているのは事実だ。

朝食を抜いてきたので腹が空き始めた。自衛隊員にかけ合うと特別にコンバットレーションを分けてもらえた。ついでに鍋も借りてレトルトパックを温めた。ちょっとしたアウトドア気分を味わう。

ト部龍馬を乗せた四輪駆動車がやってきたのは丁度食べ終えたときだった。

「おはようございます」

「おはよう。やっぱり先に着いていたかい」

「博士がいないとボクは不審者扱いみたいです」

「そうでもないよ」

残り四〇〇メートルばかりのために桴遊星は車に乗り込んだ。

最終ゲートを含めて検問は四つもある。不審者はあえて最初のゲートを通らせ、中間で拘束することになっているという。公《おおやけ》にはされていないが、過去にはインバネスの活動家を逮捕したこともあるらしい。彼らもまたクラマとコンタクトをとりたがっているのだ。神を委譲するために。

車を降りるとそこからは長い徒歩が待っていた。やや眼下、山の斜面には迷彩色のカバーで覆われた一画があった。それは道程の途中からときおり見え隠れしていた。

「博士は倉又さんをご存じですよね。倉又安由美さん」

「よく知ってるよ。本当は彼女に司令システムとオペレーションシステム、そしてDFシステムの再構築を任せたかった。特に司令システムは脆弱で信頼性が低かったからね。でも是沢くんがどうしても譲ってくれなかった」

「もともとシェイクハンドプロジェクトに参加した一人だと」

「そうだ。キミの知っている人物では香月くんもだよ」

「倉又さんにも尋ねたんですけど、クラマは人間の言語を理解したんでしょうか」

「ふむ」

卜部龍馬はその質問には答えず、今さら足下に注意するようにと亀裂が走った足場板を指さした。

眼下に見えていたクラマは今では見上げる位置にあった。迷彩色のシートが形をそのままに表していた。なんと大きなまな板なのだ。スケールを比較すればあのパノプティコンが鰯《いわし》となって何匹も並ぶ。栂遊星は圧倒されてしばし立ち尽くしていた。

卜部龍馬が斜面に埋設された階段を登って行く。クラマの下側に潜り込むつもりのようだ。なにかの拍子に下敷きになりはしないだろうか。未開の洞窟探検に似たスリルがある。

「栂くんこっちだ。キミの背丈なら手が届くだろう」

　クラマの下には人が活動できる空間ができていた。クラマはさしずめその天井だ。しかし全体的に暗かった。電線が朽ち木の枝に渡されて電灯が限られた範囲を照らしている。

「ここを触ってごらん」

　恐る恐るクラマの表面に触れてみる。意外にひんやりとしていた。決して硬そうには思えないのだが、だからといって押し上げて凹むわけでもない。実に不思議な感覚だ。なぜ不思議に感じるのかというと、恐らく自分がその概念を持っていないからだ。少しキッカイの心理を理解できたような気がした。

「ナイフみたいなものは持ってるかね」

「いえ」

「さっき金属製の鑑札を持っていたよね。あの角で傷つけてみなさい」

「大丈夫でしょうか？　そんなことして」

「うん。それくらいじゃ怒らないと思うよ」

　安心と不安の両方を与えてくれる。

　おかげで鑑札を近づける手がわずかに震えてしまった。その角が今、表面に触れた。卜部龍馬が力を込めるようにうながす。ひと思いにつま先まで立ててみたがまるで受けつけなかった。食い込んだような感覚はあったのだが、見れば無傷だ。

「やっぱり不思議です。暖簾《のれん》に腕押しというか」

「これがニーツニーだよ。クラマが持つ究極的なテクノロジーだ。運動エネルギーを内部で別の形態に変換したんだね。熱とか電気とか、一〇〇%の効率で」

「打撃が通用しないと」

「うん。核爆弾でもクラマには効かない。過剰なエネルギーは質量に変換されてしまう。重力ポテンシャルの勾配さえクラマは打ち消すよ。この天井はとっても重たいんだけどね、今は実は少し浮いている。昔はこの空間はなかった」

にわかには信じられないが、朽ち木や灌木が支えているとも思えなかった。

「切り取れないから、クラマを解体することはできないんですね」

「うん。一度薬品を使ってゆっくり反応させようとしたら、クラマはちょっと怒ったよ」

そういって卜部龍馬は笑った。そして真顔に戻った。

「ニーツニーも究極科学ならSTPFの材料も究極科学だ。STPFにいたっては相対性理論のつじつまが合わない。理論値以上のエネルギーをたくし込んでいる。とある条件を与えるとこれを解放するんだ。自らを蒸発させるほどの熱をね。この熱を瞬時にニーツニーで電気変換している。STPFの材料とニーツニーの複合体、それがフィギュアのリアクター原理だよ。内燃機関の正体だ」

ダイナミックフィギュアの内部にSTPFの材料が存在していたとは驚かされる。しかし機体に近づいても究極的忌避感を覚えたことは一度もなかった。究極的忌避感とは超人工物に対して抱く感覚。ニーツニーとやらも超人工物のはずなのに、今は手を伸ばせば届く距離で肉薄している。そして内燃機関を作るにあたってニーツニーをどのようにして再現したというのだろう。少なくともクラマからは切り取れないはずなのだ。

「分からないことが多すぎます、ボクにはまだ」

「ふむ。さっきあえて答えなかった質問だけどね。クラマは言語を理解するようになったよ。でもクラマの〝言語〟は今でも理解できない。会話は一方通行だよ」

「こちらからの意思が伝わったと？」

「うん。お願いして、ニーツニーを分けてもらうんだよ。私がここに足を運ぶ目的はそれだ」

ト部龍馬はポケットの中に手を入れて探った。

「今何時だい？」

「九時四〇分ですけど」

「今日の孤介時間は？」

「一一時三二分です」

「クラマの下にいるとね、孤介時間を免れるんだ。もっとも私はダルタイプだから感じないんだけどね。みんなはそういっている。うん、ニーツニーは究極的忌避感まで遮断するんだ」

「……なるほど。ではなぜニーツニー自体は究極的忌避感を発しないんでしょうか。このテクノロジーも超人工的なはずなのに」

「そこだよ栂くん。私も疑問に思っていた。ＳＴＰＦの方が科学的に進んだ技術なのか、あるいはニーツニーは自ら発する忌避感すら打ち消して私たちを欺いているのか。私の中ではねぇ、クラマよりもむしろカラスの方に親近感を覚えているよ。地球を侵略しようとしたカラスの方にね」

そのとき、どこかから耳慣れない音が聞こえてきた。まるで下手なオルガンの演奏のようだった。

「なんですか？　今の」

「クラマがちょっと怒ったんだよ」

＊

パノプティコンは常にシキサイの直上から鳴滝調の操縦を支援していた。こうしてガラスの下層ゴンドラから見下ろしている方が、司令システムに慣れていない者にとっては現況を把握しやすい。あとはそう、久保園那希のような視力のいい人間がかたわらにいてくれたらキッカイの影を見つけることもできる。

鳴滝調は本当によくやっている。藤村十と違って彼女の調子の波は小さい。したがってバックパックを交換するタイミングの予測は立てやすい。臆病なので冒険もしない。それ故に肉薄戦闘は苦手としているらしく、キッカイに二度機体をつかまれてパニックを起こしたような操縦を見せた。臆病とはいっても標準的だとは思うが。

足音が聞こえ、安並風歌は階段を見上げた。

「安並くん、すまんがキャビンに上がってきてくれ。香月に知恵を貸してやって欲しい」

思いも寄らぬ役目を任されてしまった。パノプティコンのクルーの中にあって、香月純江と倉又安由美の二人は助けを必要としない切れ者だ。彼女たちの手に負えないことは他人が力を貸せるレベルではない。

安並風歌は階段を登りながら頬を叩いて思考をクリアにした。

「どうしたの？　私で力になれそうかしら」

「藤村十の的中率が上がりません」

藤村十の調子には波がある。一度下がったら再び上がるまでに時間がかかる。それでも香月純江が首をひねるというのならば、彼女の予測の誤差からも大きくはみ出しているのだろう。

「自己診断は？　射撃システムの」

「正常です」

「機体の損傷は？」

「ありますが、バランスに異常はありません」

「藤村くんは何時間働いてることになるのかしら」

「間もなく一〇時間ですが、二時間前の健診では正常でした」

「バックパックは何度交換を？」

「三度です」

「ユラ・ピストルを交換なさい。今回から銃弾の諸元が大幅に変更されていたはずよ。銃腔のライフリングが傷んでいる可能性があるわ。私が思い当たるのはそれくらい」

「………ありがとうございます」

ユラ・ピストルは独立した武装であって機体本体ではない。ここに異常が起きても自己診断は細部までは検知してくれない。腕に自信を持っている栂遊星ならば気がついていたはずだ。しかし藤村十は自分の特性である調子の波のせいにしてしまう。機械や装置を疑うことも必要だ。

今、パノプティコンが煙の中を通った。黒煙も混じっていたので建物が燃えているのかもしれない。要撃行動中は一度燃えたら燃えっぱなし。消火をしている暇などない。鐨の壁より南側はすでに五五％の家屋が損壊している。無傷の壁を見つける方がむしろ難しいだろう。

それにしても次から次へとキッカイがやってくる。出撃行動で一七〇体以上を葬ったのに皮算用が合わない。効果はもう少し先で現れるのだろうか。あるいはト部龍馬が予測した大波を超える規模だったのか。幸い、今のところ剣山セグメントの欠片を所持した個体が進行してきた様子はなさそうだ。こちらの出現はいくらでも遅れて欲しい。

「是沢さん……、すみません」

「どうした保科」

「シキサイを、活動不能にさせてしまいました。もみ合いで転倒して、頭部の連結軸がずれたようです。射撃システムが正常に働きません」

「鳴滝は無事か。鳴滝、聞こえるか。応答しろ」

〈無事です。今、死んだふりしてるところ〉

「パイロットの回収を優先だ。錦戸、拠点ドックの要員を一名含めて救助班を回せ。太刀川はシキサイの周囲五〇〇メートルに安全地帯を作るように要撃シフトを組み直せ。第四管区の一個中隊を預ける。自分でやってみろ」

是沢銀路が前方のコックピットへと進んで行った。シキサイが活動不能になったのでカムカラのいる第二管区に移動するのだろう。

ほどなくして香月純江の口から「的中」の状況報告が聞かれた。どうやら問題は改善されたようだ。これで藤村十が一気に調子を上げてくれたらいいのだが、彼は調子に乗ると冒険をするから意外な落とし穴になったりする。そのあたりをたしなめるのもサポート担当の役目だ。二人は普段からのコミュニケーションを怠っていると聞くので、少し気がかりではある。

すれ違うプリズンガードが窓からは見えた。孤介時間に向けてそろそろ帰還を始めているようだ。陸上でも漸次引き継ぎが行われているのかもしれない。元調査部隊のダルタイプ組は東富士から全員が戻ってきた。空白の時間帯を死守してくれることだろう。

カムカラの動向には少し興味がある。藤村十はサポートがなくとも視界に入ったキッカイくらいならば相手にできる。問題はこの孤介時間に誰が指揮責任者になるかだ。ダイナミックフィギュアの活動を認めているのはクリティカルルームなので、ソリッドコクーン日本支部の、それもかなり上位の人間が就くはずなのだが。

安並風歌はクルーたちの顔つきをひと通り確かめ、問題はなさそうだと判断して再びガラスの下層ゴンドラに下りた。

カムカラが躍動している。一〇時間も稼働し続けてその動きには衰えが見えない。一方で、搭乗するパイロットの疲労はプロテクターの脱落した両腕が代弁しているかのようだった。

（やっぱり悪のりしてるわ。ガンマンみたいな真似してるもの）

しかし射撃は成功している。銃弾に貫かれたキッカイの背中から緑色の飛沫がほとばしった。

肉眼で確かめられるだけでもキッカイの数は一二から一三。孤介時間要員に去勢処置を期待するのは酷なので、やはりかなりの量の概念が流出することを覚悟しておかなくてはならない。

安並風歌はこの一カ月だけでもキッカイの進歩を感じていた。赤鬼の成績が徐々に落ちてきたのだ。キッカイが走馬燈への攻撃を感じて避けることがある。牡種にとっては急所は急所ではなく、走馬燈こそが守るべき急所だ。そしてここに攻撃を加えようとする者に対して反撃を見せ始めた。この進歩をもたらしたのは赤鬼ではない。過去の掃討作戦や今日までの要撃行動のツケが回ってきたのだ。

並んで進行する二体の大型個体にカムカラが大胆に接近して行く。なにをするつもりだろう。今の藤村十ならば少々の遠距離からでも射撃で処理できるはずなのに。見ればバックパックが機体の背面についていない。ユラ・ピストル内の残弾も恐らくわずか。

カムカラが二体の前に立ちはだかり、右手でユラ・ピストルを構えたまま左手でウェポンベイからユラ・スピアを取り出した。そして左右二体の走馬燈に対する不必要な同時攻撃。銃弾に貫かれた背中からはやはり緑色の飛沫が。ユラ・スピアに貫かれた背中からは三つ叉の刃先が突き出た。カムカラは動かない。藤村十が自分の離れ業に酔っている。

階上のキャビンからは香月純江の叱責する声が聞こえた。するとカムカラは突き刺したユラ・スピアを捨てて退避を始めた。その慌てぶりはまるで母親に叱られた子供のように見えた。

（……どうしたのかしら）

いつもならば飛んでくる始末用の後方火力がない。折悪しく孤介時間要員と交代しているのだろうか。二体のキッカイは去勢されただけでまだ生きている。やがて一方が動き出した。そしてユラ・スピアが突き刺さった個体までもが動き出した。地面に柄がつっかえている。それでも前に進もうとする。そしてなんと自分で引き抜いた。キッカイの手に武器が渡った、その認識はまだ安並風歌にもなかった。

弘法の砦付近で立ち止まったカムカラが指で招くようにバックパックの交換車輌を求めている。その背後からユラ・スピアを水平に構えたキッカイが猛然と接近していた。

「香月さん！　キッカイが迫ってるわ！　伝えなさい！」

その指示が結果的に正しかったのか否かは分からない。香月純江から事態を伝えられただろう藤村十はカムカラを振り向かせた。その瞬間に真正面からキッカイの攻撃を受けた。安並風歌は心臓をわしづかみにされたような錯覚を覚えた。コックピットの頭部をユラ・スピアの三つ叉が襲ったように見えたのだ。カムカラの機体が大きく弾き飛ばされる。人間のスケールでは七、八メートル。実際は一〇〇メートルも。

安並風歌は一気に階段を駆け上がった。

そこでは香月純江がしきりに応答を求めていた。モニターには活動停止を意味する文字が。出力が〇・一%からいっこうに回復しない。しかし他の状態を示すグラフの数字は時々刻々と変動している。安並風歌はそれを見て安堵のため息をついた。機体の状態が伝わってきているということは、主系操縦のシステムが稼働しているということだ。問題が生じているのは単に内燃機関。ユラ・スピアのひと突きはここに加えられたのだ。藤村十は生きている。

「藤村、聞こえるか。命令だ。返事をしろ」

クルーが全員で呼びかけている。しかし藤村十からの応答はなかった。コックピットで気を失っているのかもしれない。安並風歌はキャビンの後部へと進み、越権ながら非常電話の受話器を取った。そしてホットラインでカムカラとつないだ。このコール音で意識を取り戻してくれたらいいのだが。

（出た）

〈藤村だけど〉

「私は安並。無事なのね？」

〈風船にはさまれて逆さまだけどな。メインディスプレイは割れちまった〉

「みんなの呼びかけ、聞こえなかったの？」

〈知らないけど？〉

「ちょっと待ってね。今是沢さんに代わるから。是沢さん！　こちらでつながりました。藤村くんは無事です」

　駆け寄ってきた是沢銀路に受話器を渡す。クルーたちが喜びの声を上げている。珍しく香月純江の顔にも表情が浮かんでいた。

　しかし、これで二機のダイナミックフィギュアを失った。その厳しい現実へと連れ戻すつもりは安並風歌にはなかった。いくらキッカイの不拡散が謳《うた》われても、やはり尊重されるべきは目の前の人命だと思えるのだった。

　パノプティコンにも帰還のタイミングが近づいている。半日戦い続けてきたのだからクルーたちにもひと休みが必要だ。そして孤介時間明けに出動する意味もない。

「是沢さん！」

　倉又安由美が少し裏返った声を発した。

「どうした」

「卜部総括から入電です！　栂くんが復帰の意思を示しているそうです！」

　是沢銀路が両手を弾かせてキャビンに乾いた音を立てた。

「これより係留場に帰還。孤介時間後、全員ただちに集合。本船は特権リザーブを用いて

〝い〟の一番に離陸する。向かう場所は鉢伏高原。失ったエースを山から手に入れる」

＊

特別攻撃機が確かに空を舞った。佐々史也はその光景を鍔の壁から見ていた。そして偶然にもアーロンが向けていたテレビカメラのアングルにも入っていた。距離から判断して丁度弘法の砦の辺りだ。

七戸譲がそれとなく耳に口を近づけてきた。

「ヘンだな。二人とも喜んでないぞ。レポートも中途半端にやめた」

「えぇ。特ダネのはずなのに」

「尻尾を出しかけてるな。動くかもしれんぞ」

ジュリックとアーロンが特別攻撃機に興味を持っていることは以前から知っている。機体の、特に内部構造をテレビカメラに収めたがっているのだ。だから国連軍のスパイという疑いも一時は持った。しかしインバネスの可能性を聞き知ったとき、その動機が分からなくなってしまった。インバネスが向けるべき興味はここではなくクラマのいる鉢伏高原のはずなのだ。

佐々史也は腕時計を確認した。二人が行動を起こすとすれば孤介時間だ。そろそろ一分を切る。ナーバスが殻にこもっているこの時間帯を逃すはずはない。一体どのような手段で。そしてここが化外の地ならばまだしも、通常の孤介時間に対する耐性は四人とも持っている。そしてこちらには二丁の拳銃がある。半年もつき合ってきて親しみもあるが、いざとなったら撃たせてもらう。

「応援呼びますか。それとも自然に振る舞いますか」

「応援はもう呼んである。もうすぐくる。経路もふさがせているところだ」

三〇〇メートルほど先から向かってくる軽装甲機動車の影が見えた。佐々史也は今一度腕時計に目をやり、その手を挙げて合図を送った。こちらを認めてハザードランプを明滅させた。佐々史也はレーンに立ちはだかって停止場所を指定しようとした。そして眉間にしわを寄せた。軽装甲機動車がなかなかスピードを落とさない。誰が運転しているのだろう。フロントウィンドウから顔が見えない。明らかにおかしい。

「七戸さん」

その七戸譲の姿がなかった。見ればレーンに頭を抱えてうずくまっていた。このままではひかれてしまう。佐々史也は背後から抱きかかえ、レーンの外にどうにか引きずり出した。その横を軽装甲機動車は通過し、左側のガードに接触、今度は中央線を越えて右側のガードに衝突して横転した。

どうなっているというのだ。そのわずかな手がかりとして、横転した車輌の向こう側をよろめきながら走るジュリックとアーロンの影があった。

「七戸さん！　大丈夫ですか！　大丈夫ならオレはジュリックたちを追います！　逃げました！」

七戸譲は答えない。ただ拳を強く握りしめている。佐々史也はその症状を見てすぐに分かった。そしていくら介抱しても助けにはならないことも分かった。これは紛れもなく孤介時間の苦しみだ。化外の地で自分自身が体験しているのでよく知っている。

せめて水筒をかたわらに置いておき、佐々史也はその場を離れた。無線機で連絡をとる。少し間を置いて応答があった。他の撮影班の護衛要員だ。そちらでも小さな異変を感じたらしい。無線機を耳に当てながら横転した車輛の中を確かめる。運転をしていた隊員は完全に意識がない。ぐったりと脱力して首と腕が横に垂れている。後部座席ではシートベルトを締めていなかったらしく、蝦反《えびぞ》りの体勢になって扉側に張りついていた。その状況を伝えて救助を求めた。

「佐々、二人を追え」

七戸譲が額を押さえて歩み寄ってきた。

「もう平気なんですか？」

「少しだけマシになった。とりあえず車の中はオレが引き受ける。だから佐々は行け」

「分かりました。ジュリックたちは、きっと特別攻撃機の場所です。オレも今からそこに行きます」

佐々史也は高機動車に乗り込み、ジュリックとアーロンの追跡を始めた。二人はよろめきながら走っていたので、まだ遠くまでは行っていないはずだ。

インターチェンジの手前に増設されている専用スロープを下りる。そこではやはり、経路をふさいでいたと思われる隊員がガードでうずくまっていた。しばらくその光景は車を進める先々で点在していた。七戸譲は少し症状が軽くなったといっていた。つまりはどういうことなのだろう。化外の地の範囲が移動している。その中心である発信源は恐らくジュリックとアーロン。

孤介時間の要撃行動は続いている。彼らにこの影響が及ばなければいいが。プリズンガードの特別船が特別攻撃機の上空に浮かんでいる。三次元的にはあの高度でも化外の地に入る。あれがヘリコプターならば大変なことになるところだ。パイロットが操縦桿を握れなくなる。佐々史也はフタナワーフの本部と連絡をとった。そして緊急事態と前置きをし、特別船を南側に退避させるように伝えた。

もうジュリックとアーロンを追い抜いてしまったのだろうか。佐々史也は一度高機動車をとめ、拳銃を手にして今走ってきた道に目を細めた。そして再び乗り込んだ。捜すのは愚策だ。特別攻撃機の場所で待っていれば二人は必ずやってくる。あるいは、途中で車を奪ってすでに到着しているのかもしれない。アクセルを踏み込む。左手前方に中型のキッカイが見えた。

（やっぱりか……）

横様に倒れた特別攻撃機の近くに倒れている隊員の影がある。そしてテレビカメラを構えるアーロンの姿があった。ジュリックがアサルトライフルを持っている。使い方が分からないのか地面に捨てた。

佐々史也は静かに高機動車を停止させ、運転席から下りると拳銃を構えながら接近した。

「二人ともそこまでだ。オレたちを欺いたな。嘘をついてたってことだ」

ジュリックが驚いたように目を見開く。アーロンもそっくり同じ表情をした。テレビカメラはいちじるしく破損した特別攻撃機の胸部に向けられていた。

「お前たち二人は規則を破り、進入を認められていないこの場所にきた。したがって逮捕する」

「ドウシテ……」

ジュリックがポケットの中からなにかを取り出した。それを握り、もむように手を動かした。すると彼女自身の膝が砕けた。そこへアーロンが心許《こころもと》ない足取りで歩み寄り、ジュリックの手からそのなにかを取ろうとした。佐々史也は迷わずアーロンの二の腕を撃った。肩からテレビカメラが落ちて壊れたような音がした。

「特別なものを持っているみたいだな。化外の地でも発生させる装置か」

「ササハ……」

「ダルタイプでも耐えられない忌避感。そしてお前たちはかろうじてそれに耐えられるフリジットタイプ。オレはな、その上だ。もう忌避感をいっさい感じねぇ体になっちまった。悪いな、嘘をついてて」

ジュリックが卒倒する。佐々史也はその手に握られていたものを取った。見たこともない白い塊だ。弾力がある。これを変形させると化外の地が発生するようだ。力を込める真似をするとアーロンがそれを拒んだ。「ソット、ソット」という。二人の顔にはもはや抵抗の意思はなかったが、念のために手錠でつないでおいた。

特別攻撃機、ひどくやられたものだ。正面から砲弾でも受けてしまったのだろうか。胸部に穴があいている。意外にもその奥はスペースに余裕があった。車のボンネットを開けて見たときの詰まり具合とはまるで違う。登れば中に入れそうだ。一見したところエンジンを想像させる重厚な機関部がない。空中で脱落したのかもしれない。

聞き慣れぬ物音がしたと思えば頭部のハッチが開いた。最初に手が覗き、中からはパイロットと思われる若者が抜け出してきた。よくも生きていたものだ。ここまで大きく飛ばされたことはもちろん、この白い塊が発する忌避感にも耐えた。フリジットタイプのようだ。若者は目を合わせたとたんにあからさまにいやな顔をした。

＊

クラマの横たわる鉢伏高原。ここにも大地の魂と呼べるものはなかった。そして卜部龍馬にもこれ以上は見せられるものがないという。そのことを考えたとき、栂遊星には大地から聞いた言葉が遺言とも思えるメッセージに変わった。

——お前が死ぬのは最後の方でいいんだぞ——

あの言葉にすべてが集約されていたのではないだろうか。大地はキッカイの研究に魅了されていたわけではなかった。むしろ研究を続けるために自我を保とうとしていた。続一という男がいった「先生は、強かった」とはそういう意味。長きにわたってキッカイと戦わなくてはならないこの自分を生かすため、大地も異常な研究に毒されまいとして戦っていたのだ。それを忌避感などと錯覚してしまったとは。

「栂くんはいつか『ワン・サード』に乗るようになるといいよ。パイロットになりなさい。最後まで生き残るのは難しいけど、最後の方までは生きられるよ」

「博士は最後まで総括を務めるおつもりですか？」

「さぁね。私はもう卜部龍馬ではないよ。自分の命では償《つぐな》いきれないほど自然の形に手を加えてしまった。いつでも無条件で死を受け入れられる心境だよ」

　まるで香月純江から影響を受けたような言葉だ。

「迎えにきたみたいだね」

　パノプティコンのエンベロープが山間《やまあい》から突然姿を現した。栂遊星はさっそく発煙筒を焚いて居場所を伝えた。ゴンドラからハーネスが垂れてくる。そこに立ってワイヤーをつかむ人の影もあった。恐らく是沢銀路だ。

「じゃあ行ってきます」

「うん。全部倒しなさい。プライマリーリミッターを解除すれば最大出力が二二〇％まで上がる。今回限定ということで、ボルヴェルクの総括責任者として、今この場で決裁を与えよう。倉又くんにでも伝えておくよ」

「分かりました。それと、ありがとうございました」

日射しがさえぎられ、パノプティコンの巨大な影に入った。是沢銀路が右手を伸ばしてくる。

「乗せてください」

「もちろんだ。つかまれ」

梱遊星はその腕をしかとつかんだ。そしてハーネスの穴につま先から入れた。是沢銀路が頭上に合図を送るとワイヤーの巻き取りが始まった。

「あまり焼けてないな。でもいい顔をしているじゃないか」

「そう、かもしれません」

今日まで放任し続けてくれた是沢銀路。こうして言葉を交わすのは久しぶりだ。しかし毎日のようにボルヴェルクと連絡をとっていたことは知っている。その厚意に応える手段は一つしかない。

ハッチの向こう側では保科敏克と錦戸康介が待ち構えていた。梱遊星は両腕を引き上げられてパノプティコンに晴れて舞い戻った。

「とっとと持ち場に着け。お前がいないとキャビンの重量バランスが悪いんだ」

「すみません」

「お帰り梱。仕事が山積みだよ」

「分かってます」

さっそく中へと進む。仕事熱心な女性陣は相変わらずだ。しかし太刀川静佳と倉又安由美はモニターを見ながら明るい横顔で迎えてくれている。香月純江が一瞥《いちべつ》にも満たない目線をくれ、苛立ちを隠さずに喉を鳴らした。そしてなぜか安並風歌がいる。

「どうも。なぜパノプティコンに？」

「終わってからゆっくりと話せればいいわね。終わらせてくれる？　いい加減にこのヒール、脱ぎ捨てたいのよ」

「もちろん」

その自信の根拠が自分でもよく分からなかった。一連のドラマの主体になっていたという錯覚はあったのかもしれない。そしてこのような場合、神懸かり的な奇跡は起こる。

「倉又、拠点ドックの様子はどうだ。リミテッドコードの作成、進捗度合いを聞かせてくれ」

「現在一九〇〇〇から二〇〇〇〇コマンド分。シキサイの平均的運転で一四分弱です」

「最高速で船を飛ばせば連続行動が可能になるのは何分後だ」

「…………一二分後です」

是沢銀路は四国の外からシキサイを動かすつもりのようだ。拠点ドックでは一度限りのコマンドコードを大急ぎで作っている。栂遊星はそのときようやく重要なことに気づいた。鳴滝調はどうしたのだろう。そして藤村十も。保科敏克と香月純江がサポートをしている様子がない。

「じゃあ栂、状況を説明するね。現在統帥権は陸上幕僚長が持ってる。クリティカルの結果はパネルの通りだけど、ダイナミックフィギュアは二機ともやられた。保科さんと香月さんはせっかく髪が伸びかけてるのにまたバリカンものかもね。というのは冗談。とにかく今日はキッカイの数が多いんだ。第一と第三管区は制限解除で去勢処置は断念している。シキサイの所在は第四管区だ」

「十くんと調さんは」

「二人とも病院だ。藤村は手術になるかもっていってたかな」

「ボクのせいで……」

「それをいうのはよそう。みんなのせいになるじゃないか。……うん、みんなのせいでいいか。つながってるってことだよ。けどあくまでも責任をとるのは是沢さんだ。ボクたちはもう一度是沢さんを男にする、それでいこう」

「はい」

山の尾根が流れて行く。パノプティコンは最高出力で善通寺を目指している。栂遊星は気分を理想的な状態に近づけようとしてモニターに手を伸ばした。そこに公文土筆の写真立てはあった。最後に置いた場所と同じ位置に。

「そうだ大事なことをいい忘れてた。シキサイの頭部だけど、連結軸の接合部がずれたみたいなんだ。ロックだけ現場の人間に解除させるから、あとは栂の操縦で外せる？　ヘルメットを脱ぐイメージで」

「やってみます」

接合部がずれるほどの衝撃。コックピットにも影響が及んだことだろう。

卜部龍馬はパイロットになれといった。それが長く生きるための方法だと。しかし現実は藤村十と鳴滝調が病院送りになっている。やはり短命なのではないのか。ただしこの矛盾を正すことはできる。シキサイではなく、ワン・サードの主系パイロットになることによって。卜部龍馬からはまだ見せてもらっていないものがあった。

是沢銀路がヘッドセットを装着した。栂遊星はそれを見てヘッドアップコンソールのチェックを始めた。

「聞かれたし。こちらパノプティコン船長是沢銀路。約二〇秒後に統帥権を譲り受け、特別攻撃機・シキサイの運用を再開する。今一度後方支援を求む。不肖是沢銀路に大いなる貸しを作られよ。さらば鬼退治の容易なる決着を約束する。時はきたり。改めて要撃部隊全科に告ぐ。気張られよ。鬨《とき》の声を胸で連呼されよ。今日まで築きし数多《あまた》の一里塚に輝かしき金字塔を加えん」

メインディスプレイの映像が届いた。横を向いているようだがディスプレイ全体が地面だ。姿勢表示を見る限りでは仰向けに崩れているようだった。自己診断が射撃システムの異常を示している。

「シキサイ再始動。目標はすべて」

「了解」

操縦桿を慎重に引き、シキサイの上体を鉛直に支える。連結軸のロック解除を待ってから両手で頭部を持ち上げさせた。カメラが切り替わってメインディスプレイが再表示された。更新された自己診断は射撃システムの正常復帰を伝えていた。

「最優先目標を紹介。四時に向き直って距離コンマ三」

頭部を左腕で抱えさせ、着地している膝を軸に回転。ホルダーからユラ・ピストルを抜いて即座に単射。

「的中。続いて二時、距離コンマ四」

メインカメラで捕捉。右腕だけの挙動で銃口をスライド。腹部二箇所に連続射撃。

「的中。起立よろしく一〇時の方向に前進」

頭部を足下に置かせ、シキサイを起立させる。パフォーマンスが向上したのかイメージセンサーの検知確定が早い。前進させるまでもなくその場から単射。

「的中。一一時、距離……」

紹介も言下に単射。始末用として装甲戦闘車が放った機関砲の弾と空中で二次元交差する。

「的中。三時の方向は最寄りの丘陵地を登坂。射程圏内に中型六、大型一。いずれも牡種。左腕肘《ひじ》下欠落個体はイレギュラー」

「了解」

栂遊星はサブモニターのページを進め、すでに他の管区の状況確認に移っていた。第二管区は弘法の砦の辺りにまでキッカイの波が押し寄せている。制限解除された第一と第三管区にも山麓でドットが明滅している。

「イレギュラーからいきます」

「ダミー散在。七連速射よろしく」

「いいえ、向かって右の五つ星がダミー。みぞおち左の二つを狙うといいわ。大型、走るわよ」

背後に立つ安並風歌が確信に満ちた口調でアドバイスをした。

「分かりました」

樹木の枝葉が騒ぐ。一陣の風をやり過ごしてからユラ・ピストルを二射する。そのとき大型個体は確かに走り始めていた。投石が正面に飛んでくる。頭上を越えて行く軌道だったが反射的に銃弾で撃ち砕いた。マガジンを交換。大型個体は斜めに横切って走馬燈のアングルが失われた。せめて動きをとめたい。

「かかとの上。そこはパーツ化が遅れているはずよ」

「分かりました」

発射速度を最大に上げる。気持ちは初弾で決めるつもりで三連射を集める。大型個体は二歩と進まず転倒した。その様子を確認しつつ銃口だけは次の目標に向けていた。体軀が黄緑色の繭に包まれる。塩素なのだろうが、あれほど均等に放散する個体を見るのは初めてだ。走馬燈を撃ち抜き、急所にも加える。異変を察知したのか隣の個体が腹に手を当てた。そこにこそ走馬燈は位置していた。驚きを後回しにして指の間に銃弾を通した。

「加えて二体去勢完了。倉又さん始末よろしく」

「任せてください」

廃業した送電線鉄塔に身を隠そうとする個体がある。これも一つの進化か発展か。積極的に死を求めていない。こちらが優先して去勢処置を行うことを悟っている。ならば隠し隠れることの無意味さも教えてゆくべきなのだが。

「的中。去勢完了」

右に開かせて二連射。ユラ・ピストルを左手に持ち替えさせて単射。丘陵地を下って大型個体に接近。片脚で立ち上がろうとするところを背後から腰を蹴り飛ばす。そして三歩詰めてほぼ鉛直に撃ち下ろした。

「退避してくれ。いや、第二管区に急行だ。太刀川さん、シキサイに第三管区を横断させるから火力統制を頼む」

「分かりました。四分で通過させてください」

「梼、そういうことだ。新設縦断から横断道を東に。途中、陥没・崩壊箇所複数。不発榴弾に努めて注意」

「了解」

第二管区と思われる上空にはプリズンガードがひしめき合っている。直下にキッカイをマークしながら移動しているものと考えれば、その光景は逆に地上からキッカイに糸で操られているようなイメージにもなる。

シキサイを疾走させる第三管区はまさに戦禍の荒廃。あるべき文化文明的営みがなく、あらぬ骸と瓦礫が足の踏み場を奪っている。この辺りはすっかり様子が変わってしまった。もはや地区の名前も番地も通用しない。半年前にはまだ人が住んでいた。剣山を中心とする化外の地の方がよっぽど原形をとどめていると思うと皮肉だ。

見慣れぬ櫓がある。射撃ポイントとして建てられたものだろうか。今、中型のキッカイがその上に登った。恰好の標的となって地上から無反動砲が放たれる。脚部が弾けて巨体は崩れ、そのまま無様に落下した。櫓はぐらりと揺れた。すでに基礎が脆《もろ》くなっているらしい。

「いったん砦のラインまで下がって、徐々に押し上げていこう」

「了解」

バックパックの残量を確かめる。マガジンは四。一度は補充しなくてはならない。地面に倒れ伏した未去勢の個体を処理する。続けて四本足タイプに対して側面から射撃。イレギュラー個体の紹介を要求し、まとめてＤＦシステムに登録させる。援護射撃との連係で周囲一〇〇メートル内からの突進を排除し、緻密な去勢処置を五度繰り返す。その隙に、疾走する大型個体にラインを突破されてしまった。シキサイをひるがえらせ、硬化の進んだ背面に惜しげもなく連射。去勢完了の状況報告を聞いてからオートで急所に集めた。空になったバックパックを脱落させ、補給車輛を求めて移動する。その途中で興味深いものを櫓の近くで拾った。

「なんですか、これは」

「新武装のライフルだ。チュートリアルがあればいいんだけどな……。なんとか撃てるかい？」

「やってみます」

シキサイに腰を落とさせて補給車輛のクレーンに背中をさらす。バックパックを交換しながらの狙撃が始まった。

グリップを握るとヘッドアップディスプレイの表示が変更された。ユラ・ピストルとは射撃システムのモードレイアウトが異なっている。しかし発射要領に大差はないはずだ。ライフルを構えさせ、照準を移動させる。

（あれ……、動かないや。ひょっとして左右で分業させてるのか）

左の操縦桿で照準は移動した。試射のつもりで容易な個体に狙いを定めた。トリガーのタッチも異なっている。遊びのないそれをほんのわずかに引く。

「的中。去勢完了」

比較的小さな個体を選んで銃弾を発射してゆく。極端な撃ち上げになるとなぜか発射は拒否された。しかし素晴らしい性能だ。長い射程でも照準からのばらつきが小さい。バックパックは要らないからこちらの銃弾が欲しい。

「栂、バックパックの交換は完了した」

「はい」

シキサイを再び起立させ、どうしても狙いたかった遠方の大型巨体を目標にした。走馬燈が一点で、急所からも際どい場所にあった。集中力を高め、照星の固定をミリ単位以下で行う。個体固有の上下動を先読みし、トリガーに触れる指の腹にリズムを植えつけた。

（当たる）

栂遊星はその確信を得るにとどめ、シキサイにライフルを地面に置かせた。そしてバックパックからマガジンを取らせ、ユラ・ピストルにすべからく装塡させた。これはゲームではないのだ。自分をいさめながら慣れ飽きた近接射撃を再開する。

「前進だ」

「了解」

左から右へと放射する。微妙に狂い始めた照準を修正しながら。カムカラが落としたと思われるユラ・ピストルを拾ってそちらを使う。そして一気に前線を押し上げる。埋め立てられたのか、いくつかの溜め池がなくなっていた。

大型の個体がなにかを抱えている。栂遊星は目を疑った。それは八七式偵察警戒車だった。重量は確か一五トンほどあったはず。中には乗員が残されているのかもしれない。ビルの四階の高さから落とされたら無事では済まないだろう。

「錦戸さん」

「今確認している。とりあえず後回しで」

歯がゆくも横を素通りさせる。DFシステムで動向をマークし、サブモニターに状況を表示しておくことにした。第二管区に残るキッカイはもうそれほど多くはない。気持ちを切り替えて前方の目標に銃口を向けた。

安並風歌が是沢銀路と話をしている。状況は収束に向かっているはずなのに二人ともひどく険しい顔をしている。よからぬ事態が起きたらしい。予感がした栂遊星は敏速にシキサイを行動させた。錦戸康介も急《せ》かすように次々と目標を紹介してきた。

「そこから撃てないか」

「レンジ外です、イメージセンサーの」

「じゃあそいつはほっといていい。みろく自然公園の辺りに急行してくれ。給電ポイントのだ」

いわれるがままにシキサイを反転させ、第一管区にあるプリズンガードの給電ポイントへと走らせた。目的地はそこではないらしく、途中で折れて南下することになった。上空を見る限りは船の影もなく、つまりはキッカイがいるとも思えなかったが、いた。

背後から安並風歌が身を乗り出し、メインディスプレイを直接指先で触れる。キッカイの左手だ。

「剣山セグメントの欠片を持ってるわ。小さいけど、周囲三、四〇〇メートルは特別船でも近づけないみたい」

どうりでプリズンガードがマークを外しているはずだ。そしてようやく四国の上空に到達したこのパノプティコンも接近を自重している。栂遊星の理解は早かった。ボルヴェルクでト部龍馬が持っていた白い塊が連想されたからだった。あの白い塊の中にはSTPFの材料が封じ込められている。その周りを包んでいたのは恐らくニーツニーだ。キッカイは裸で持ち歩いている。化外の地を展開させる究極的忌避感を発しながら。

「栂、左手を脱落させた後に去勢処置、そして急所への攻撃だ」

「了解」

難しいオペレーションではない。ただ、もしもシキサイに搭乗していたならば実行は無理だっただろう。藤村十か鳴滝調にしかできない。たとえ自分が主系パイロットになっても、やはり二人との間にあるダルタイプとナーバスの違いは依然として残る。

一連の処理を行い、沈黙したキッカイにシキサイを接近させる。剣山セグメントの欠片が握られた左手を拾い、それをできるだけ山の手に持ち運ばなくてはならなかった。

化外の地のエリアマップは書き換えられてゆくのだろうか。剣山セグメントが北上すれば要撃部隊は香川県から追い出される可能性もある。キッカイが、戦場となる舞台の決定権を持ち始めた。

「南あわじより入電です。目印として対ユラ用スピアを安置場所に直立させよとのこと」

「栂、そういうことだ」

左手ごと地面に安置し、ユラ・スピアをかたわらに突き刺した。

「緊急通報！　警戒個体、鰐の壁を越えました！」

切迫した倉又安由美の声。続いて錦戸康介も。

「栂、第二管区に引き返して追跡してくれ！　至急だ！」

「了解！」

鰐の壁より北側は陸戦兵器が配備されていない。フタナワーフがとうとう最終ラインを突破されてしまった。それを容認したということは、やはりあの偵察警戒車の中には乗員が残されていたのだ。

「どうしてキッカイは車輛を持ち運ぼうと。投げるわけでもなく」

栂遊星は首を動かして背後の安並風歌に横目をやった。

「去勢処置を繰り返したことによって、『弱み』という概念を獲得しつつある、と現段階では分析してるわ」

「隊員を人質にとったということでしょうか」

「定かではないけどね、報告書の考察にはそのニュアンスで書くつもりよ」

去勢処置優先という作戦にも見直しの時期がやってきたのだろうか。キッカイは恐ろしい生物だ。大地の到達した境地に近づきつつある自分がいる。

シキサイを跳躍させ、片足で鰐の壁である高松自動車道に着地、次の一歩で再度跳躍して渡りきる。そして急制動で停止。栂遊星は最短距離での追跡は不可能だと悟った。高松市街は道は広いものの障害物が多すぎる。電線こそないが、信号機や街灯、そして道路表示盤がそのままだ。

「理想進路、ナビゲートお願いします」

「とりあえず直進だ。あとは、悪いけど倉又さんお願いね」

「えっ……、分かりました」

またいで避けてまた避けて進む。クリティカルパネルは北の三カ国が承認という珍しい構図になっている。アメリカと韓国が許可にとどめて損害補償率は五八％。四二％は国税でまかなわれる。さすがの是沢銀路も急げとはいわない。金のことはさておき、機体の方が損傷したらこの作戦は失敗に終わるからだろう。

区画をいくつかはさんだビルの向こう側にキッカイの影はあった。ときおりなにかを踏み越えたように頭の位置が上がる。まだ一五トンもの車輛を両手に抱えているのだろうか。そしてさらに重い人命も。

「国道一一号線へと左折。低姿勢で身を隠して前進、中央公園は番町交差点の手前で待ち伏せてください」

「了解」

さて、どのようにしてこの先の局面を乗り切るべきか。

交差点の手前でシキサイを停止させる。伝わるわけもないが、キャビン内ではクルーたちが全員息を潜めた。

「奪うしかなさそうね。どうでしょう、是沢さん」

安並風歌が提案した。

「うむ。栂、一度でできるか。バーゲンセール会場みたいにはならんようにな」

「やってみます」

足音が聞こえる。斜向《はす》かいに建つビルの窓にもキッカイの影が映った。栂遊星は一歩の踏み出しでシキサイを起立させ、カメラよりも目線の高いキッカイの前に立ちはだからせた。迷わず両腕を伸ばして車輛を把握させる。想像以上の握力があり、左脚でキッカイの下腹部に渾身のひと蹴りを加えた。巨体が後方に飛ぶ勢いもまた想像以上だった。運悪くビルの方向へ。壁面と擦過しながら崩れ落ちて行く。

「あーあ、壊しちまった」

メインディスプレイの向こう側から保科敏克の声が聞こえた。

しかし車輛はしっかりとシキサイの手の中にあった。魚をリリースするがごとく交差点に解放する。動きはしなかったがハッチが開いたように見えた。

栂遊星はホルダーからユラ・ピストルを抜かせた。立ち上がりを待って去勢処置。続けて急所に四連射。なおも崩れない。マガジンを交換してとどめの一射を見舞った。

「一連の処理完了。問題は軽微」

そこへまたしても倉又安由美の切迫した声。

「再度緊急通報です！　第四管区も鰐の壁を突破された模様！　北上して現在第三管区延長区域を進行中！　急行してください！」

栂遊星は思わず苦笑してしまった。それは是沢銀路も同じだった。今から二度も市街をぬって追いつくのは不可能だ。

「中型二！　内、牝種一です！」

そしてキャビン内の緊張は一度に高まった。なぜ牝種の進行をそこまで許してしまったのだろうか。

「妊娠個体の可能性があるわ。幼生の走馬燈をイレギュラーと勘違いしてしまった。遊星くん、考えてる暇はないわ。行きましょう」

「でもどうやって……」

「海を泳がせろ!!」

ここ一番で是沢銀路から奇策が飛び出した。

「りょ、了解！」

ただちにシキサイを反転させる。国道三〇号線を北に、高松港から進水、海を一路西に、そして丸亀《まるがめ》か多度津《たどつ》の辺りで待ち伏せるしかない。

「錦戸さん！　泳法プログラム、入ってますか!?」

「入ってます」

代わりに香月純江が答えた。

ほどなくして桟橋が見えてきた。梱遊星は最後の交差点を越えたところでシキサイを加速させた。

「バックパックを捨ててください。そのままでは、沈みますよ」

またしても香月純江が指摘する。その冷静さにはいつものことながら感心させられる。機体の背面からバックパックを脱落させ、シキサイを海に飛び込ませた。

「倉又さん！　リミッターの解除、お願いします！」

「任せてください。錦戸さん、香月さんと席を替わってもらえますか」

「わ、分かった」

香月純江が隣に座った。喉を鳴らした様子はないが、さすがに少し緊張しているようだった。海中でシキサイが活動停止に陥ることだけは避けなくてはならない。

「栂くんは指向性アンテナを突出、伸長させてください。本船をシキサイの直上低空に」

「本船をシキサイの直上低空にだ！　急いでくれ！」

「香月さん、こちらで子犬を三匹殺します。母犬が鳴く前に二秒弱で即打よろしく」

「分かりました」

「手もとに控えてください」

「暗記します」

「では読みます。子犬に対応した該当アドレスは三つ。いずれも二バイトは八〇八〇コードで置換してください」

「どうぞ」

「一〇・〇〇〇〇・〇〇二〇、一〇・〇E四〇・〇〇D〇、一〇・一BA〇・〇〇〇〇。よろしいですか」

「結構です」

「……殺しました」

香月純江が目にもとまらぬ速さでキーボードを叩く。

「プライマリーリミッター解除。栂くん、あとは任せます」

「ありがとうございます」

従系操縦で動くシキサイは主系操縦のシキサイよりも出力が高い。その最大値がさらに二〇％まで上昇した。フレームさえ保てば単純比率で時速三〇〇㎞で泳げる。むしろ空を飛ぶパノプティコンが追従しきれない。栂遊星は自己診断の表示をにらみながら徐々に出力を上げていった。是沢銀路の姿がない。様子を見に下層ゴンドラへと下りたようだった。

しばらくして自己診断は警報表示を出した。右腕のプロテクターが外れてしまった。進行方向が左に逸《そ》れる。その修正を操縦桿で行わなくてはならなかった。

釧路港から坂出港までシキサイに泳がせて運搬したのは正解だった。引き出しの数をたくさん持たせてさえいれば、パノプティコンのクルーには状況に応じてそれを活用する能力がある。さすがに是沢銀路が選んだメンバーだ。このチームは強い。栂遊星は改めて思った。

「最警戒個体、どちらも予讃《よさん》線の軌道を越えて進行した模様。栂くん、だめですか」

「遭遇ポイントの予測をお願いします」

「安並さん、すみませんがこちらに」

安並風歌が太刀川静佳のもとに招かれる。シキサイは南備讃《みなみびさん》瀬戸大橋の下を凄まじい勢いでくぐろうとしていた。その頭上では今頃、クリティカルルームの代表団たちが車で脱出しているのかもしれない。キッカイが海に出ると剣山には核が落とされる。

「パブリックゴルフコースよ！　あと何分かかる⁉」

「三分弱です！　プリズンガードを直上にお願いします！　目印を！」

間に合うだろうか。残念ながら間に合いそうもない。しかしたった一つだけ方法は残されている。海上から撃ち抜くしかない。

丸亀港を左手にとりながら埋め立て地の横を通過させる。そこでクロールから立ち泳ぎに切り替えた。機体が波を受けて上下動する。二隻のプリズンガードの下に一体ずつの孤影を確認。もう縁まで到達しかけている。中型とはいえこの距離では小さく見える。イメージセンサーのレンジ外。しかしこの期に及んでは牡種も牝種も関係ない。

「去勢処置を断念！」

「構いません！」

栂遊星は公文土筆の写真を一瞥したのを最後に、全神経を左右の操縦桿に集中させた。自律した両足がアクセルとブレーキの加減で波を相殺。偶然の照星一致を待つことなく積極的に銃口を移動させる。

「栂くん撃って!!」

太刀川静佳と倉又安由美の同じ願いが叫び声をハモらせた。

「撃ちます！」

自分の感性を信じてトリガーを引いた。右に四連射、左に五連射、再び戻して右に二連射。時がとまったかのようにキッカイからはいっさいの挙動が失われた。そしてほぼ二体同時に倒れた。

「お見事！　一射全弾的中・那須与一《なすのよいち》！」

錦戸康介の状況報告にクルーたちが大いに沸いた。対照的に、栂遊星は安堵のあまりに脱力した体を背もたれに預けた。思わず首に手をやるが、そこにネクタイはなかった。ふと思い出し、今一度姿勢を正す。是沢銀路がまだキャビンに上がってこない。

シキサイを転回させ、遅れてやってきたパノプティコンにカメラを向ける。ズームインさせれば、ガラスのゴンドラで是沢銀路は挙手敬礼を向けていた。栂遊星もシキサイの挙手敬礼で応えた。

4　要撃一幕

人類の大使

特別攻撃機が駐屯地の前を悠然と通過して行った。手足のプロテクターがなく、全体的にも完成途上を思わせる簡素な機体だった。上空にパノプティコンの影はない。青年パイロットは負傷していたので、操縦しているのは若い娘ということになる。その姿を想像しながら佐々《ささ》史也《ふみや》は高機動車のエンジンをかけた。

露天駐車場を出ようとするとゲートの手前でとめられてしまった。同乗させて欲しい人間がいるという。尋ねればボルヴェルクの総括責任者の名前が返ってきたから少し驚いた。現場で会うことになるだろうとは今し方聞いてきたばかりだった。

警戒態勢が解かれ、全管区ではいっせいに事後処理が始まった。三日後には台風一四号が接近する予報が出ているために作業は急がれている。後始末ごときに特別攻撃機が投入されている状況からも、散乱したキッカイの遺体がいかに多いかが想像できる。それにしてもよくクリティカルルームが許可を出したものだ。

遺体は一部が研究用に回され、その他は西隣の観音寺《かんおんじ》の焼却施設で処理されることになっている。単純に邪魔な存在なので戦場から排除する必要性は議論すべくもないが、その他にはおおむね二つの理由があり、衛生上の観点と、化外《かがい》の地からいたずらにキッカイを誘引しないという名目になっている。前者に対して佐々史也の認識は異なっている。キッカイの遺体は少々放置しても腐敗が進まないのだ。微生物が好んで分解しないのではないかと思っている。

助手席の扉が開いて制服姿の自衛官が乗り込んできた。そして後部座席の扉からは卜部龍《うらべりよう》馬《ま》が。自衛官は同伴役として急きょ指名されたらしい。佐々史也は自分がいるのだから必要ないといい、卜部龍馬だけを乗せて車を出した。

「佐々です」

「キミがそうだったかい。ボルヴェルクの卜部だ」

「まさか今日は一人で？」

「いや、さっきまでみんなと一緒だったんだけどね、置いてきぼりを食った」

今から剣山《つるぎさん》セグメントの欠片《かけら》を回収することになっている。そのためにボルヴェルクからプロジェクトチームが派遣されてきた。プロジェクトとは大げさだが、日本政府のとらえ方としては高い位置づけになっている。

そこに存在する温度差は大きい。佐々史也にとっては放置されている金属を拾い、箱に収めるだけの作業だ。しかしその作業を素手で行える人間といえば現実的に自分しかいなかった。

「特別攻撃機を作ったのもあんただろ？」

「なんと答えるべきだろうね。太陽の塔と岡本太郎《おかもとたろう》みたいなものだよ」

「さっき新型を見た」

「あれはシキサイだよ。頭だけカムカラのものを据えつけている」

「機体にペイントがなかったけど？」

「近々塗り替えるんだろうよ。秋だからね」

カムカラと呼ばれる特別攻撃機は前回の要撃行動で胸部が損壊した。それはこの目で見ている。実に謎多きロボットだった。世界がその動作原理を知りたがる理由も分かる。しかしジュリックとアーロンを賭けに出させた行動原理の方がよく分からない。

「クリティカルルームもそうだけど、あんたのところもたががゆるんでるな。どうもあの白い塊はボルヴェルク製らしいじゃないか」

「うん」

「誰が流出させたんだ？　ダルタイプに限定すれば割り出せるだろ」

「重要参考人は私を含めて何人かが該当するよ。ウチでSTPFを研究している人間はみんなダルタイプだ」

なるほど。ダルタイプが全員そうではないが、インバネスの活動家はダルタイプだといわれている。ボルヴェルクの研究者の中にも革命思想を持った人間がいてもおかしくはない。

そして世界的なつながりがあった。大組織に革命思想を持った人間が含まれるということではフタナワーフといえども例外ではないのかもしれないが。

「ところで佐々くんはいつ帰ってきたの？」

「数時間前。プロジェクトのために急いで戻らされた」

「霞ヶ関では誰から話を？」

「内閣情報官直々に」

「ふーん」

化外の地からの生還時、フタナワーフの本部は事情聴取に対して極めて消極的だった。しかし今回のジュリックとアーロンの件に関しては、内閣の安全保障会議が強い興味を示してきた。佐々史也は霞ヶ関に呼ばれ、三日にわたって聴取を受けている。内閣情報官が携えていた資料の表紙に「彷徨《ほうこう》・二十日間」という見出しがあった。今さら〝進化の史実〟を編纂しようとしているのだ。

「どうせ最終評価はあんたに諮問されるんだろ？」

「いや、どうだろうね。あいにくボルヴェルクではダルタイプの研究はしていないよ」

「日本でダルタイプの概念を定義したのはあんただって聞いたことがあるぜ？」

「ふむ。まぁそれは否定するところではないけどね」

「フリジットタイプは？」

「あの差別化は曖昧《あいまい》だよ。程度の差であって確固たる境界定義はない」

ダルタイプとナーバスの間には境界がある。孤介時間《こかい》に苦痛を感じるか否かだ。

「じゃあオレも相変わらずダルタイプか」

「佐々くんは違うよ。佐々くんとナーバスがいて、ダルタイプをその中間的存在に押し下げてしまったんだからね」

「だったらオレは何者なんだ？」

「ふむ。そうだね、『孤介型』とでも呼ぶとしようか」

「どういう意味だ？」

「佐々くんはこの地球で唯一孤介の存在になれる人間という意味だよ。キミは今からＳＴＰＦの材料を直接触ることになる。その瞬間、もはやキミには誰も近づけないじゃないか」

キッカイを食して生き延びた事実は周りの人間に強烈な忌避感を与えた。誰も話しかけてはこなかったし、目も逸《そ》らされた。あの体験だけでも充分に孤立を味わったつもりだ。

「今日は政府レベルのプロジェクトだって聞いてる。まさかそのうち、オレに剣山に行けなんていい出さないだろうな」

「さすがにそれはないと思うよ。ただ、人類代表の大使として、『ＳＴＰＦを訪問してくれ』とはいわれるかもしれないね」

そういって卜部龍馬はまさに他人事のように笑った。

地球の周りにリング状に存在するＳＴＰＦ。今日までそのプラットフォームと近接を果たした人間は誰もいない。「近づく気になれない」からだ。強制的に送り込んでも究極的忌避感によって死亡すると考えられている。そして物理的にも降り立つことは不可能らしい。

しかしいずれはこの問題を解決しなくてはならない。ナーバスにとって今の地球は充分に住みにくい。少なくとも煩わしい。STPFを空中で破壊することは簡単だろう。ただしその後にあの大質量が地上に降り注いで甚大な被害をもたらすことは避けられない。そしてやはり広域にわたって化外の地は形成される。四国やニューギニア島とは比べものにならないほどに。国によって当たり外れが生じる。ルーレットで決めるようなものだ。

「ちょっと待てよ？　あの輪っかの中に話が通じるような宇宙人がいるってことか？」

「むしろそうだといいね。私たちではどう逆立ちしてもSTPFを動かせない」

みろく自然公園からは南に車を走らせた。しばらく進むと、前方に数台の車輛とひと塊になった男たちの影が見えてきた。

白衣を身にまとっているのはボルヴェルクの研究員、スーツ姿は霞ヶ関と南あわじの役人、小銃を持っているのはフタナワーフの自衛隊員。黒い髪と黒い瞳。そして交わされているのは一つの言語。同じ人間であり日本人。しかし彼らがダルタイプとナーバスの混成かと思えば印象も変わる。佐々史也はそこに近づくことにわずかながらも抵抗感を覚えた。自分とは決定的に異なる人種として初めて意識した瞬間だったのかもしれなかった。

プロジェクトの概要はすでに本部で聞いてきた。「くれぐれも死人だけは出さないように」という訓辞を幹部から受けた。あれは柄でもないジョークだと思っていたがそうではなかった。他人の痛みが分からない人間は知らず知らずのうちに傷つけてしまうことがある。

この先、佐々史也は究極的忌避感という刃《やいば》で意に反して人を殺す可能性があった。

「現場は三・三km先。特別攻撃機専用武装の槍《やり》が目印になっている」

事態対処専門委員会の人間が地図を指し示して説明する。面識があると思えば霞ヶ関での初日に顔を合わせた男だった。

「金属片はなおもユラの左手が把握しているとのこと。必要に応じて工具で指を切断、可能であれば実力でこじ開けてもらっても構わない」

「分かった」

「回収用のボックスはどれでしたっけ」

「あれだよ」

ト部龍馬が部下にショルダーベルトつきのカバンを取らせる。かなり大きい。釣り人のクーラーボックスを連想させる。容積は五〇リットルくらいあるだろうか。外側は化学繊維のカバーで、ファスナーを開けると中に回収箱の本体があった。ジュリックが持っていた白い塊と同じ素材だ。触れた感覚で分かった。さらに蓋を開けてみる。剣山セグメントを収めるスペースはアメフトのボールにも満たない大きさだった。

「収納完了後、ただちに無線で一報を入れてくれ。我々は約二〇分かけて慎重に接近する。青旗を立てているから分かるはずだ。その間、佐々くんは一時《いっとき》たりとも全周警戒を怠《おこた》らないように。我々以外はすべて不審人物と見なし、小銃による威嚇及び実射が認められている」

「分かった」

佐々史也は回収箱を持って高機動車に乗り込んだ。特に励まされるわけでもなく送り出される。
想像していた以上に厳重な警戒態勢だ。車を少し走らせると、周囲に配置されている武装車輌が何台か目についた。

ＳＴＰＦの材料、確かに危険かつ希少な金属なのだろうが、これを持っているのはなにも日本だけではない。ニューギニア島でも過去に回収されたことがあり、国連軍を形成する国々で独自に研究が行われていると聞く。その現実を考えると、希少なのはむしろこの回収箱の方なのではないかとも思えてくる。

そうだ。今までなぜ気づかなかったのだろう。この箱の素材には究極的忌避感を打ち消す効果がある。ジュリックが持っていた白い塊も中に封じ込める力を持っていた。たとえばこの素材を身にまとえば、ナーバスでも化外の地に入れるのではないだろうか。そしてＳＴＰＦを〝訪問〟することさえもできる。

プロジェクトと銘打たれたことは大げさではなかったわけだ。第三者を排除するために武装させている。そして恐らく自分は完全には信用されていない。〝孤介型〟であるが故にインバネスの可能性もゼロではないと考えているのだろう。今から回収する剣山セグメントの欠片にはダルタイプでさえ四〇〇メートルとは近づけない。ナーバスにいたっては二㎞以上だ。使い方次第では大量殺戮兵器に姿を変える。

霞ヶ関での三日間には人格調査の目的もあったのかもしれない。いっそのこと宣誓でもさせてくれたらよかったのだ。佐々史也には世の中を転覆させるような思想はなかった。あくまでも個人的な思想ならば持っている。それは実に極端な生き方で、いうなれば〝香月純江《こうづきすみえ》教〟ともいうべき厳格な理念。正道を踏み外すならば命と引き換えにする覚悟が不可欠という教理だ。

（あれか……）

特別攻撃機が地面に突き刺したという対ユラ用スピア。ここに剣山セグメントの欠片がある限りはあの槍もまた回収は面倒だ。

佐々史也は道路脇に高機動車を捨て、回収箱と工具を担いで斜面を登って行った。見上げればもう三〇メートルと離れていない。そしてここまで近づいても忌避感はない。内心では少し期待していたのだ。自分にも人間らしさがまだわずかでも残っていることを。足をとめ、目頭に手を当てる。そして、久しぶりに泣いた。

まだ香月純江にはいっていない。人情味の薄い冷淡基調の目にひとかどの動揺が宿ることが逆に恐かったのだ。二〇日にわたる化外の地の彷徨。それを受け入れてくれた人間にまで目を伏せられてしまったらまさしく孤介人になってしまう。

きっと大丈夫だ。香月純江は自らの行為に責任を持つ女。彼女は自己を貫くために、なにを打ち明けられても潔く容認しなくてはならないはずだ。

折から無線が入った。気分が悪いのかと尋ねてくる。どこかから監視されていたらしい。プリズンガードの特別船が一隻《せき》、遠く離れた上空に浮かんでいる。問題はないと答え、気を取り直してキッカイの手に歩み寄る。

やはり腐敗は進んでいない。銃弾により分断された断面も潤いを失った程度だ。手は自然に握られている。佐々史也は指の隙間から中を覗《のぞ》き込んでみた。そして手を入れる。硬い物質が確かにある。このままでは取り出せそうにない。折れた指を持ち上げてみる。わずかに動くが手を離したとたんにもとに戻る。仕方なく工具で指を切断することにした。

一五分ほどかけて一本の指を除いた。剣山セグメントの欠片は両手に収まるほどの大きさだった。鉄をイメージすれば重さに違和感はない。鈍色《にびいろ》で光沢がある。表面とそして破断面と思われる部分もなめらかで、突起のないそれはどこを触っても痛くはなかった。金属と呼んでもさしつかえないのだろうが、これを渡来体が金属と呼ぶのか否かは定かではない。

収納箱に入れ、しっかりと蓋を閉じる。この瞬間に小さな化外の地は消失しているはずだが、五感で分かる変化はなに一つとしてなかった。現代の科学では忌避感を感知するセンサーも作れないのだ。ナーバスを接近させて感覚を尋ねるのが唯一の手段になっている。

佐々史也は無線で作業完了の旨を伝えた。全周警戒の要領に従い、四方が見渡せる場所に立ってアサルトライフルを腰の高さで構えた。遠方から監視していたと思われる特別船が向きを変えた。こちらに向かってゆっくりと移動してきているようだ。青旗が垂らされていないので銃口を向ける。するとライトを明滅させ、すぐに無線を飛ばしてきた。

ＳＴＰＦは恐らくまだ西の地平線に沈んでいない。渡来体はリングの中からこの作業を見ていただろうか。渡来体とは宇宙でも戦闘を繰り広げたカラスのこと。そしておぞましきキッカイの主。そのカラスの巣窟を訪ねて話し合いをする？　およそイメージできない。扉を叩いた瞬間に殺されるだろう。

しかしカラスがそれを望んでいるのならば、自分も適格者として宿命から逃げるわけにはゆかない。ＳＴＰＦに近づける人間、それをカラスは特命全権大使の基準にしているのかもしれないのだ。

プロジェクトチームの車が徐行しながらやってくる。集合場所では四台ほどあったはずだが、その内の一台だ。そして一〇〇メートルを残して車はとまり、中から四人の男が降りてきた。二人が車の脇に残ったのは脱落したという意味だろうか。まだ完全には化外の地は閉じられていないらしい。結局、目の前までたどり着けたのは卜部龍馬だけだった。

口にできる秘密、できない秘密

「まさかこれで全員か？」

「是沢《これさわ》さんは仕事が終わったらきてくれると思います」

「女性陣がいないじゃないか」

「太刀川《たちかわ》さんは定例の指揮所訓練です。倉又《くらまた》さんは応援で拠点ドックに出張です。香月さんはおかしいなぁ、伝えたはずなんですけど」

「栂《とが》を幹事にすると調整が利かねぇな、まったく」

「……すみません。ごめんね、調《しらべ》さん」

「いいわ。三人集まってくれただけでも」

「もうちょっとだけ待ってみましょう」

藤村十《ふじむらとお》は入院している。椎間板《ついかんばん》を傷めたが手術は見送られることになった。香月純江はその見舞いに行っているのではないかと内心では思っている。彼女は前回の要撃行動を反省し、日頃からのコミュニケーションの重要性を悟ったようだ。そしてさっそくこちらのコミュニケーションがないがしろになっている。

今夜に限っては香月純江はいない方がいい。また頭を丸めてしまった。冗談でいったつもりの錦戸康介《にしきどこうすけ》が一番気にしているはずだ。あの姿は見る者に忌避感を与える。それ以上の失態を演じた面々は豊かに生えそろっているというのに。

鳴滝《なるたき》調の目にはあまり力がない。今日は夜明けから事後処理に駆り出された。藤村十がいないので、現状ではダイナミックフィギュアを操縦できる人間は彼女だけなのだ。自分の操縦で、かつパノプティコンを飛ばすとなると人手が増える。

「鳴滝にとってはいい補習になってるんじゃないか？」

「どうも狙いはそこみたい。壱枝《いちえだ》さんの提案だって聞いたわ」

「とはいえ高い授業料だな。平時だからなおさらだ。クリティカルを出すためにウン十億かかってるって話だぞ」

「そんなお金があるんだったらシミュレーターにかけたらいいのよ。最近のゲームセンターにはもっといい体感機があるらしいわ。これは遊星《ゆうせい》くんにも分かってもらえないでしょうけど、コックピットっていつも水平が保たれてるわけじゃないのよ。体が傾くだけで微妙に感覚は狂うの」

「それは知らなかったよ。パノプティコンは傾くことないし」

「だったら三人とも従系オペレーターにすればいいのにな。オレは前々から疑問に思ってたんだが。錦戸はなんか知ってるか？」

「え？　……いやぁ、鳴滝さんの前ではいいにくいなぁ」

「私なら構わないけど？」

「パノプティコンからの遠隔操縦じゃ世界戦略の兵器にはなり得ないってことですよ。昨日今日の事後処理は要撃行動の補習であって、要撃行動は世界戦略の予行演習っていう位置づけなんじゃないですかね」

「鳴滝に世界征服をさせるっていうのか？ 脅威ってものを感じないけどな。そもそもフィギュアの性能じゃ無理だ。五加一《ごかいち》がなにを恐れているのか、最近になって逆に分からなくなってきたぜ」

「ちょっと話は変わるけどさ、鳴滝さんがキッカイの掃除をしてるときって、誰が指揮を執《と》ってるんだい？ シキサイに対する指令だよ。フタナワーフにはフィギュアを動かす権限がなかったはずだ」

「表向きにはソリッドコクーンの参謀総長よ。つまり防衛大臣。でも実際にマイクを握ってるのは政務官」

「てことは国会の政治家か。まさかセグエンテじゃないだろうな」

保科敏克《ほしなとしかつ》がタバコの煙をくゆらせながらいった。

「ピンポーン」

「ありますよ、保科さん。セグエンテはもはやフィギュアの族議員ですからね」

「まったく、こっちは操縦してるのにいろいろ話しかけてくるんだから。無線を切ったら今度は非常電話。やんなっちゃう。指令ってほどでもないわ。『お互いの理解を深めるための会話』、ですって。内容はセクハラすれすれよ。一時間おきに『トイレは大丈夫か』って。

私は十じゃないってば」

「鳴滝さんにこびてるんじゃないですかね。セグエンテはどこまでもフィギュアに関わろうとしている。たとえば全権司令官の座を狙っているとか……」

「しかしあれは傑作だったよな。藤村はキッカイに立ちションの概念を教えたぞ」

鳴滝調は乾杯も待たずに速いペースでカクテルを飲んでいる。明日も夜明けから操縦なので、八時間前にはアルコールを断たなくてはならないのだ。

しばらくしてガリビエの扉を太刀川静佳《しずか》が開けた。紙袋を胸に抱いて小走りでやってきた。その袋の中身をテーブルの上に大胆に広げる。

「ジャーン。鳴滝さん、誕生日おめでとう」

迷彩の包装紙、金毘羅《こんぴら》バーガーだった。そして誇らしげな顔をしている。

(イマイチだな)と全員が思ったはずだった。太刀川静佳にはなににおいてもしゃれっ気というものがない。一度彼女の居室を訪ねたことがあるが、それはもう修飾のない寂しい空間だった。

「あら? 香月さんと倉又さんは? 是沢さんとは本部ですれ違ったけど」

「幹事に訊いてくれ。スケジュールの調整役は栂だ」

「皆さんご多忙で。……あっ、倉又さんだ。こっちですよこっち!」

倉又安由美《あゆみ》が手ぶらでやってきた。彼女には主賓という概念が欠如しているように思われる。単に宴《うたげ》の雰囲気を楽しむことを本分としている。

「ごめーん、遅刻。このピラバガ食べてもいい？　もうお腹ぺっこぺこ」

（どうぞ）と全員が思ったはずだった。

「あれ？　香月さんは？　是沢さんは仕方ないとして」

「幹事に訊いてちょうだい。スケジュールの調整役は栂くんらしいから」

「皆さん、お疲れさまです。メンバーはしばらくこんな感じです。本日はご多忙のところ、調さんの誕生日に駆けつけてくれて嬉しく思います。調さんは昨日でめでたく二三になりました」

「嘘!?　私よりたったの三つ下じゃない。まだ二一か二くらいだと思ってた」

（どう違うんだよ）という倉又安由美以外の心の声。

「ボクが調さんと初めて会ったのはボルヴェルクでの二日目です。お昼休みだったと思います。調さんは廊下で共用の外線電話をかけていました。ボクが後ろに並んでいると、飴をくれました。そしてそれからも延々と長話を続けました。ボクが思い浮かべる調さんは電話をかけている後ろ姿です」

「フェチね」

太刀川静佳の冷めた指摘。保科敏克が飛び火することを嫌って再びタバコに火をつけた。

「では乾杯の前に調さんからひと言どうぞ。二三歳の心構えでも偉そうにいってみてください」

「え？　あらそう。んーっと、みんなありがとう。昨日はお父さんがどうしても譲ってくれなかったから、一日ずらしてもらったわけ。このバーは飲み放題だからじゃんじゃんいってよね。二三の心構えはないけど……、身近なところでボーイフレンドを選びまーす！　それでは遊星くん」

「誕生日おめでとうございます。乾杯です」

グラスを高々と掲げる。周りのテーブルからも少し拍手をもらった。

「それにしても大胆発言だな。身近ってどれくらいの範囲だ？　高所監視の人間でお前を紹介しろっていうヤツが何人かいるけど、どうする」

「保科さんは私のマネージャーなんだから、厳選してから話を持ってきて欲しいわ。安っぽい仕事はお断り」

「それをいうならサポーターだ。いつからオレがお前のマネージャーになったっていうんだよ」

太刀川静佳が咳払いをした。

「保科さん？　私たちにはそういう縁談話はないのかしら」

（縁談なんて大げさな……）という大半の心の声。

「太刀川と倉又はだなぁ、優秀すぎるんだよ。男たちが引く。忌避感だ。もっと鳴滝みたいにチョンボしてみろ。南あわじに呼び出されたときみたいに」

その高所監視部隊の人間が数人で店に入ってきた。知らない顔もいたが、秘書課の畝本《うねもと》がいるのでそうだと思った。続いて最後に現れたのが公文土筆《くもんつくし》だった。栂遊星は軽く手を挙げてこちらに顔を向かせた。公文土筆も控えめに手を挙げてテーブルの間を進んで行った。少し話をしに行こうとすると鳴滝調に横から腕を取られた。

「今夜の主賓は私でしょ？　幹事は私にちやほやするべきだわ」

「……そっか。そうだね」

「モルトをもらってきて。チェイサーつきで」

桐遊星はバーカウンターに進むと油を売っているバーテンダーを捕まえた。すると顔を認められて席からも隊員が集まってきた。次々に握手を求められる。まさに水際でキッカイの拡散を食いとめた立役者として。まんざら悪い気分はしなかったが、照れくさかった。そして肝を冷やしもした。要撃行動を一度抜けているからだ。

聞き覚えのある声がしたかと思うと、皆のテーブルには藤村十がいた。そして香月純江も。まさか病院から連れ出してきたのだろうか。それはあり得ないので、藤村十が主犯で抜け出したのだろう。

「十くん、もう大丈夫なの？」

「四時間だけ仮退院してきた」

「じゃあゆっくりして行ってよ。お酒はＯＫ？」

「いや、あと一時間もない。香月さんとデートしてたから」

もちろん香月純江は表情をみじんも崩さない。

「調のためにな、愛媛までひとっ走りしてケーキを買ってきた」

「嘘ぉ……、感動。ありがとう十。香月さんも」

「よく県境を通してくれたね。任務ならともかく、私用じゃないか」

「香月さんの頭見たら一発よ。行きも帰りもゲートが全開したぜ」

そして今夜最大の沈黙が襲った。

「あれ？　どうした。オレと香月さん、二人とも腰が悪いんだけど、座らせてくれないか？」

二人に椅子を用意してしめやかに乾杯する。

「そうそう、栂くんに訊きたかったんだけど、クラマ、見たんでしょ？」

「え……、まぁ」

「どうだった？」

「倉又さんも窓から見えたんじゃないですか？」

「ちょっとだけね。でもシートで覆《おお》われてたわ。実物を間近で見た人間なんて、日本で一〇〇人といないはずよ」

「あれは、話しちゃいけないんです」

「そりゃそうだろうよ。日本がその存在を公《おおやけ》にしながら、実体を秘匿している数少ない国家機密だからな。国家機密なんてものは普通、存在事実から秘匿されるものだ。あるものをないというみたいにな」

ダイナミックフィギュアはクラマと同じ国家機密。そしてワン・サードは真の国家機密。

ボルヴェルクにおけるキッカイの研究もそうだ。

山に横たわっていたあの物体は確かにクラマだが、ニーツニーでもある。人類はクラマを求め、日本人が求めているものはニーツニーなのかもしれない。クラマは生命体なので、しかも高度の知的生命体なので、人類ごときが意のままに操《あやつ》ることは難しい。それを一部の日本人は知っているに違いない。せいぜいテクノロジーを分けてもらうくらいだ。それは生命ではなく科学なので操ることができる。ダイナミックフィギュアという形で。

「卜部龍馬に、あのことは尋ねた？　答えを聞いたかどうかだけでもいいから教えてよ」

クラマが人間の言語を理解したか否かについてだ。

「それは、はい」

「……栂くんて素敵」

「え？　倉又さんてそういう男に魅力を感じるんすか？」

藤村十が立ち上がり、腰を押さえて再び椅子に座る。

「私、秘密を握ってる男が好きなの。卜部龍馬なんてそりゃもう。ここだけの話、本当はボルヴェルクに行きたかったのよね」

「究極。引きまくり」

「秘密だったら手品師あたりにしとけよ」

「ちなみに太刀川さんはどんなタイプが好きなんすか？」

「訊かなくていいわ」

「だってその歳でフリーだなんて、絶対好みが特殊なんだって。三一でしたっけ」

「藤村くんね、今ならあの真ん中でボクシングしたっていいのよ」

そういいながらも、藤村十のしつこい問い詰めに負け、太刀川静佳は自らの秘密を明かした。彼女の好みは競輪選手やスピードスケート選手だという。その大腿四頭筋の魅力を熱く語って見せた。皆がケーキをひたすら口に運ぶ中、保科敏克だけが耳を傾けて全面的に理解を示していた。結局はほとんどのクルーが心理学的フェティシズムだ。香月純江も大筋からは外れていない。

「じゃあ聞かせてもらいましょうか、フェチ王のカミングアウトを」

「いや！　私それ聞きたくない！」

鳴滝調はすでに知っているらしい。顔を赤らめてトイレの方に逃げて行ってしまった。

「オレが前のかみさんと結婚した理由は一つだ。腋《わき》美人だった」

今夜二度目となる最大級の沈黙。

「女性の価値は腋で決まるといっても過言じゃない」

(過言だ）と全員が思ったはずだった。

「ま、お前たちにもそのうち分かる日がくるさ」

(こない）という顔を全員がした。

公文土筆のテーブルではなにが話されているのだろう。五人が向き合ってまったく笑顔が浮かばない。難しい哲学のゼミナールを開いているかのようだ。他の男たちと一緒にいる公文士筆が暗い顔をしている状況はむしろ歓迎したい。ただ、つまらない顔ではなく、真剣な表情だから気になるのだ。

「そういえば藤村、あのあと佐々史也に会ったらしいな。カムカラがぶっ飛ばされたあとだ」

「すみません保科さん。それ、いえないです。国家機密なんで。どうすか？　倉又さん」

「嫌いじゃないわよ」

「国家機密なもんか。翌日にはオレの耳に入ったくらいだ。香月にも伝わってないのか、彼氏から」

「………」

「また国連BCから逮捕者が出たって話だ。手錠をかけたのが佐々史也。藤村はその逮捕劇の現場に居合わせている。なぜ。それは機体内部が暴露したカムカラにまだお前が乗っていたからだ。撮影班の二人は内燃機関の様子をカメラに収めようとしていた」

香月純江は相変わらず口を開かない。しかし、なにかを知っているようにも見える。ガリビエにくるまでの三時間、藤村十から話を聞き出しているのだ。というべきか、初めからそのつもりで見舞いに行った。いくらコミュニケーションを図《はか》る目的とはいえ、彼女が気前よく長い時間を割くとは考えられない。

「痛たたた。オレ、そろそろ病院に帰ります。椎間板がもう〝看板〟、なんてね」

藤村十はそういって本当にガリビエから去ってしまった。

多かれ少なかれ、要撃部隊に属しているとは他言してはならないことを知るものだ。そしてその内容は噂となって共有されてしまう。箝口令《かんこうれい》を敷くことは難しい。だからせめて四国の中にとどめるのだ。安並風歌《やすなみふうか》にしてもそうだった。フタナワーフが純粋に欲しがっていたわけではないと思う。ボルヴェルクでキッカイの研究をしていた者を野に放つわけにはゆかなかっただけの話だ。大地《だいち》も東京の大学に戻ることは二度となかったはず。

公文土筆も高所監視部隊では文書課と秘書課に出入りしている。職掌を越えた秘匿事項が目に触れることもあるだろう。彼女が積極的にそれを口伝えすることはできないが、今顔をつき合わせているように、職場から離れたところで耳には入ってくる。

「どこ見てるの？　主賓は誰？」

鳴滝調が戻ってきた。

「……あ、お帰り」

「彼女、やめといた方がいいわよ」

「え？」

「遊星くんがいない間、あの左の男と二人でいるところを何度か見てるわ。拠点ドックにいる私でさえそうなのよ？」

「あの人とは職場が一緒だから」

「鈍感ね」

まさか鳴滝調にいわれるとは思わなかった。

「彼女の笑顔を最後に見たのはいつ？」

「……………」

「たぶん、私が目にした方が最近でしょうね。人の姿は真にあらず。本当の姿は影に映るものよ。遊星くんがいなかった間こそ影は色濃く現れていた。一度問い詰めてみたらいいわ」

「問い詰めるだなんて」

「なら、一度あとをつけてみるとか。満面の笑顔が見られるんじゃないかしら」

「そんな真似もできないよ」

「私にしときなさい。彼女を操縦するのは、遊星くんが思っている以上に難しいはずよ。私に乗り換えるべきだわ。フィギュアのような女の子の方が、いいでしょ」

図《はか》らずも公文土筆と目が合った。梱遊星は思わず目線を下げてしまった。そしてテーブルの下に落ちているだろう影を探した。そこには自然に交差する公文土筆と畝本の脚があった。

鈍感な味覚

係留場施設と拠点ドックの間は連絡路でつながっていた。前回の要撃行動時にはすでに完成していたという。一三〇〇メートル以上の長く殺伐とした通路だ。エプロンの端を渡り、一度折れてから助走路の地下を通っている。あいにくボルヴェルクのような恵まれたオートスロープはない。それでもかなり工事費はかかっているはずだ。要撃行動時に行き来する是沢銀路《ぎんじ》のために作られたともいわれている。平時にはここを使う者は少なく、雨の日でさえ、一五分ほど歩いて誰ともすれ違わないことがあった。

その連絡路で昨日、公文土筆と遭った。助走路の地下部だった。尋ねればお遣いの帰りらしかった。彼女は壁と天井に声が響くことをひどく嫌った。そしてときおり背後を気にした。とぼとぼと歩いてきていたはずなのに、急いで帰らなくてはならないなどといい出した。栂遊星は最後にデートの約束を持ちかけた。すると意外にも二つ返事でいい答えが返ってきた。栂心はすっかり弾み、別れたあとは軽い足どりで拠点ドックを目指すことができた。そしてふとその足をとめ、一度振り返っている。もっと大きな要求をしても彼女は拒《こば》まなかったのではないかと。

要撃行動の予定日は迫っている。前回を上回る進行規模が予想されているので、作戦会議の時間が三日にわたって割かれることになった。したがって外出できる日は今日か明日くらいしかなかった。

鳴滝調がいない間に取りつけた約束だ。確かに、真の姿とは影に現れるものなのかもしれない。彼女はボルヴェルクに呼び出された。ついに三機目のダイナミックフィギュア、カチョウフウゲツの就役かと思われた。しかし事情は単純ではない。ボルヴェルクは今、危機に直面している。国際連合の査察が入るのではないかという報道があった。その対象は恐らく西区。キッカイ研究の実態がリークされたらしい。日本に潜むインバネスの暗躍だ。

西区はキッカイ、南区はSTPF、東区は高所司令及び監視システム、中央区はダイナミックフィギュア、そして卜部龍馬が主席を兼ねている北区は恐らく、ニーツニー。ひょっとしたらダイナミックフィギュアの製造も行われているのかもしれない。ボルヴェルクが査察を恐れているのはむしろこちらへの波及だ。

北海道大樹《たいき》町への制裁。剣山ではないが、にわかに核の脅威が現実味を帯びてきた。鳴滝調は近日中には帰ってこない可能性がある。梱遊星はすでにその心づもりでいた。核の威力を唯一無効化できるのはニーツニー。カチョウフウゲツならぬワン・サードで、鳴滝調にスクランブル態勢をとらせるのではないか。

椎間板を傷めた藤村十も恐らく長時間の作戦参加は無理だろう。大半をシキサイで処理しなくてはならない。キッカイも確実に手強くなっている。その中でもいっそう警戒されるのはやはり剣山セグメントの欠片を所持する個体だ。牝種《ひんしゅ》の駆除と同等に優先される。この進行を許せばナーバスの活動範囲はいちじるしく侵食されてしまう。

　不安な要素を挙げればきりがない。だから事前にできることといえば、作戦会議で卓上リハーサルを重ね、体のコンディションを整え、心のコンディションを整えることだ。そのためにも公文土筆との時間を過ごしたかった。

「無理に休みをとらせちゃったかな」

　公文土筆は首を横に振った。それも嬉しかったのだが、明るい笑みを含めてくれたのが無性に嬉しかった。今という瞬間、彼女の最新の笑顔を見たのはこの世で自分になった。鳴滝調でも畝本でもない。

　公文土筆を操縦するのは難しい？　そのようなことはまったくない。少し勇気を出せば簡単に手をつながせてくれた。そして行きたい方向に引けばなんの抵抗もなく従ってくれる。今までは単に、彼女の意思や立場を尊重しすぎていたのだ。それが身体的に弱みを持っている人間に対する紳士的な接し方だと思っていた。

　さらに栂遊星の場合は病に冒された時代も見てきている。思春期に抱えるには重すぎる苦悩もした。その上で醸成《じょうせい》されていった彼女への思いは、たかだか四カ月という短い期間で到達できるものではない。畝本とは決定的に異なる点だ。

「なに？　いつも目薬なんて持ち歩いてるの？　…………ツクシ、乾き目なんだ。モニターの見過ぎじゃない？　…………ボクに？　…………あぁ、この目？　確かに疲れてるかもしれない」

最近は拠点ドックでウィンクタッチアクションの練習を始めている。これはすぐにダイナミックフィギュアに乗るという意味ではない。主系パイロットになるためには、国土交通省が認めた養成カリキュラムをこなさなくてはならない。体力作りも必要になる。恐らく鉢伏《はちぶせ》高原で交わした話が卜部龍馬から壱枝雅志《まさし》に伝達されたのだろう。壱枝雅志は現実的ではないと判断し、形ばかりの訓練をして体裁をつくろっているだけだ。

「え？　お父さんとお母さん、慰問にきたの？　いつ？　………てことは先週の土曜日？　………あぁ、その日は射撃ポイントを連れ回されてたよ」

両親とはたくさん話をしたというのに、公文土筆は実家の近況を知らなかった。向かいの空き地は整地され、もうススキはおろか雑草も生えていないのだ。しかし寂しい顔はしなかった。居室にはいつもススキの原の画があるので心は癒されているといった。そしてこの自分のおかげだと改めて礼もいわれた。栂遊星はやはり無性に嬉しくなった。こちらからの思いは間違いなく伝わっていたのだ。

「当日は職場でテレビを見ててよ。シキサイの秋バージョンはススキの原だ。ボクはこのペイントをツクシだと思って、キッカイなんかには指一本触れさせない。ボクは戦うよ。なんだろう、今はもう心の中が勇気でいっぱいだ」

キッカイ、それは目障りな畝本のことでもあった。

「卜部博士がね、ツクシの発想は面白いっていってたよ。人間的他感作用だ。これは自慢してもいいことだよ。なにしろ日本で一番有名な科学者だからね。卜部博士はねぇ、一方通行だけど、唯一クラマと対話することができる人でもあるんだ。鉢伏高原を訪れてね、クラマから究極的なテクノロジーを分けてもらってる」

倉又安由美には明かせないといった話を公文土筆には聞かせてしまっている。STPFの材料についても、ニーツニーについても、ダイナミックフィギュアの内燃機関の原理についても。公文土筆が朗らかな表情をしてくれるのなら、なにものにも代え難いエクスタシーがそこにはあった。

「あぁ、いいんだよ。父さんのことはね。ツクシはなにも悪くない。辛い思いをしてくれたんなら、ヘンないい方だけど、ちょっと嬉しいよ。ボクは長生きしなくちゃならない。それが父さんの遺言なんだ。だから、ツクシも長生きして欲しい」

栂遊星は公文土筆の手をひときわ強く引いた。そして灌木の茂みを分け入りながら川原に降りて行った。

「錦戸さんがいいものを見つけたんだ。フタナワーフの高機動車。回収できずに放置されてたんだけど、ボクが川の中から動かした。ミニミが載ったままだけど大丈夫だよ。弾は薬室にも入ってない。ツクシは車の免許、持ってなかったよね。ボクが運転を教えてあげる。オートマだから簡単だよ」

公文土筆をいきなり運転席に乗せてやった。彼女はハンドルを握り、今日一番の笑みを浮かべた。車の免許を欲しがっていることは以前からなんとなく感じて分かっていた。しかし社会に出て挑戦することにためらいを持っていたのだ。それは何事においても。

「シキサイ出獄」
大胆でも控えめでもなく、スムーズに車は発進した。そう、公文土筆は基本的にセンスがいい。頭もいいし運動神経もいい。ただ人前で自分の発声を披露することを煩わしく思っているだけだ。昔は違った。栂遊星にとっては近所に住む憧れの同級生であり、ただ眺めていることが許される高嶺の花だった。その山肌がある日を境に崩れ落ちてきた。

栂遊星はろくに前も見ずに公文土筆の横顔ばかりを見つめていた。彼女の口から覗く白い歯が妙に新鮮だった。パノプティコンに乗せ、シキサイの操縦桿を握らせたらどうなるだろう。コックピットの操縦桿を握らせたらどうなるだろう。いや、それよりも高機動車のハンドル、同世代の娘たちが運転する軽自動車のハンドルを握りたいと思っているに違いなかった。

「川の中？　いいよ。ツクシの好きなところを走らせたらいい。動かなくなったらボクがなんとかしてあげるよ」

飽きもせずに何度も川を横断させる。ときおり歓喜のかすれ声が耳に届く。ただ上下する電動遊具にまたがる子供のようにはしゃいでいる。栂遊星はかたわらにいて延々とコインを投入し続けた。

西の空に日が傾くまで川原で過ごした。運転を代わり、高機動車に乗ったまま駐屯地まで帰った。事情を説明して車輌は返した。多少は咎《とが》められたが、いい情報も教えてもらった。今夜は普通科のキャンプ地で露天シアターが開かれるらしい。

もはや公文土筆の意思は尋ねなかった。シキサイを操縦するよりも、マリオネットを糸で操るよりも、〝フィギュア〟のポーズを変えるよりも扱いは簡単だった。手を取って行きたい方向に歩き出せばいいのだ。そして分かっていた。栂遊星は決して鈍感ではなかった。次のデートではこれほど従順にはなってくれないだろう。高所監視部隊にも進行の規模は伝わっている。その生命線を握っているという自負が栂遊星にはあった。同じ要撃部隊の一員として、公文土筆はある種の接待役を買って出ているのだ。

キャンプ地には大勢の隊員たちが足を運んでいた。今夜のガリビエは閑古鳥が鳴くかもしれない。スクリーンの前ではのど自慢が開かれていた。公文土筆がいやな顔をするかと思えばそうでもなかった。丁度歌っているのが同じ職場の人間らしかった。周りには拠点ドックで目にする技術員の顔もちらほらと見かけられた。さすがにパノプティコンのクルーたちは姿を見せていないようだった。

「げっ、今夜は第三部だってさ。一昨日からやってたってことか。ツクシ知ってた？」

知っていたらしい。

「ウチにはそんな連絡回ってこなかったけどなぁ。ひょっとして高所監視が意地悪した？」

公文土筆は首をかしげて苦笑した。

「日本の映画界も完全復活だな。世界大戦前夜のあと、失業率の上位に芸能業界が立ってたらしいけどね」

上映を待っている間にうどんと缶ビールが回ってきた。腹が空いていたのは公文土筆の方だったようで、久しぶりにはしゃいだ川原での運転を振り返った。そして耳に口を近づけてきて「ありがとう」といった。少し、触れただろうか。

栂遊星はそのときのうどんの味をまったく覚えていない。感謝の声を頭の中で繰り返すわけでもなかった。ひとえに公文土筆の唇が迫った瞬間を、あらゆる角度から勝手に再生していた。

それは映画が始まっても同じだった。幾多の恋愛シーンが陳腐に思えた。ロマンス映画にもそのような見方があったのだと初めて知った。自分の経験と照らし合わせ、劣等感を覚えるのか、優越感を覚えるのか。

今日のデートは一連の予定を立てて臨んだ。露天シアターはまったくの想定外だったが、描いていたシナリオは公文土筆が明るい顔で首を振ってくれた時点でどこかへ飛んで行っていた。本当は、最後の最後に孤介時間を共にしようとも考えていた。心の中を覗いて彼女の影を確かめたかったのだ。ばかげている。そして今は逆に心の中を覗かれたくない。女々しい思惑を知られるのが恐い。

坂出《さかいで》港で迎えた二人の孤介時間。あのとき公文土筆は尋ねた。どこに自分の野原を求めたらいいのかと。栂遊星は思いきって戦地に招いた。その答えが正しかったのか否かは分からない。花が咲いたともいえないだろう。しかし、少なくとも自分にとっては、川縁《かわべり》から生え出た土筆は以前よりもいっそう愛おしく感じられた。

映画のエンディングを待たずに雨が落ちてきた。断続的な小雨は讃岐《さぬき》山脈の稲光で本格化した。キャンプ地には送迎用に駆り出された車輛もあったが、公文土筆が走って帰ろうといって初めて手を引いてきた。

激しい雨に打たれ、漆黒の道を二人三脚のように走った。なんと楽しいのだろう。傘の概念など要らない。雨の概念から不快の文字さえ除かれる。ただ心の中からネガティブな感情ばかりを洗い流してくれる。

係留場施設のゲートが見えてきた。つないでいた手をこちらから握り直して足をとめる。公文土筆と目線が結ばれる。思いを口にしようとしたら彼女の手がふさいだ。そしてつま先を立ててくる。完全なる臨界。栂遊星は唇を求め、さらにその向こう側を求めた。

公文土筆が閉じた目を力ませている。さすがに動揺させられたが、それもすぐに消えてなくなった。二つが絡み合う。ナーバスが一つになる。そのわずかな空間にも影が落ちていることを知らずに、ただ甘いばかりの感覚を純情に信じ続けた。栂遊星の鈍感な味覚は、その後の公文土筆が世界的な革命家に変貌してゆくことを利き分けられなかった。

さらば是沢銀路、さらば

(〇九／二七)

孤介時間が明けると鳴滝晋平《しんぺい》は真っ先に拠点ドックに電話をかけた。調を呼び出すようにいったが、出動準備の進行中という理由であっさりと断られた。

おかしい。ここ数日、調と連絡がとれない。拠点ドックはなにかを隠している。仕方なくフタナワーフ本部と高所監視部隊に伝言を預け、是沢銀路からの折り返しの電話を強く要求した。

今日は調の出番はあるのだろうか。藤村十は前回の要撃行動で面倒な場所を負傷したと聞いている。まったく役立たずの男だ。栂遊星にいたっては五体満足ながら自分の使命を二度も放り出している。こちらにしてみれば厳罰ものだ。二度目は途中で帰ってきたが、今度会ったら鼓膜が破れるほどの一喝を耳元にくれてやるつもりだ。

とはいえ、栂遊星を操縦要員から外してもらっては困る。離れ業を演じる彼がシキサイを担当する線は堅いとして、問題はカムカラに誰が乗るのかだ。カチョウフウゲツが密かに搬入されているという情報も得ていない。パイロットは一人余るはずだ。しかし拠点ドックがあの調子だから信用できない。情報が遮断されている可能性がある。

クリティカルルーム六階。会談場の裏にある対中・日本代表団控え室。扉を開くとあまりにも意外な人物がソファーに体を沈めていた。防衛大臣政務官の一人、蜂巣賀《はちすが》薫《かおる》だ。

「なんでキミがこんなところにいるんだ」

「さすが鳴滝さん、顔色がいいじゃないですか。やっぱり毎日鍛えられている人は違いますな」

「もう一度同じ質問をする。なんでこんなところにいるんだ」

首相官邸では今、ボルヴェルクに対する即時査察受け入れについて臨時閣議が開かれている。だから蜂巣賀薫は永田町にいるべき人間だ。大幅に譲っても南あわじにいるべきだろう。なんらかの事態でパノプティコンが戦線を離脱し、それでも特別攻撃機の作戦行動を継続しなくてはならない場合、統帥権の移る防衛大臣をソリッドコクーン日本支部で補佐しなくてはならない。実際には彼の口が指令を発する。そもそもその防衛大臣が閣議中だ。

「運用憲章に『大臣と補佐官が仲良く手をつないで司令にあたる』というくだりはありませんよ。大臣がやってくるまで私が遠隔操縦のロボットになります。淡路島である必要もありません。ここの方がより現場に近いじゃないですか」

「キミのためを思って忠告するが、日本のインバネスは覇権万歳のセグエンテ、特にキミの命を密かに狙っているぞ。恐らく隊員の中にもいる」

「返り討ちにしてやりますよ」

「恐いもの知らずだな。ならいっそのことフタナワーフの本部で指揮すればいい」

「ユラに食われるのだけはごめんですな。ですから今日は飛行船に乗ってみようと思いましてね」

「ほぉ」

「ちなみに鳴滝さんも前回は岡山に逃げたのでは？」

「逃げるものか。私は五趾《ごし》病院にいた」

「ご息女が運ばれていたから」

「……………」

「隊員の中にインバネスの構成員がいるという話ですけどね、せいぜい四、五人です。一人目星がつきました。とたんに姿をくらましたそうですけど、捕まるのも時間の問題です。吐かせれば今夜から明け方あたりに残りの〝芋〟も」

窓の外に下ろされたシャッターがビリビリと音を立てた。要撃行動はすでに始まっているようだ。

「まったく官邸はなにしてるんでしょうな。年寄りの閣僚連中は思い切りが悪い」

インバネスも絶妙なタイミングを計ったものだ。要撃行動の予定日が迫るのを待ってから西区の実態をリークしたのだ。しかしそれは単なる火種に過ぎず、ボルヴェルクを丸裸にすることによってワン・サードの存在を露呈させようとしたに違いない。日本政府も国際連合に前向きな回答を出さない限りはクリティカルルームの「許可」を取れない。もともとは独立した政治連盟のはずなのに、五加一は国際連合の一機関に成り代わっている。常任理事国が三つも入っているのだから仕方のないことだが。

「キミのシナリオはなんだ。なぜ自虐的な決断を望む」

「自虐的……、そうでもありませんが」

「少なくとも香川での要撃行動が水の泡になるぞ」

「私はですね、ワン・サードに華々しくデビューさせてやりたいんですよ。西区の実態が明るみに出れば、大樹町にはユラ拡散事実という名目で制裁が加えられます。バンカーバスターくらいならいいですけどね、恐らく太平洋辺りから核弾頭つきのミサイルが飛んできますよ。そいつを沈黙させたら、面白いとは思いませんか？」

　ワン・サード、いや、ワン・〝セカンド〟。その特務を遂行するダイナミックフィギュアには調か藤村十が乗ることになる。そしてカチョウフウゲツならばワン・〝ファースト〟。

「まさかウチの娘を危険な目に遭わせるつもりじゃないだろうな」

「鳴滝さん、最悪の場合、ご息女と藤村は最後の人類になる男女です。その栄誉をタダで与えるというわけにはさすがにいきませんよ。ある程度は身を削っていただかないと。確かに私は駆け出しの時分、鳴滝正人《まさと》先生にはお世話になりましたよ。ですからパイロットの席をリザーブした。藤村という適合者を探すのにも苦労したんです。もう借りは返したつもりですからね、あとはお互いに干渉なしということで」

　革命家以上に危険な男だ。彼を更生させるためならばインバネスを支援したくもなる。確かに調をパイロットにするためにセグエンテの力は借りた。しかしそれはキッカイとの戦いの先にある、渡来体の再襲来という絶望的な未来を想定したからだ。人類同士の内戦などのためではない。

とにかくこうしてはいられない。そう思った鳴滝晋平は足早に控え室をあとにした。少しでも早く、健全な形で臨界を迎えさせなくては。要撃行動が失敗に終わっても、政府が即時査察の受け入れに踏み切っても、日本のどちらかに制裁が加えられる。ニーッニーは核の威力を無効化するとト部龍馬はいっているらしいが、実験で確かめられたわけでもあるまいに。

せめて査察の日取りを延期させたい。その間に調を取り戻せる。安全保障理事会の調和を一度だけ乱せばいい。それは常任理事国の反対票が一つあれば事足りる。

鳴滝晋平は秘書官の後ろ姿を認めて呼びとめた。丁度エレベーターに乗りかけたところだった。

「李《り》氏を呼び出してくれ。二国間協議がしたい。耳よりの話があると」

「……今は官邸の回答待ちのはずですが」

「年寄りの閣僚連中は思い切りが悪い。ユラは目の前まで迫っているんだぞ。ときには近視眼的な決断も必要だ」

「なにを譲歩するつもりですか。まさかシマを渡そうなどと」

「もともと譲渡リストに載っているんだ。それにワン・サードが完成すればすぐにでも取り戻せる」

「そんなことして、あとで閣議が通りませんよ」

「閣議は私だよ」

*

錦戸康介と香月純江が戦略パネルを見つめている。ときおり太刀川静佳が打診するように振り返り、錦戸康介は即座にうなずくものの香月純江は首を傾けて難色を示す。対照的な二人を見ているだけでも栂遊星には藤村十の容態が分かった。今朝会ったときには元気な顔をしていたが、やはり体に鞭打っていたのだ。

是沢銀路は早くから指令用のヘッドセットをつけている。マイクは上げたままだが、その表情はいつでも統帥権を掌握する気構えだ。是沢銀路の神経を刺激するかのように、クリティカルパネルはそろって「不」の文字を焼きつけている。

安並風歌は乗船していない。とある部隊を統率しているようだが、少なくとも要撃行動時は体が遊んでいるとは聞いた。ならばキャビンのどこでもいいからいて欲しかった。それは他のクルーの方が強く望んでいるに違いなかった。

「錦戸と香月は持ち場につけ。あと三分待って臨界を迎えなければ、シキサイとカムカラを脱獄させる」

クルーの顔が等しくこわばった。ソリッドコクーンの運用憲章を破るその行為がいかなる事態を招くのかが想像できなかった。

「心配するな。全責任は私がとる。ドックの壱枝氏も連帯するといってくれた。心強いじゃないか」

ダイナミックフィギュアの連続行動には拠点ドックの容認が不可欠だ。いざとなれば彼らにも緊急停止の措置がとれるからだ。そのために是沢銀路はあらかじめ壱枝雅志を抱き込んでいた。そして強引な出動には別の意味もある。脱獄となれば臨界を引き出す必要がなくなるのだから、今日の事案に限っては五加一との交渉も必要なくなるのだ。ボルヴェルクに対する査察を拒むことができる。

「高所射撃ポイント、日の入りまで温存しておくつもりだったけど、使うことになった。それまでに櫓《やぐら》が壊れたらもったいないからね」

「ボクの担当は第二から第四でしたよね」

「いや、大幅に変更。一と二と飛んで四で頼む。藤村の活動範囲はかなり狭いと考えてくれ」

そして錦戸康介は耳に口を近づけてきた。前回の失敗に学んで声が漏れないように手でガードしながら。

「安静にしてりゃいいのに、愛媛まで行くから悪いんだよ。〝K月〟さんの運転て乱暴なんだぜ？　あの人には絶対にフィギュアの操縦はできない」

偶然にしては背筋を凍らせる香月純江の喉鳴り。栂遊星は錦戸康介を見捨ててヘッドアップコンソールのチェックをした。拠点ドックの内定で「従系」の文字が光る。

「出力最大……」

是沢銀路がしびれを切らした。

「待ってください！　予告……、届きました」

太刀川静佳の報告にキャビン内の緊張がやや緩和される。しかし閣僚たちが決断を下したという意味でもあった。

「臨界です。シキサイ・カムカラ両機解械《かいかい》」

是沢銀路がマイクを口の前に下ろした。

「聞かれたし。こちらパノプティコン全権司令官是沢より、勇壮なる要撃部隊全科に告ぐ。まずはこの場を借り、今日《こんにち》まで銀《しろがね》の路《みち》を歩ませてくれたことに深謝する。用意はいいか。天空の城楼《じようろう》たる監視船は魔神をも震わす虎視《こし》を注げ。歩兵砲兵士魂《しこん》の象徴、百戦錬磨の経験活かして千変万化の事態に対処せよ。憂身《うきみ》の蘇生部隊は虎口《ここう》と竜穴《りゆうけつ》を選ばぬ勇気を今一度。ひとときも砲身を冷ますな！　無限軌道に休みなし！　鬼門を破りて鬼魅《きみ》の常習跋扈《ばつこ》に正義の鉄槌を下せ！　我ら二名島波止場《フタナワーフ》は剣の山より万丈なり！」

　梅遊星は操縦桿に指を入れ、公文土筆の写真に目をやった。

「シキサイ出獄。続いてカムカラ出獄」

「了解」

「第二管区高所射撃ポイントだ。行こう！」

「はい」

＊

弘法《こうぼう》の砦《とりで》のゲートを通過し、軽装甲機動車は露天駐車場の中を徐行して進んだ。車窓を意外な人影が横切り、七戸譲《しちのへゆずる》はあとを追って振り返った。いまだに白の戦闘服を着ているのは佐々史也くらいのものだ。なぜか誘導係などをしている。

「到着です。午後の孤介時間は二一時四二分より。一六時に一度集合です。七戸さんの配置は未定です。恐らく第一管区になると思いますが、詳細は本部に確認してください」

「分かった」

車を降りるとそのまま孤介時間要員とは別れた。

「佐々」

「七戸さん、お疲れです。どうでした？　キッカイを始末しましたか？」

「訊くな。今も帰りの車で肩身が狭かったところだ。夜は東の管区に左遷される」

「いきなり砲手ったって勘が戻らないでしょう」

「たっぷり自己嫌悪に陥っている。佐々は駐車場なんかに回されてたのか」

「こう見えても一応スクランブル態勢ですよ」

「どういう意味だ？」

「セグメントの欠片、オレが回収役です」

さらりといったものだ。特に口を滑らせてしまったという様子もない。

剣山セグメントの欠片を持ち歩くキッカイが出現し始めた。これはダルタイプにとっても軽視できない事態だ。ジュリックとアーロンの一件で七戸譲も身をもってその脅威を認識していた。

しかしあのとき佐々史也はまったくダメージを受けていない。第一管区から小さな化外の地を取り除いたのも佐々史也らしい。あの彷徨の二〇日間でどのようにして生まれ変わったのだろう。

「手伝ってやりたいがな、オレにもできるか？」

精一杯に考えて遠回しに探ったつもりだった。

「いえ」

「……そうか」

「七戸さんには悪いですが、誰にも教えるつもりはありません。二度と人には戻れなくなりますからね」

「方法は、あるということだな？」

「内閣の安全保障会議は専門の研究チームを立ち上げたそうですよ。オレの研究です。ひょっとしたら今頃、一流のシェフを呼んでキッカイのレシピでも作らせてるかもしれませんね」

「だめということか」

「キッカイを食ったところで孤介型にはなれませんよ」

孤介型の意味はよく分からないが、恐らく佐々史也のような究極的忌避感とは無縁になった人間のことだろう。そして人には戻れないとは、すでに佐々史也は人ではなくなっているということだろうか。

ときどき後悔することがあるのだ。化外の地における救出作戦、あのとき佐々史也に生きて帰るといわせてしまったことを。もちろん命はなにものにも代えられない。しかしもう一度あの状況が訪れたら、はたして自分は同じように強要するのか否か。

唯一の救いは孤介型と呼ばれる人間になったのが久保園那希《くぼぞのなき》ではなかったことだ。佐々史也はガッツのある男だ。タフな心も持っている。だからこそ死ぬことができず、人ではない存在に生まれ変わってしまったのかもしれないが。

「久保園だけどな、どうも安並くんのもとで重要な任務に就いているようだ」

「やっぱりフタナワーフにはいたんですか」

「あぁ。確証はないが、安並くんの口ぶりではそんな感じだった。彼女、嘘をつくのがうまくないからな」

佐々史也にパノプティコンから直接無線が入った。出動待機の指示が出たようだ。今からたった一人で戦場を進み、化外の地を別の場所に移す作業を行うのだろうか。実に危険な任務だ。しかし「生きて帰れ」というひと言を発することがためらわれる。

「じゃあ行ってきます」

「あぁ……、がんばれよ」

佐々史也は駆け出し、なにかを思い出したかのように立ち止まった。

「七戸さん。オレがこうして生きていられるのは、七戸さんのおかげですよ。ありがとうございました」

その言葉が肩を少し軽くしてくれたような気がした。

佐々史也はやはり人だ。忌避感も与えるが、心を和ませてもくれる。七戸譲はその心の中で「生きて帰れ」といった。

＊

第四管区に移動するシキサイがその途中で高所射撃ポイントに立ち寄った。眼下でユラ・ピストルの銃弾を数発放ち、狙撃でも面倒だった個体をいとも簡単に片づけてくれた。栂遊星の調子はいつも以上に良好のようだ。藤村十はカムカラにバックパックからマガジンを取らせ、礼のつもりでシキサイに渡してやった。

腰の痛みはないが、二時間ほど前から徐々に足がしびれてきている。ダルタイプのくせになぜ下半身はナーバスなのだ。リクライニングの角度を変えたら少しはマシになるだろうか。とはいっても可動域は狭い。コックピットの最大の設計ミスだ。

愛媛まで遠出をしたことが問題ではない。確かに症状は悪化したが、それを医師に打ち明けておけばよかっただけの話。時効を狙って二日ほどごまかしたのがいけなかった。

香月純江の運転はひどかった。もう二度と乗らない。とにかくアクセルとブレーキの制動が極端なのだ。彼女の人格の側面が現れていたといえる。ゆっくり話を聞きたいのならばもっと別の方法を考えるべきだった。

あのとき、ユラ・スピアのひと突きを受けたカムカラは約九〇メートル後方に飛ばされたらしい。はっきりとは憶えていないが、空中ではまだエアバッグは作動していなかったはずだ。恐らく二度目の衝撃に備えて温存したのだ。着地の激突でガスが爆発したように思う。メインディスプレイの大破と記憶がセットになっている。その後にセーフティバルーンが膨張した。

パノプティコンとの音声通信は途絶えた。非常電話は働いていた。視覚の情報はなかったが、外の音はマイクが拾っていた。しばらくして救助班が到着し、話し声がかすかに聞こえた。藤村十はいつもの癖でボリュームを上げた。上げたはずなのに話し声が逆に途絶えた。そして初めて究極的忌避感というものを体験した。

英語で会話をする二人の男女。藤村十はなぜかその内容が理解できた。言語のもとである思考が直接伝播したからではないかと思う。よからぬ予感がし、こちらの存在を悟られまいとして極力無心を努めた。孤介時間を送る習慣をつけていたことが意外な形で役立った。

案の定、二人の男女はカムカラの機体内部を撮影し始めた。スパイ行為だ。しかしそれは彼らの真の目的ではない。交換条件だった。究極的忌避感を発生する装置をもらう代わりにひと仕事をしなくてはならなかったのだ。それがダイナミックフィギュアの秘密である内燃機関の暴露。これを要求したのは同じインバネスでも日本支部のメンバー。活動の方向性は異なるらしい。

そしてその男は現れた。佐々史也だ。そこで再び強まった究極的忌避感はもちろん彼が発したものではない。二人の男女が人為的に発生させたのだ。佐々史也はいったはずだ。自分は「忌避感をいっさい感じない体になった」と。

香月純江はこの話を聞いても顔色を変えなかった。強い女だと思った。恐ろしい女だとも思った。滅多なことでは心が動揺しないのだ。凍り固まっている。現に彼女のサポートは今日も変わらない。

忌避感というものは、はたして人間にとって必要な感覚なのだろうか。なぜか考えさせられてしまう。たとえば殺人を犯した人間に対しては忌避感を覚えるだろう。異常な性癖を持った人間に対しても当てはまるかもしれない。近寄るほどに自分の身の危険を感じるからだ。そのセンサーを佐々史也は失った。するとどうなる。身の危険を感じられない彼は自分の寿命を縮めるだけだ。違う。なにかもっと大切なことを見落としている。

〈藤村十、少し発射速度を落としましょう。軌道修正をジャイロに頼ってください〉

「了解」

休ませて欲しいとはいえなかった。リザーブで鳴滝調が控えていたら口にできたのかもしれない。鳴滝調は今、ボルヴェルクにいる。もうカチョウフウゲツとの対面を果たしているだろう。

入院中に鳴滝調は病室を三度訪ねてきている。その最後は見舞いにではなく、蜂巣賀薫という男に連れられてやってきた。ダイナミックフィギュアの指揮権を一部握っている人物らしかった。そこで彼はいった。「二人はこの先も日本を守るために特別攻撃機を操縦し続けて欲しい」と。そして美しい大義名分を散々連ねた。守る対象が世界や地球ではなく、日本と限定されていたことには安堵《あんど》感を覚えた。渡来体の再襲来に立ち向かえといっているわけではないからだ。しかしあまりにも日本ばかりを中心視する言動には、セグエンテの特徴として認められる覇権的な匂いがしてならなかった。

鳴滝調はその後すぐにボルヴェルクに向かわされたので、蜂巣賀薫に対してどのような印象を抱いたのかは本人の口からは聞けなかった。しかし自分とは少し異なっていたはずだ。なぜなら鳴滝調には日本のインバネスに対する認識が欠けているからだ。日本のインバネスは蜂巣賀薫のような人間の暴走を食いとめようとしているのではないのか。藤村十にはそのように思えた。

〈藤村十、機体の様子がおかしいようですが、操縦を誤っていませんか？〉

カムカラが微かに振動し始めていたことには気づいていた。なぜか出力がレッドゾーンまで上がっている。ニュートラルを解けば櫓から跳ね上がりそうだ。

〈アクセルを戻してください。危険ですよ〉

「もう脚の感覚がねぇ！　ギブアップだ！」

カムカラが鉛直軸を中心にして小刻みに回転する。藤村十は慌てて操縦桿から指を抜き、両手で自分の右脚を持ち上げた。コックピットが大きく傾く。そして機体は櫓の上から無様に落下した。

*

機関砲を武装した装甲車輌が続々と最前線へと送り出されている。そして砲弾を撃ち尽くしては弘法《こうぼう》の砦《とりで》へと帰還する。作戦要領に大きな変更点があったのだ。それは目標となるキッカイの両手を最初に脱落させることだった。剣山セグメントの欠片を持っている危険性がすべての個体にあるからだ。そして最警戒個体として実際に二度確認されている。

前線をすり抜けた中からは九六式装輪装甲車を人質にとる個体も出現した。栂遊星は鰐《わに》の壁の手前でかろうじてその奪取に成功している。時間をおいて小型トラックの投擲《とうてき》現場にも遭遇し、残念ながらそちらは阻止することができなかった。相変わらず投石を見せる個体は多い。盾もどきの人工物を構えているものも。塩素を発生させる。走馬《そうま》燈《とう》をかばう。逃げる。迷彩の表皮で隠れる。うめき声を発する。こちらが要《かなめ》の局面ととらえていれば、キッカイも今日までの総仕上げの様相を見せ、あたかも意気込みと錯覚させられる瞬間さえあった。

サブモニターのマップ上でカムカラの点灯表示が失われてからかなりの時間が経過した。香月純江も今は倉又安由美のサポートに徹している。藤村十が戦線を離脱したらしい。マイクを通した是沢銀路のやり取りを思い出す限りでは、復帰するとしても孤介時間のタイミングになりそうだ。それまではシキサイ一機で凌《しの》ぎきるか、あるいは片をつける。

「的中！　栂、陸上部隊の戦力は以後、八〇から一時的に六五％まで落ちる。鉢巻きを締め直してくれ」

「分かりました」

梱遊星も全開ではなかった。半分を休ませて温存していた。決して手を抜いていたわけではなく、あとの半分は公文土筆との甘い記憶によって補われていた。今の自分が一〇〇％の力を出せばむしろシキサイのパフォーマンスが追いつかない。公文土筆はときおり仕事の手をとめてテレビ中継を見てくれているだろうか。宣言した通り、ススキの原のペイントにはまだ傷一つつけさせていない。

「保科さん、バックパックの交換場所、どこが理想ですか？」

錦戸康介がオペレーションシステム越しに尋ねる。

「理想か。今すぐとなると第四管区まで引き返してもらうしかないな。専用補給車輛が二台も潰れた。拠点ドックに戻しても人力になるそうだ。一時間待てないか」

「一時間ですか……」

「ピストルごと替えれば一二発まで撃てるが」

「う〜ん。梱、そういうことだ。しばらく白兵に切り替えよう」

「分かりました」

それからユラ・スピアに持ち替えた肉薄戦闘が始まった。キッカイのもとまで接近し、背後に回って走馬燈に槍を突き入れる。是沢銀路の指示でイレギュラーの個体は目標から除外されることになった。錦戸康介の紹介に従って正常個体をひたすら処理してゆく。西日を受けながらシキサイが獲物を追う。まるで網を持った少年が夕焼けトンボを追いかけるように。

しかし栂遊星はおろし立ての服が汚れることをいつまでも嫌った。

一一体処理したところで刃が一本失われた。柄《え》も少し曲がってしまった。ユラ・スピアの耐久性はオリジナルから向上していない。栂遊星はさすがに焦りを感じた。いくら操縦の調子がよくとも丸腰になればシキサイの実力はキッカイに劣る。

慎重に突き入れるしかない。まだ刃は二本残っている。幼い頃に金魚すくいをしたことが連想された。公文土筆と初めて出会ったのも夏祭りの屋台だった。隣で明るい声を放っていたのがそうだった。ポイの紙があらかた破れているにもかかわらず大きな出目金を狙っていた。それを最後にすくい上げたのか否かはなぜか記憶がない。ひょっとしたら公文土筆にも野心家の一面があったのかもしれないと今になって思う。

「錦戸さん、また刃が一本折れました」

「太刀川さん！　第二管区、預けてもいいかな」

「分かりました」

「保科さん、バックパックの方は」

「あと二〇分ほどしたら第一管区でできるそうだ。ちなみに前回目印に突き刺した槍、まだあの現場に残ってるみたいだぞ。そいつを使うのもありだ」

事後処理でシキサイを駆り出しておきながら鳴滝調に回収させていなかったのか。指揮を執った防衛大臣とその政務官はなにをやっていたのだ。関係のない会話でコミュニケーションを図っていたというが。

バックパックを求めて移動した第一管区にはひときわ大きな個体が出現していた。シキサイよりもはるかに長身で、三〇メートルを超えていると思われた。両手もしっかりと残っている。三五㎜の砲弾を浴びても落ちなかったようだ。

栂遊星はシキサイを背後に回らせた。残り一本の刃を走馬燈めがけて突き上げる。背中に刺さったもののやや浅い。それでいて抜こうにも抜けなかった。大型個体がゆっくりと振り返る。その動きにともなって機体は強く振られかけたが、幸か不幸か最後の刃が折れて解放された。そして間違いなく不幸だったことは、その個体が格闘の概念を持っていたことだった。

鉄拳が正面に飛んでくる。とっさにユラ・スピアで防御させる。まるでキッカイが走馬燈を守るがごとく。受けきれずに柄をかすめ、ススキの原の胸部をしたたかに殴打された。ここで栂遊星の激情のスイッチが入った。機体の体勢を立て直し、刃のないユラ・スピアでめった打ちにする。しかしほとんど効き目がない。そしてメインディスプレイの映像が一瞬静止した。シキサイは蹴りを受けたらしく後方に激しく飛ばされてしまった。

転倒の衝撃で出力が九％にまで落ちた。内燃機関の復帰まで一九秒とある。自己診断はすでに一四件の異状を示していた。

「やられたな。動くか？」

そういって錦戸康介も自らのオペレーションで診断を始めた。

「左手外二本の指が折れたな。ほとんどの異状がそれに絡んでいる。あとは左腕プロテクターの脱落くらいだ」

「胸部装甲は？」

「その異状はない。転倒時にこすったくらいだろう」

栂遊星にとってはそれがなによりの「異状」だった。内燃機関の復帰と同時にシキサイを起立させ、すでに立ち去っていた憎きキッカイのあとを追わせる。一気に加速させ、あっという間に距離を詰め、最後には跳躍までさせた。決して重くはない機体の重量をすべてユラ・スピアの先端に集める。持ち手の部分で破断したが、背中から入った部分は胸前まで貫通していた。

「去勢完了。無茶するなぁ」

「すみません。許せなかったんで」

シキサイを第一管区の弘法の砦に向かわせた。補給車輌はすでにバックパックを掲げて待ち構えていた。搭載は三分弱で完了し、ついでにユラ・ピストルも交換した。近接射撃の態勢を取り戻し、再び戦場へと機体を送り出す。もうすぐ日が沈む。ラストスパートをかけたい。

卜部龍馬の長期予報によると波と呼ばれるものは来春までこない。進行の規模はSTPFと月の運動に依存する。来年の今頃も自分は上空からシキサイを操縦しているのだろうか。栂遊星はふと考えたのだった。あるいはコックピットで操縦桿を握っている。ワン・サードに乗って空を飛んでいるのかもしれない。逆に空を飛ぶワン・サードを地上から操っている可能性も。未来のことはいくらでも想像できる。しかし当たらないのが常だ。未来を操縦することはそれほど難しい。

このキッカイの大群ともしばらくはおさらばだ。別れを惜しむわけではないが一体ずつ丁寧に処理してゆく。やがて日は落ち、是沢銀路の号令で夜間の通常作戦に切り替わった。そして四〇分ほど過ぎたあたりで要撃シフトの見直しが図られた。これまでの傾向に反してキッカイの進行と動作に極端な鈍化が認められなかった。

さすがに桴遊星も去勢処置の失敗を連ねた。ここで鉢巻きを締め直そうとしたところ、精度の低下を見抜いた是沢銀路に三〇分の休憩を命じられた。一応拒んだが認められなかった。保科敏克に健診してもらい、血圧がかなり下がっていることが分かった。てっきり温存していたと思っていた力は、肉薄戦闘をしたあたりから知らず知らずの内に捻出されていたのだ。

「アイツらも必死なんだろうよ」

「アイツらって、キッカイのことですか？」

「STPFから上司ににらまれてるってわけだ。オレも若い頃に営業マンをやっていた時期がある。成績が上がらないときは、そりゃ夜でも走り回ったさ」

地球に産み落とされたキッカイは、いまだに四国とニューギニア島から外に出られていない。翼を手に入れることもできず、営業成績は最悪だ。

「調さんとは、その後コミュニケーションはとれましたか？」

「いや、ボルヴェルクに行ってからさっぱりだ。なにしてるんだろうな。早く帰ってこさせないと」

「核は、大樹町に落とされるんでしょうか」

「かもしれんな」

「じゃあやっぱり、前回海に逃がしていたら今頃剣山にも……」

「それはなかったとオレは見ている」

「どうしてですか？」

「今日までおおむね、日本政府はクリティカルルームでほどよくケンカさせてきただろう。外交、ひいては戦争。人間は大敗することも恐いが、大勝することも恐いんだよ。キッカイをすべて根絶やしにしてみろ、今度は親玉がやってくるかもしれんぞ。だから人類は永遠にキッカイとやり合ってるくらいがいいのさ。子供のケンカに親が出るのは反則だ」

キッカイが根絶《こんぜつ》されたときにカラスは襲来する。それが保科敏克の見解だ。卜部龍馬は違う。カラスは地球の大気組成に馴染めず、ＳＴＰＦの中で体を慣らしているのではないかという。栂遊星はそのどちらでもないような気がした。

カラスはなぜ超人工物であるＳＴＰＦの中にいられるのかという疑問があるからだ。究極的忌避感を覚えることなく。ＳＴＰＦの材料はカラス自身が作ったものなので、カラスにとってはもはや進みすぎた科学ではない。だから忌避感を覚えない。そのように考えるのが当然なのかもしれない。しかし科学が進むほどに今度は対極にある存在との隔たりも大きくなるはず。それは自然だ。逆にカラスはこの地球の自然に究極的忌避感を覚えているのではないだろうか。

「警報です！　第二管区に最警戒個体出現。剣山セグメントの欠片を所持しています」

倉又安由美が立ち上がっていった。

「第二管区を飛行中のプリズンガードに告ぐ。特別船はただちに高度をとれ。他は隣接管区に移動。陸上部隊は前線を四km後退。本船も速やかに第一管区へ」

桙遊星は急いで操縦席に戻った。

「出せるか、桙」

「出します」

シキサイを再始動させる。サーチライトを全基点灯。しかし該当する個体にはすでに遠方から何本もの光が届けられていた。ステージに立つ主役級の扱いだ。

「中型の中。牡種《ぼしゅ》。近接射撃で確実に」

「了解」

桙遊星はシキサイにユラ・ピストルを持たせた状態で接近させた。後退する戦闘車輛を避けながら進んで自らが最前線に立つ。その辺りからすでにおかしいと思い始めていた。キッカイの両手は握られていない。それらは走馬燈があると思われる胸のやや下に重ねて当てられていた。あの裏側に剣山セグメントの欠片が隠されているのだろうか。

保科敏克がアピールするがごとく受話器を掲げ、それを降ろした。

「是沢さん。安並女史から連絡が。欠片は体内に取り込まれている可能性があると」

「どういうことだ」

「食って、吸収して、個体自体が忌避感の発生源になっています」

「どうすればいいといっていた」

「一連の処理後、遺体ごと山に戻すしかないと」

「栂、去勢処置後にとどめを刺せ。遺体はシキサイで運べ」

「了解」

「セグメント回収係の専用チャンネルは何番だ。戻らせる」

「一二七番です」

「香月。お前の口から伝えてやれ」

「……分かりました」

どうもその回収係とは佐々史也らしい。彼がとんでもない人物だとは感じていたが、実はその印象をも上回っていたようだ。国連BCの撮影班を逮捕した件とも深い関係があるのかもしれない。

思考をクリアにし、目標の個体に集中する。基本に立ち返り、イメージセンサーの検知・確定に従って照準を定める。単射に続いて保険の追弾。走馬燈の上にあてがわれていた両手に穴があく。急所には四連射を集めた。

シキサイに沈黙した個体の両脚をつかませ、あとは引きずって運ぶしかなかった。錦戸康介からは八㎞ほど移動させるようにいわれた。シキサイのスケールでは大した距離ではなかったが、途中で他の個体と遭遇していちいち足止めを余儀なくされた。もたもたしてもいられなかった。いつの間にか孤介時間の到来まで一時間を切っていた。一日に二度訪れるこのイベントから恩恵を授かったことがない。坂出港で公文土筆と共にした一夜くらいだ。

それは遺体搬送の完了まで二㎞ほど残したときに起きた。糸に引かれたように立ち上がる香月純江の姿が横目に入った。栂遊星はメインディスプレイとサブモニターの両にらみを続けたが、キャビンの窓から見える異様な光景もまた目に入ってきていた。

「プリズンガード六番船に非常事態！　不時着します！」

倉又安由美の報告に栂遊星は思わずシキサイを停止させた。プリズンガードが後尾を上げて横に流れて行く。

「なにがあった！」

「第三バロネットが破裂した模様！　姿勢回復不能！　現在エンベロープ内のヘリウムを放出中！」

プリズンガードが墜ちる。まったく想定していない事態だ。その対処法などあるのだろうか。キャビンの窓に張りついてただ目で追いかける是沢銀路。少なくともその背中には書いていなかった。しかし振り返った顔は精悍そのものだった。

「第一管区弘法の砦へ。プリズンガード六番船墜落。孤介時間要員一八名よりなる救助班を最優先で編成せよ。即時現場へ急行。パイロットを含む六名全員を救出せよ」

　栂遊星は平常心を取り戻そうと公文土筆の写真に目を向けた。しかしなぜか写真立てごと倒れていた。手を伸ばそうとしたまさにそのとき、下から突き上げる凄まじい衝撃を覚えた。空中にあるキャビンには無縁のはずの烈震・激震が襲った。

　体が容易に操縦席から投げ出された。キャビン内の照明がコックピットを残してすべて落ちた。かたわらにはなぜか太刀川静佳がいた。錦戸康介はさらにキャビンの後方に。香月純江の影は見当たらなかった。見慣れぬ柱がコックピットをさえぎって斜めに立っている。それがなんであるのかが分からなかった。

「きゃあああああ！」

　その叫び声は倉又安由美のものだった。司令システムの向こう側を影が走る。キャビンは前方をやや上げる形で傾き始めていた。保科敏克と思われる影が柱にしがみついている。

「錦戸手伝え！　栂！」

　錦戸康介が這って床を進んで行った。栂遊星はわけも分からないままに、すでに稼働をやめた司令システムの上を乗り越えた。そこに香月純江は倒れていた。あとは是沢銀路がいない。生温かい液体が頬にかかった。恐る恐る見上げれば、その体は天井にあった。

「コイツを下に落とせ！　とにかく落とせ！」

　保科敏克の声が震えている。栂遊星は柱に触れたとたん、それが初めてユラ・スピアだと分かった。剣山セグメントを放置した場所、その目印に立てたものが下から飛んできたのだ。

キッカイが投擲をしたのか。
ビクともしない。刃は天井を突き抜けてエンベロープにまで刺さっている。キャビンがまた少し傾きを増した。内部のバロネットが破れてバランスを失っているのだ。香月純江が這ってきてユラ・スピアにしがみついた。頭上から血が滴り落ちてくる。そして伝っても流れ落ちてきた。栂遊星はその源を見上げることができなかった。

わずかに動いた。保科敏克の号令で力を一つに合わせる。拳ほどの幅ながらもユラ・スピアは確実にスライドしてくれた。そして最後に大きく滑り落ち、是沢銀路の折れた体を錦戸康介が受けとめた。

「墜ちるんなら五趾病院に墜ちてくれ！　頼む！」

　是沢銀路の腹はもはや手の施《ほどこ》しようもないほどにくぼんでいた。意識はない。誰も脈を確認しようとはしなかった。呼びかけようともしなかった。さっきまで勇ましく立っていた体が脱力しきっている。精悍だった顔に精気がない。栂遊星は握りしめた拳で何度も涙をぬぐった。是沢銀路の目を開かせる操縦桿があるのならば欲しいとさえ思った。

　パノプティコンよ、もう二度と飛ばなくていいから今すぐ地上に墜ちてくれ。このキャビンという空間は是沢銀路にとってはあまりにも苛酷すぎる。

「一分後をめどに着地します！　皆さんつかまっていてください！」

　天井がきしむ音を立てる。連れて窓ガラスが何枚か割れた。キャビンが真っ二つに折れるかもしれない。倉又安由美が傾斜を這い上がってきた。やや遅れて太刀川静佳がなにかを引きずりながら這い上がってきた。

「ごめんなさい。なにもできなくって。せめて担架を出してきたから、みんなで司令官を乗せましょう」

どこを持てばいいのだ。体はつながっていないかもしれない。それを感じるのが恐かった。皆も同じだった。壊れ物を扱うかのように是沢銀路の左半身を起こし、その下に担架を滑り込ませた。

着地の衝撃に備えて保科敏克が是沢銀路の体に覆い被さった。その上に錦戸康介がさらに覆い被さった。栂遊星は椅子の支柱をつかみ、錦戸康介の背中を押さえつけた。その手が香月純江の手と触れ、互いに強く握り合って五つの体を固定した。

後尾のエンベロープが地面に接し、しばらく擦過しながら進むと方向舵が弾《はじ》け飛ぶような音がした。なかなかとまらない。キャビンにはあらゆる方向へと一定しない振動が絶え間なく続いた。栂遊星はパノプティコンが五趾病院に近づいていることを信じて香月純江の腕を堅く握っていた。なにかに引っかかったのか、船体が大きく左に転回した。床が外側に振られて傾き、窓の外に一瞬地面が見えた。その高さもまだ五メートル近くはあっただろうか。ようやく動きはとまり、ゆっくりと降りて行く感覚に変わった。ガラスの下層ゴンドラが泣き声を上げて押し潰される。その振動が収まらぬうちに窓からは人影が飛び込んできた。

「純江さん！」「是沢さん！」

二人の男。その一人は佐々史也なのではないかと思った。彼はクルーのシルエットの中からもっとも外見に特徴のある香月純江をすぐに見つけた。

「私は大丈夫です。是沢司令官を助けてください。大けがをされています」

「分かった！」

「是沢さん！　七戸です！　必ず助けますよ！」

栂遊星は絶望の底からわずかに救われた思いがした。今さら勇気を取り戻しかけた自分を恥じつつも、窓から是沢銀路の体を運び出す作業に率先して加わった。不意に担架が傾き、まとまった液体が打ち水を撒くがごとく地面に落ちた。耳に残るその音を置き去りにできないまま、しぼんで垂れ下がり始めたエンベロープの下を伴走してくぐり抜けた。そこで開けた視界に再び絶望の底へと突き落とされた。鰐の壁がまだあんなにも遠い。

高機動車の後部荷台に是沢銀路の体を乗せる。栂遊星も迷わず乗り込んだ。重傷者にとってはあまりにも固い床。七戸を名乗る男がハンドルを握る。佐々史也が大声で呼び、飛び込んできた香月純江を受けとめる。後部扉が閉まるのと同時に車は発進した。栂遊星は是沢銀路の胸に自分の胸を重ねた。速い鼓動はこちらから一方的に伝わるばかり。

苛立たしいほどに車は距離を稼がない。車体を弾ませる劣悪な路面と最短ルートの間で七戸が葛藤している。栂遊星はひと思いに運転を代わろうかとも思ったが、耳をかすめた微かな吐息によって是沢銀路の体へと引き寄せられた。

「是沢さん、栂です！　しっかりしてください！　ボクに指令を！　なんでもします！」

是沢銀路の口がわずかに開く。しかしおよそ聞き取れない言葉は吐血の中に溶けていた。

香月純江の手が諭すように肩にのせられた。栂遊星はうなだれ、せめて体温を分け与えようと再び胸を重ねた。そのとき、聞こえたのだ。孤介時間の到来を待たない心の声が。

(キッカイを倒せ。私の陸将特権によりイマージェンスコードを発効。栂にこの場で限定解除を与える。カムカラに乗れ。すべてを倒せ)

(了解です)

(それと……)

(なんですか？　それとなんですか？)

心の声はそれきり途絶えてしまった。

まともに舗装された道の上をようやく走り始めた。並んで停車している戦闘車輌の間を七戸がぬうように進ませて行く。鰐の壁の下をくぐると、戦場とは一線を画す市街地が明るい街灯で待ち受けていた。その中でひときわ存在感を示しているのが五趾病院の光だった。

「早くここまで連れてきなさい」、てっきりそういっているものと栂遊星は信じていた。

佐々史也がしきりに無線で連絡をとる。しかし応答がない。七戸が苛立ちを抑えきれずにクラクションを鳴らす。それは無神経な行為だった。病棟の搬入口からは誰も出てこない。医師も、看護師も。そして無情にもそのイベントはやってこようとしていた。

ナーバスが人命救助よりも優先させ、扉を閉めて個人の世界を守る孤介時間。この一三分間は永遠に等しく長い。

プリズンガードが墜落したらしい。慌ただしく廊下を行き交う隊員たちが口走っていた。係留場施設はひどく混乱をきたしている。個人を呼び出していた館内放送は一括した全員臨時招集に変更された。その中で公文土筆だけは居室にこもって手紙を書き続けていた。

さらば栂遊星。今日で別れを告げなくてはならない。これから畝本について行く。そして彼の活動を支えてゆくつもりだ。

ついに日本政府を動かした。畝本はそれを単なる展開ととらえた。彼の収穫はその前段階にこそあった。ボルヴェルクにまつわる密告に国際連合が耳を傾けたことだ。これはつまり、日本のインバネスが社会運動の一組織として世界に公認されたことを意味していた。「神の委譲」というインバネスのスローガンに今日まで追従し、畝本たちは孤介時間を通しても独自のプロパガンダを発信してこなかった。彼らはまだテリトリーを持たない新種の雑草だった。そのアレロパシーは弱く、不用意に葉を広げればたちまち摘み取られかねない存在だった。したがって地面の下で根だけをつなぎ合わせ、放出するアレロケミカルを慎重に選び、土壌が棲みよい状態に遷移してゆく日を待っていた。

額縁の裏面を外し、ススキの原の絵と台紙の間に手紙をはさむ。それを持って公文土筆はいよいよ居室をあとにした。階段を駆け下り、廊下を渡って栂遊星の部屋に。扉には鍵がかかっており、仕方なくノブにかけておくことにした。

職場から隊員たちがいっせいに戻ってくる。そして脇目もふらずに自分たちの居室に駆け込んで行く。孤介時間の到来前はナーバスがもっとも神経質になり、他人に対してもっとも無関心になる時間帯。

少し膝にきた。急がなくては。この機を逃すと後ろを振り返るばかりの人生になってしまうような気がする。地上階まで降りればあとは這ってでも進める。そこへ善通寺《ぜんつうじ》の強い立ち上がりが襲ってきた。公文土筆は階段の踊り場であえなくしゃがみ込んだ。手すりをつかみ、脚を踏ん張る。眼前に差しのべられた手が腕を引き寄せてくれた。

「置いて行こうと思っていたけど」

公文土筆はかすれた声とジェスチャーで畝本について行く意思を伝えた。

「公文はまだ引き返せる。それに……」

ナーバスでは足手まといになるのかと尋ねる。そしてこのコミュニケーションでは煩わしいかと尋ねる。

「確かに足手まといにはなる。他の仲間はみんな、孤介時間の苦しみとは無縁だ。ただ、それはボクが力を分ければ乗り切れる」

腰を落として迎える畝本良樹《よしき》の背中に公文土筆は負ぶさった。

「多度津港まで逃げる。もし途中で捕まりそうになったら、そのときはSTPFを使うかもしれない。死ぬなよ」

公文土筆は苦痛に抗《あらが》って顎を畝本良樹の肩に食い込ませた。それが覚悟の宣誓として伝わってしまったようだった。

畝本良樹はダルタイプ。それは早くから疑っていた。無神経とも思える言動でこの弱い発声を指摘することがあったからだ。しかしそれはダルタイプの性質に由来していないことが分かった。彼は不運な過去に微塵も同情を寄せなかった。こちらが無意識に同情を求めていたことをいさめもした。今でも喉のハンディを人間としての欠陥ととらえてさえいる。その接し方は栂遊星とはまるで対照的だった。畝本良樹はその上で人間性を認めてくれた。ハンディを自分の魅力で凌駕することができた、そのような自尊心を与えてくれた初めての男だった。栂遊星の場合は恐らく、憐れみが多分に加わっているのだ。

本人の口からダルタイプという告白自体はなかった。すべてはインバネスの構成員という告白に含まれていた。畝本良樹はボルヴェルクの東区の出身。その時代に勧誘されて構成員になっている。ボルヴェルクは鉢伏高原に舞い降りたクラマと、そして剣山セグメントの落下という国内の混乱に対処するために作られた。しかし畝本良樹の話では、一部の政治家が混乱に乗じて急造した政府直属の機関らしい。一部の政治家こそがセグエンテだ。

セグエンテは醜く恐ろしい野望を隠している。渡来体から手に入れたテクノロジーで世界を支配しようとしている。加えて非難すべきは、彼らが地球を救おうとしているわけではない点だ。万が一にもカラスの再襲来があれば、地球の周囲に漂っているクラマが助けてくれると楽観視している。そしてクラマからコンタクトがあったときは、鉢伏高原のホストとしてひるがえり、交渉の舞台に立つつもりなのだ。

無人のエプロンをひと塊となった影が走る。遠方で炸裂した曳火砲撃《えいかほうげき》の光がただの一度だけその実体を暴いた。

（なんで？）

公文土筆は畝本良樹の背中で夢を見ているのかと思った。それはともすれば悪夢に等しい戦慄を与えてきた。

栂遊星の身になにが起きたというのだろう。遠隔感応で心の声が助けを求めている。悲愴感と憤りを織り交ぜて。必死で懇願している。そうかと思えば侮辱に変わった。まさか「行かないでくれ」といっているのだろうか。「**恩知らず**」と本音でそしっているのだろうか。次第にその声が恨みと呪いの色を帯び始め、肉体的な苦痛以上に耐え難くなっていった。

いくら無心を努めても伝わってくる。心の中で公文土筆は小さな自分に耳をふさがせた。すると今度は罪悪感が膨らんできて押し潰されそうになった。自分は今、数年来の厚意に背中を向けようとしている。夜逃げのごとくこそこそと姿をくらまそうとしている。最後に交わした口づけだけで清算しようとした。

本当にひどい人間だ。自己嫌悪も甚《はなは》だしい。その懺悔の文面を、せめて額縁に残した手紙に書き加えたい。

ＳＴＰＦが天頂を目指して接近する。公文土筆は知らない。鉄のゲートが外側から開かれたことを。そこで集った男たちが交わした会話を。車の後部座席が自分一人に与えられたことを。そしてその先からを、公文土筆は知っている。

拠点ドックに壱枝雅志はいなかった。藤村十と共にカムカラの放置現場に向かったという。梅遊星は制止を振り切って小型トラックに乗り込み、再び危険な要撃シフトの中へとハンドルを切った。

＊

カムカラはまだ始動していない。あの強烈なサーチライトは離れていても見えるはずだ。藤村十も強い覚悟で出てきてくれたに違いないが、ここは一度だけ席を譲ってもらう。今夜中にこの感情を処理しなくては、日の出を迎えた時点でまったくの別人になってしまうような気がする。

大地の死を乗り越えて自分の心は強くなったと思っていた。それは決して間違いではないのだろうが、かけがえのない人間を失った瞬間に受けた心の動揺に、成長のあとなど認められなかった。むしろ一度目よりも脆《もろ》くなっているのではないかとさえ思える。

結局、心の強さとは立ち直りの早さなのかもしれない。しかし明日上を向いて闊歩《かっぽ》している自分を好きにはなれない。そのような人間を見れば忌避感を覚えるだろう。自分に忌避感を覚えるようになったら人間はおしまいだ。

横様《よこざま》になったカムカラ、その頭部ハッチに向けて上から照明が焚かれている。昇降機代わりのクレーン車が横づけされているところを見ると搭乗は近い。梅遊星はクラクションを鳴らし続けの状態にしてこちらに注意をうながした。

停止を求める赤灯を無視し、ボディコンシャスのジバンに向けて車を大胆に寄せた。藤村十が顔を押さえて体を震わせている。是沢銀路の死を今知らされたところなのか。

「壱枝さん！」

「栂か！　……無事だったんだな。やっぱりあれはお前の声か」

「ボクがカムカラに乗ります！」

「お前の気持ちは分かるが、そればかりは無理だ」

「是沢さんがボクに限定解除を与えました！」

「なんだと!?」

「カムカラに乗ってキッカイをすべて倒せと。これは全権司令官の命令です！」

「それは他に誰が聞いている。太刀川くんくらいはそばにいたか」

「ボクだけです」

「…………」

「でもイマージェンスコードというものを発効すると」

壱枝雅志の右の眉だけが反応した。

「こい。あとはソリッドコクーンが判定する。クレーンを頼む！」

コックピットはほぼ九〇度に傾いていた。血糊も乾きかけた上着を壱枝雅志が奪う。ネクタイはいつの間にかなくなっていた。なかば落ちるように進入し、あとは二人で悪戦苦闘しながら座席のジャケットで体を固定した。

「非常電話でソリッドコクーンにかけろ。ダメだったら降りてこい。藤村に泣いてもらう」

「はい！」

壱枝雅志が退き、栂遊星は瞬きでハッチを閉めた。メインディスプレイだけがひとりでに展開する。その実況映像に思わず注視させられた。視界は暗いが明らかに動いている影がある。早くも中型程度のキッカイがこちらに向かって歩を進めていた。壱枝雅志と藤村十たちが危ない。そしてカムカラも早く起動させなくては、自分がいるのはいつもの上空ではないのだ。それを忘れることが一番危険だ。

このコックピットに心を落ち着かせてくれる写真はない。内側で泳ぐ目を瞬かせて非常電話をかける。少しの間を置いてオペレーターの男が出た。

「カムカラより栂遊星です。是沢司令官の指示でここにいます。限定解除の許可をください」

〈限定解除？　…………ちょっと待て、上と代わる〉

なにをしている。早くしてくれ。電話の向こう側から戸惑いの会話が聞こえてくる。そしてあのキッカイはなにに興味を持っているというのだ。寄り道もせずに真っ直ぐに向かってくる。もう周囲からの退避は完了しただろうか。問題はいよいよ自分の置かれた状況だけになってきた。栂遊星は惨めであっけのない結末を少しイメージしかけた。

そのとき、キッカイの進行を敢然と阻《はば》む巨大な影が突然現れた。カチョウフウゲツ、その名前が浮かんだのは一瞬にも満たなかった。鳴滝調が搭乗しているとはおよそ思えない醜いシルエット。それはキッカイそのものだった。

〈遊星くん？　その電話はもう切ってもいいわ。こちらソングオブウィンド、私は安並。ちょっと代わるわね〉

〈蜂巣賀だ。限定解除のピンコードのようなものは聞いているか〉

「いえ」

〈……まぁオマケだ。貸しにしておこう。蚕は羽化したり。イマージェンスコード四〇〇一はモスコードとして焼却。参謀総長の決裁で栂遊星に特別攻撃機主系操縦を認可する〉

「はい！　……失礼ですがあなたは？」

〈蜂巣賀だといっただろう。防衛大臣政務官だ。指揮責任は参謀総長。具体的な指令は私が出す〉

印象が一変した。この男がちゃんとユラ・スピアを回収させておけばすべてはもとのままだった。

栂遊星はカムカラを起動させ、起立させるのと同時に夜空を仰がせた。ソングオブウィンドという飛行船がその空高くに浮かんでいた。あのゴンドラのどこかに蜂巣賀は立っている。できれば同じ目に遭わせてやりたいが、これは大きな貸しだ。そして蜂巣賀に対する怒りの感情だけを今は借り受ける。この先は是沢銀路の弔い合戦。キッカイというキッカイをすべて葬《ほうむ》ってやる。去勢処置こそするが、死ぬまでには少々苦しんでもらう。

〈遊星くん、その赤いキッカイは味方よ。これから私たちは第四管区に移るわ。だから西端

は任せてちょうだい〉

続初《つきうい》がソングオブウィンドから遠隔操縦しているのか。査察の受け入れを決定したことで、ボルヴェルクから逆輸入した個体の存在事実も隠す必要がなくなったのだ。

「分かりました」

〈指令は私が出す。安並にその権限はないから憶えてお……〉

「是沢さーん!!」

栂遊星は声の限りに叫んで闘志に火をつけた。カムカラにホルダーからユラ・ピストルを抜かせ、バックパックからは早くも次のマガジンを左手で取らせた。そして炎となって鬼ヶ島に突入して行った。

主系操縦に違和感はなかった。ふと左の方に目をやればそこに是沢銀路が立っているような気さえした。実際はサポートをしてくれる錦戸康介も香月純江も隣にはいない。だからといって心細くはない。今まで力を借り、あるいは貸し、クルーが一丸となって戦ってきた記憶が不安定な心を一箇所でつなぎとめてくれていた。

それは是沢銀路の魂と呼べるだろう。キッカイにはこの概念を永久に消化できない。いくら行動パターンが進化していっても、そこに魂が宿っていないと思えば恐れるほどではない。キッカイはなおも操り人形だ。ダイナミックフィギュアは違う。

やはり未来は自分が想像したようにはならない。来年を想像した一つの形がもうこうして現実になっている。是沢銀路の死などは何年後の想像だったというのだ。逆に、当然のように思い描いている明日の自分さえ、何年経っても到達できない理想の姿になる可能性もある。

このままでは未来を想像することにためらいを感じるようになってしまう。それは実に寂しいことだ。だから今は、予期せぬ悲劇がせめて少なくなるようにキッカイを倒してゆくしかない。

梠遊星はカムカラを躍動させ、駆け抜けた背後に道を築いていった。屍《しかばね》の道ではない。キッカイはすべて死なない程度に殺してある。そして背中で聞いていた。キッカイは死に際に微かな声で歌うという。それが醜い鎮魂歌にならないように次なる銃声でかき消し続けた。

鬼の子よ、ケンカに負けて泣いて帰れ。そして親を連れてこい。カムカラが七つの中から機体の光を選ぶ。そして一つとなって全身を白色に透き通らせた。地球の裏側から明日のSTPFが東の空に昇る。金糸のごとく輝くそれにめがけ、梠遊星は宣戦布告とばかりに魂の銃弾を放った。

本書は、二〇一一年二月に早川書房より単行本として刊行された作品を文庫化したものです。

著者略歴　1969年生，ＳＦ作家　著書『シオンシステム〔完全版〕』（早川書房刊）『ルナ Orphan's Trouble』『ＭＵＲＡＭＵＲＡ　満月の人獣交渉史』など。

HM=Hayakawa Mystery
SF=Science Fiction
JA=Japanese Author
NV=Novel
NF=Nonfiction
FT=Fantasy

ダイナミックフィギュア

〔上〕

〈JA1111〉

二〇一三年五月　十日　印刷
二〇一三年五月十五日　発行

（定価はカバーに表示してあります）

著者　三《み》島《しま》浩《こう》司《じ》

発行者　早川浩

印刷者　大柴正明

発行所　株式会社　早川書房

郵便番号　一〇一‐〇〇四六
東京都千代田区神田多町二ノ二
電話　〇三‐三二五二‐三一一一（大代表）
振替　〇〇一六〇‐三‐四七七九九
http://www.hayakawa-online.co.jp

乱丁・落丁本は小社制作部宛お送り下さい。
送料小社負担にてお取りかえいたします。

印刷・株式会社亨有堂印刷所　製本・株式会社川島製本所

ISBN978-4-15-031111-7 C0193

本書は活字が大きく読みやすい〈トールサイズ〉です。